René Schickele

Die Witwe Bosca

Roman

René Schickele: Die Witwe Bosca. Roman

Erstdruck: Berlin, S. Fischer, 1933

Neuausgabe
Herausgegeben von Karl-Maria Guth
Berlin 2017

Umschlaggestaltung von Thomas Schultz-Overhage unter Verwendung des Bildes: Gustav Klimt, Frau mit langen Haaren, 1899

Gesetzt aus der Minion Pro, 11 pt

Verlag: Henricus - Edition Deutsche Klassik GmbH
Mörchinger Str. 33, 14169 Berlin, info@henricus-verlag.de
Druck: Libri Plureos GmbH, Friedensallee 273, 22763 Hamburg

ISBN 978-3-7437-0600-2

Bibliografische Information der Deutschen Nationalbibliothek

Die Deutsche Nationalbibliothek verzeichnet diese Publikation in der Deutschen Nationalbibliografie; detaillierte bibliografische Daten sind im Internet über www.dnb.de abrufbar.

Inhalt

Park Stellamare 4
Die Witwe 15
Ein Wintertag, bittersüß 31
Eine harte Werbung 51
Erste Ausfahrt 71
Das Volk greift ein 84
Burguburu und ein großer König 100
Entbehrungen und Geständnisse 116
Friede über Ranas 134
Marianne 156
Aus einem Fleisch 174
Jemand kommt zu Besuch 194
Sibylle 220
Der verwunschene Wald 235
Abschied von der kleinen Braut 258
Das Gericht 276

Park Stellamare

Die Jahreszeiten der Provence wechseln leise in der Nacht.

Du siehst, du hörst sie nicht kommen. Eines Morgens wachst du auf und hast einen neuen Schatz ...

Das Blühen findet kein Ende von Valence, dem Tor des Sonnenreiches, bis hinunter ans Meer, dem die hellen Götter entstiegen. Selbst in den kahlsten Monaten, November und Dezember, blühen immer noch Rosen, roter Centranthus und weißer Thymian an Rain und Fels, Geranien und Ringelblumen in den Garten, im Pinienwald das hohe Heidekraut, es blühen schon die frühen Mimosen, die Nelken. Die Blüten des Mispelbaumes sind unscheinbar, aber wenn dich plötzlich ein Duft einhüllt, süß und dicht, fast glaubst du, ihn mit Händen zu greifen, so ist es der Duft der Mispel – der leiseste Wind spült ihn über Hecken und Mauern.

In Trupps sprudeln die Blumen aus dem Boden, du gerätst in Düfte wie in überströmendes Quellwasser, das auf gut Glück seinen Weg sucht. Frauen sind dann einfach entzückt von solcher Liebeserklärung aus heiterem Himmel, wohingegen die Männer sich gewohnheitsmäßig nach dem Ursprung und Ausgangspunkt der Überrumpelung umsehen.

Nachts hängt der Sternenstaub in Wolken am Himmel, unruhig zucken die Fackeln der großen Gestirne. Du siehst: die Schöpfung ist nicht zu Ende, sie ruckt und gärt, ruhelos geht sie weiter. So ist es von Valence, dem Tor des Lichtreiches, bis hinunter ans Meer.

Es gibt einen Wind, der geht so leicht wie das Wehen von Schmetterlingsflügeln, kein Ast rührt sich, kein Halm, der Wind bewegt nur die Düfte.

Du hast ihn anderswo auch, es sind örtlich begrenzte Luftwirbel, die von der heißen Erde aufsteigen – ein Wind wie um eine Wiege. Aber nirgends nimmst du ihn mit solcher Dankbarkeit wahr wie hier, wo die Windorgel in voller Größe über dem Lande steht und oft genug ihr ganzes Register entfaltet.

In den Stunden des kleinen Windes träumt die Provence mit allen ihren Maisfeldern, Äckern und Rebgärten, ihren Weiden und Olivenwäldern den Traum eines Kindes, sie hat einen Ausdruck von rührender Sorglosigkeit. Über die Silberberge am Horizont rieselt ein dünnes

Licht, und wenn du stillstehst, glaubst du im Himmel das Geräusch einer Sanduhr zu hören ... »Die Engel schleichen zu ihren Liebsten«, sagt das Volk.

Als Paul klein war und mit seiner Mutter spazierenging, suchte er auf den Zehenspitzen sowohl nach den Engeln wie nach ihren Liebsten, aber er scheuchte höchstens ein Kaninchen auf.

»Sie hören den leisesten Schritt«, erklärte die Mutter, »und dann verstecken sie sich in den Zypressen.«

Paul bewunderte die schlauen Engel und haßte die Zypressen.

»Und wo sind die Liebsten?« fragte er.

Frau Pauline blickte sich verlegen um, und da sie auf der Erde keinen geeigneten Schlupfwinkel für die Liebsten der Engel ausfindig machen konnte, deutete sie auf eine Wolke, die einsam im blauen Himmel hing.

»Dort in der Wolke«, behauptete sie.

»Alle zusammen in einer Wolke?« fragte das Kind mit gerunzelter Stirn. »Und warum suchen die Engel so lange auf der Erde, wenn sie wissen, daß ihre Liebsten fliegen können?«

»Das ist es eben«, meinte Pauline, »sie wissen es nicht. Frauen, siehst du, mein Junge, Frauen sind immer noch schlauer. Ihre besten Eigenschaften verheimlichen sie. Während die Engel hier unten suchen, sitzen ihre Liebsten in der Wolke und lachen sie aus. Und wenn sie genug haben, fliegen sie herunter und tun so, als wären sie nie anderswo gewesen.«

Paul, der annahm, alle Liebsten, die himmlischen so gut wie die irdischen, glichen seiner Mutter, stellte sich vor, wie Frau Pauline in der Wolke hockte und ihn, der in den Furchen der Weinäcker nach ihr suchte, heimlich auslachte.

»Na ja«, sprach er einsichtsvoll, »warum nicht – wenn sie Ferngläser haben!« Auf dem Tisch der Mutter lag ein Fernglas, mit dem suchte sie bisweilen den Horizont nach Schiffen ab. »Aber weißt du, Mutter, wenn ich fliegen könnte – ich könnte es nicht für mich behalten.«

Inzwischen ist Paul zu einem achtzehnjährigen Jungen herangewachsen. Seinen Widerwillen gegen die Zypressen hat er behalten. Wenn er an Tagen des kleinen Windes mit seiner Mutter über Land fährt, nennt er sie gern ›Rabenbäume‹ und verlangt, nach Gebrauch sollten sie in der Versenkung verschwinden. Denn tatsächlich verdanken sie ihr häufiges Vorkommen in der Provence nicht der Liebhaberei der

Bewohner. Sie sind nicht für das Auge da, sondern für den Mistral. Seinetwegen hat man sie in langen Reihen angepflanzt, sie sind die Windbrecher, die schwarzen Molen, hinter denen die Blumen- und Weingärten sich an sturmbewegten Tagen ducken.

Außerdem stehn sie hochmütig wie Pfaffen bei den Toten und schüchtern die Lebenden ein. Frau Pauline behauptet, sie hätten in ganz anderem Maße noch als Totengräber den ›bösen Blick‹, und man täte gut, sich rechtzeitig abzuwenden. Freilich, sie verabscheut alles Düstere, sogar das Halbdunkel der gegen die Sonne verschlossenen Zimmer, ohne das ein Leben in den heißesten Monaten kaum erträglich ist. Sie zieht es vor, im Notfall der Hitze mit ihrem kleinen, offenen Wagen zu entfliehen. »Wo kein Wind ist, mache ich ihn mir«, sagt sie. »Nur hell muß es sein.«

»Nur hell muß es sein«, sagt auch Paul. Aber damit meint er nicht nur das Licht. Das Wort ›hell‹ ist das Wort, das ihn am frühesten beeindruckte, er vermutet, es sei das Wort, das in seiner Kindheit am häufigsten vorkam. Es wohnt in ihm als das Maß der Dinge. Was er lebensfördernd und begehrenswert findet, das nennt er hell.

Mit dieser ihrer Veranlagung könnten Mutter und Sohn im Süden auf Schwierigkeiten stoßen, nicht zuletzt auf solche häuslicher Art. Glücklicherweise ist es dem unscheinbaren, blonden Wesen in weißer Küchenschürze, das Haus *Rosmarin* seit Jahren betreut, ganz gleich, ob die Zimmer über Mittag der Sonne geöffnet bleiben, ob Fenster und Türen schlagen und alles, was beweglich ist, stürmisch aufbricht, um dem großen Ruf des Windes zu folgen. Das Mädchen hat die Anpassung der Kreatur auf die Spitze getrieben. Es schmilzt in der Hitze, ohne die Arbeit zu unterbrechen, und gewinnt mit zunehmender Kühle seine Festigkeit zurück. Ursprünglich ein wildes, störrisches Bauernkind, ist ihr der Kopf frühzeitig zurechtgesetzt worden. Von wem? Sie würde gläubig antworten: vom Leben. Sie ahnt nicht, daß die vielberufene ›Erziehung durch das Leben‹, wie sie von den Stärkeren unter uns als Bevollmächtigten der Gemeinschaft geübt wird, lediglich die Summe ihres Eigennutzes darstellt. Für sie waren die richtungsweisenden, nachhaltigen Ohrfeigen Äußerungen einer Vorsehung, deren Absichten sich erst dem erfahrenen, am Ziel angelangten Gemüt enthüllen.

Als nach Erwerb der *Rosmarin* durch Frau Pauline die einzige Zypresse im Garten fiel, sah das Hausmädchen der Gewalttat von fern wie der Austreibung des bösen Geistes zu, mit Neugier und Gruseln und einem feenhaften Lächeln – bereit, beim ersten Anzeichen einer Gefahr dorthin zu fliehen, wo es auf der Welt am sichersten war: in ihre Küche.

Sie wußte, warum. Zehnjährig hatte sie die Eltern verloren, an deren Grab stand eine Zypresse, die hatte an beiden Tagen, während der Sarg in der Grube versank, ganz entsetzlich um sich geschlagen, als wollte sie damit andeuten, daß mit dem Tode der Eltern die Prügel nicht aufhörten, Verfolgung und Züchtigung vielmehr auf weit gefährlichere Mächte übergingen. Das Mädchen war beide Male vom offenen Grab weggelaufen und allmählich in fremdem Dienst sanft und furchtsam geworden. Es hieß Marie-Luise, aber so sagte man im Haus *Rosmarin* nur, wenn es ernstlich Tadel verdiente, sonst rief man es ›Schäfchen‹.

Schäfchens Argwohn gegen die Zypressen ging auf schmerzliche Erfahrungen zurück und saß dementsprechend tief. Mutter und Sohn hingegen nährten ihre Abneigung, weil der glücklichste Mensch Feinde braucht, und wäre es nur, um seine Freunde auszuzeichnen. Da sie sonst alles an der provenzalischen Landschaft guthießen, blieb auch der im Grunde mehr scherzhaft verfolgte Popanz als Absicht und Gegenbild in ihre Liebe eingeschlossen. Das Angebot eines Gottes, das Land davon zu befreien, hätte sie nicht nur in Verlegenheit gebracht, es hätte sie entsetzt, sie wären in die Knie gesunken, um für die Erhaltung ihres Popanzes zu beten.

Das Fällen der Zypresse im Garten des Hauses *Rosmarin* hatte übrigens zur Folge, daß die Witwe Bosca, die dem Schauspiel auf der Veranda der *Santa Maria* beiwohnte, ganz unvermutet eine heftige Bewunderung für diese Bäume in sich entdeckte. »Es sind Soldaten«, sprach sie zu ihrer Tochter. »Stramm und verschwiegen. Aber undisziplinierte Naturen stoßen sich bereits an ihrer Haltung ...« Schäfchen, das zufällig zur Veranda des Nachbarhauses hinüberblickte, fing einen Blick auf, unter dem sie zusammenzuckte wie unter einer zum Schlage erhobenen Hand. Aber sie verlor nicht ihr Lächeln – das Lächeln hielt sich wacker und verzog sich nur sekundenlang zu einer kleinen Grimasse.

An besonders heißen Sommertagen, wenn selbst ihre Küchenkasematte unbewohnbar wurde, durfte Schäfchen in der ›Windmaschine‹ mitfahren. Sie zog sich dann schön an wie zum Kirchgang, saß hinten auf dem Klappsitz und rührte sich nicht. Mit ihrem im Luftzug erstarrten Lächeln und den halb ängstlich, halb verwundert erhobenen Augenbrauen glich ihr Gesichtchen dem einer gotischen Madonna.

Die Leute rundum kennen den kleinen rahmgelben Wagen und die Insassen, und viele halten Mutter und Sohn für ein Liebespaar. Obgleich Frau Pauline gegen die Vierzig geht, verkörpert sie in Erscheinung und Gehaben, was Frauenkenner wie der Notar Burguburu den ›ewigen Frühling‹ nennen. Sie ist straff und zierlich und stets hell gekleidet. Die Baskenmütze vermag die Haare nicht zu halten, und weil die Damen die Kappe jetzt auf dem Ohr tragen, tanzen ihr beim Fahren Locken um den Kopf. Und dies verleiht ihr erst recht das Aussehen eines jungen Mädchens. Außerdem, finden die Leute, passen die beiden zusammen, sie sind für einander ausgesucht im Vorratshaus der Natur, sowohl dem Stoff nach wie in der Ausführung. Er ist blond, sie ist braun, er überragt sie um Haupteslänge, auch das macht sich gut, man könnte sie, meinen die Leute, nebeneinander ins Schaufenster stellen und darunter schreiben: »Ein schönes Paar – nach Maß gemacht.«

Der Mistral! Wie eine parfümierte Mänade kommt er daher.

Es gibt Stunden, wo er dich buchstäblich nicht zu Atem kommen läßt, wo es im Freien unmöglich ist, gegen ihn anzugehn, du mußt umkehren und dorthin gehn, wohin auch er geht, bis es dir gelingt, dich in einen der rasenden Schlachtwagen, *Autocar* genannt, zu flüchten.

Du hättest sehn sollen, wie neulich der gute, alte Pfarrer von Ranas-sur-mer (er hatte seinen Amtsbruder in Cantal besucht und, wie sich's für einen Nachfolger der Heilsboten gehörte, *per pedes apostolorum* den Heimweg angetreten) hinter einem Busch hervorschoß und sich der ›roten Linie‹ entgegenwarf. Die Nase in dem hageren Gesicht war doppelt so lang wie sonst, die Füße doppelt so groß, die weißen Haare, seine vier Gliedmaßen, jede Faser seiner Soutane und der Hut, den er in krampfhaft winkenden Händen hielt, all das flatterte gequält im Wind, es war, als hätte der Gottseibeiuns ihn gepackt und wollte ihm auf der Stelle den Kragen umdrehn, von den Socken bis zum Halswirbel.

Als er eingestiegen war, mußte er erst umständlich versorgen, was nicht von Natur an ihm festsaß, und dann rief er etwas, was man wegen des Lärms nicht recht verstehn konnte. Es bezog sich aber auf Petrus und jenen Sturm im See Genezareth, der sicherlich kein solcher Teufel von Mistral gewesen sei … Am Hafen von Ranas-sur-mer hielt gerade der ehrenwerte Bürgermeister Doktor Blanc – der ließ den Pfarrer schnell in seinen Wagen schlüpfen und fuhr ihn, über den Gehsteig, bis vor die Tür des Pfarrhauses. Dies (meinst du nicht auch?) darf sich ein Bürgermeister mit gutem Gewissen erlauben, zumal wenn es sich um die Rettung eines alten Pfarrers aus Windnot handelt.

Der Gemeindepolizist unter der Tür des Rathauses jedoch machte einen Buckel wie ein erzürnter Kater und guckte weg, um nicht Zeuge solcher Ungehörigkeit zu sein.

Schlimmer, viel schlimmer als der Mistral ist für den Bewohner der Provence der Regen.

Seiner ewig durstigen Erde zwar tut er gut, er selbst aber kann ihn nicht ausstehn.

Beim geringsten Nieseln leeren sich die Felder. So weit du sehn kannst, befinden sich Mensch und Tier auf der Flucht, als seien sie aus einem Stoff gemacht, der sich im Wasser auflöst, und da der hartgesottenste Landstreicher sich verkriecht, verkriecht sich auch der Gendarm. Diebe, die den Regen nicht scheuen, könnten jetzt die Weinäcker ernten oder die Kirche aus dem Dorf stehlen, ohne von den paar unter der Tür stehenden Einwohnern gestört zu werden. Boulespieler, die selbst dem Mistral trotzen, verwandelt ein Regenschauer in Wettläufer – im Nu sind die Gassen ausgestorben, und der Bäcker verkauft sein Brot nicht. Leider ist der Baum noch nicht entdeckt, der ähnlichen Schutz vor dem Regen gewährte wie die Zypresse vor dem Mistral …

Zu den wenigen Einheimischen, die den Regen nicht scheuen und deshalb einen Schirm besitzen, gehören Notar Burguburu und die Witwe Bosca. Darüber hinaus sind sie die einzigen Bewohner von Ranas, die einander bei Regen auf der Straße begegnen, denn sie lieben es, mit ihrer Furchtlosigkeit zu prahlen. Beide tragen sie den Schirm sehr hoch, um sich zu vergewissern, ob die Stadt hinter ängstlich geschlossenen Fenstern ihr kühnes Unternehmen verfolgt. Sie grüßen, sprechen sich aber nicht an. Jede ihrer Begegnungen hinterläßt bei ihnen das Gefühl eines gemeinsamen Fehltrittes, weshalb sie auch nicht zögern, einander in die Arme zu laufen, sobald es auf Ranas herabzuregnen beginnt. ›Meine tapfere Nixe‹ nennt er sie für sich und, wenn er mit andern von ihr spricht, den ›vergnügten Grabengel‹ – dies letzte ironisch. Seine geheimen Gedanken über die Witwe stehn nämlich in Widerspruch zur öffentlichen Meinung. Kurz gesagt, vermutet er in ihr Eigenschaften, die er mit ›höllischem Temperament‹ bezeichnet, wohingegen die Ranasser Juliette Bosca für eine Gegnerin des Geschlechts halten, dem Manne tödlich verfeindet und jeder Frau abhold, die ohne Furcht und Tadel auf ihre Brüste herniedersieht. Burguburu verleugnet sein besseres Ahnen und heult mit den Wölfen.

Nur Juliettes Hausarzt, dem ehrenwerten Doktor Blanc, gegenüber drängte es ihn seit Jahr und Tag, den Schleier ein wenig zu lüften. Leider ist der Doktor sein Freund und mundfaul. Als der Notar sich endlich einmal mit der heuchlerischen Behauptung hervorwagte, Frau Bosca sei eine schöne, aber kalte Frau, wobei er das ›kalt‹ erwartungsvoll betonte, sagte der Doktor lange Zeit überhaupt nichts. Er wälzte seinen Kaugummi (eine Unart, die er im Krieg von den Amerikanern übernahm), und erst als Burguburu schweigend, mit bohrendem Blick auf einer Antwort beharrte, ließ er sich zu der wenig befriedigenden Auskunft herab:

»Sie könnte schön sein.«

»Aber kalt«, meinte Burguburu.

Darauf erklärte der Doktor in abweisendem, fast beleidigendem Ton, derartige Diagnosen überschritten seine ärztlichen Befugnisse und gehörten in ein Gebiet, das die Wissenschaft mit mitleidigem Lächeln sogenannten Frauenkennern überlasse …

Das Gespräch fand vor dem Rathaus statt, an der Haltestelle des Autobusses.

Im Augenblick, da der Wagen abfuhr, tauchte die Witwe Bosca auf und sprang auf das Trittbrett. Ohne sich vom ehrenwerten Doktor Blanc zu verabschieden, sprang Burguburu hinterher und half Juliette in den Wagen. Des Windes wegen hatte sie den Schleier um den Oberkörper gewickelt. Sie setzte sich hinten, er vorn.

Der Mistral blies, die Fahrt nach Cantal wurde zu einem Kampf, an dem die Insassen des Wagens mehr oder minder verängstigt teilnahmen. Burguburu jubelte! Er lobte den Mistral. Er dankte ihm, daß er ihn von dem Sturm in seinem Innern entband.

An Tagen wie diesem, mußt du wissen, wenn der Mistral gleich einem wahnsinnig gewordenen Organisten mit allen Registern lostobt, befindet sich das Land in Aufruhr von Valence, dem Tor des Lichtreiches, bis hinunter ans Meer. Alles Wachstum, das sich höher als einen Fingerbreit über der Erde erhebt, liegt in Strähnen am Boden. Jeder Busch gleicht einer verzweifelten Vogelscheuche. Die Äcker mit weißen und gelben Narzissen, mit weißen und rötlichen Levkojen sind nur noch ein farbiger Schaum, der in der Sonne brodelt. Die Pinien möchten mit allen ihren Wurzeln aus der Erde fahren. Die Ölbäume, deren Stamm du nicht mehr erkennst, weil der Wind große silberne Kugeln aus ihnen macht, versuchen in der Windrichtung davonzurollen … Sie kommen nicht vom Fleck, die Erde hält sie fest, sie alle, so weit die Provence reicht, müssen aushalten unter den sausenden Schlägen des Mistrals.

Endlich landest du im Hafenstädtchen, ganz gleich wie es heißt, es ist überall dasselbe. Wenn du dich bis zur Caféterrasse durchgekämpft hast, sind da zwei Glaswände, die beschützen dich notdürftig. Vor dir die Palmen werfen die Arme um sich – jetzt könntest du einmal zählen, wieviel Blattarme so eine Palme besitzt, aber es geht zu rasch, und es sind auch zu viel.

Das Wasser im kleinen Hafen ist tintenschwarz, das Meer dahinter eine Seifenbrühe. Die gegen die Mole anrollenden Wellen werden vom Wind gegen den Strich gekämmt, jede trägt einen flatternden Schleier, und in dem Gewebe aus Wasserdunst zerbrechen Regenbogen in kleinste Stücke.

Um nach Hause zu gehn, mußt du eine Ermattungspause des Windes abwarten – ich rate dir gut. Und inzwischen sollst du den Mistral loben! Er ist der Verbündete der Sonne, für sie fegt er Himmel und Erde rein, bis die Provence eine einzige blitzende Freude ist und der Himmel darüber die reine Wonne.

Wenn der Wind sich legt und die Sonne von einer gründlich gereinigten und gelüfteten Erde Abschied nimmt, erhebt sich die Landschaft; und zeigt eine Fülle, die bei sinkender Nacht immer dichter wird.

Es dunkelt schon, da liegt noch immer der Sonnenuntergang auf den Hängen. Es ist aber gar nicht der Sonnenuntergang, es sind blühende Mandelbäume. Massen von blühenden Mandelbäumen – die Berge hinauf bis an den Rand des nackte Gesteins.

Mit denen, die wir in nordischen Gärten sehn, haben sie wenig Ähnlichkeit. Dies hier sind alte, geräumige Kerle, halb Busch, halb

Baum, deren dicht am Boden ansetzende Äste wie Arme eines Kandelabers emporsteigen und ein Blütendickicht bilden von der Erde bis zur Krone ... Und da geht der Mond auf, groß und rot wie eine Sonne. Und bevor sie silbern wird, errötet die Nacht, als wäre es schon Morgen ... Alle Erde ist hier ein Garten, ob sie Wein oder Oliven oder Mais oder Blumen trägt, alle Bauern sind Gärtner und die einfachsten, anspruchslosesten Menschen der Welt. Mit einer kurzstieligen Hacke, deren Blatt im spitzen Winkel zum Schaft steht, bearbeiten sie sorgsam die herrliche gelbe oder rote Erde. Ihr Wein ist gut und billig.

Manchmal riecht es nach Schweinen, was im Konzert der provenzalischen Gerüche dem Knoblauch in der Speisezubereitung entspricht.

Du gewöhnst dich daran oder auch nicht ...

Die Jahreszeiten wechseln leise in der Nacht.

Du siehst sie, du hörst sie nicht kommen. Eines Morgens wachst du auf und hast einen neuen Schatz.

Schwarze Straßen durchlaufen das Land, geteert, von Automobilen geglättet – das grelle Licht frißt sie an wie eine Säure.

Eine von ihnen verläßt Ranas-sur-mer und die Bucht, die seinen Namen trägt, und steigt in wenigen, scharfen Kurven auf die Höhe über dem Städtchen. Und hier, wo die letzten Häuser zwischen Ölbäumen verschwinden, erblickst du bereits wieder eine andre Bucht mit dem dazugehörigen Städtchen. Das ist Cantal.

Ranas fügt seinem Namen die Bezeichnung *sur mer* hinzu – Meer adelt, das Mittelmeer doppelt. Cantal dagegen hält es nicht für nötig, seinen Glanz mit einem Kunstgriff zu erhöhen. Cantal besitzt ein Riesenhotel mit Englisch radebrechender Bedienung, ein Kasino modernsten Stils, das bereits dreimal verkracht ist, und eine Tanzdiele mit Glasboden. Der Glasboden wird von unten erleuchtet, und zwar werden die Farben der Eigenart des jeweiligen Tanzes angepaßt. Wechselt innerhalb des gleichen Tanzes die Musik die Laune, dann wechselt (eine Neuerung der letzten, sehr schlechten Saison) auch das Licht unter den tanzenden Sandalen und Stöckelschuhen die Farbe. Soeben erglühte dein Traum in bengalischem Rot, jetzt strahlt er giftiggrün, für eine Weile hältst du die schönste Wasserleiche im Arm, und der Kolonialwarenhändler aus Marseille ahnt die Wollust der Verwesung. Jeder Tanz aber, und führte er noch so tief in die Abgründe der Seele, nimmt mit einem Nachthemdrosa sein zuversichtliches Ende.

Die beiden Orte können einander nicht sehn, die Wahrheit zu sagen, tragen sie auch kein Verlangen danach. Ein Vorgebirge steht mit dem Absatz seiner Felsen im Meer und trennt ihre Buchten oder Meergärten, wo unter Sonne und Wind das Licht blüht wie in den Gärtnereien des Festlandes die Blumen. Die Buchten sind schön geschweift, von blanken, steinigen Ufern eingefaßt, die Gärtnereien groß und sauber – so sauber, daß sich die Blumen in der rötlichen Erde der Beete zu spiegeln scheinen ...

Von der übrigens nur mäßigen Anhöhe zwischen den beiden Ortschaften zweigt ein Weg ab, ein ländlicher Weg trotz seiner Breite, staubig und voller Löcher. Er führt um einen mit Pinien bewachsenen Hügel, dessen Namen ein Schild verkündet:

»Park Stellamare, Baugelände, unvergleichlicher Rahmen und Ausblick, mit Wasser, Gas, Elektrizität und allen Bequemlichkeiten. Weitere Auskunft erteilen Notar Burguburu und Agentur *Ad astra*.«

Darunter folgen, rechts und links nach ihrer Lage geordnet, die Namen der fertigen Villen in weißer Schrift. Für die noch nicht vorhandenen Häuser ist der Platz ausgespart, blau wie die Farbe des Schildes und des Himmels. Sie sind gleichsam schon im Ei da und warten nur darauf, daß die Sonne sie ausbrütet. Tatsächlich schlüpft alle paar Monate eines davon aus.

Den Park kannst du als Naturpark ansprechen, als Überrest, vielleicht auch als Auslese eines Pinienwaldes. Er stellt eine gemäßigte Wildnis dar mit Felsen, die im windbewegten Schatten wie Robben oder Wale vor dem Spaziergänger auftauchen, an seinem Rand wachsen Thymian, Ginster und Schwarzdorn, hartes niedriges Gras zeigt an, wo sich bei Regenfällen das Wasser sammelt, Sträucher und Laubbäume, im Steinboden zu ewiger Kindheit verurteilt, erfrischen mit ihrem lichteren Grün. Wo der Wald am dichtesten ist, duckt sich ein Brunnen mit rostigem Gestänge, den du biblisch nennen würdest, weil er genau so in der illustrierten Schulausgabe der Heiligen Schrift stand. Hochmütig schaut aus einiger Entfernung ein Wasserturm auf ihn herab.

Abends, manchmal um sieben Uhr, manchmal um zehn, beginnt in einem verschlossenen Häuschen an der Landstraße die Pumpe zu arbeiten, die das Wasser in den Turm befördert. Wenn der Mann, der sie bedient, anderweitig beschäftigt ist, arbeitet die Pumpe zu lange, der Wasserturm läuft über, und dann hört man es im Walde rumoren. Es ist ein merkwürdiges Geräusch, statt nach Wasser klingt es nach Feuer – du hörst es knistern, wie wenn der Wald brennte.

»In unserm Wasserturm wohnt der provenzalische Pan«, erklärte Pauline vor Jahren ihrem Sohn. »Ungern natürlich, aber wo sollte er schließlich ein Unterkommen finden bei der Jagd, die sie alle auf ihn machen – von Valence bis herunter ans Meer? Er sitzt also da im Turm. Und wenn er abends ein Bad nimmt, läuft das Wasser über.«

Die meisten Häuser stehn nicht im Gehölz, sondern an der andern Seite des Rundwegs. Erst in letzter Zeit hat die Baulust auch den Wald angefallen. Man hat sich dabei so einzurichten gewußt, daß nur selten ein Baum der Hacke zum Opfer fiel.

Im Wettbewerb mit den Blumen können sich die Häuser des Südens nicht farbig genug herausputzen. Leider werden sie neuerdings übermütig, sie regen sich künstlich auf. Warum? Niemand vermag es genau zu sagen. Wahrscheinlich liegt es am Fortschritt, von dem du jetzt auch in der Provence schon reden hörst. Die Häuser am Rundweg bilden eine anerkennenswerte Ausnahme. Ockergelb, die alte, königliche Farbe der Provence, ockergelb in allen Abstufungen wird bevorzugt, man kann es nicht laut genug loben.

Burguburu, als ›nüchterner Provenzale‹ (so nennt er sich gelegentlich zur Freude seiner Landsleute, die hierin den Gipfel seiner Übertreibungslust sehn), bekämpft den Farbenrausch der Malermeister nach Kräften. Im Fall einer Niederlage zieht er sich auf die Sonne, seine glorreiche Verbündete, zurück.

»Sie ist zu stark«, sagt er, »die Kerle kommen gegen sie nicht auf! Sie überblendet ihre tollsten Schmierereien – die herrliche, unverwüstliche Sonne. Zum Glück können sie nicht an sie heran. Sonst – du lieber Gott! Wir hier unten würden frieren, aber oben auf der Sonne stände im Transparent: ›Jedem sein Ford!‹«

Das ist der Park Stellamare, der Hauptschauplatz der folgenden Ereignisse.

Weitere Auskünfte über das Baugelände erteilen Notar Burguburu und Agentur *Ad astra*.

Die Witwe

Paul Tavin stand neben dem Chauffeur und schickte sich an, bei Park Stellamare auszusteigen. Wie alle älteren Jungen, die für die Fahrt zur Schule die ›rote Linie‹ benutzten (so genannt nach den roten Wagen der Gesellschaft), sah er im welterfahrenen Wagenlenker einen Freund und Erzieher, dem volles Vertrauen entgegenzubringen Mannespflicht war. Der Chauffeur seinerseits erhob die Jungen hoch über die anderen Fahrgäste. Sie nahmen den Rang und das Ansehn von Vizechauffeuren ein, für alles, was im Wagen und mit dem Wagen geschah, waren sie in seiner Vertretung zuständig, sein Glück war ihr Glück, sein Unglück das ihre.

Der Autobus fuhr im zweiten Gang das letzte Stück der Anhöhe hinauf, Paul sagte: »Nicht halten, ich springe ab!«, der Chauffeur legte die Hand an den Schalthebel, um, oben angelangt, in den dritten Gang zu gehn, als von der andern Seite ein Auto den Berg heraufkam.

Zuerst tauchte das schwarze Dach auf, dann die Windscheibe, Paul erkannte den Mann am Steuer, es war der ehrenwerte Doktor Blanc. Er hatte den grauen Vollbart als Serviette vorgebunden und kaute kräftig seinen Gummi. Jemand neben Paul stieß einen Schrei aus.

Hinter dem Wagen des Doktors war ein Mädchen vorgetreten, es hatte gezögert, immer noch zögernd einen Anlauf genommen und, sichtlich ohne viel Hoffnung, den Versuch gewagt, schnell noch vor dem Autobus über die Straße zu gelangen. Im nächsten Augenblick wurde es vom Kotflügel erfaßt und zu Boden geschleudert.

Paul fiel auf die alte Frau, die geschrien hatte, der Autobus stand still und dann erhob sich ein zweiter Schrei, durchdringend, er kam von draußen und schlug in den Wagen ein wie eine Kugel.

Von alledem hatte der Doktor nichts bemerkt, das schwarze Auto war weitergefahren und in der Kurve verschwunden.

Paul sprang hinter dem Chauffeur auf die Straße und beugte sich Kopf an Kopf mit ihm über das Mädchen.

»Ich kenne sie«, sagte er und zeigte auf einen großen, weißen Stein unter dem Schild: Park Stellamare, Baugelände. »Dort sitzt sie immer.«

Sie lag reglos, mit geschlossenen Augen, die Beine auf der schwarzen Straße, der Oberkörper auf dem Rundweg. Die Augenbrauen in dem weißen Gesicht waren schwärzer als der Teerbelag der Straße, der

Mund glänzte wie roter Lack, winzige Risse auf beiden Lippen glichen zwei Zeilen einer unverständlichen Schrift.

Der Chauffeur legte vorsichtig die Hand unter ihren Kopf. »Ich weiß. Die Tochter der Witwe ... Gottverdammichnicht, sie atmet! ... Siehst du eine Verletzung?«

Paul schüttelte den Kopf.

»Du kannst nichts dafür, Louis. Du bist unschuldig.« Die Insassen des Wagens hatten sich um sie versammelt mit Ausnahme der alten Frau, die auf ihrem Platz an der Tür sitzen geblieben war und unter lautem Schluchzen herüberrief, ob die arme Kleine tot sei.

Statt einer Antwort wiederholten die andern: »Sie sind unschuldig, völlig unschuldig.«

Sie sagten es leise, weil sie befürchteten, das Mädchen könnte es hören und über ihre Parteinahme gekränkt sein.

Paul und der Chauffeur hoben sie auf und trugen sie von der Straße fort, und als sie gleich danach die Augen aufschlug, setzten sie sie ab auf dem weißen Stein unter dem Schild: Park Stellamare, Baugelände ... Paul ließ sich neben sie nieder und stützte sie mit dem Arm. Mit der andern Hand ordnete er den zerrissenen Rock. Der Chauffeur war niedergekniet, er kauerte auf seinen Absätzen und betrachtete die Verunglückte – stumm, mit flehenden Augen. Er hatte einen kleinen Schnurrbart, und es war seine Gewohnheit, in verliebter Weise damit zu spielen. Er konnte ihn auch jetzt nicht vergessen, statt ihn jedoch zu streicheln, zerrte er an ihm, sehr kräftig, als wollte er ihn ausreißen, ein dunkles Bedürfnis trieb ihn, sich zu züchtigen, seine Schönheit wegzuwerfen, seinen Reichtum zu verschleudern, sich gewissermaßen zu entmannen und arm und ohnmächtig zu werden gleich der Verunglückten.

»Platz!« schrie die Alte im Wagen, »macht Platz, damit ich die Kleine sehn kann!« Worauf die Zuschauer in zwei Gruppen auseinandertraten und der Frau den Blick auf die Kleine freigaben.

»Aasgeier!« murmelte der Chauffeur.

Die Kleine indes wandte ihr Gesicht zu Paul und betrachtete ihn neugierig.

Und plötzlich lächelte sie.

Und alle, die sie umgaben und ebenfalls bereits zu einem Lächeln ansetzten, fuhren mit einem unterdrückten Schreckenslaut zusammen.

Die Lippen, kaum geöffnet über dem Schimmer der Zähne, der an das weiße Innere einer Frucht gemahnte, entließen einen Blutstreifen. Der Blutstreifen schlängelte sich eilig vom Mundwinkel zum Kinn.

»Oh!« machte Paul und preßte die Fäuste auf die Brust.

Der Chauffeur zog rasch ein großes Tuch aus der Tasche und hielt es Paul hin. Er konnte nichts dafür und sah es auch gar nicht, daß es steif war von Öl und Schmutz. Paul nahm es und behielt es in der Hand. Er starrte abwechselnd auf den roten Wurm zwischen Mundwinkel und Kinn und die Schriftzeichen im Lack der leise bebenden Lippen. Der Chauffeur hob die Arme, er sprach vor sich hin: »Ich bin verzweifelt ... Zum Glück fuhr ich langsam, zum Glück ... Und nun blutet sie doch!«

Er blickte die Versammelten einen nach dem andern fragend an und zeigte mit behutsamem Finger auf das Blut. Der Finger zitterte immer stärker. Schließlich fiel er, wie von seiner eigenen Last gebrochen, herab.

»Blut!« schrie die Alte im Wagen. »Blut!«

Davon schien das Mädchen aus seiner Betäubung zu erwachen. Es räusperte sich und sprach erstaunlich laut:

»Es ist nichts. Das kommt nicht davon. Ich habe es immer.«

»Immer?« rief der Chauffeur – entrüstet wie einer, der nicht durch eine allzu großmütige Lüge entlastet werden will.

»Wieso immer?«

Sie verbesserte.

»Oft.«

Nun versuchte sie mit der Hand irgendwohin zu zeigen, und Paul und der Chauffeur verfolgten gespannt die Bewegung, um zu erraten, was sie damit meinte. Die Hand gehorchte nicht. Sie versuchte es noch einmal, dann warf sie den Kopf hoch und brachte ein künstliches Hüsteln hervor.

Der Chauffeur war der erste, der verstand.

»Auf der Brust?« flüsterte er ... »Wie schade! ... Ein so schönes Mädchen!«

Sie nickte ihm freundlich zu.

»Fahren Sie weiter! Sie bekommen sonst Verspätung.«

»Was hat sie gesagt?« schrie die alte Frau aus dem Wagen.

Das Mädchen versuchte nach ihr hinzusehn, aber es ging nicht. Mit einem Satz war der Chauffeur auf den Beinen.

»Vielen Dank!« sprach er hastig. »Verzeihen Sie! Oh, ich komme heute noch bei Ihnen vorbei.«

Als sie alle fort waren, kramte Paul nach seinem Taschentuch, konnte es nicht finden, zog das Ende seiner Krawatte hervor und wischte ihr damit das Blut aus dem Gesicht.

Die Risse im roten Lack des Mundes hatten sich vergrößert – Paul sah es wie ein Wunder. Für einen Kundigen wären die Schriftzeichen jetzt vielleicht zu lesen gewesen. Die zwei Zeilen waren gleich lang – wie Verse.

Obwohl sie lächelte, saß ihr der Schreck noch in den Augen, trocken waren sie, tiefschwarz und kalt. Auch schien ihm, ihr Gesicht werde immer blässer. Er wollte aufstehn, sie heimbringen, aber sie hielt ihn mit einer Bewegung des Körpers zurück, und steif aufgerichtet, den Kopf starr neben dem seinen, sagte sie:

»Bleiben wir noch ein bißchen, bitte. Ich sitze gern hier … Ich fürchte, es tut weh.«

Er nickte und wußte nicht, wohin mit den Augen. Zwischen den Fetzen des Rockes drängte ein Stück gelbe Hose, ein Streifen weißer Haut ans Licht, und es ging über seine Kraft, nochmals eine ordnende Hand anzulegen.

Als würden sie nicht fertig mit dem Gedanken an die möglichen Schmerzen und Gefahren, denen sie ausgesetzt wären, wenn sie von hier aufbrächen, saßen sie lange Zeit nebeneinander und schwiegen.

Auf der Landstraße liefen die Wagen vorbei, mit erbittertem Ton, wenn sie den Berg heraufkamen, zufrieden brummend bei der Hinabfahrt. Dazwischen hatten sie ein Atemholen, wenn sie über die ebene Strecke der Anhöhe rollten. Wie brave Schulkinder hielten die beiden still, der blonde Schopf des Jungen stand unbeweglich über dem schwarzen Haar des Mädchens.

Er war von Natur ordentlich und hätte gern ihr wirres Haar gerichtet. Aber wie durfte er sich der völlig Hilflosen gegenüber eine solche Vertraulichkeit herausnehmen, da ohnehin dieser Doppelstreifen Hose und Haut ihn abschreckte und beinah jeder der Vorüberfahrenden für eine Sekunde den Kopf herumwarf und wohlwollend grinste! In seiner Verlegenheit versteifte er sich immer mehr, bis der Rücken schmerzte, die Augen nicht mehr sahen und ein eintöniges Surren die Ohren erfüllte … Aber er wäre ewig so sitzen geblieben.

Zu seinem Erstaunen hörte er sie sprechen.

»Sie heißen Paul Tavin ... Und der nette Chauffeur heißt Louis. Wußten Sie das?«

Natürlich wußte er, daß Louis Louis hieß, er kannte auch ihren Namen, aber da unbedingt etwas gesagt werden mußte, und wäre es nur gewesen, um sich für die Ansprache dankbar zu erweisen, fragte er:

»Und wie heißen Sie?«

Sie antwortete:

»Sibylle ... Eher abschreckend – wie?«

Obwohl kein Zweifel war, daß sie selbst zu sprechen wünschte, klang ihre Antwort erpreßt – ein dünner, überheller, etwas zitteriger Ton. Wenn man achtgab, spürte man, daß alles an ihr unmerklich zitterte. »Still!« flüsterte er. »Sie haben furchtbare Schmerzen.«

Das Wort ›furchtbar‹, das er, darin allen seinen Altersgenossen gleich, ebenso gern wie gedankenlos anwandte, diesmal war es groß, war es bebend wie sein Herz.

Sibylle überhörte es. Sie rang nach Atem und brachte stoßweise hervor:

»Sibylle ... Wie sollte ich – sonst wohl heißen? Von mir – ist nichts andres zu erwarten ... Eine Schattenpflanze«, fügte sie hinzu, ein Wort, das Paul zum erstenmal hörte. Es hatte einen schauerlichen Klang, es roch nach Keller und Feuchtigkeit, Paul ließ die geziemende Zeit für eine Antwort ungenützt verstreichen. Er glaubte nicht daran, daß Sibylle eine Schattenpflanze sei, und hätte es ihr gern gesagt.

Nach dem Geständnis ihres angeborenen Unglücks war ihr anscheinend freier zumute. Sie regte sich und sagte, erst selbstbewußt im Ton einer Dame, dann aber schmerzhaft entgleisend:

»Ich glaube, Herr Tavin, jetzt könnte ich – au! ... Ich fürchte, Sie müssen mich tragen.«

Und alles, was sie sagte, auch dies, klang ihm wie Verse eines verstümmelten Gedichtes, wie Laute eines Gesanges, der stärker war als aller Schmerz und nur in voller Deutlichkeit hervorzubrechen brauchte, um das Mißgeschick zum Guten zu wenden.

Er nahm sie auf die Arme, sie wog nicht schwer, und feierlich machte er sich auf den Weg zur Villa *Santa Maria*. Es fiel ihm ein, daß er schon einmal, vor langer Zeit, so ruhig und gesammelt, mit so festlicher Schwermut geschritten war, ohne rechts und links zu blicken. Damals hatte er in der Prozession den Reliquienschrein der heiligen Julia, der Märtyrerin der Provence und Schutzpatronin von Ranas, getragen, und als er mit dem Silberkästchen, das viele Halbedelsteine und bunte Glassplitter verzierten, aus der Kirche ins Freie trat, hatte er die Augen schließen müssen, so war ihm das Feuer aus dem Kästchen ins Gesicht geschlagen ...

Und er war wieder der Knabe, der ein Heiliges trug und voll war bis in die Poren der Haut von einer Gnade, die mit dem Atem auf und ab stieg in seinem Körper, von den Knien bis zu den Augen.

»Es ist nichts«, murmelte sie. »Sie können gut ein wenig schneller gehn!«

Er gehorchte und ging schneller, aber gleich danach schritt er wieder langsam wie zuvor.

Sie merkte es, beugte sich in seinen Armen ein wenig vor und sah ihm in die Augen. Paul reckte sich, so gut es ging, und erwiderte mit knabenhaftem Ernst ihren Blick.

Der rote *Autocar*, von Cantal kommend, hielt am Park Stellamare, ihm entstieg die Witwe Bosca.

»Ah! Sie sind weg«, sagte der Chauffeur Louis.

Der weiße Stein war leer.

Den Hergang des Unfalls hatte er ihr unterwegs ausführlich geschildert. Des Lebens der Tochter sicher, hatte sie um das ihre gezittert, weil der Chauffeur bei seiner Erzählung sich dauernd nach ihr umdrehte, wobei der Wagen, die Lebhaftigkeit des Erzählers teilend, in jede nächste Kurve schärfer hineinfuhr. Louis blieb nichts mehr zu tun, als der aufatmenden Dame zu zeigen, wo der Unfall sich ereignet hatte, und daran anschließend die Stelle, wo das ›Fräulein Tochter‹ in der Obhut des jungen Herrn Tavin zurückgeblieben war. Juliette Bosca flüsterte einen Dank, der wie ein Segensspruch klang (Louis nahm unwillkürlich die Mütze ab), und bewegte sich mit kleinen, eiligen Schritten auf die Villa *Santa Maria* zu.

Sie trug eine schwarze Haube mit einem schmalen, weißen Einsatz über der Stirn, ein schwarzes Kleid. Der Witwenschleier schleifte am Boden und wirbelte ein wenig Staub auf, weshalb Kundige den Wechsel der Witwe Bosca über den Rundweg von der Erde abzulesen vermochten.

»Die Witwe ist heute links gegangen statt rechts«, konnte Paul seiner Mutter melden – »wegen des Schattens!« Oder: »Hier ist sie stehngeblieben, um den neuen Lampenschirm in meinem Zimmer zu betrachten«, oder auch: »Hier muß eine ganze Familie ihrer Bekanntschaft vorbeigekommen sein. Sieh nur, zehn Meter weit hielt sie bescheiden den Kopf gesenkt, zehn Meter weit hat der Schleier nicht den Boden berührt ...« Da Paul die Kinder der Nachbarschaft in die Kunst des Fährtelesens eingeführt hatte, wäre es der Witwe schwergefallen, zum Nachteil ihrer Tugend heimliche Wege zu gehn.

Notar Burguburu, der seinen Spaziergang durch den Park machte, begegnete ihr und raffte unter tiefer Verbeugung die Baskenmütze vom Schädel. Da es nicht regnete, waren sie beide befangen.

Der Schädel blitzte in der Sonne, und Juliette, die Gutwetter-Juliette, dankte für den Gruß lediglich mit einem Niederschlagen der Augen.

Er war es nicht wert, daß man seinetwegen den Kopf senkte, er blieb ein Feind der Kirche, mochte auch der gutmütige Pfarrer die Gläubigen mit dem Hinweis auf den Schacher am Kreuz beruhigen und die vornehme Haltung des Notars anläßlich der letzten Kammerwahlen hervorheben ... Immerhin hinderte ihre Ablehnung des Freigeistes sie nicht, Madelon Plaisir, einer entfernten Verwandten Burguburus und ihrer besten Freundin, gelegentlich das Zugeständnis zu machen, der ansehnliche, lebhafte Mann besitze etwas Vertrauenerweckendes. Sie pflegte dann seine Tapferkeit zu loben und nannte ihn ›goldig dumm‹. Juliette schätzte kluge Männer gering. »Sie wollen alles besser wissen«, meinte sie. »Es sind Sadisten.« Ebensowenig liebte Burguburu kluge Frauen. Er sagte, Frauen seien wie Pferde, sie brauchten Scheuklappen. Nachdem Juliette vorbei war, blieb der Notar stehn und blickte ihr nach – bis an einem kleinen, vergitterten Fenster der Villa *Rosmarin* der Kopf der Witwe Tavin seine Aufmerksamkeit ablenkte. Burguburu lachte in sich hinein. Da war jemand, der sich einbildete, ihn heimlich bei einer Ungezogenheit erwischt zu haben – pah! Er zuckte die Achsel und setzte seinen Weg fort. Gleich danach vernahm er das Geräusch der Wasserspülung. Er hatte es erwartet. Befriedigt ging er weiter – sie hatten einander beide erwischt und waren quitt.

Keines dieser Häuser hatte ein Geheimnis für ihn, er kannte jeden Raum, er kannte ihre Bewohner, er kannte auch ihre Gewohnheiten. Geschah es, daß sie sich dagegen vergingen, so ließen die Beweise eines in Unordnung geratenen Lebens nicht lange auf sich warten. Was konnte das Geräusch der Wasserspülung im Hause *Rosmarin* zu so ungewohnter Stunde bedeuten? Er, der täglich um dieselbe Zeit hier vorbeikam, hatte es nie vernommen. Ebensowenig war er bisher zu dieser Stunde der Witwe Bosca begegnet ... Die Ahnung schwerwiegender Veränderungen im Leben der beiden Frauen ergriff seine Seele, er ging nochmals um den Rundweg und beobachtete schon von weitem erst einmal die Fenster der Villa *Santa Maria*. Als er näher kam, hörte er im Zimmer der Tochter sprechen. Er blieb stehn, den Blick halb im Himmel, das Ohr gänzlich am offenen Fenster. Im Fenster erschien das bemalte Gesicht der Witwe, er bückte sich, als höbe er etwas vom Boden auf, und eilte weiter. Da rauschte zum zweitenmal die Spülung im Haus *Rosmarin*.

»Nanu!« sprach er bedenklich. Zur Heimkehr wählte er die Landstraße und schob, ingrimmig mit der Witwe Bosca beschäftigt, seinen Bauch an den Gartenmauern entlang.

Diese Dame, stellte er fest, hatte das Gesicht einer geschminkten Leiche, und wer angesichts der anheimelnd rundlichen Gestalt auf die Begegnung mit einem zwar trauernden, aber von Lebenssäften schwellenden Weibe gefaßt war, der erschrak beim Näherkommen über das blasse, nur an den Backenknochen, hier jedoch übermäßig geschminkte Gesicht, aus dem zwei Augen schwarz und groß in die Ferne schauten.

Das merkwürdigste aber war, daß diese Ferne, die den Blick der Witwe Bosca festhielt, offenbar dem Paradies angehörte oder einem andern unfaßlichen Ort der Wonne. Denn der Vorübergehende, noch erschüttert von den geschminkten Leichenwangen und der Teilnahmslosigkeit des Blickes, bemerkte plötzlich, wie erleuchtet, einen Ausdruck, den er nicht anders als mit Seligkeit bezeichnen konnte. Hatte er sie von fern auf fünfundzwanzig, höchstens dreißig Jahre geschätzt, dann in der Nähe panikartig auf sechzig, so hielt er sie zu guter Letzt für eine rätselhafte Erscheinung ohne Alter, ohne Geschlecht, für etwas wie eine Abgesandte und Botschafterin der Glückseligen auf Erden.

Nach einer Weile freilich, die Witwe Bosca mochte schon längst außer Sicht sein, mußte man wiederum feststellen, daß zumindest die Geschlechtslosigkeit des vergnügten Grabengels nicht ganz außer Frage stand. Jedoch blieben Ursache, Art und Rechtfertigung solcher Zweifel nicht weniger rätselhaft als die Entschlossenheit der Witwe, unter keinen Umständen abzurüsten.

Frau Bosca war bereits im Trauergewand nach Ranas-sur-mer gekommen, und die später im Ort auflebende Hoffnung, sie werde mit der Zeit ihre Trauer wenigstens um einige Grade herabsetzen, wie es die übrigen Kriegswitwen auch taten, hatte sie nicht erfüllt. Nach wie vor trug sie den übertrieben langen Witwenschleier, der hinter ihr den Staub aufrührte. Die Ranasser deuteten es als Hochmut und Zeichen von Menschenverachtung, und der gute Pfarrer sah sich zu dem Ausspruch veranlaßt, die Witwe Bosca ziehe zischelnde Schlangen hinter sich her. Er wollte damit sein Bedauern ausdrücken, daß ihre der christlichen Demut sowohl wie der guten Sitte widersprechende Zurschaustellung des Witwentums für die Gemeinde eine Quelle mannigfacher, keineswegs harmloser Vermutungen bilde.

Wie konnte man einen derartigen Aufwand von Lebensfeindschaft erklären, wenn nicht mit dem Bestreben, dahinter das Gegenteil zu verbergen? »Man soll nicht aufhören, sie zu verleumden«, äußerte der Pfarrer zu Madelon Plaisir, der Frau des Posthalters, die als tugendhafteste Frau des Kirchspiels galt. »Sie will einfach nicht. Und so macht sie mehr von sich reden, als wenn sie die größte Sünderin wäre. Versuchen Sie doch, auf sie einzuwirken, Frau Plaisir!«

Die Antwort Madelons klang dunkel wie ein heidnisches Orakel. »Gibt es eine Sünderin«, sprach sie, »die so viel Aufsehen erregte wie eine, deren Sündhaftigkeit man nur vermutet? ... Außerdem ist es die beste Art, die Wahrheit zu verschleiern.«

»Sie meinen«, erwiderte der Pfarrer nach längerem Besinnen, »Sie meinen, Frau Bosca, ergebe sich ... den Verleumdungen, deren Gegenstand sie ist, wie andre dem Laster? Und Sie lassen durchblicken, daß sie überdies im geheimen ein lasterhaftes Leben führe?«

Selbstverständlich wies Madelon Plaisir beides entrüstet von sich, der gute Pfarrer schwieg und fächelte sich mit der Hand frische Luft zu.

Alle seine Bemühungen, die Witwe vom ›Götzendienst des Todes‹ abzubringen, erwiesen sich als vergeblich. Dem Hinweis auf das Beispiel ihrer Nachbarin, Frau Tavin von der Villa *Rosmarin*, begegnete Juliette mit dem Geständnis: obwohl die Köchin der Frau Tavin den Mülleimer zuweilen etwas lange auf der Straße stehn lasse, spüre man schon im Vorbeigehn, welche Himmelsluft im Haus *Rosmarin* wehe, Frau Tavin sei eine Heilige – sie selbst aber, Juliette Bosca, sei eine Sünderin und könne Frau Tavins Weg nur mit niedergeschlagenen

Augen kreuzen sie würde sich auch niemals unterstehn, ihre Bekanntschaft zu suchen. Worauf der Priester die Arme in die Luft hob und ausrief, Frau Tavin sei keineswegs eine Heilige, sondern eine anständige Frau, die mit Gott und ihren Nebenmenschen auf gutem Fuß lebe, kein Ärgernis gebe, wohltätig sei, und Heilige gäbe es in Ranas überhaupt nicht, und niemand verlange, daß es welche geben solle.

»Doch, Herr Pfarrer«, antwortete zweideutig Juliette, »doch! Zwar will niemand es recht glauben, aber es gibt mindestens einen Heiligen in Ranas.«

Dabei musterte sie ihn von oben bis unten, daß der alte Mann errötete und sie eiligst an die Luft setzte. Als sie draußen war, prüfte er sich: was, in aller Heiligen Namen, sollte man von ihr denken? Er wagte nicht, sie eine Scheinheilige zu nennen, nein, das war sie nicht, bestimmt nicht, er als ihr Beichtvater wußte es besser, eine Heuchlerin war sie nicht – und lasterhaft? Jedenfalls nicht im herkömmlichen Sinne, dies gewiß nicht ... Die Vergehn, die sie im Beichtstuhl bekannte, waren die eines heranwachsenden Mädchens, das streng mit sich ins Gericht geht. Aber was war sie dann?

Vielleicht eine Kranke, sagte er sich, nach monatelanger Beobachtung. Und er bat den ehrenwerten Doktor Blanc, die Witwe zu besuchen und ihr die Götzendienerei mit Hilfe der Wissenschaft auszutreiben, nachdem die Mittel der Kirche sich als unwirksam erwiesen hatten. Er nahm es genau und schärfte ihm ein, den Kaugummi auszuspucken, um überzeugender zu wirken. Wie alle Welt wisse, so behauptete er, werde die Aufmerksamkeit der Patienten durch das schon bei einem gewöhnlichen Menschen erstaunliche, bei einem Arzt aber geradezu verblüffende Wiederkäuen derart in Anspruch genommen, daß sie dummes Zeug redeten, und damit sei niemand gedient.

»Das Kauen enthebt mich der Verpflichtung, wie ein Molièrescher Doktor zu schwätzen«, versetzte trotzig der Arzt und Bürgermeister. Worauf der Pfarrer entschied:

»Dann können Sie meinetwegen gerade so gut zu Hause bleiben.«

So war es das erstemal, daß der Doktor, von Paul im kleinen Wagen abgeholt, die Villa *Santa Maria* betreten sollte.

Er schob den grauen Vollbart vor und kaute hingegeben. Notar Burguburu, an dem sie auf der Landstraße vorbeifuhren, nahm an, der Doktor sei unterwegs zum Haus *Rosmarin*, er grüßte und beschleunigte, trunken von Meldeeifer, den Schritt. Die Folge der Begegnung, verbunden mit dem Erscheinen von Frau Tavins Kopf hinter dem Gitterfenster und dem zweimaligen, ungewöhnlichen Rauschen der Wasserspülung, war, daß sich eine Viertelstunde später in Ranas die Nachricht verbreitete, die Besitzerin der Villa *Rosmarin* sei an Typhus erkrankt. Doktor Blanc, erzählte man, habe es seinem Freunde Burguburu unter Verhängung des strengsten Schweigegebots anvertraut.

Während die Kunde das Städtchen durcheilte und überall Schrecken und Mitleid erregte, wurde in der Villa *Santa Maria* der Vorschlag des Doktors, unverzüglich einen Chirurgen zu Rate zu ziehen, von Juliette Bosca mit schamhaftem Niederschlagen der Augen abgelehnt. Sie kam zu Paul hinaus, der im Salon das Ergebnis der ärztlichen Untersuchung abwartete, ließ sich neben ihn auf das Sofa nieder und sagte:

»Was denkt sich bloß unser guter Doktor! Ein Chirurg aus Toulon, was meinen Sie, was er allein für die Fahrt rechnen würde!«

Paul bot sich an, den Chirurgen im Wagen abzuholen und auch zurückzubringen; es waren fünfzehn Kilometer nach Toulon, in einer Stunde konnte der Mann da sein.

»Die Gesellschaft wird zahlen«, setzte er hinzu.

»Sie erwähnten doch selbst, und wohl nicht ohne Absicht, die Schuldlosigkeit des Chauffeurs«, erinnerte sie ihn.

Er versicherte, die Versicherung hafte dennoch für den Schaden.

»Um so besser, wenn wir endlich was kriegen«, meinte sie, und Paul kam es vor, als breite sich bei diesen Worten ein überirdischer Schimmer über ihre Züge. Er sah näher hin, da war das Lächeln wie Rauch vergangen, oder er hatte sich vorhin getäuscht.

»Wollen Sie, bitte, den Doktor nach dem Namen des Chirurgen fragen?« beharrte Paul. »Ich fahre sofort.«

Sie machte mit dem Kopf ein Zeichen, er folgte der Richtung und stieß auf eine Photographie an der gegenüberliegenden Wand. Sie war stark vergrößert und schwarz gerahmt. Ein Major in der Uniform der Kolonialtruppen stützte sich auf seinen Säbel und blickte herrisch auf sie herab. Das Kreuz der Ehrenlegion, das er auf der Brust trug, hing im Original an der unteren Leiste des Rahmens. Paul fand es erschreckend, wie er von der Wand herab drohte. Warum? Der dicke Schnurrbart sträubte sich vor Wut.

Die Witwe sah den Soldaten an ... Aber sah sie ihn wirklich an? Paul war seiner Sache so wenig sicher wie vorhin, als er geglaubt hatte, sie auf einem unangebrachten Lächeln zu ertappen.

»Sein letztes Wort war«, sprach sie, und ihre Lippen bewegten sich kaum: ›Sagen Sie meiner angebeteten Frau, Gott wird sie nicht im Stich lassen ... Viele Jahre sind seitdem vergangen, ich kann und will sie nicht zählen. Aber«, sie atmete laut auf, »vielleicht kriegen wir jetzt wirklich was ... Wieviel wohl – meinen Sie?«

Paul dachte, sie sei verrückt geworden, zumindest verstört durch den Unfall ihrer Tochter. Er verabschiedete sich und holte auf eigene Faust den Chirurgen.

Als er eine Stunde später in dessen Begleitung eintraf, wurde auf mehrmaliges Klopfen nicht geöffnet. Dafür hörte er aus einem offenen Fenster das Aufstöhnen und Wimmern Sibylles, in das sofort ein wildes Schluchzen der Witwe einfiel ... Man sollte es hören, das war beiden Herren klar ... Sie warteten, bis das Geheul sich gelegt hatte, und klopften von neuem. Es war ein schwerer Türhammer, das Haus dröhnte von den Schlägen. Paul ging mit sich zu Rat, ob er nicht kurzerhand an der Bougainvillia in den ersten Stock hinaufklettern und durch das Fenster einsteigen solle, um die Haustüre von innen zu öffnen. Im selben Augenblick wurde das Fenster geschlossen.

»Sie kann Gedanken lesen«, sagte er beleidigt.

Er brachte den Arzt nach Toulon zurück und legte sich der *Santa Maria* gegenüber auf die Lauer. Das Fenster stand jetzt wieder offen, er hörte die Stimme der Witwe im Zimmer. Bald erschien auf dem Rundweg der Chauffeur Louis. Nett von ihm, dachte Paul, er hält Wort, will sich nach ihrem Befinden erkundigen. Und er pfiff ihn zu sich unter die Bäume und setzte ihn kräftig ins Bild. Darauf ging Louis mit Militärschritten auf das Haus los.

Und ihm wurde geöffnet.

Er mußte sich auf das Sofa setzen, Auge in Auge mit dem Major, Juliette setzte sich neben ihn. Bald betrachtete er die stark duftende Frau, bald den Soldaten, der sich drohend auf seinen Säbel stützte, bald liebkoste er seinen seidigen Schnurrbart, bald zerrte er an ihm. Er kannte keine Frau, deren Üppigkeit so einladend wirkte, während ihre Augen gleichzeitig abschreckten wie die Mündungen von Maschinengewehren in einem Pfirsichbusch. Um wenigstens aus dem Kreuzfeuer zwischen dem Major und seiner anziehenden Witwe herauszukommen, vertauschte er das Sofa mit einem Stuhl. Sie lächelte nachsichtig.

Die Unterhaltung galt hauptsächlich der Entschädigung, die man von der Autobusgesellschaft erwarten konnte. Da Louis sich trotz allen Drängens nicht entschieden genug ausdrückte, begann die Witwe, den Zustand Sibylles in krassen Farben zu schildern und damit die Verunglückte einem für die Gesellschaft verbindlichen Wunschbild anzunähern, über das Louis indes hartnäckig hinwegsah. Zum Schluß erwähnte sie den Chirurgen aus Toulon und nannte schätzungsweise Summen, wie die Herren sie für schwierige Eingriffe zu fordern pflegten, Summen von solcher Höhe, daß Louis mit einem Ruck aufstand und vor dem Chirurgen, dem geschminkten Grabengel und allen Teufeln das Feld räumte, entschlossen, die weitere Auseinandersetzung mit ihnen seiner Gesellschaft zu überlassen.

»Wie es Ihrer Tochter wirklich geht«, sprach er an der Tür, »ich meine unter uns, im Vertrauen, gnädige Frau, ich meine, das könnten Sie mir schon sagen, das sind Sie mir schuldig, ich bitte Sie, ich kenne die Kleine seit vielen Jahren und habe sie herzlich gern.«

Die bemalte Leiche strahlte.

»Die ›Kleine‹, mein Herr, ist neunzehn Jahre alt. Sie wird vermutlich für den Rest ihrer Tage hinken und keinen Mann kriegen, und wie es ihr wirklich geht, das sollen Sie und Ihre Gesellschaft vor Gericht erfahren.«

»Dann also nicht, gnädige Frau«, sagte Louis und zog hinter sich die Türe zu.

Was Paul nicht rasch genug gewagt hatte, vollbrachte Louis in drei Sekunden. Er kletterte am Bougainvilliaspalier hinauf und steckte den Kopf durch das Fenster.

»Fräulein Sibylle! Hier ist der Louis, keine Angst! Wie geht's?«

»Nicht so arg schlimm, Louis«, antwortete sie aus den Bettkissen. »Nur das Knie, das tut weh. Wissen Sie – tourenweise! Machen Sie sich keine Sorgen, Sie können ja nichts dafür.« Und als er schwieg: »Sicher, Louis, der Doktor sagt, es dauert lang, aber es ist nicht gefährlich.«

»Herrliches Mädchen!« rief er. Da wurde die Tür des Zimmers geöffnet, er schaute rasch unter sich, um die Entfernung zu schätzen, und sprang ab.

Am Hafen standen die Männer in Gruppen versammelt und spielten das nationale Kugelspiel.

Eine kleine Holzkugel wurde ausgeworfen, und nun kam es für die Spieler darauf an, mit den größeren, eisenbeschlagenen Kugeln aus Buchs der kleinen möglichst nahe zu kommen. Es wurde jeweils in zwei Parteien gespielt. Manche Kugeln glänzten in Messing und Silber, das waren Ehrenpreise, in sagenhaften Turnieren errungen. Bevor eine *Boule* ausgeworfen wurde, ließ man sie, in die Knie gekauert, zärtlich in der Hand springen.

Louis unternahm mit der Schilderung des Unfalls und seinen Folgen eine Gastspielreise von Gruppe zu Gruppe. In die komischen Rollen teilten sich Juliette Bosca, vom Volke kurz ›die Witwe‹ genannt, und Notar Burguburu, der Verbreiter der falschen Typhusmeldung. Er genoß ohnehin den Ruf, ebenso hartnäckig falsche Nachrichten in Umlauf zu setzen, wie die Wahrheit im dunkelsten Winkel seines Busens zu verwahren – eine Eigentümlichkeit, die plötzlich wieder im Bewußtsein der Allgemeinheit dastand wie das leibhaftige Denkmal des Notars. Erst als Louis mit seiner Erzählung am Ende des Kais angelangt war, beteiligte auch er sich am Spiel.

Über Ranas-sur-mer und seinem Hafen schickte der Tag, ein hoher Herr, sich an, in Purpur und Seide vor aller Angesicht zu verscheiden. Die Felsen des Vorgebirges jenseits der Bucht erröteten fiebrig, wurden blaß wie der Tod. Langsam zog die Nacht sich zusammen, ein Netz, durch dessen Maschen ein mattblauer, noch unbestirnter Himmel hereinsah.

Dann war das Schleppnetz der Dämmerung weitergezogen, und Ranas, sein Hafen, die Berge, Meer und Himmel erhoben sich zu einem blauen, luftigen Bau, silbern durchzogen. Manchmal war ein Atem aus der Höhe spürbar, der bewegte leise das große, wie in einem größeren Spiegel eingefangene Bild. Am Ende der Mole hing ein rotes Licht, weiter draußen, auf der Höhe der Insel, öffnete und schloß ein Leuchtturm sein Auge.

Sechs Fischer marschierten im Gänseschritt in das *Café de la Marine*.

Die Mütze saß ihnen im Genick, die Hände steckten in den Hosentaschen, die Zigarette saß angewachsen im Mundwinkel, sie hatten gutmütige, verwitterte Gesichter. Mit ihnen ging eine Melodie, sie schien eher um ihre Köpfe zu summen, als daß sie selbst sie erzeugten.

»Wenn der Wind weht
Über *das* Meer ...«

Es war der Schlager aus einem deutschen Tonfilm, sie summten ihn kunstvoll im Chor.

»Wenn der Wind weht
Über *das* Meer ...«

Vor der Theke angelangt, machten sie linksum kehrt. Regale mit vielfarbigen Likörflaschen nahmen die ganze Längswand ein. Auf der Theke stand eine große, vernickelte Kaffeemaschine, sie funkelte und zischte ...
»Nicht schlimm, die kleine Bosca«, verkündete der eine.
Der Wirt wußte es schon, daß es nicht schlimm war.
»Am Knie verletzt«, erklärte der andre.
Der Wirt staunte:
»Also doch?«
»Ja, am Knie. Nicht schlimm.«
Sie tranken schweigend. Mit der Behendigkeit eines Xylophonspielers tänzelte der Wirt die Regale entlang und hantierte zwischen den Flaschen. Seine Griffe waren unfehlbar, die Flaschen glitten wie gerufen in seine Hand und von dort auf das Regal zurück. Die Gläser vor ihm füllten sich mit farbigen Getränken.
Einer der Fischer, ein Alter mit dem schönen, weißhaarigen Kopf eines Kardinals, ließ gemessen den Blick über die Gäste gleiten, die man dank der hohen Spiegel zugleich von hinten und von vorn sah, und rief:
»Na, was sagt ihr zu unserem Typhusnotar?«
Gelächter erscholl, selbstbewußt und genießerisch ausgedehnt. Nicht bloß die Lacher, auch die in Schlachtordnung aufgestellten Flaschen waren entzückt, sie leuchteten und sprühten in den Spiegeln, wo ihre bunten Reihen sich ins Unendliche fortsetzten. Die Kaffeemaschine glich einem geharnischten Feldherrn, sie stieß einen Pfiff aus. Die Karten klatschten auf die Tische.
»Ja, der Notar! Unser Lügenprinz! Der Feuerwerker der provenzalischen Heiterkeit, wie jener Bonze mal sagte! ... Aber hört mal, ist eigentlich Typhus ein Spaß?«

Den fröhlichen Lärm übertönte die Stimme des Chorführers:

»Jetzt kann die Witwe Bosca selbst den Haushalt führen, der Geizkragen, und die Kleine darf sich ausruhen. Was meint ihr?«

»Soll sie! Bravo! Louis, einsammeln! Wir wollen der Kleinen Blumen schicken!«

»Ob die Witwe mit dem Schleier ins Bett geht?« gab der Chorführer zu bedenken.

Die Bemerkung entfesselte eine Meute von Zurufen.

»Hoho! Sie schläft mit ihm, die Metze.«

»Mit einer Riesenschlange!«

»Einer schwarzen Riesenschlange!«

»Solche Viecher haben eine Haut wie Sandpapier.«

»Wie Reibeisen!«

»Ein strenger Buhle!«

»Deshalb ist sie auch so gut gepolstert. Jetzt haben wir's heraus!«

»Weiß jemand von euch, wie Schlangen sich begatten?«

– – –

»Puh!«

Louis beruhigte die aufgestachelte Einbildung der Männer, indem er bekanntgab:

»Unsinn, die Witwe tut nichts dergleichen! Sie hat Angst. An der Wand hängt ihr Verflossener, der Major, und paßt auf. Ich kann euch sagen, der hat Haare auf den Zähnen … Laßt lieber die Kleine hochleben!«

»Einen dreifachen Handklatsch für die kleine Bosca!« kommandierte der Alte. Dreimal wurden im Takt die Hände gerührt, ein-zwei-drei, eins-zwei-drei, eins-zwei-drei, worauf ein dreifacher Tusch die Huldigung abschloß: Eins, eins, eins!

Die Fischer zogen ab, sechs Kerle im Gänsemarsch hintereinander, Sweater und breite Hosen, an der Spitze marschierte der Alte mit dem Haupt eines Kardinals. Die frische Zigarette wuchs ihnen bereits wieder im Mundwinkel an, die Hände schlugen Wurzeln in den Hosen, die Mützen saßen schief im Nacken, kühn sahen die Männer aus, kühn, unbeirrbar und menschenfreundlich. Dreistimmig summten sie:

»Wenn der Wind weht
Über *das* Meer …«

Und die Kartenspieler, an denen sie vorbeikamen, summten mit.

Im Freien empfing sie ein ungebärdiger, nach starken Gewürzen riechender Landwind, der Vorreiter des Mistrals.

Plötzlich brachen sie alle sechs ihren Singsang ab, blieben mitten auf der Straße stehn und guckten in die Luft.

Das tiefe Rauschen von Bombenflugzeugen drang zu ihnen herab, sie sahen aber nichts als ein Licht, das sich winzig zwischen den Sternen bewegte. Es war eine mondlose Nacht.

Das wandernde Licht in der Höhe blinkte dunkler und zugleich schärfer als die Sterne, und obwohl das hohe Rauschen ein ganzes Geschwader anzeigte, konnten sie von ihm keine Spur außer dem einen Licht entdecken. Dann erlosch auch dieses. Kaum war es erloschen, da prallten draußen auf dem Meer Strahlenbündel von Scheinwerfern gegen den Himmel und suchten, sich kreuzend, die Luft ab. Die Luft nahm plötzlich Dichtigkeit und Schwere an und hing als Fremdkörper über der Erde, hier und dort von einem grellen Strahl durchlöchert.

»Aha, schon wieder Manöver«, sagte einer der Männer.

Das Rauschen schwoll an, wurde heller, es bewegte sich dem Meere zu. »Wir haben entschieden zu viel Geld«, meinte der Alte verächtlich – mit einem Unterton von Stolz.

Die Lichtkegel schwangen sich gleich riesenhaften Turnern durch den Himmel, hingen steif am Reck, sprangen einander bei und starrten, zwischen Himmel und Erde schwebend, gemeinsam in eine Richtung, trennten sich auf einen Schlag, kreisten langsam und zögernd … Alle zu einer Garbe vereint, standen sie plötzlich still. Ein Zug weiß schimmernder Vögel wurde sichtbar, bewegte sich wie im eigenen Licht, und von den unsichtbaren Kriegsschiffen draußen auf See fiel ein Schuß.

Ein Wintertag, bittersüß

Wie jeden Morgen erwachte Frau Pauline Tavin vom Brausen der Dusche im Badezimmer. Srumm! machte die Dusche, und da Haus *Rosmarin* wie alle Villen des Rundwegs aus Hohlziegeln gebaut war, klang es jedesmal, als stürze das Haus ein. Wenn dann das Wasser abgestellt wurde, gab die Leitung einen Klageton von sich. Im Hause hieß dies ›die Klage des alten Pan‹. Er klagte über die Gewalt, die

Sterbliche in ihrem freventlichen Übermut den Elementen antun. (Frau Pauline war nicht sicher, ob die Menschen beim Kampf gegen die alten Götter das Recht auf ihrer Seite hatten.)

»Hallo, Mutter! Sechs Uhr!«

Paul hörte im Nebenzimmer das Prasseln des Kaminfeuers, dann das Knipsen des Lichtschalters. Er unterschied die Heftigkeit, mit der die Pinienscheite abbrannten, von dem vertrauenerweckenden Brausen des Olivenholzes. Es roch nach Weihrauch und frischem Lack, und durch den Spalt unter der Tür strömte infolge des vom Kaminfeuer belebten Zuges Frische herein mit dem Geschmack von Bergluft.

Er ließ das warme Bad für die Mutter einlaufen und eilte nackt die Treppe hinunter und hinauf. Vor dem Treppenabsatz in der Halle und oben vor der offenen Tür seines Zimmers machte er Turnübungen. Nie sah er so ernst, um nicht zu sagen bedeutend aus, wie wenn er turnte. Darin glich er den Katzen und Kindern, die beim Spiel einen Ausdruck erhabener Sammlung bewahren.

Beim Hochgehn aus der Rumpfbeuge entdeckte er, daß der Frühstückstisch in der Halle ›lachte‹, er antwortete mit einer freundlichen Grimasse und ging vorzeitig zu den Kniebeugen über, um die Morgenfröhlichkeit in sich hineinzupumpen.

Die Tischdecke und die Mundtücher schimmerten wie noch nie, selbst nicht an hohen Feiertagen, jeder einzelne Faden des Gewebes war belebt und zuckte im Licht wie ein Nerv. Die Bestecke und Serviettenringe warfen einander Sprühblicke zu, die allerdings gerade so gut den Orangen gelten konnten (den ersten des Gartens), das Geschirr aus gelbem Steingut atmete Wohlbehagen, die Köpfe der wollenen Hähne auf den Eierbechern krähten vor Appetit. Unmittelbar unter der gelbseidenen Hängelampe plusterte sich ein Strauß von Mimosen. Tau lag darauf. Die Vase umgab ein loser Kranz weißer Narzissen mit goldenen Herzen. Die Kacheln des Fußbodens, rötlichgelb, luden zum Tanz ein, sie schienen geölt. Hell ist es bei uns, dachte Paul. Die Familie Tavin betrügt den Winter ... Er war stolz und tat wie der Mann, der den Wasserturm versorgte, indem er mit Hilfe zusätzlicher Kniebeugen weiterpumpte, bis er von Morgenlust überfloß.

Er stürmte die Treppe hinauf, und als er wieder unten anlangte, hatte sich alles verändert. Durch die gläserne Schiebetür zum Wohnzimmer sah er seine Bücher, Hefte und die vorschriftsmäßige Aussteuer für das Internat, der Koffer lag geöffnet auf dem Tisch in Erwartung einer letzten Überprüfung durch Frau Pauline.

In der Küche rumorte das Mädchen, es duftete nach Kaffee und geröstetem Brot. Die Festtäglichkeit hatte einem nüchternen Behagen Platz gemacht, die Blumen waren durch bösen Zauber geruchlos geworden. Nichts mehr von Zuversicht und Helligkeit! Um den Lichtkreis der Lampe war Winter, das unwirtliche, griesgrämige Zwischenreich des Jahres, und in seinem Zwielicht erhob sich wie eine Luftspiegelung ein Gebäude, weitläufig und düster, ein früheres Kloster, das war das Touloner Lyzeum – für Paul das Haupt- und Staatsstück seiner Alpträume. Als Rebell kehrte er ein letztes Mal in sein Zimmer zurück.

Während er die Schuhe anzog, hörte er das Plätschern des Badewassers, und dann begann die Mutter zu singen.

»Ihr, die ihr Triebe des Herzens kennt – sagt, ist es Liebe, die hier so brennt?« Sie hatte eine gute Altstimme.

Er wußte, nun stocherten ihre Hände auf dem Toilettentisch herum, holten dies und jenes hervor, stellten es auf seinen Platz zurück. Sie tat immer sehr eilig, obwohl sie sich großmütig an Zeit nahm, was sie brauchte. Eile war ihre Art, die Zeit zu vertreiben.

Als der Gesang einmal kurz aussetzte, sah er in Gedanken, wie sie, ein wenig vorgebeugt, mit angestrengtem Blick in dem Spiegel, leicht und vorsichtig mit dem Stift über die Lippen strich. Er lächelte vor sich hin. Solang er denken konnte, war diese Stimme als eine Verkündigung der Lebenslust vor ihn getreten und hatte ihn leuchtend gemacht. Eine tapfere Stimme, treu und beständig in allem, was sie tat. Die Äußerungen dieser Stimme waren Handlungen, sie traten aus dem Unerforschlichen hervor, waren da, hell und verständlich, strahlten und warfen einen Schatten. Eine solche Stimme, sagte er sich, ist eine Gnade – auch für die andern, hauptsächlich für die andern ... Gleich darauf trat Pauline im Straßenkleid, den flachen Hut über dem Ohr, aus ihrem Zimmer.

Sie hob sich auf den Zehenspitzen, damit er sie auf die Stirn küsse, Arm in Arm gingen sie die Treppe hinab.

Sogleich fand der Frühstückstisch seine Fröhlichkeit wieder und der Kachelboden seinen spiegelnden Glanz, die Mimosen und Narzissen vermischten ihren Duft und sandten ihn durch die Räume, und im Wohnzimmer, dessen Schiebetür offen stand, verlor der andre Tisch seine Schrecken und zeigte sich mit nützlichen Dingen beladen, und alles ringsum hing lauschend an den Lippen von Mutter und Sohn, die sich in halblautem Gespräch bewegten.

Sie glichen einander, nicht zuletzt in ihren gepflegten hurtigen Gebärden, beide hatten auffallend schöne Hände. Über die Stirn der Mutter lief eine senkrechte Narbe. Sie rührte davon her, daß Pauline beim Lazarettdienst während des Krieges nachts mit dem Kopf gegen einen Türflügel gerannt war. In Augenblicken besonderer Nachdenklichkeit pflegte sie mit dem Handrücken über die Narbe zu streichen.

Eine Zeitlang hatte Paul sie mit ihrer ›Kriegsverletzung‹ geneckt, es war ihm aufgefallen, daß er sie damit nach Belieben erröten machen konnte, wozu noch die Merkwürdigkeit trat, daß die Narbe im erröteten Gesicht weiß blieb – ein Anreiz mehr, die Neckerei zu wiederholen. Da aber ihre Verlegenheit jedesmal größer wurde und sich schließlich bis zum Schmerz steigerte, hatte er das Spiel aufgegeben und statt dessen die Wunde mit einer Art Kult umgeben. Sie galt ihm als das Zeichen eines großen Geheimnisses ... In die Mutter zu dringen, um mehr zu erfahren als die äußeren Umstände der Verletzung, verbot die Zurückhaltung, die sie im Verkehr miteinander beobachteten. Nachdem sie einmal einer dahingehenden Frage ausgewichen war, hatte er nicht weiter geforscht. Aber seitdem küßte er die Mutter stets ausdrücklich auf die Narbe.

Inzwischen war ›Schäfchen‹ erschienen und hatte die Fensterläden geöffnet. Feuchte Kälte drang aus dem Garten herein, es dämmerte. Auf der Landstraße rasselte der Wagen der ›roten Linie‹ vorbei, den Paul sonst zur Schulfahrt benutzte. Für heute war abgemacht, daß Frau Pauline ihren Sohn in die Stadt bringen sollte, und sie ließ es sich auch nicht nehmen, den Wagen auf dieser kleinen Höllenfahrt zu lenken. Paul hatte sich bereiterklärt, das letzte Tertial vor dem Schlußexamen im Internat zu verbringen und nur über Sonntag nach Hause zu kommen – ein Entschluß, der verdiente, daß man ihm allerhand Ehren erwies. Paul galt als schlechter Schüler – gerade so gut hätte er Primus können. An Klugheit und Lebenserfahrung, auch an Wissen war er seinen Altersgenossen voraus. Nur arbeitete er zu leicht und deshalb unregelmäßig und flüchtig und ersetzte die Beherrschung des Lehrstoffes durch eine Einbildungskraft, die ihre Nahrung aus schulfremdem Boden zog – den frischgebliebenen Lehrern zu Freude, den anderen zum Tort.

Bei den guten Schülern war er unbeliebt. Denn die Schildkröte, die der Fabel zufolge mit dem Hasen um die Wette läuft, gewinnt zwar das Rennen, aber Neid und Zorn über den sprunghaften Leichtfuß verderben ihr die Siegesfreude, und dies fällt als zusätzliche Verachtung auf den Hasen zurück. Paul blieb oft monatelang von der Schule weg, anfangs unfreiwillig, mit Rücksicht auf seine Gesundheit, dann aber, als er plötzlich gekräftigt aus einer längeren Krankheit hervorging, freiwillig, mit entwaffnendem Vertrauen auf sein Glück … Und nun begab er sich also in das dichteste Handgemenge, das Internat.

Unter einem schmutzig-dunklen Himmel fuhren Mutter und Sohn nach Toulon. Die Wolken lagen, Stück an Stück, nebeneinander, schwarz in der Mitte, am faserigen Rande grau.

Am Horizont zeigte sich eine Lichtung, schmal und rosig, das mochte, meinte Paul, der Kai des himmlischen Hafens und Ausladeplatz der Warenballen sein, die von dort über den Himmel gerollt waren. In den Weinäckern und Gärtnereien verhielten sich die Arbeiter still und klein – ländliche Bildsäulen. Die Ortschaften machten einen verschlafenen Eindruck, und im Toulonerer Kriegshafen, den sie von weitem erblickten, überließ die versammelte Flotte alle Tätigkeit dem Wachtschiff. Es lag unweit der Hafeneinfahrt an der Boje, der Rauch aus dem einen der drei Schornsteine war die einzige Regung an Bord. »Genau so gemütlich«, behauptete Frau Pauline, »rauchen am Samstagabend die Kamine der Wochenendhäuser – und am Sonntag früh die Pfeifen der Angler.«

Der Wagen hielt vor dem Lyzeum am Boulevard de Strasbourg. Schüler in allen Größen strömten durch das Tor. Die Mutter sagte: »Mut, mein Junge!«, der Sohn: »Versprich mir, heimwärts langsamer zu fahren – ich bin dann nicht mehr da, um aufzupassen!« Er gab acht, wie sie wendete, sie winkten sich zu, und dann läutete das ›Armesünderglöckchen‹ im Schulhof. Durch die offenen Türen sah man das Katheder, es glich einem Schafott. In jedem Zimmer stand eins.

Die Glocke schepperte, sie hatte einen Sprung. Der Sprung war fast hundertfünfzig Jahre alt. Zur Zeit der großen Revolution, als nach Abzug der Engländer aus Toulon ein furchtbares Gemetzel mit den Vaterlandsverrätern aufräumte, war sie durch den Steinwurf eines Sansculotten verletzt worden. Die wenigsten Jungen kannten die Geschichte. Vielmehr sagten sie von der mißtönigen Glocke, sie habe ein schlechtes Gewissen.

Sie fühlten sich ausnahmslos unschuldig. Als Opfer eines Justizmordes betraten sie das Klassenzimmer.

Eine Stunde später begann sich die Sonne im schmutzigen Himmel bemerkbar zu machen.

Frau Pauline verfolgte die gewaltige Arbeit und schenkte ihre Aufmerksamkeit abwechselnd dem Himmel, den Pflanzen und der *Santa Maria*.

Erst ging die Sonne unter den Lumpenballen umher wie ein Gepäckträger mit seinem zweirädrigen Karren, schob hier ein Stück ab, dort eins, machte sich Luft. Sie kam und ging, und je mehr Raum sie schaffte, um so länger sah man sie und konnte ihre Bemühungen verfolgen. Plötzlich nahm Frau Pauline wahr, daß die Sonne einen Bundesgenossen besaß, den Meerwind, und es dauerte auch nicht lange, da warf der rüstige Jüngling alles da oben kurzerhand über den Haufen. Von Panik erfaßt, floh die Wolkenmasse Cantal zu, und die paar Nachzügler, die aus unerfindlichen Gründen über der Bucht von Ranas hängenblieben, lösten sich in der Bläue auf wie Zuckerblöcke. Die Luft wurde ganz süß bis herab zu Frau Pauline, die dastand und andächtig zusah, wie die Majestät der Sonne sich auf ihrem Throne niederließ …

Nachdem die Unbeschränktheit ihres Regimentes feststand, setzte ihre gehorsame Dienerin Pauline die Wanderung durch den Garten fort und liebkoste mit allen Sinnen die wiedergewonnene Erde. Die Mimosenbäume dufteten und die Mispeln, diese fast zu stark, zu süß, die Zitronen färbten sich, von den Orangen erglühten manche schon im Goldton der Reife und hatten eine gefallsüchtige Art, ins Laubwerk zu kriechen und sich dort von der Sonne suchen zu lassen. Es blühten Geranien und Ringelblumen – noch immer, nein, schon wieder der rote Centranthus, noch immer, schon wieder Rosen, Narzissen, gelbe und weiße, ein Busch mit violetten Blüten verbreitete einen Geruch, herb wie der eines Fuchses. Der Rosmarin, der zur Einfassung der Gartenwege diente, trieb massenhaft Blüten an den Spitzen der Zweige, während tiefer unten die Blüten verwelkten. Ein endloses Verblühen und Neuerblühen – Blumen wie Büsche durften nicht aufhören zu blühen, sie durften nicht trotz ihrer Müdigkeit, trotzdem sie seit Monaten blühten, trotzdem es Winter war, die Sonne erlaubte es nicht, die großmächtig im Himmel thronende Sonne! Der Rosmarin schlängelte sich als lila Band durch den Garten, voll und geschlossen, aber wo der kleinste Vogel sich niederließ, fiel ein Blütenregen zu Boden, das gleiche bewirkte ein kräftiger Windstoß, die Gartenwege waren bedeckt mit Blüten.

Dazwischen standen die blaugrünen Agaven, Festungswerke der Blumenwelt. Die einen trugen einen feinen, gelben Streifen am Blattrand, sie hatten eher das Gepräge eines Lustschlößchens als das einer Turmschanze, ob ihnen gleich die Waffen ihrer Art nicht fehlten. Die andern hingegen strotzten vor Unnahbarkeit – vielleicht wirkten sie nur so, weil keinerlei Verzierung über ihre Gefährlichkeit hinwegtäuschte. Die gewaltigen Schwertblätter mit den Zähnen einer Säge zu beiden Seiten legten sich weit nach außen und liefen in eine nadelfeine Hornspitze aus. Kein Tier, kein Mistral konnte ihnen etwas anhaben, der stärkste Sturm brachte sie kaum zum Erbeben. Und, siehe da, die harten, scheinbar zu Bollwerken erstarrten Pflanzen standen im Rausche des Wachstums, auf dem Gipfel ihres Lebensdranges: sie waren im Begriff, zu gebären! Das innerste Blatt rollte sich in seiner ganzen Länge auf und entließ ein Kindchen aus seinem Innern, vorerst noch in Form einer enggewickelten Tüte, die sich jedoch in der Folge ebenfalls aufrollen und ein großes, mit Zähnen bewehrtes Blatt werden sollte. Das Mutterblatt trug, tief eingeprägt, den Abdruck des Neulings, und als Frau Pauline die größten und ältesten Blätter der Pflanze in Augenschein nahm, stellte sie fest, daß ein jedes den Abdruck eines andern, längst erwachsenen Blattes unauslöschlich in seinem Fleisch bewahrte. Die Mütterlichkeit der harten, kriegerischen Pflanzen beglückte sie. Erinnerte es nicht an die Sorglichkeit, mit der die Raubtiere ihre Jungen umgaben, an diese Mischung aus wilder Kampfbereitschaft und Zärtlichkeit? Und sie fand ihre Meinung bestätigt, daß die wildesten Geschöpfe auch die empfindsamsten und treusten waren, nicht so sehr in ihren Äußerungen wie in ihrem Fleisch. Vielen Frauen gleich, die sanft scheinen, weil sie ihr eigenstes Wesen in sich verschließen, liebte Pauline die mächtigen Lebenszeichen der Natur und fühlte sich tief durch sie bekräftigt ...

Sie ging weiter. Ein Winkel der Gartenmauer beherbergte einen Baum, der besaß gefiederte Blätter und leuchtendrote Schoten und sah aus wie ein Riesenvogel, vom Sturm aus den Tropen hierher verschlagen. Wenn ihn, wie jetzt, der Wind bewegte, schien er in all seiner Größe auffliegen zu wollen, die roten Früchte funkelten und klirrten, er drehte sich um sich selbst, sein gesträubtes Gefieder riß verzweifelt an den Ästen.

Zu Hause, dachte Pauline, hatten wir einen Raben, der sprang mit gestutzten Flügeln im Garten herum. Man mußte aufpassen, er war tückisch auf die Wiedergewinnung der Freiheit bedacht ... Hier gehört mir der schönste Flamingo, einer aus der Zeit der Drachen und Riesen, niemand braucht ihm die Flügel zu schneiden, seine Flugversuche sind ein lebendiges Gewitter. Wer weiß, vielleicht ist er ein Gott – und selig, verschollen zu sein in seinem Winkel!

Und dann dachte sie an den Nebel, in dem die Winter ihrer Heimat dahinschlichen, und sie warf den Kopf zurück und bot Gesicht und Hände der Sonne dar, der allmächtigen Sonne, die gleichzeitig auch ihr Baumgott in herrlichem Ungestüm anrief ...

Als habe diese Bewegung eine geheime Schleuse ihres Gemütes geöffnet, wurde sie von einem düsteren, reißenden Gefühl überschwemmt. Erschreckend kam es über sie und verwandelte sich in bittere Lust. Giebel starrten, in einem schiefen Sonnenstrahl dampfte ein Fluß, Plätze dehnten sich zu unwahrscheinlicher Weite, und auf einem Sockel stand eine Gestalt, in deren bronzenem Antlitz sich die Feuchtigkeit der Luft sammelte und zu Tränen wurde. Es sah aus, als weinte der Held, der Nebel umgab ihn wie Schweiß der Jahrhunderte, man stieß unversehens auf ihn und freute sich, daß er noch da war, daß er einen nicht allein ließ mit der Schwermut dieser alten Stadt.

Paulines Ohren dröhnten vom Glockenschlag des Münsters: eins, zwei, drei, vier, fünf wuchtige Schläge, die unterwegs zu einer weichen Klage wurden, so langsam sanken sie durch den Nebel herab – und über Paulines der Sonne inbrünstig hingehaltenes Gesicht, sie fühlte es, rieselte feuchte Kälte, und ihre Glieder waren schwer wie im Traum, wenn man laufen möchte und nicht kann.

»Nein!« rief sie. »Nein, nein, nein ...«

Als sie ausschritt, strich sie mit dem Handrücken über die Narbe auf der Stirn, und in ihr Gesicht trat ein Ausdruck wilder, fast grausamer Entschlossenheit.

Die Gärten der Häuser *Rosmarin* und *Santa Maria* erstreckten sich vom sandigen Rundweg abwärts bis zur teerschwarzen Landstraße.

Hier, am untern Gartentor, stand auch ihr Name zu lesen. Das andre, auf den Rundweg führende Tor verschwieg ihn. Die schönsten

Räume lagen auf der Gartenseite, auch die Terrassen, von hier sah man auf die Bucht von Ranas-sur-mer und das Vorgebirge, das sich jenseits des Meerstreifens breitlinig und leicht gezackt über dem schmalen Küstenland erhob. Hinter dem Vorgebirge lag eine neue Bucht, dann kam wieder ein Vorgebirge, dann die Bucht mit dem Hafen von Toulon, dann wieder ein Vorgebirge und eine Bucht und so weiter die ganze Küste entlang nach Osten und ebenso nach der andern Seite, wo die Bucht von Cantal die westliche Reihe der Halbinseln und Buchten eröffnete. Aber dies sah man teilweise nur vom Gipfel der Berge, nicht vom Park Stellamare, und vollständig allein auf der Karte.

Jetzt, da Frau Pauline auf der Höhe des Gartens angelangt war, konnte sie auch die Dächer der *Colline* erblicken, einer älteren Villenkolonie, die unmittelbar auf einem felsigen Hügel am Meer lag. Vom Hafen führte eine steile Straße hinauf, eine zweite, ebenso abschüssige, lag auf dieser Stellamare zugewandten Seite des Hügels. Von Frau Paulines Standort gesehn, glich der Weg einer Schneise. Abends nach einem Regen konnte er glühen wie eine Stange Gold, bei Vollmond glich er einem gefrorenen Wasserfall. Scheinbar waren dies nur Bilder oder Gleichnisse, in Wirklichkeit begleiteten und füllten sie Paulines Leben so, daß sie einmal auf Pauls Frage, ob sie sich denn nie langweile, mit ehrlichem Staunen hatte antworten können:

»Langweilen? Ich sollte mich langweilen? Ich befinde mich dauernd in großer Gesellschaft! Siehst du nicht, wie das Land von allen Seiten ins Haus hereinkommt? Im Wohnzimmer treffe ich andre Gesichter als hier und wiederum andre im Schlafzimmer – und so überall. Du wirst mir vielleicht nicht glauben, mein Junge, aber dieses Vorgebirge da, die Pinien der *Colline,* das Meer, sie alle, die mir von morgens bis abends zusehn und mich auch nachts nicht verlassen, sie sind mir näher, als ich mir selbst bin, jedenfalls bilde ich es mir ein. Sie wissen mehr von mir als ich selbst, und sobald ich etwas über mich erfahren will, stelle ich mich hin und forsche sie aus ...«

Ursprünglich hatten sie die *Colline* bewohnt, bis Pauline auf der Flucht vor der Witwe Bosca, die sich in ihrer Nähe niederließ, nach Stellamare übersiedelte. Gleich war ihr die finstere Witwe nachgesetzt, und wenige Tage, nachdem Pauline Haus *Rosmarin* gekauft hatte, war die unmittelbar daneben liegende *Santa Maria* in den Besitz Juliette Boscas übergegangen.

Niemand konnte es ihr verwehren, auch nicht in einem höheren, gewissermaßen moralischen Sinne. Die Witwe sowohl wie ihr Major stammten aus der Provence, nicht gerade aus Ranas-sur-mer, aber Ranas gehörte fraglos zu ihrer Heimat, wohingegen Pauline Tavin aus der Normandie kam und sich hier nur niedergelassen hatte, weil es die Heimat des *andern* war ... Und wenn niemand sonst es ahnte, die Witwe Bosca wußte Bescheid und übte streng ihre Hoheits- und Fischrechte aus. Sie fischte Lebensäußerungen Paulines, ihr Kommen und Gehn, Farbe und Schnitt ihrer Kleider, Hüte und Schuhe, ihr Mienenspiel, den Klang ihrer Stimme, ihr Schweigen, den leisesten Schimmer ihres Daseins. Und kraft ihrer Hoheit nahm sie, wo sie konnte, das Recht des Vortritts wahr, in den Läden und in der Kirche, sie blickte auf Pauline herab, hauptsächlich in ihren Gedanken. Pauline war für ihr Leben gefangen und wie eine Gefangene bewacht in der Heimat des andern. Er hat sie mir in die Hand gegeben, hielt sich Juliette vor, er ist der Honig, sie ist die Wespe, und ich bin die gläserne Wespenfalle ...

In gewissem Sinne hatte sie recht, so zu denken. Pauline besaß weder Eltern noch Geschwister noch Freunde mehr in ihrer normannischen Heimat. Die mittägliche Sonne hatte sie ergriffen und zu ihrem Geschöpf gemacht, allein und schutzlos stand sie in ihrem Licht. Es war ja ihr Wille, ihr zu gehören, *seiner* Sonne, ausschließlich und für immer, *seiner* Heimat. Paul sollte ein Sohn sein des Südens, aller Schwermut abhold, ein Kind der Sonne und des Mistrals, *sein* Sohn, das Kind seiner Wahl, wenn schon nicht seines Blutes – ausschließlich und für immer. Deshalb war sie hierhergekommen. Dafür lebte sie. Die andre, ihre Verfolgerin, lebte nicht. Die Witwe Bosca war ein Schatten, der sich über ihren eigenen Schatten legte, finster, vielleicht bösartig, aber machtlos.

Aufrecht vor der Terrassentür stimmte sie das Lied des heutigen Morgen an, sie hob und senkte sich auf den Zehen und sang:

»Ihr, die ihr Triebe des He-e-erzens kennt

Sie unterbrach sich, weil zwischen der ersten und zweiten Strophe von der Brüstung der Nachbarveranda ein Seufzer aufstieg, raumverdrängend, gebieterisch, ein Seufzer, der allem Anschein nach ein Befehl war. »Hahrr«, klang er, ungefähr wie das Schnauben eines auftauchenden Seelöwen. Sofern er aber als Befehl an Frau Pauline verstanden sein wollte, ging er zweifellos dahin, Zurückhaltung zu üben, den Willen zum Glück nicht so schamlos hinauszusingen, bevor man nicht, wie sich's gehörte, ein Opfer gebracht, auf das ein krankes Mädchen Anspruch zu haben glaubte.

»Oh, Verzeihung!« rief sie hinüber, »Verzeihung! Hier bin ich.« Sie lief zum Gartenzaun und preßte das Gesicht an die Drahtmaschen. Über der Brüstung der Veranda erschien für einen Augenblick ein schmerzlich lächelndes Gesicht.

»Ich liege und habe einen Gipsverband«, meldete Sibylle.

Frau Pauline machte es sich bequem, indem sie die Brust gegen den Zaun lehnte und sich mit ausgestreckten Händen an den Drahtmaschen festhielt. Gewöhnlich stand in der gleichen Haltung auf der andern Seite des Zaunes Sibylle, und dann waren sie beinahe wie im Beichtstuhl.

»Paß mal auf, Kind! Wenn wir schon so laut sprechen müssen, wollen wir erst stimmen. Hörst du das: ›Mut, kleine Sibylle‹«?«

»Sehr gut.« – »Also leiser: ›Mut, kleine Sibylle‹!« – »Noch leiser!«

»Hörst du mich, Sibylle?«

»Halt, lieber wie vorhin!«

»Gut. Nun sag mal, Kind, seit wann hast du einen Gipsverband?«

»Heute früh hat der Doktor das Knie in Gips gelegt, gerade als Sie mit Paul losfuhren. Ich hielt es nicht mehr aus vor Schmerzen. Tourenweise ging das, ich kann Ihnen sagen! Jemand behauptete, so sei es gewesen, als man ein Kind zur Welt brachte, nur, versteht sich, viel, viel ärger. Der Doktor erlaubte sich einen Scherz über den Gipsverband und das Kinderkriegen. Er wurde mächtig zugedeckt.«

»Das kommt davon, wenn er einmal gesprächig wird. Womit hat man ihn denn zugedeckt?«

»Nicht sehr zartfühlend, muß ich sagen. Er habe nicht weniger als drei Tage gebraucht, um sich zur Erkenntnis durchzuringen, daß mit dem Knie etwas geschehen müsse ... Er merke alles spät oder gar nicht ... So sei er auch beim Unfall ahnungslos weitergefahren, obwohl einige Meter entfernt ein Kind leblos auf der Straße gelegen habe ... Es klang natürlich ganz freundlich, Schwarzbrot, in christliche Milde getaucht, aber stellen Sie sich vor, gnädige Frau, der Doktor muckte auf! Er schob den Kaugummi in den andern Mundwinkel und erzählte sehr deutlich eine Geschichte von einem Chirurgen, den man an der

Tür habe stehn lassen wie einen Bettler. Und dann – verlangte er eine Pflegerin für mich! Das Sprichwort, umsonst sei nur der Tod, lüge, sagte er. Bereits die Pflegerinnen kosteten Geld, es müsse unbedingt eine her, und die, betonte er mit erhobener Stimme, gelte es auch zu bezahlen – ob gern oder ungern, sei ihm gleich. Und dabei rieb er schadenfroh Daumen und Zeigefinger gegeneinander, als ob er Geld zählte. Stellen Sie sich vor! Ein solcher Grobian!«

»Ich gestehe, Sibylle – eigentlich kann ich mir nicht recht vorstellen, was dann erfolgte.«

»Tränen, gnädige Frau! Tränen vor dem Bildnis des Majors, dessen Tochter zu sein ich unwürdig bin, zumal jetzt, da der Doktor eine Pflegerin für mich anfordert, die überdies noch bezahlt werden muß. Ich für mein Teil möchte ganz gern ein bißchen Gesellschaft. Was meinen Sie dazu, gnädige Frau?«

»Nicht so laut, Sibylle. Du meinst immer, weil du eine zarte Stimme hast, hört man dich nicht – selbst wenn du schreist.«

Etwas leiser erklärte Sibylle:

»Es kommt nie jemand von vorn ins Haus, immer von rückwärts.«

»Da weiß man aber auch nie, ob wer kommt.«

»Sie machen sich keinen Begriff, wie fein das Gehör bei Unglückswürmern wie mir ausgebildet ist. Ich höre die Leute *denken!*«

»Gut. Nun weiter! Bekommst du eine Pflegerin?«

»Man hat den Major befragt. Leider ließ er sich von den Tränen der Sparsamkeit einschüchtern und sagte nein.«

»Sprich nicht so von deinem Vater, Kind, ich bitte dich. Du hast ihn nicht einmal gekannt.«

»Nein, ich kenne nur den Major an der Wand des Salons. Und ich kann Ihnen versichern: seine Orakel waren von jeher unfreundlich für mich. Und mit den Jahren wird seine Laune immer schlechter.« – »Ich rede mit dem Doktor.«

Hier erfolgte ein Freudenschrei. »Wirklich? Tausend Dank! Oh, Sie! Erzengel zur Rechten von Gottes Thron! ... Was suchen Sie eigentlich hier unten in diesem Jammertal? Großartig! ... Wie geht's Paul?«

»Er ärgert sich über das Internat. Juli wird er hoffentlich fertig.«

»Was? Vor Juli kommt er nicht nach Hause?«

»Doch, über die Sonntage und dann über Ostern. Immer vorausgesetzt, daß du nicht so schreist!«

»Oh, er! – er hat mich bisher nur flüstern hören ... Es ist aber doch schön, daß ich nun endlich seine Bekanntschaft gemacht habe. Unfreiwillig, aber dafür gleich hochdramatisch. Ich will Ihnen entgegenkommen, gnädige Frau, und setze es auf das Konto des Majors. Die erste Buchung – auf einer bisher leeren Seite. Ich verspreche Ihnen auch, von jetzt an jeden Groschen da einzutragen, den das Glück für mich fallen läßt. Als nächstes die Pflegerin – obwohl mein Gewissen in der Beziehung nicht sauber ist. Sie wissen doch, er hat sie abgelehnt.«

»Leise!«

»Leise gesagt: ich will annehmen, daß man das Orakel gefälscht hat ... Wie wird das aber nun? Soll Paul etwas vom langjährigen Schmuggel zwischen uns erfahren?«

»Ich habe darüber nachgedacht. Lieber nicht. Wir könnten in ein schiefes Licht geraten.«

»Andrerseits –«

Sibylles Kopf schnellte über die Brüstung, unheimlich ausdrucksvoll, weiß und schwarz, mit einem glühend roten Puppenmund. Sie zischte: »Achtung! Ich höre den Hausschlüssel!«

Mit einem Satz stand Frau Pauline in einem Geranienbeet ihres Gartens. Eine Pflanze lag geknickt zu ihren Füßen. Sie hob sie auf und ging gemessenen Schrittes dem Hause zu.

Als sie vor der Tür den Kopf wandte, sah sie drüben einen Schatten über die Veranda gleiten.

Am Nachmittag erschien in der *Santa Maria*, vom Doktor gesandt und im Auftrag eines von Frau Tavin eigens zu diesem Zweck erfundenen Frauenvereins, eine Pflegerin in weißem Kleid und kurzem, weißem Kopftuch und wurde streng empfangen.

»Sie mögen eine anständige Person sein«, äußerte die Witwe, »aber Sie sind angezogen wie zu einem Kostümball. Ich begreife nicht, daß die Kirche solche Sommerfähnchen duldet – auch noch mitten im Winter.«

Auf den Einwand, daß dies die Kirche nichts anginge und man eine staatlich anerkannte Krankenpflegerin vor sich habe und keine Nonne, erfolgte die Antwort:

»Das sagen sie alle. Wenn man die Damen hört, könnte man sie für staatlich geprüfte Engel halten. In Wahrheit wissen sie nur, wie man es anstellt, um keine Kinder zu kriegen. Oder haben Sie etwa das Gelübde der Keuschheit getan? Nein? Das beruhigt mich. Jedenfalls wird in meinem Hause nicht getanzt, und so kann ich Sie hier auch nicht brauchen ... Entschuldigen Sie, bitte, meine Sprache! Es ist eine Witwe, die zu Ihnen spricht, die mit den Pflegerinnen unsrer Helden ihre Erfahrungen gemacht hat.«

Dabei wies sie mit einer Handbewegung auf den Major, die nichts andres bedeuten konnte, als daß er zu den Opfern der staatlich anerkannten Pflegerinnen gehörte.

Das Fräulein unterdrückte ein Lächeln und erwiderte: Was starken Männern von Krankenschwestern im Krieg angetan worden sei, besonders den Athleten der Kolonialtruppe, könne sie nicht beurteilen, dafür sei sie zu jung. Dagegen kenne sie die untröstliche Lage der Dame und die Verdienste des Toten. (Sie machte eine leichte Verbeugung.) Hauptsächlich jedoch habe man sie hergeschickt, um ein lebendes Fräulein zu pflegen, das schon zu erwachsen sei, von seiner Mutter gewisse Handreichungen ohne peinliche Gefühle entgegenzunehmen.

Dem wiederum fand die Witwe entgegenzusetzen, daß sie einer Religion angehöre, deren Stifter die schmutzigen Füße der Armen gewaschen habe – und hier seien nicht die Gefühle eines unerfahrenen Kindes entscheidend, sondern ausschließlich ihre eigenen, und die freilich seien in Demut geübt und in niedrigen Werken erfahren. Sie könne sich kein Dienstmädchen leisten und versehe ihren Haushalt allein, und weil in Cantal trotz des größeren Glanzes des Ortes alles viel billiger sei als in Ranas, scheue sie weder die Mühe noch die Kosten der Fahrt und kaufe dort ein. Dabei sprängen immer noch einige Sous heraus. Witwen von Kriegshelden, sogar höheren Grades, sähen sich gezwungen, für den Rest ihrer Tage weiterzukämpfen, um die Lorbeerblätter für die Suppe zu ergattern ...

Im weiteren Verlauf des Wortkampfes stellte sich heraus, daß die anlockende Person ihre Dienste unentgeltlich anbot. Außerdem entnahm sie ihrer Tasche ein Diplom, das auf prachtvollem, mit den Symbolen der Arzneikunde geschmücktem Papier ihre wissenschaftliche Ausbildung beglaubigte, und als auch die Frage der Verköstigung zum Vorteil der Witwe geregelt war, erhob sich diese hoheitsvoll vom Sofa und reichte der Pflegerin die Hand.

»So seien Sie willkommen, liebes Fräulein – oder darf ich ›Schwester‹ sagen?«

»Wie Sie wollen, gnädige Frau! Schwester Louise.«

»Meine Tochter liegt auf der Veranda. Hier, diese Tür! Verzeihen Sie das Mißverständnis, liebe Schwester Louise. Ich habe im Krieg sogenannte Pflegerinnen gekannt – lassen Sie mich davon schweigen! Hyänen sind harmlose Haustiere im Vergleich zu diesen – diesen Personen, die dem Tode noch seine Beute abjagen. Ich habe sie am Werk gesehn. Gott verzeih ihnen, ich kann es nicht … Sie, liebe Schwester, ahnen davon nichts, seien Sie froh! Sie sind jünger als der Krieg.«

Sie ließ die Hand der Schwester los und sagte in verändertem Ton – singend, beinah zärtlich:

»Ich weiß wirklich nicht, liebe Schwester, wie ich neben dem Haushalt und meinen Obliegenheiten in der Kirchengemeinde mit der Pflege meiner armen Sibylle hätte fertig werden sollen. Die Vorsehung hat Sie mir geschickt – oder vielmehr …«

Damit ergriff sie die Schwester am Arm, drehte sie um, so daß sie beide nebeneinander vor dem Major standen, und sagte mit verklärtem Ausdruck:

»Er.«

Schwester Louise nickte und machte sich frei. Sie hatte Angst. Man hatte sie vorbereitet, aber dies letzte überstieg alle ihre Erwartungen.

Was wohl mochten die durchdringend in die Ferne gerichteten Augen der Witwe erblicken? Der Fleck rosa Schminke hob sich kraß von dem übrigen Gesicht ab und glich dem Schönheitspflaster einer gefallsüchtigen Leiche, das Patschhändchen brannte fiebrig, und alles zusammen schmeckte nach Laster.

Es war ein Laster, das Schwester Louise nicht kannte. Deshalb fürchtete sie sich.

Wortlos, auf den Fußspitzen, verließ sie das Zimmer. Die Witwe blieb zurück vor dem Bildnis des Götzen, die Arme hingen kraftlos herab, der Kopf war in Verzückung erhoben …

Ganz anders vollzog sich der Empfang der Schwester auf der Veranda. Sibylle warf die Arme hoch und zog Schwester Louise zu sich herab. Das hübsche frische Fräulein mußte sich neben sie auf den Liegestuhl setzen und ihr ›erst einmal, auf Probe, die Hände in Verwahr geben‹, die sie pflegen sollten.

»Nein, Schwester«, Sibylle stieß einen Seufzer aus, »nein, was werden Sie mir nicht alles erzählen müssen! Wochen und Jahre werden Sie brauchen, um mich zufriedenzustellen. Erklären Sie mir, bitte, zuerst:

was fehlt ihm, dem Knie? Wird es wieder tadellos? Der Doktor sagt, wenn man nicht aufpasse, könnte es sein, daß ich mein Lebtag hinke. Das ist doch bloß eine Drohung, damit ich stillhalte – wie?«

Nach stundenlanger Unterhaltung verstand Sibylle nicht viel mehr von der Anatomie des Knies als vorher. Dafür war von der Laufbahn und den Berufsbedingungen einer staatlich anerkannten Pflegerin keine Einzelheit im Dunkel geblieben. Sie kannte die Familie der Schwester bis zurück zu den Großeltern und die Vorzüge des zukünftigen Vaters ihrer Kinder, eines Medizinstudenten.

»Es wäre nett von Ihnen, Schwester«, sagte Sibylle, »wenn Sie jetzt die Lehne des Liegestuhls hinaufschieben wollten – ich möchte den Sonnenuntergang sehen.« Sie zwinkerte der Schwester zu. »Ich habe nicht weit von hier eine gute Freundin, und wir beide machen um diese Stunde immer unsre Gewissenserforschung.«

Die Schwester brachte den Stuhl in die gewünschte Lage, und es trat ein Schweigen ein, das die Vögel im Garten, sobald es vom Geräusch eines vorbeifahrenden Wagens zerrissen wurde, emsig mit kleinen Schreien zusammenflickten ... Dann war die Gewissenserforschung offenbar beendet, denn Sibylle sagte halblaut:

»Haben Sie schon die Bekanntschaft des Majors gemacht?«

Ob sie von ihrem Vater spreche, fragte die Schwester in mißbilligendem Ton zurück.

Sibylle winkte ihr, näherzukommen.

»Ach, ich war ja noch so klein, als er fiel«, sprach sie. »Ich kenne ihn nur als Major an der Wand des Salons. Dort hing er in jeder unserer Wohnungen. Bevor die Möbel standen, hing er schon dort. Er wurde vorausgetragen, wie die Fahne bei der Prozession ... Sein Schnurrbart gefällt mir, er erinnert an Vercingetorix, und für Vercingetorix habe ich von jeher eine Schwäche gehabt. Es stört mich nur, wenn ich daran denke, wie Vercingetorix die Suppe löffelte ... Aber hat er überhaupt gelebt, Schwester? Ich meine den Major ... Und wenn er gelebt hat, der Major, hat er wirklich so ein Gesicht gemacht? Oder meinen Sie, das Gesicht, wie es auf dem Bilde ist, war eigens für seine Tochter bestimmt? Damit ich Bravheit schwitze – vor Angst?«

Die Schwester lachte.

»Sicher dachte er nicht an Sie. Sonst würde das Gesicht auf dem Bilde ›dada‹ machen, ein bißchen blöd und sehr herzlich. Ich kenne mich aus mit Vätern. Ich habe ihnen die Säuglinge serienweise in die Arme gelegt.«

»Na also, da bin ich doch im Recht, dann ist das gar nicht mein Vater, sondern eben der Major.«

»Fräulein Sibylle, was sagt Ihre Mutter, wenn Sie so sprechen?« erkundigte sich Schwester Louise.

»Meine Mutter? Sie freut sich, daß ich den Major nicht liebe. Sie will nicht, daß ich ihn liebe. Ich soll nur sie lieben.«

»Tun Sie das?«

Sibylle zog die Stirn in Falten und dachte nach.

»Ja«, sagte sie mit starker Betonung. »Ja. Manchmal. Wenn ich sehr unglücklich bin.«

Sie schwieg und blickte in die Weite.

Auf der *Colline* berührte die Sonne die oberen Stockwerke der Häuser. Ein Fenster wurde zu einem Tropfen Feuer, er fiel ab, und nur auf dem Dachfirst ruhte noch die Sonne. Jedes einzelne Haus berührte sie so zum Abschied und jedes verschieden.

Jenseits der Bucht aber lag noch das volle Licht, und dort geschah mit dem Küstenstrich und seinen Häusern eine seltsame Wandlung. Das Abendlicht hauchte sie an, und Felsen, Gras und Baum, die weit verstreuten Häuser, die Steilhänge und Mulden des Gebirges begannen zu leben. Aus tiefen Schatten drangen sie mit einer beschwingten, gleichsam musikalischen Bewegung an die Oberfläche, und dort angelangt, entfesselten sie einen kindlichen Sturm von Tätigkeit, die nur durch die Masse auffiel, so unscheinbar war sie im einzelnen. Es ging zu wie auf einer versunkenen Insel, die in der Dämmerung mit einem Freudenschrei auftaucht und eine geheimnisvolle Geschäftigkeit entfaltet, um sich mit allem zu versehn, was sie zum Leben in der Meerestiefe braucht – vielleicht war es nur ein wenig Menschlichkeit, was sie dazu benötigte – und das nun eilig, eilig eingesammelt wurde …

In den Häusern erschienen kleine, lustige Lichter, noch stand kein Stern am Himmel … Die Eile der unsichtbaren Wesen nahm zu, je mehr die Helligkeit schwand und das Küstenland in die Bläue der Nacht eintauchte. Und die ganze Zeit stieg eine lautlose Heiterkeit von ihm auf und verweilte als rosiger Schein am Himmel.

Währenddessen saß Frau Pauline an ihrem Schreibtisch und tat, wie Sonne und Meerwind am Vormittag mit den Wolken getan hatten – sie räumte auf.

Im Kamin brannte ein Feuer, auf dem kleinen Tisch erhob sich ein Stapel Briefe. Rechts und links von den Beinen Paulines standen Schubläden heraus, von Zeit zu Zeit griff sie hinein und holte ein neues Bündel Papier hervor.

Es war ein altertümlicher Damenschreibtisch aus Kirschbaumholz ohne Aufsatz. Er hatte kurze, nach auswärts gebogene, viel zu zarte Füße, die nach jedem Umzug erneuert werden mußten. Die gewölbten, jetzt offenen Türen zeigten, in eingelegter Arbeit, eine Verzierung von Girlanden und Flöten, der Rand der Tischplatte war leicht geschwungen. Frau Pauline liebte ihren Schreibtisch, obwohl sie selten schrieb. Ihr ganzes Schreibwerk bestand aus Zurufen und Einladungen an ihre Freunde, Eremiten gleich ihr.

Aber es war *ihr* Schreibtisch, wie es der Schreibtisch ihrer Mutter gewesen, vom Kind schon ehrfürchtig betrachtet. Hier am Rand seiner glänzenden Fläche war sie allein wie an der Grenze eines Hochlandes, vollkommen ungestört, und konnte lange, ohne etwas zu tun, aus dem Fenster hinaussehn. Sie brauchte nur den Kopf eine Vierteldrehung nach links zu wenden, um fast alles zu finden, was sie zum innern Leben brauchte. Die Freude kam von weit her, fast gesichtslos, mit dem Duft und dem Licht des Weges beladen, und auch der Schmerz, von langer Wanderung ermüdet, kehrte ein, ohne seinen Namen zu nennen. Und wenn Pauline von ihrem Platz aufstand, nahmen sie beide, Schmerz und Lust, erst recht die Ungewißheit eines Traumes ein. Sie brauchten nicht ganz ›wahr‹ zu sein und erhielten gerade dadurch eine höhere Bedeutung, wie es oft bei Träumen geschieht. Die äußeren Umstände büßten ihre Wichtigkeit ein, und das Gefühl allein blieb bestehn, und zwar in voller Stärke, von den Zufälligkeiten des Erlebnisses entkleidet ... Frau Pauline, an ihrem Schreibtisch, den Blick auf die Landschaft gerichtet, erzählte sich nicht ihr Leben und ihre Gedanken, sie ›spielte‹ sie – sie musizierte. Heute, am Nachmittag dieses wechselvollen Wintertages, war es anders als sonst – nicht ganz und gar anders, aber doch in der Hauptsache. Heute räumte Frau Pauline auf. Zugleich mit den Schubläden leerte sie viele Jahre ihres Lebens. Das ›Nein, nein, nein‹ des Vormittags fand seine Erfüllung in einem Kaminfeuer, dessen dünner Rauch sich mühsam über das rote Dach der Villa *Rosmarin* erhob und gleich darauf im Winde verging ...

Genau genommen war es nur ihre Jugend, deren unscheinbare Asche sie der Erde der Provence übergab – ihre frühe Jugend, das vom väterlichen Hause behütete Leben eines Kindes. Von den wichtigsten Ereignissen ihres Lebens, von dem, was sie zur Frau und Eigentümerin ihres Schicksals gemacht, erzählten einzig und allein zwei kleine Photographien, die in ungleicher Größe und Umrahmung auf der Tischplatte standen. Von diesen zwei Männern besaß sie keine Briefe. Der Tod hatte ihnen keine Zeit gelassen zum Schreiben.

Der letzte Brief, den sie ins Feuer warf, war der erste, den sie im Leben erhalten. Ein Schulmädchen hatte ihn geschrieben, das Papier war vergilbt, die ungelenke ›Schönschrift‹ von durchscheinender Blässe. Er begann mit den Worten: »Erst seitdem ich dich kenne, liebe Pauline, weiß ich, was Liebe ist.« ... Sie sprang auf und starrte in den Spiegel über dem Kamin ... Sie sah sich, ein zehnjähriges Schulmädchen, im Gesicht einer alternden Frau – und kämpfte gegen Tränen.

Nachdem alles verbrannt war, stieß sie die Schubfächer zurück, verschloß die beiden mit Girlanden und Flöten verzierten Türen und sah zum Fenster hinaus ... Ich hatte eine gute Mutter, dachte sie, ich hatte einen guten Vater, ich wußte nicht viel von ihnen und sie vermutlich noch weniger von mir ... Meine Eltern hatten keine Zeit für mich, und dennoch waren es gute Eltern ... Sie schickten mich ins Kloster, wo ich eine Menge Dinge lernte – von denen einige sich später als brauchbar erwiesen. Und dann wurde ich verheiratet. Frisch von der Klosterschule weg. An den da!

Mit einer Kopfbewegung zeigte sie auf das größere der Bilder, einen jungen Mann in Leutnantsuniform. Er hatte ein Schnurrbärtchen wie der Chauffeur Louis, sanfte, ernste Augen, ein freundliches Kindergesicht, das sich Mühe gab, männlich zu erscheinen ... Wahrscheinlich war er noch nichtssagender als sein Bild – bestimmt konnte sie es nicht sagen, er hatte ihr nicht die Zeit gelassen, ihn kennenzulernen. Er mußte in den Krieg, und als sie entdeckte, daß sie schwanger war, lag er bereits unter der Erde. Sein Name erschien im Armeebefehl. Sie beugte sich. Er konnte nichts dafür, daß er in den paar Nächten, die sie zusammen verbrachten, mit ihr umging wie ein Wilder. Während er sie besaß, war er selbst bereits vom Krieg besessen, sie war der erste Feind, den er bezwang. Sicher wäre er ein tadelloser Vater und Gatte geworden ... Sie brachte Paul zur Welt, und als er gehn und schon ein wenig sprechen konnte und der Krieg immer noch dauerte, meldete sie sich als Pflegerin. Es war anders nicht auszuhalten, sie war zu jung, um stillzusitzen und zu warten. Worauf hätte sie auch warten sollen?

Sie hielt das Leben für eine grauenhafte Pflicht, die unter allen Umständen erfüllt werden mußte. So hatte man es sie gelehrt, und alles, was um sie geschah, bestätigte es.

Dabei waren sie zu Hause eine lebensfrohe Familie gewesen – soweit sie heute urteilen konnte. Die Eltern genossen unauffällig ihre Tage, besorgt, niemandes Neid zu erregen, argwöhnisch und höflich zu höher wie zu niedriger Gestellten. Ihr Auftreten war leise und bestimmt, man bewegte sich in einem Tanz, dessen seit undenklichen Zeiten feststehende Regeln von allen befolgt wurden, die zur gleichen Welt gehörten. Der Vater, von Beruf Richter, betonte die ›christliche Herzensheiterkeit‹ seiner Sippe und erging sich nicht ungern in Betrachtungen über die Überlegenheit, die sie im gesellschaftlichen und geschäftlichen Leben verleihe. Man sprach nie schlecht über Bekannte, wenigstens nicht vor dem Kind. Nötigenfalls richtete man sie hin, indem man sie totschwieg. Ihre Namen verschwanden von der Einladungsliste der guten Familien und wurden auch im Gespräch kaum noch erwähnt. Man pflegte eine Wohltätigkeit, die von eigens dazu bestellten Vertrauenspersonen überwacht wurde, damit nicht ›Unwürdige‹ daraus Nutzen zögen. Obwohl man ständig daran dachte, wurde von Geld so wenig wie möglich gesprochen – es waltete da eine Art Keuschheit und Empfindsamkeit, und wer gegen sie verstieß, stempelte sich zu einer Art Sittlichkeitsverbrecher, einem ›Parvenü‹. Sparsamkeit war Bescheidenheit vor Gott und den Menschen und insofern einer der Kunstgriffe, vermittels deren das Kamel, nach dem Gleichnis der Bibel, sich klein und unauffällig machen kann, um hinter den Armen her durch das Nadelöhr zu schlüpfen.

Auch als Pauline die Künstlichkeit dieser Welt erkannt hatte, glaubte sie noch immer, sie sei für die Ewigkeit gefügt. Da trat jemand in ihr Leben, der mit seinem Lachen alles umwarf – der leibhaftige Mistral. Und von der Erde stieg eine Staubwolke auf bis zur Sonne – und als sie verweht war, glänzten die Bäume so frisch wie noch nie.

»Das warst du«, sprach sie leise und beugte sich zu dem kleineren Bild auf dem Schreibtisch. »Das warst du ... Das bist du ... Die mittägliche Sonne, der leibhaftige Mistral!«

Ein Mann im weißen Leinenanzug saß auf einer Terrasse. Er saß rittlings auf dem Stuhl, die Arme waren auf der Lehne gekreuzt, und darauf stützte er das Kinn. Eine helle Haarsträhne fiel ihm über die Stirn, vielleicht hatte der Wind sie dort hingeworfen, sie hatte etwas hübsch Unordentliches, Vertrauliches, vielleicht auch war eine Frauenhand durch das Haar des Mannes gefahren und hatte dabei die Strähne mitgenommen. Die Augen des Mannes lachten, die Zähne lachten, es lachte der Schnurrbart, der wie bei einem alten Gallier struppig herabhing und auf eine tiefe, klangvolle Stimme schließen ließ, die Hand, eine lange, schmale Hand, hielt eine Zigarette ... Und an einem Finger der Hand saß ein Ehering.

»Nicht der meine«, sagte lächelnd Frau Pauline ... »Aber die Hand ist die meine, die ganze Hand. Daran haben wir uns erkannt ...« Eines Tages hatten sie ihre Hände nebeneinandergehalten, sie lange betrachtet und sich dann lächelnd angesehn. Dies war ihr Liebesgeständnis gewesen ...

Auf einem Gartenweg unterhalb der Terrasse unterhielt sich eine Schwester mit einem Mann – der Mann trug einen gestreiften Krankenkittel. Die Sonne schien so stark, daß um alles Weiße, Kleider, Kieselsteine, die Kanten der Terrasse, ein Zucken und Flimmern war, ein Stuhl im Schatten einer Pinie schien aus eigenem Vermögen zu leuchten. An der Terrasse kletterte eine Bougainvillia empor, die Bougainvillia blühte – es war ein heißer Tag im Süden.

»Das bist du«, wiederholte sie, jetzt weit über den Tisch gelehnt, das Kinn auf die gekreuzten Arme gestützt, und sie lachte ihn lautlos an, ganz aufgelöst in dunkle Heiterkeit wie draußen das Küstenland, das ein Rosenschein im Himmel krönte.

Eine harte Werbung

Die Jahreszeiten wechseln leise in der Nacht. Du siehst sie, du hörst sie nicht kommen. Eines Morgens wachst du auf und hast einen neuen Schatz.

Paul und seine Mutter hatten noch im Dezember gebadet, um Weihnachten war Herbstwetter gewesen, bald danach aber hatte sich ohne vorhergegangene Warnung ein Tag eingestellt, grau und kalt, dem man gleich seine Langlebigkeit ansah. Er hatte etwas so Entschlossenes in seiner Trägheit! Er war mürrisch nach der Art alter Leute, die in ihrer Weltabgeschiedenheit wie in einem behaglichen Vorhof des Todes herumgehn und sich durch keine noch so freudigen Signale der Lebenden herauslocken lassen. Er tat nicht weh, er zeichnete sich durch keinerlei Gewalttaten, wie Frost, Sturm und Sintfluten, aus, es regnete nur verhältnismäßig viel und so gleichgültig, als würde ein Wasserhahn geöffnet und geschlossen.

Es war eine große Zeit für Burguburu. Im Schutze seines Schirmes empfand er den Stolz des weißen Mannes, der sich bei Blitz und Donner unter verängstigten Negern einen Gott wähnt, weil er einen Blitzableiter auf dem Dach hat. Hinter den Fenstern verschanzt, sahen die Ranasser täglich ihren regenfesten Notar durch die Gassen marschieren, die vom Schritt seiner Nagelschuhe klirrten. Manchmal hob er seitlich den Schirm und ließ sich vom Regen anspritzen und winkte einem Gesicht zu, das, durch die Scheibe entstellt, mit wechselnden Grimassen des Entsetzens auf ihn herabglotzte. Und manchmal lachte er, daß die Leere wie von Fußtritten gegen alte Benzinkannen widerhallte.

Ihre Krönung fanden Burguburus Regen- oder Waffengänge mit der Wanderung um das Kapitol, den Rundweg des Parkes Stellamare. Von hier schaute er ins Land hinaus, auf all die Hügel, die sich ängstlich unter dem Regen duckten, und pfiff Kavalleriesignale.

An einem regnerischen Januarmorgen aber fühlte er sich wie trunken von unbezwinglicher Kühnheit, zumal da er seinem Regenliebchen seit einigen Tagen nicht begegnet war. Und so entschloß er sich zu einem Schritt, der sein Leben von Grund aus ändern sollte.

Vor dem Haus der Witwe Bosca angelangt, sah er sich argwöhnisch um, klopfte an der Haustür, schloß den Schirm. In Gedanken an den Major stützte er sich unwillkürlich auf den Schirm wie auf ein Schwert, und das Bewußtsein schicksalvollen Beginnens entriß ihm einen Seufzer. Der Unterschied zwischen den vorausgegangenen Besuchen und dem heutigen war nicht geringer als zwischen dem Austausch diplomatischer Noten und einer Kriegserklärung von Großmächten.

Es war Schwester Louise, die öffnete. Den zur Stille mahnenden Zeigefinger auf den Lippen, führte sie ihn in den Salon, und hier gab sie ihm mit leiser Stimme bekannt, daß die Witwe noch schlafe. Er hatte es erwartet. Aus verschiedenen Anzeichen ging hervor, daß der geliebte Totenvogel in der Mauser war. Nunmehr erfuhr er, Juliette nehme seit kurzem, nämlich seitdem die Schwester neben der Pflege Sibylles auch den Haushalt besorgte, ihr Frühstück im Bett ein und ruhe darauf noch ein Stündchen. Auch besuchte sie wochentags nicht mehr die Messe (was er bereits von seiner Haushälterin wußte). Es sei das erstemal in ihrem Leben, daß die gnädige Frau sich eine Erholung gönne, bemerkte mit ernster Miene Schwester Louise, und sie stellte ihm anheim, entweder im Salon zu warten oder später wiederzukommen.

Er mißtraute der Beständigkeit seines Mutes und zog es vor, zu bleiben. Schwester Louise ließ ihn auf dem Sofa Platz nehmen, wo er sich, nachdem die anmutige Person verschwunden war, ungestört sowohl in die möglichen Vorzüge des Majors vertiefen als auch die eigene Würdigkeit überdenken und beide gegeneinander abwägen konnte.

Das Kreuz der Ehrenlegion besaß auch er, außerdem die ›Palmen‹, mit deren Verleihung der Unterrichtsminister neben seinen Untergebenen schlichte, um die Volkserziehung verdiente Mitbürger auszeichnete. Das rote und das lila Bändchen im Knopfloch erhoben den abgetragenen Rock, der sonst wohl ein Beweis von Geiz hätte sein können, mit einem Ruck zur Uniform der nationalen Tugend, der Sparsamkeit. Obwohl erst fünfzig Jahre alt, war Burguburu kahlköpfig, sein Bart, ziemlich kurz und waagerecht geschnitten nach Art der kriegerischen Sarazenen, leuchtete schlohweiß, die Augen blitzten verwegen. Wenn er bei Maskenfesten als Scheich auftrat, den weißen Turban mit dem Nackentuch auf dem Kopf, den flatternden Burnus um die Schultern, hielt nicht nur er allein sich für unwiderstehlich … Das einzige, was an diesem Feind der Kirche Frömmigkeit atmete, war ein wendiges Bäuchlein, soweit man es im Ruhestand antraf und auf dem er dann die Hände zu falten pflegte. In dieser Lage wurden die mächtigen, erdroten Tatzen aus Löwen zu Lämmern, es konnte auf der Welt keinen vertrauenerweckenderen Notar geben. Er gehörte der Akademie von Toulon an und genoß den Ruhm, der Verfasser ›vielbemerkter Abhandlungen‹ über wenig oder gar nicht erforschte

Ortschaften der Provence zu sein. Allgemein bekannt, weil in die Schulbücher als Beispiel einer *Galégeade* oder provenzalischen Schnurre aufgenommen, wurde seine Erzählung von der Verteidigung des Ranas-sur-mer benachbarten Städtchens Ollioules während der Religionskriege.

Ollioules, im Hinterland gelegen, eine Wegstunde von Toulon, war katholisch und galt als Schlüssel der Hafenstadt. Wer von Nordwesten kam und nach Toulon wollte, mußte über Ollioules, und nach Ollioules gab es keinen andern Weg als durch eine enge, sehr tiefe, bewaldete Schlucht, die *Gorges d'Ollioules*. Diese Schlucht besteht aus einer Folge von Einzelschluchten, die zwischen ihren Steilhängen völlig in sich abgeschlossen scheinen. Ihre Eingänge und Ausgänge bleiben dem Blick so lange verborgen, bis man in die quergestellte Kulisse einbiegt, die das eine Stück mit dem andern verbindet.

Als zur Zeit der Religionskriege Flüchtlinge in der Stadt eintrafen und von einem hugenottischen Soldatenhaufen erzählten, der plündernd südwärts ziehe, beschlossen die Olliouler, dem Unheil zuvorzukommen. Um sicher zu gehn, boten sie auch die Bauern der Umgebung auf. Drei Tage und eine halbe Nacht (dies letzte für den Fall, daß der Feind im Schutz der Dunkelheit heranschleiche) übten sich Männer und Frauen in der Verteidigung des Engpasses. Felsblöcke wurden vom Erdboden gelöst und bis dicht an den Abgrund geschoben, es bedurfte nur eines Handgriffes, um den eingeklemmten Pflock herauszuziehen und den Felsen die Schneise herabsausen zu lassen. Die schießkundigen Männer suchten sich Plätze aus, von wo sie die Abschnitte der zur Falle gewordenen Schlucht bestreichen konnten, und überlegten sorgfältig die Umstände des bevorstehenden Überfalles. Wie sich's im Kriege gehört, wurden Klugheit und Manövrierkunst des Feindes denkbar hoch angeschlagen und für jeden möglichen Zug der Hugenotten der Gegenzug erwogen und an Ort und Stelle festgelegt.

Ollioules verfügte zwar über eine ganze Anzahl Schützen, aber insgesamt nur über ein Dutzend Musketen. Dieser Mangel fand seinen Ausgleich durch die Einrichtung eines Schnelläuferdienstes, der es ermöglichte, die Musketen, ohne daß die Schützen außer Atem gerieten, jeweils an den Ort zu befördern, wo man ihrer im Gewoge der Schlacht bedurfte – einer Schlacht, in der die Olliouler sich von vornherein derart überlegen fühlten, daß sie ihr sogleich für die Geschichte den Namen der ›Kaninchenschlacht‹ gaben. Ein schwarzer Tag nahte für die hugenottische Sache!

Tatsächlich brauchten die Musketiere nur in den Abgrund hinabzudonnern, ohne das Fehlgehen eines einzigen Schusses befürchten zu müssen. Die Kinder allein hätten genügt, die Steinblöcke zu entfesseln und die Feinde damit niederzuschlagen. Und angenommen, der Teufel selbst hätte die Hugenotten in höllisches Eisen oder dergleichen Zauber gekleidet, so war da noch immer der zu dieser Jahreszeit ausgedörrte Pinienwald, der die Hänge der Schlucht bedeckte. Ein Funken aus dem Feuerstein in das Unterholz, und die tapferen Olliouler konnten nach Hause gehn, ohne sich weiter um die eingeräucherten Kaninchen zu kümmern. Niemals, solange die Welt stand, war ein Sieg so sicher gewesen. Ein schwarzer Tag für die hugenottische Sache!

Nachdem sie Posten aufgestellt hatten, begaben sich die Olliouler an die gewohnte Arbeit, und wenn sie sich auch scheuten, das nach dem Sieg fällige *Tedeum* jetzt schon anzustimmen, so lebten sie doch so stark im Vorgenuß des Ereignisses, daß sie es, halb unbewußt, vor sich hinsummten.

Mit den Bauern der Umgegend war als Zeichen der Gefahr ein Feuer von Rebholz verabredet, das auf dem Kirchturm abgebrannt werden sollte. Vom Läuten der Sturmglocke hatte man abgesehen, um nicht die Aufmerksamkeit des Feindes zu erregen. Alles war bedacht, keine Vorsichtsmaßregel übergangen. Ein schwarzer Tag für die hugenottische Sache!

An einem heitern Morgen, von Toulon her zogen Sommerwölkchen über den Himmel, kamen die Späher angerannt und meldeten das Nahen des Feindes. Sofort machten sich die Olliouler unter Zurufen und Späßen von Haus zu Haus für die Abschlachtung der bibelfesten Kaninchen bereit, und das Feuer auf dem Kirchturm wurde angezündet. Da ereignete sich etwas, was niemand hatte voraussehn können. Von den Sommerwölkchen herab begann es zu regnen. Nicht stark, nein, nur ganz leise, aber Regen, gleichviel von welcher Stärke, macht naß. Die Olliouler, Mann, Frau und Kind, standen unter der Haustür und schworen einander zu, der Regen werde bald aufhören, und dann solle die Kaninchenschlacht unverzüglich beginnen. Keinem einzigen kam der Gedanke, es könnte vielleicht Soldaten geben, Ungeheuer aus regnerischen Gebieten, die auch im Wasser marschierten. Vielmehr nahmen sie als selbstverständlich an, daß die Wartezeit für beide

Parteien gleich sei, ja, auf die Bemerkung eines ganz Klugen hin begannen sie in heftigen Besprechungen kreuz und quer über die Gasse den Vorsprung zu schätzen, den die nordwärts ziehenden Wolken den Olioulern gewährten – weil der Regen logischerweise bei ihnen früher aufhören mußte, als er bei den Hugenotten einsetzte, und sie demnach marschieren konnten, wenn die andern sich noch vor dem Regen versteckten. Niemand fiel ein, daß die Hugenotten ihrerseits ja im Trockenen marschierten, während die Olliouler noch unter der Haustür standen und also die Entfernung die gleiche blieb!

»Bald hört es auf!« riefen die Anführer und streckten einen prüfenden Finger aus. Beim ersten Tropfen, der den Finger traf, zogen sie ihn erschrocken zurück und schrien:

»Seid ihr bereit, ihr Männer?«

»Wir sind bereit!« kreischten die Frauen und Kinder hinter dem Rücken der Männer, und an einigen Türen drückten sie dabei so stark nach vorn, daß die Männer mit rückwärtsgeführten Ellenbogenstößen arbeiten mußten, um nicht von der eigenen Familie in den Regen hinausgeschleudert zu werden.

»Wir haben die Männer gefragt!« rief erbost einer der Anführer, den die Familienbrut gleichfalls im Rücken bedrohte.

»Wir sind bereit«, antworteten jetzt auch die Männer, und wie auf Befehl drehten sie sich um und prügelten Frauen und Kinder in den Hausgang zurück.

Während diese Plänkeleien das Städtchen bei kriegerischer Laune erhielten, marschierten die Hugenotten singend durch die unbewachte Schlucht. Sie sangen über die Maßen laut und vergnügt, weil es von den Steilwänden widerhallte und der Regen sie erfrischte. Wild behaart und bibelfest, wie sie waren, sangen sie abwechselnd Psalmen und Dirnenlieder, beides mit echtem Gefühl.

In der Stadt hatte inzwischen das Signalfeuer, vom leichten Regen mehr ermuntert als belästigt, das Gebälk des Glockenstuhles ergriffen. Aber dies bemerkten nur die nächsten Anwohner der Kirche, und sie einigten sich mit wenig Worten, daß es unnütz wäre, zu den Löscheimern zu greifen und Wasser aus dem Brunnen zu schöpfen, da dieses Wasser das gleiche sei, das ohnehin vom Himmel herabfalle. Entweder, meinten sie, werde der Regen den Brand löschen, oder es sei logischerweise dem Feuer überhaupt nicht mit Wasser beizukommen. Und als der Befehl an die Musketenbesitzer, das Pulver vor dem Regen zu schützen, von Tür zu Tür weitergegeben wurde, traten auch diejenigen in die Tiefe des Flurs zurück, die keine Flinte besaßen. So verstrich eine beträchtliche Zeit.

Bisweilen erscholl der gedämpfte Ruf:

»Seid ihr bereit, ihr Männer?«

Ebenso hohl klang die Antwort aus Flur und Stube:

»Wir sind bereit!«

Denn die Männer hatten sich ausnahmslos in das Innere der Häuser verkrochen, teils um zu helfen, das Pulver im Umkreis trocken zu halten, teils um nicht von den aufgeregten Frauen, die mit Bratspießen und Feuerzangen fuchtelten, ins Wasser getrieben zu werden. Endlich fand der Regen ein Ende. Hinter den abziehenden Sommerwölkchen kamen gemächlich die Bauern daher. Sie glaubten so wenig wie die Städter an die Möglichkeit, bei Regen Krieg zu führen. Und der ganze Haufen setzte sich, leise das *Tedeum* summend, gegen die Schlucht in Bewegung. Der Pfarrer marschierte in der ersten Reihe und hielt eine Zimmermannsaxt geschultert. Ein schwarzer Tag für die hugenottische Sache!

Zur gleichen Zeit verließen die letzten Hugenotten die Schlucht, und als sie die Stadt zu Gesicht bekamen, wunderten sie sich, daß die Kirche brannte. Gewöhnlich brannten die Kirchen erst, wenn sie die Ortschaften verließen.

Schon wollten sie haltmachen und auskundschaften, ob es Freunde oder Feinde der Bibel seien, die ihnen bei der Brandschatzung zuvorgekommen, als der kümmerlich bewaffnete Haufen Spießbürger und Bauern vor ihnen auftauchte. Sie brachen in ein furchtbares Gelächter aus, und die Olliouler rannten, als sei die Hölle gegen sie losgelassen. Kein Zweifel, riefen sie einander zu, die Teufel waren im Regen marschiert. Man sah es von weitem, sie waren noch ganz naß ... Diese Schmutziane wälzten sich im Regen wie die Ferkel im Dreck ... Danach mußte man auf das Schlimmste gefaßt sein! Der Pfarrer warf die Axt weg und sang im Laufen das *Miserere*. Und die zu Jägern gewordenen Kaninchen setzten lachend hinter ihnen her. *Vive le Christ!* schrien gewohnheitsmäßig die Hugenotten, als sie in die Häuser eindrangen.

Ein heiterer Tag begann für die hugenottische Sache! Ein unheimlich heiterer Tag, ein Tag, der vor Heiterkeit platzte. Die Sonne über Ollioules lachte schamlos wie ein Barbar! ... Wie der Geschichtsschreiber weiter berichtet, büßte niemand das Leben ein, im Gegenteil. Neun Monate später brachten die schönsten Frauen des Städtchens kräftige Hugenottenkinder zur Welt.

Soweit die *Galégeade* Burguburus. Obgleich der letzte Satz in den Schulbüchern fehlte, konnte Ollioules ihm die Schnurre nie verzeihen. Burguburu litt darunter und unternahm zahlreiche Versöhnungsversuche, die aber alle scheiterten, nicht zuletzt daran, daß die Ollioular, um ihn Lügen zu strafen, sich zur Zeit des Fremdenverkehrs gezwungen sahen, furchtlos im Regen spazierenzugehn.

Nun saß er bereits eine halbe Stunde auf dem Sofa der Witwe und maß sich in Gedanken mit dem Major. Der bewaffnete Krieger herrschte ihn von der Wand herab an, als durchschaute er die Absichten des Eindringlings und stellte ihn zur Rede – an der Schwelle des Schlafzimmers, erkühnte sich der Notar zu denken: dessen Schlüsselbewahrer und Gebieter dieser Mann einst gewesen und immer noch war und, wie es schien, in Ewigkeit zu bleiben wünschte.

Burguburus Gedanken wechselten die Farbe wie die Sommerbeine der Tänzerinnen auf dem Leuchtboden der Tanzdiele in Cantal. Bald sah er sich als den unerschrockenen Kerl, wie er den Ollioulern einst bei ihrer Unternehmung gefehlt hatte, bald machte er, zwischen Sieg und Niederlage pendelnd, alle Wandlungen eines herzlich besorgten Jünglings durch. Er blickte in den Regen, dessen Rauschen nach und nach beruhigend auf ihn wirkte wie eine leichte Dosis Brom, und hielt die Hände auf dem Spitzbauch gefaltet.

Plötzlich stand sie da, die Witwe, in Schwarz gekleidet, einen schmalen, weißen Einsatz an der Haube, jedoch ohne Schleier. Burguburu sah ausdrücklich hin. Heute fehlte der ›Krönungsmantel der Trauer‹, von dem der Pfarrer gesprochen, als er seine Gemeinde, hauptsächlich aber eine bestimmte Person, vor dem ›Götzendienst des Todes‹ gewarnt hatte (zwei Worte, die, von der Haushälterin überbracht, Burguburu bewogen, den Pfarrer tagelang als einen erhabenen Mann und Bekämpfer des Aberglaubens zu preisen, der ein besseres Los verdiente, als in Ranas den aufgeklärten Medizinmann zu spielen), der Krönungsmantel fehlte wirklich, und sieh da, die Erscheinung Juliettes war zum Staunen des Notars um ein Stück Majestät betrogen.

Dafür wirkte sie schlanker, frischer, unbekümmerter in ihren Bewegungen. Burguburu mußte an die Ringkämpfer denken, die beim Betreten des Gerüstes den Mantel ablegen. Hastig griff er nach einem Stuhl, um ihr das Sofa zu überlassen. Sie zwang ihn aber, neben ihr auf dem giftiggrünen Samt Platz zu nehmen. Er war ihr noch nie so nahe gekommen. Sie duftete köstlich nach Hyazinthen, nicht nach einer einzelnen, wie sonst, nein, nach einem ganzen Beet. Es war fast zuviel für einen Mann allein. Beunruhigt musterte er sie von der Seite.

Die Leichenwange, frisch geschminkt, bildete eine kreisrunde Scheibe, karminrot mit einem faserigen Rand, der kunstvoll den Übergang zum Weiß des Gesichts vermitteln sollte, statt dessen aber den Eindruck erweckte, als sei es einer Schar Fliegen gelungen, von dem roten Leimpflaster in die Freiheit zu gelangen. Ferner bemerkte der Notar, daß sie die Augenbrauen zu einem schmalen Strich ausrasiert hatte. Geschmeichelt nahm er die Neuerung zur Kenntnis.

Nach einer Weile spürte er, wie seine Verlegenheit durch ihre körperliche Nähe Zuspruch erfuhr, er verschloß sich ihr nicht. Von ihren rundlichen Formen, diesen Erweckerinnen aller möglichen Zweifel, von ihrer einschmeichelnden, süßlich frommen Sprache ging eine Ermunterung aus, etwas wie ein Ruf des Lebens aus einem offenen Grab. Er warf einen raschen Blick auf den Major, und siehe da, auf einmal verstand er ihn und seinen wachsamen Grimm. Der Bursche übertrieb nicht, wenn er die Augen rollte und sich in unmißverständlicher Weise auf seinen Säbel stützte ...

Burguburu hob den Finger und behauptete mit bebender Stimme:
»Man sieht, er war ein Mann!«
»Er war ein Held«, versetzte leise die Witwe.
»Natürlich, auch das«, stimmte er bei ...
»Kommen wir zu unseren Geschäften!« sagte sie nach einer Anstandspause.

Sie dankte ihm, daß er sich in den Auseinandersetzungen mit der ›roten Linie‹ einer alleinstehenden Frau angenommen und die für eine Dame und Offizierswitwe doppelt peinliche Angelegenheit zu einem halbwegs befriedigenden Ende geführt habe, und erklärte, seine Güte auch weiter in Anspruch nehmen zu wollen. Und dann bat sie ihn für die Verwertung der Entschädigungssumme um seinen Rat. Die Vorsehung, sagte sie, habe ihr in ihm einen heiligen Georg und Drachentöter geschickt, der, um das Wunder voll zu machen, zugleich auch Notar sei und sich demnach in der Anlage von Vermögenswerten beruflich auskenne. Zuvor aber müsse er ihr ehrenwörtlich versichern, daß eine höhere Summe unter keinen Umständen, auch nicht durch einen Prozeß, aus der Gesellschaft herauszuholen sei.

»Unter keinen Umständen, gnädige Frau«, versicherte er und entfaltete feierlich die Hände über dem Bauch. »Niemals, seit Menschengedenken, ist für einen derartigen Unfall eine solche Summe bezahlt worden. Der gütliche Vergleich stützt sich übrigens, woran ich Sie aus Gewissensgründen erinnern muß, auf die Annahme, daß Ihre bedauernswerte Tochter einen lebenslänglichen Schaden behält.«

»Gott, sie wird ein bißchen hinken«, sagte die Witwe, und ein nachsichtiges Lächeln huschte über ihre Züge.

»Stützt sich auf die Annahme«, fuhr er unbeirrt fort, »daß Fräulein Sibylle keine Aussicht hat, sich zu verheiraten, jedenfalls nicht, wie es ohne den Unfall im Hinblick auf ihre Herkunft, ihren Stand, ihre körperlichen sowie seelischen Vorzüge mit Gottes Hilfe zu erwarten gewesen wäre. Andererseits sind dreihunderttausend Francs in diesen Krisenzeiten keine verachtenswerte Mitgift.«

Die Witwe hob sanfte, runde, etwas absichtlich staunende Augen.

»Sagten Sie nicht ›mit Gottes Hilfe‹, Herr Notar?«

»Ich sagte es, gnädige Frau«, bestätigte er kräftig.

Sie schlug die Augen nieder und schien einer inneren Stimme zu lauschen. Dann sagte sie sehr mild:

»Sie gelten als ein Gottesleugner, Herr Notar.«

»Ich weiß, sogar für einen Freimaurer.«

Sie hob den Kopf und fragte, ohne ihn anzusehn: »Sind Sie das?«

Es klang einschmeichelnd, beschwörend, es war klar, daß sie sich bereit zeigte, der inneren Stimme keinen Glauben zu schenken.

»Ich habe die Frage erwartet und danke Ihnen für Ihr Vertrauen«, erwiderte er. »Gnädige Frau«, er reckte sich, »sieht so ein Gottesleugner aus?« Zögernd gehorchte sie und senkte den Blick in seine Augen. Es waren gutartige Augen, braun und sanft wie die eines Rehes, fand Juliette, die niemals ein lebendes Reh gesehn hatte. Sie verweilte länger in ihnen, als ihre Absicht war, da begann es in den Augen zu brauen und zu blitzen, sie wandte sich schnell ab und errötete flammend vom Hals bis in die Haare ... Die karminroten Kreise schwammen wie Inseln in einem leicht bewegten rosa Meer.

»Gottverdammichnicht!« murmelte Burguburu, er bekam einen steifen Hals, und die fromm gefalteten Hände verzogen sich sündhaft.

»Ich bin kein Gottesleugner«, sagte er, »ich war es nie ... auch ein Kirchenfeind war ich nicht, ich verlange nur, daß die Kirche in ihren Grenzen bleibt ...«

Er stockte.

Gleich kam sie ihm flüsternd zu Hilfe:

»Sprechen Sie weiter, Herr Notar.«

Er dankte mit einer Verbeugung und rief:

»Jawohl, ich will sprechen, mich aussprechen vor Ihnen bis auf den Grund meiner Seele! Habe ich nicht bei den letzten Wahlen denselben Kandidaten unterstützt wie unser guter Pfarrer?«

Sie kehrte inbrünstig lauschend zu der inneren Stimme zurück, und es dauerte lange, bis sie antwortete:

»Man erzählt sich von Ihrem Kandidaten, er habe Ihnen das Geld seiner unmündigen Kinder zu verwalten gegeben ... Seine verstorbene Frau soll reich gewesen sein.«

»Nein, gnädige Frau! Ich habe aus meiner Tasche zu den Wahlkosten beigetragen.«

Sie lächelte. Es war ein deutlich wahrnehmbares, ein irdisches Lächeln, das man greifen konnte. Er betrachtete es mißtrauisch.

»Hierzulande erwartet man von den Männern nicht, daß sie die Kirche besuchen«, sagte sie.

»Nein, die Kirche besuche ich nicht«, versetzte er gekränkt.

»Schade«, hauchte sie.

»Ich würde mich lächerlich machen, wenn ich die Kirche besuchte«, erklärte er. Es klang wie ein Vorwurf. »Ich würde die Hälfte meiner Kundschaft verlieren.« Und dies war bereits eine Drohung.

Als sie nicht antwortete, brauste er auf: »Ich bin nämlich nicht nur ein heiliger Georg und Drachentöter, ich bin auch Notar.«

Sie wartete eine ganze Minute, dann sagte sie ruhig:

»Sie müssen es mit Ihrem Gewissen abmachen. Niemand verlangt von Ihnen, daß Sie sich ruinieren.«

»Am allerwenigsten Sie«, entfuhr es ihm.

Er hatte es nicht überlegt, er riß verblüfft die Augen auf, als er seine Worte hörte, aber er war es satt, in seinem Alter und seinen Vermögensverhältnissen, mit Ruhm bedeckt und mit zwei Orden im Knopfloch, wie ein Jüngling gleichsam vor dem Haus der Geliebten herumzulungern und die unmißverständlichsten Zeichen zu machen, auf die nichts erfolgen wollte.

»Ich?« sagte sie, »wieso am allerwenigsten ich? Was kümmern mich Ihre Einkünfte?«

Sie blickte ihn voll an, und Burguburu fiel in sich zusammen. Ihre Augen, schwarz und groß, sahen durch ihn hindurch in jene Ferne, von der er schon immer vermutet hatte, es müsse dort das Paradies liegen oder sonst ein Ort unsäglicher Wonnen. Ihr Gesicht strahlte gleich einer leibgewordenen Seele, und diesem zarten Ding verliehen die ausrasierten Brauen einen Ausdruck heilloser Festigkeit ...

Da war sie wieder, die er bereits überwunden, unter seinen Bemühungen in Luft aufgelöst und vergessen wähnte, und diesmal erreichbar, im Bereich seiner Hände – und unangreifbarer als zuvor! Da war sie wieder, die rätselhafte Erscheinung ohne Alter, ohne Geschlecht, die Abgesandte und Botschafterin der Seligen! Die roten Kreise in ihrem Gesicht glichen den Sektenzeichen, womit die Inder sich bemalten, sie gehörten zu ihrem Ornat, wie das schwarze Kleid, wie die auf der Stirn mit Weiß eingefaßte Haube, wie die rosa bemalten Nägel ihrer Patschhändchen – sie war eine Fremde, eine Wilde, ein weiblicher Häuptling aus dem Urwald ...

Als er nicht antwortete, wandte sie sich langsam von ihm ab und zum Major hin, der nun, Burguburu bemerkte es mit Schrecken, nicht länger als sein Verbündeter dastand. »Halten Sie meine Frau für eine – für käuflich?« schien er zu fragen ... Wahrscheinlich fletschte er die Zähne unter dem herabhängenden Schnurrbart, und jedenfalls ließ er den Nebenbuhler seine Strenge fühlen. In voller Uniform beteiligte er sich an dem peinlichen Auftritt.

»Sind Sie sich bewußt, was Ihre grobe Bemerkung für einen Sinn hatte?« fragte sie in einem Tonfall, der teils schmeichelte, teils drohte, und Burguburu nahm an, daß die Drohung ihm galt, die Schmeichelei aber dem Major.

Er sprang auf, zeigte mit ausgestrecktem Arm auf das Bild und schrie die Witwe an:

»Gottverdammichnicht! Was stellen Sie sich denn so an! Schließlich hat er uns doch nicht bei einem Ehebruch erwischt!«

Die Witwe Bosca sank hintenüber.

»Schwester!« kreischte sie. »Schwester! Zu Hilfe!«

Schwester Louise kam angestürzt, wurde aber bereits an der Tür vom Notar aufgehalten, der ihren Arm packte und mit ruhiger, fester Stimme sagte:

»Machen Sie, daß Sie rauskommen, Schwester! Ich habe hier eine geschäftliche Auseinandersetzung mit der Witwe. Verstanden?«

Damit schob er sie durch die Tür und schloß hinter ihr ab.

Mit drei Schritten war er am Sofa, setzte sich und fragte:

»Gnädige Frau, darf ich Sie bitten, mich anzuhören? Ich gedenke, Sie einzuweihen, ich meine, ich will Ihnen meine Verhältnisse auseinandersetzen, ganz gleich, zu welchem Schluß Sie danach gelangen. Ich bitte, das Vertrauen zu würdigen, das ich Ihnen erweise.«

Juliette lag rücklings in der Ecke des Möbels, die Hände auf dem Gesicht, die Beine von sich gestreckt, und erging sich in einem Glucksen, das nach Beendigung von Burguburus kurzer Rede zu einem Geheul anschwoll.

Er legte die Hände auf den Bauch, faßte sich in Geduld.

Draußen fiel der Regen in Strömen. Burguburu sah zu, wie er senkrecht herabsank und, plötzlich zutraulich geworden, über die Veranda bis an das Fenster fegte. Es beruhigte ihn. Durch freundliche Gedanken förderte er die Wirkung des Geräusches. Unvermittelt, wie es begonnen, hörte das Geheul Juliettes wieder auf.

Als es nur noch ein herzhaftes Wimmern war, räusperte er sich und ergriff das Wort.

Er sprach laut und ausgesucht deutlich, wie wenn er vor der versammelten Akademie von Toulon den von den Statuten geforderten jährlichen Bericht erstattete.

»Gnädige Frau«, begann er, »ich habe die Ehre, Ihnen die Umstände meines Lebens darzulegen, und zwar sowohl hinsichtlich meiner Herkunft und Familie, meiner Gesundheit und Gemütsart, ererbten sowie erworbenen Gutes und der Eigentümlichkeiten meines Berufes als auch hinsichtlich meiner Versuche und Verdienste auf einem Gebiet, wo ich selbst einem König Midas nichts in Gold verwandelt hätte – denn dort wächst einzig und allein der Lorbeer.«

Hier machte er eine Pause, und obwohl die Witwe nichts sehn konnte, weil sie über ihren geschlossen Augen auch noch die Fensterläden ihrer Hände zuhielt, deutete er nachdrücklich auf die Ordensbänder im Knopfloch. »Wo nur der Lorbeer wächst«, wiederholte er und fuhr fort:

»Wer ihn pflückt, wird bis zu einem gewissen Grade unsterblich …

Der Name meiner Familie ist Burguburu, mein Vorname Marius.«

Es war nicht seine Absicht, schon wieder eine Pause eintreten zu lassen, vielmehr wünschte er in der Leichenrede auf sein Junggesellentum so schnell wie möglich zum Ende zu kommen. Er stockte nur ein wenig, weil der Anblick Juliettes ihn bestrickte – wie sie dasaß, mehr lag als saß, den Rumpf hintenüber gebeugt, die Beine von sich gestreckt. Wahrscheinlich, überlegte er, war dies als plastische Darstellung des Witwenjammers, als Sinnbild weiblicher Verzweiflung und Hilflosigkeit gemeint. In diesem Fall hatte die Darstellerin nur nicht bedacht, daß sie dazu unbedingt den Gesichtsausdruck heranziehen mußte, daß erst der Gesichtsausdruck und er allein die gewünschte Wirkung gewährleistete. Ohne die Erklärung, ohne die Beleuchtung durch Miene und Augen des Opfers machte der hingegossene, mächtige Körper einen ganz andern Eindruck als den der Hilflosigkeit und Verzweiflung, und die Hände, mit denen Juliette ihr Gesicht bedeckte, erlaubten dem Beschauer, sich dieses so verschiedenartigen Eindrucks ungestört zu versichern. Um so lieber wäre er in einem Lauf ans Ziel gelangt, alles, was in ihm und außer ihm vorging, drängte mächtig dahin.

Aber Juliette benutzte die kurze Stockung, um hinter den Händen hervorzurufen:

»Mein Gott, Marius! Wie jeder Briefträger!«

Burguburu lachte in sich hinein, ein lautloses Lachen, das nur den Bauch in Bewegung setzte.

»Marius?« rief er, »Marius? Gnädige Frau, auf die Knie vor Marius, jeden, der seinen Namen trägt, sollten Sie tief grüßen, und wäre es Ihr Briefträger!«

Erhobenen Hauptes zählte er ihr, die sich noch immer in ihrem sinnbildlichen Grab zurückhielt, die Gründe auf, warum jeder Provenzale, um nicht zu sagen, jeder Franzose, vom Präsidenten der Republik bis herab zu dem viel nützlicheren Briefträger, durch die Jahrtausende dem römischen Konsul Marius auf den Knien danksagen, immerzu danksagen müßten. Marius! Obwohl Marius nur drei Jahre in Marseille regierte, war unter ihm ein Reich des Lichtes entstanden, dessen Wohltaten bis auf den heutigen Tag fortwirkten. Marius vernichtete die Barbaren, die das Leben der Marseiller nur schonten, um sie gründlicher auszusaugen als die Ameisen die Blattläuse, und ebenso rottete Marius das böse Fieber aus, indem er die Sümpfe entwässerte und sie obendrein in wogende Kornfelder verwandelte und in Wiesen, auf denen nunmehr friedliche Kühe weideten statt Auerochsen und Wildschweine. Marius baute Straßen. Marius baute Wasserleitungen. Marius baute Tempel für die Götter und Bäder für die Menschen, Marius lehrte die wilden Vorfahren ein Leben, weiträumig und des Menschen würdig, und wenn Marseille nach rund zweitausend Jahren noch immer als eine reiche, als eine freie, sich selbst regierende Stadt in unvermindertem Glanze weiterlebte, so lag das an dem ungeheuren Vorsprung, den es dank Marius vor dem übrigen Festland gewonnen hatte und den es durch die Jahrhunderte zu bewahren wußte: Marseille, *Mas Alios*, das Haus am Meer!

»Überhaupt wundere ich mich«, versicherte Burguburu, »daß zwischen Rhone und Var Menschen leben, die *nicht* Marius heißen. Es ist die krasseste Undankbarkeit!«

Damit waren der römische Konsul Marius und seine Folgen in der Hauptsache erledigt, und Burguburu gedachte unter Anknüpfung an seinen Taufnamen auf sein eigenes, gleichfalls denkwürdiges Leben zu kommen.

Aber der Witwe wurde ihre Haltung auf die Dauer unbequem, die Rippen schmerzten, sie sehnten sich nach Veränderung. Auch wußte sie nicht genau, ob der Notar mit dem römischen Konsul fertig sei, und so entschloß sie sich, seine Aufmerksamkeit von der alten auf die neue Geschichte zu lenken, um dann im schicklichen Augenblick ans Licht zu tauchen.

Sie sagte eindringlich leise:

»Sie haben mich schrecklich beleidigt, Herr Notar ... Ihre Bemerkung gab zu verstehn, daß ich es auf Ihr Geld abgesehn habe ... Meine Lage hat sich aber verändert. Sie vergessen –«

»Was vergesse ich?« sagte er und neigte sich teilnahmsvoll zu ihr.

Seine Frage klang bekümmert, mit einem Nebenton zärtlichen Vorwurfs. In Wirklichkeit fühlte er sich vergnügt und obenauf, ja grausam belustigt. Denn hier war der Punkt, wo er sie bis auf den Grund durchschaut hatte, sie konnte ihm nichts vormachen, hier war er ihrer so sicher wie der Formeln eines Kaufvertrages.

Juliette seufzte.

»Die letzten Worte meines Mannes waren: ›Sagen Sie meiner angebeteten Frau, Gott wird sie nicht im Stiche lassen.‹«

»Na, und?« fragte Burguburu.

»Er hat Wort gehalten ... Wir kriegen was ...«

»Sie sprechen von der Entschädigung?«

Sie nickte mit dem ganzen, noch immer gesichtslosen Oberkörper. Dabei rutschten die ausgestreckten Beine ein wenig vor, und als er den Kopf zur Seite neigte, sah er ihre Beine bis an die Knie, kräftige, ebenmäßige Beine mit runden Knien. Die Knie lachten ihn an.

»Gnädige Frau, Sie vergessen, daß die erwähnte Summe Ihrer Tochter Sibylle gehört – vorausgesetzt, daß die Gesellschaft festbleibt.« Und sehr bestimmt fügte er hinzu: »Es ist noch nichts unterschrieben.«

»Ebendeshalb«, hauchte sie.

Im nächsten Augenblick fuhr sie in die Höhe, ihre Hände fielen vom Gesicht auf die Brust und krallten sich dort fest. Mit einem Satz hockte sie hinten in der Ecke und beugte sich abwehrend vor. Er hatte ›Gottverdammichnicht!‹ gerufen und die Hände nach ihr ausgestreckt.

Jetzt ließ er die großen, erdroten Tatzen sinken, Juliettes Blick folgte ihnen wie behext, er sagte kleinlaut:

»Wie gut! Da sind Sie wieder … Eine Frau ohne Kopf ist furchtbar … Man vergißt, daß man es mit einer Dame zu tun hat.«

Und dann warf er sich über sie.

Mit der einen Hand stieß sie ihn vor die Brust, mit der andern ergriff sie sein Sarazenenbärtchen und riß daran.

»Gnädige Frau«, stöhnte er, »gnädige Frau!«

Er umschlang sie kräftiger und drückte sie an sich.

Eine ungeheure Wärme stieg aus ihr auf, zugleich mit einer Flut betäubenden Hyazinthenduftes, und in ihm war etwas, was sich öffnete und die Wärme siedendheiß einströmen ließ, in alle Adern zugleich. Sein Schädel glühte, die Unterlippe krümmte sich.

»Gnädige Frau, ich bitte um Ihre Hand!«

Sie inzwischen wickelte das Sarazenenbärtchen zwischen zwei Finger und den Daumen und zog an. »Alles!« rief er schmerzverzerrt, während seine Hände über ihren Rücken tasteten. »Alles für Sie!«

Strahlend hob sich ihr Gesicht ihm entgegen, in ihren Augen tauchte, noch weit entfernt, ein Schimmer heller Seligkeit auf, sie zog die Daumenschrauben fester und sagte mit leiser Stimme:

»Ich verliere vielleicht meine Witwenrente, wenn ich Sie heirate …«

Wie der Karpfen auf dem molligen Grund des Teiches schaukelte er von einer Seite auf die andre und wäre gern dabei ungestört geblieben. Aber sie vollzog eine weitere Drehung mit der Schraube und fragte:

»Haben Sie gehört?«

Da kam er hoch und versprach, ihr die gleiche Summe im Ehevertrag als Nadelgeld auszusetzen.

»Schwören Sie!« verlangte sie.

Die Hand in seinem Bart riß wie an einem Pfropfenzieher.

Er behauptete, niemals zu schwören, und gab statt dessen sein Ehrenwort.

»Na, warte!« flüsterte sie glückselig.

Sie rückte sich unter ihm ein wenig zurecht, und während sie ihn an einer Halsfalte festhielt, holte sie sein Gesicht am Sarazenenbärtchen näher an das ihre heran.

»Schwören!« flüsterte sie kurzatmig. »Schwören!«

Er rief: »Ich schwöre!« und schnappte nach ihrem Mund.

Es gelang ihm nicht, sie zu küssen, aber sie ließ Hals und Bart fahren, ihre Arme umschlagen ihn, feste, runde Arme, sie glühten durch den Stoff des Kleides – wie eine einzige Masse sanken sie in die Sofaecke.

Und da murmelte sie ein Wort, ein Wort, wie es in solcher Lage und als Kosenamen nur einer gemeinen, völlig aufgewühlten Natur entschlüpfen konnte, ein Wort, das aus tierischer Bewußtlosigkeit hervorquoll.

»So, jetzt kenne ich dich!« frohlockte er. »Das war das letzte.«

Schonungslos riß er ihr den Kopf herum und küßte sie, als wollte er den stammelnden Mund zerfleischen.

Sie verstand nicht, was er meinte, und wiederholte das Wort, sooft sie zu Atem kam.

»Mein dickes Sch...! O du mein dickes Sch...!«

Plötzlich entriß sie ihm ihren Mund und schob ihn rasch an sein Ohr.

»Wirst du die Entschädigung auf meinen Namen schreiben?«

Sie gurrte ein leises Lachen.

»Die Kleine kriegt ja doch nie einen Mann! ... Sag, wirst du?«

Er ächzte:

»Wenn es geht, meine Liebe. Das Gesetz –«

»Sprich nicht vom Gesetz, dafür bist *du* da. Sag, wirst du? Wirst du?«

»Ja.«

»Schwöre!«

»Ich schwöre.«

»Sprich mir nach.«

Als er zögerte, verschob sie ihre Beine und drückte ihn von neuem an sich.

»Wirst du?«

»Ja«, stöhnte er. »Ja! Ich spreche nach.«

Dazu kam es aber vorläufig nicht, weil ein kleines, folgenschweres Ereignis eintrat.

»Hallo!« kreischte plötzlich die Witwe. »Wer ist da?«

Es hatte an die Tür geklopft.

Mit einem Stoß rollte sie den Notar, der den Sieg schon zu halten glaubte, über sich hinweg auf den Boden.

Hinter der Tür nannte Schwester Louise ihren Namen.

»Herein!« rief die Witwe. Burguburu mit seinem wendigen Bäuchlein war bereits auf den Beinen, er schloß auf.

»Der Mann mit der Elektrizitätsrechnung«, meldete die Schwester.

Jetzt bewährte sich Burguburu wieder als der Mann, der den Ollioulern einst bei ihrer Unternehmung gefehlt hatte. Schwer atmend, doch mit verbindlichem Lächeln nahm er die Rechnung in Empfang und zog seine Brieftasche.

»Hier, liebe Schwester!«

Dann ergriff er väterlich ihre Hand und sagte mit einem Blick auf die Witwe, die hoch aufgerichtet in der Sofaecke saß, Auge in Auge mit dem Major, und nicht zu sehn schien, was um sie her vorging:

»Ich bitte Sie, liebe Schwester, Frau Juliette Bosca und Herrn Notar Burguburu als Verlobte zu betrachten und die Herrschaften zu beglückwünschen ... Sie sind die erste Seele, die es erfährt ... Wollen Sie unser Glück, bitte, eine kurze Weile geheimhalten. Sie verstehn, es gibt da, wie immer, erst noch einiges zu regeln.«

Nachdem die flatterhafte Person, allem Anschein nach nicht ohne Ironie, sich ihres Glückwunsches entledigt und das Zimmer verlassen hatte, deutete Juliette auf das Bild an der Wand und rief mit erstickter Stimme:

»So hat er mich nie kompromittiert! Es ist furchtbar.«

»Sie sitzen in der Falle, gnädige Frau«, versetzte höflich Burguburu.

»Daran kann er nun auch nichts mehr ändern.«

Er nahm artig in einer Ecke des Sofas Platz und faltete die gewaltigen Tatzen. Sie, in der andern Ecke, legte die Patschhändchen in den Schoß, und beide bemühten sich, ihres Atems Herr zu werden.

Sie fand, seine Hände seien die häßlichsten, die sie im Leben gesehn. Er bemerkte zum erstenmal die Plumpheit ihrer Nase. Er wagte ihr nicht zu sagen, wie komisch die Haube auf der Seite saß, wie zerzaust ihr die Haare um das Ohr hingen, wie naturgetreu die Erdballhälfte auf ihrer Wange die Umrisse der östlichen Kontinente hervortreten ließ. Sie ihrerseits blickte verschämt von dem Sarazenenbärtchen weg, dessen eine Hälfte wie ein Haken herausstand, und verschwieg, daß auf seiner Hemdbrust zwei Knöpfe fehlten und sein Bauch an ein überkochendes Waschfaß erinnerte.

Ebensowenig wagte er aber auch zu widersprechen, als sie ihn aufforderte, feierlich zu beschwören, was er für sich unverbindliche ›Schlafzimmerversprechen‹ nannte, obwohl davon noch nicht die Rede sein konnte. Er, ein Enkel Voltaires, mußte die Hand heben und bei allen Heiligen schwören, sein Versprechen zu halten, bis einen von ihnen der Tod erlöse. Während er schwor, überlegte er, daß er ihr das Nadelgeld tatsächlich aussetzen könne, sofern sie sich bereitfände, ihr Vermögen auf ihn zu übertragen. Die ›Kleine‹ um ihre Entschädigung zu betrügen? Für nichts in der Welt – und wenn sie den ganzen Himmel in Bewegung setzte.

»Bis einen von uns der Tod erlöst«, wiederholte sie und streifte den Major mit einem Blick, den Burguburu als Ausbund der Schadenfreude im Gedächtnis behielt, ohne auch lange nachher noch ergründen zu können, auf wen sich die Schadenfreude eigentlich bezog, auf ihn oder den Major.

Um sich auf jeden Fall zu rächen, sagte er leichthin:

»Gnädige Frau, nun muß ich schnell hinüber zu Ihrer liebenswürdigen Nachbarin, Frau Tavin … Als Notar, versteht sich. Sie müssen wissen, meine Liebe – wenn Frau Tavin und ich uns zusammentäten, würden wir wohl die stärkste Kapitalmacht von Ranas und Umgebung darstellen.«

Darauf fand sie zuerst keine bessere Antwort, als in die Ferne den unsäglichen Wonnen entgegenzuwandern. Sie kehrte jedoch gleich wieder um und gab ihm den schlichten Rat:

»Da sollten Sie sich lieber erst Ihre Hemdknöpfe annähen lassen.«

»Da liegen sie!« fügte sie hinzu, als er sich verlegen an die Hemdbrust faßte. Stolz aufgerichtet, zeigte sie mit der Hand unter das Sofa. »An Ihrer Stelle würde ich sie aufheben, Herr Notar. Man läßt so etwas nicht im Salon einer Dame herumliegen.«

»Im Haus einer Witwe«, verbesserte er wütend und stand auf. Es kostete ihn Mühe, nicht fortzufahren: »deren Stimmumfang von den Schweinen bis zu den Heiligen reicht«. Statt dessen sagte er nur: »Es hat Ihnen Spaß gemacht, wie ich am Boden lag – wie? Nun möchten Sie mich auch noch wie ein Hündchen hier herumkriechen sehn?«

»Nein« antwortete sie. »Ich liebe zweibeinige Männer.«

»Dann ist ja alles in Ordnung«, meinte er mit einem wegwerfenden Blick dorthin, wo angeblich die Hemdknöpfe lagen.

Zum Abschied lehnte sie anscheinend widerwillig, dann aber für die kurze Minute doch recht innig den Kopf an seine Schulter und flüsterte:

»Seit fünfzehn Jahren hat mich kein Mann berührt. Vergessen Sie es nicht!«

»Ich will lieber vergessen, daß Sie überhaupt je ein Mann berührt hat«, gab er großmütig zur Antwort.

Gleichzeitig wünschte er sie der ganzen Welt an den Hals.

Sie begleitete ihn bis an die Haustür, lautlosen Schrittes, das Antlitz verklärt, als entschwebe sie in die Ferne. Ob sie lächelte, konnte er nicht unterscheiden, manchmal kam es ihm so vor, dann wiederum nicht.

Sie roch nach einem ganzen Beet faulender Hyazinthen, das war gewiß.

Und so ließ er sie stehn.

Es regnete noch immer.

Juliette sah, wie er unter seinem Schirm den Hof des Hauses *Rosmarin* betrat, hörte, wie er klopfte und Einlaß fand, und wollte die Tür schließen, als sie neben sich einen struppigen Kater bemerkte. Sein Fell schimmerte von Nässe.

Sie hatte ihn im Park herumstreifen sehn, wiederholt war er ihr, mit kurzen Sprüngen hinter dem Schleier her, bis zum Haus gefolgt. Sie wußte nicht, wem er gehörte.

Nun hob er den Schweif und strich ihr um die Beine. Sie folgte gespannt seinen Bewegungen, und an die Stelle des himmlisch verschwimmenden trat ihr irdisches Lächeln, das anzüglich und herausfordernd war, und sie sagte:

»Du kannst hierbleiben – Marius!«

Erste Ausfahrt

Ende November erst kam der Winter, Mitte Januar war er fort, und die Mandelbäume standen in Blüte. Alle blühten sie auf einmal, weiß, rosa und dunkelrot.

Der Himmel, von einer Bläue, die sich nur zaghaft entschleierte, geriet in Wallung und brauchte einen ganzen Tag, um an sein Glück zu glauben. Als er sich endlich bis in seine Tiefen geöffnet hatte, überfiel ihn die feurige Trunkenheit des Abends, und Meer und Erde lagen reglos unter der Glut der Umarmung, die sich in der Höhe vollzog.

Jetzt erst stellte sich die Wohltätigkeit des vergangenen Winters heraus. Dem reichlichen Regen war es zu danken, daß eine Mandelblüte einsetzte von nie gesehener Pracht und Dauer ...

Die Witwe war in der Kirche. Sie hatte das Haus in der Obhut Emmas zurückgelassen. Schwester Louise war verabschiedet und teils durch einen Krückstock, teils durch ein ›Mädchen für alles‹ ersetzt worden. Die Witwe sprach von ihr als ihrer ›neuen Köchin‹, es klang anspruchsvoller und ließ vermuten, Juliette habe auch früher schon mit einer Köchin gewirtschaftet – vermutlich bevor sie nach Ranas kam, denn hier hatte man, wie allgemein bekannt, nie etwas Ähnliches bei ihr gesehn. So war Emma gleich eine bemerkenswerte Gestalt geworden.

Aber Emma verließ die Küche nicht, solange der junge Herr beim Fräulein auf der Veranda weilte.

Sibylle hatte sich im Liegestuhl ausgestreckt, Paul saß vor ihr.

Über die Sonntage erhielt er ›Urlaub vom Schafott‹ nach Hause, und die Vormittage verbrachte er auf der Veranda der *Santa Maria* in endlosen Gesprächen, Schleiertänzen der uneingestandenen Liebe, mit bedeutungsvollen, zuweilen geradezu gefährlichen Pausen. Samstagabends und den Rest des Sonntags blieb der Hafen durch die Anwesenheit der Witwe gesperrt, Paul konnte nur vorsichtig davor hin und her segeln und Signale tauschen.

Samstagsabends, wenn die Witwe in der Küche wirkte, verständigten sie sich durch die ›Abendpost‹, mittags nach Tisch ruhte die Witwe, dann kam die ›Mittagspost‹. Sie hatten sich immer viel zu sagen, und kaum war die ›Post‹ abgegangen, mußten sie jedesmal feststellen, daß die Hauptsache vergessen war. Es hing von der Mahlzeit ab, die Juliette bereitete, oder von der Dauer und Tiefe ihres Mittagsschlafes, ob sie wenigstens mit den wichtigsten Nachschriften fertig wurden.

Sibylle, seit gestern von ihrem Gipsverband befreit, befand sich in überschwenglicher Laune, Paul, der schon lange auf diesen Augenblick wartete, überredete sie ohne viel Mühe, die erste Ausfahrt mit ihm zu wagen.

»Mein Herz ist stark«, sagte sie, »aber ich warne Sie, Herr Paul, alles übrige ist sehr schwach.«

Sie fuhren erst kurze Zeit auf der Landstraße, die Straße war schwarz, die Sonne überschwemmte sie mit Streifen gleißenden Lichts (als ob wir einen Haufen Kaminfeger überführen, meinte Paul, sie sind rabenschwarz und tragen glänzende Leitern), die Federbüsche des hohen Schilfes am Wegrand bebten leise in einem Wind, der so leicht atmete, daß die Blattflämmchen der Reben sich nicht rührten, der Eisenbahnviadukt von Cantal erschien, ein mehrfacher Triumphbogen, der in die aufsteigenden Berge dahinter führte, es war ein vollkommener Frühlingstag, einer jener kindlich sorglosen Tage, an denen Menschen, die stillstehn, das Rieseln einer Sanduhr im Himmel vernehmen, sie fuhren erst kurze Zeit in so viel Wonne, da legte Sibylle hastig die Hand auf Pauls Arm und rief: »Sehen Sie, Herr Paul – fahren Sie bitte etwas langsamer, sehn Sie dort die zwei vom Mistral zu Krüppeln geschlagenen Pinien, hier gerade über der Straße? Sooft ich vorbeikomme, immer ärgern sie mich. Deshalb blieb ich meistens auch lieber auf dem weißen Stein sitzen, als spazierenzugehn.«

Paul kannte sie. Durch ihre ungeschützte Lage von allem Anfang zum Leiden verurteilt, hatten sie erst gar nicht groß werden können, und dann hatte ihnen der Mistral zugesetzt, und es war nichts von ihnen übriggeblieben als der Stamm mit drei, vier kläglichen Wedeln statt Ästen, die alle fast waagerecht in die Windrichtung zeigten.

»Die beiden Vogelscheuchen«, meinte Sibylle, »stehn da wie ein krankes, verwahrlostes Liebespaar – finden Sie nicht auch?«

Paul lachte, aber sie sagte ernst:

»Es ist gut, daß sie zu zweit sind. Da können sie einander wenigstens trösten. Für einen allein wäre es schlimm.«

»Sie sind sogar zu dritt, Fräulein Sibylle. Sie haben noch eine kleine Vogelscheuche zwischen sich.«

»Zu dritt?« Sie drehte sich um. »Tatsächlich, das Kindchen hatte ich vergessen. Eine Familie also – in solcher Armut, wie schrecklich! … Ob das mein Los ist?«

»Ihr Los? Verzeihung, Sie sind doch jetzt ein wohlhabendes Fräulein wenn Sie es nicht schon vorher waren.«

»Sie meinen die Entschädigung der ›roten Linie‹? Um die werde ich doch selbstverständlich betrogen.«

Er schwieg verlegen, dann sagte er:

»Fräulein Sibylle, mir scheint, Sie geben sich zu leicht trüben Gedanken hin. Ihre eigene Mutter wird Sie doch nicht betrügen.«

Nach einer Pause, er sah sie eine Grimasse schneiden, die ein Lächeln sein sollte, antwortete sie:

»Ich habe sonst niemand, der mich betrügen könnte.«

Du lieber Himmel, dachte er, das ist ja entsetzlich – und auch noch an einem Sonntagmorgen!

»Und an alledem ist das verkümmerte Liebespaar von Pinien schuld«, rief er mit gemachter Lustigkeit. »Schon haben sie uns Unglück gebracht, die gute Laune ist weg.«

Als müßte sie sich gegen eine ungerechte Beschuldigung zur Wehr setzen, sagte sie eifrig: »Sie müssen wissen … Verzeihen Sie …«, stockte und begann von neuem:

»Sie müssen wissen, beim Anblick dieser Krüppel habe ich zum erstenmal Blut gespuckt. Es wurde mir schlecht, aber es war eben Blut, das ich spuckte. Sie können sich denken, wie ich erschrak, es war das erstemal. Jetzt bin ich fast gesund, es geschieht nur noch selten … Aber am Tag, als ich überfahren wurde, wollte ich meiner Mutter nach Cantal entgegengehn, da sah ich sie auf einmal wieder, die Krüppel, sie streckten ihre armseligen Arme gegen mich aus, und ich kehrte um. Und gleich darauf wurde ich überfahren.«

Paul wollte seinen Frühlingstag, seinen Tag mit Sibylle, er wollte sie fröhlich und sich zugewandt! Darum erklärte er einfältig:

»Wirklich? … Ein Zufall!«

Sie lehnte sich leicht gegen ihn, nur eine Sekunde:

»Dann war es auch Zufall, daß Sie im Wagen saßen, der mich umstieß ... Und daß Sie mich auf den weißen Stein setzten, gerade auf ihn. Und daß Sie mich nach Hause brachten, Sie und nicht der Chauffeur Louis. Dann war das auch Zufall, und alles ist gut! ...«

»Ja, liebes Fräulein Sibylle, lassen Sie es gut sein, wenigstens für heute.«

»Nicht nur für heute!« rief sie, und nun war es Sibylle, endlich seine Sibylle, die in das Sonntagslicht aufstieg, und er sah im kleinen Spiegel, der an der Windschutzscheibe hing, wie ihr Gesicht schimmerte, mit lauter Blitzlichtern um den roten Mund und in den dunklen Augen. Die Brauen hoben und senkten sich, zärtlich und versonnen, wie wenn ein Vogel beim Erwachen die Flügel regt ...

Er fuhr schneller, das Meer kletterte die Böschung herauf, die Berge rückten heran, der weiße Riesenkasten des *Grand-Hôtel Cantal* flog vorüber, und erst als in der engen Einfahrtsstraße von Cantal die Leute auseinanderstoben, merkte Paul, daß er gleichsam im Begriff war, mit hundert Kilometer Geschwindigkeit durch einen Hühnerhof zu sausen. Er bremste, Sibylle sagte aufatmend:

»Schade! ...« Gleich hinter dem Ort entfernte sich die Straße von der See und führte durch Erde, die nicht für die Fremden da war, sondern für die Bauern.

Ganze Wälder von Mandelbäumen standen in Blüte, und auch wo sie spärlicher oder gar einzeln auftraten, verliehen sie dem Land ein festliches Aussehn.

Gerade die einzelstehenden Bäume schienen besonders sinnreich verteilt, man konnte stundenlang hügelauf, hügelab fahren, überall, im einsamsten Tal, aus der verlorensten Ecke, winkte ein Mandelbaum einfach nur, weil in der Woche des Frühlingsbeginns kein Stück dieser Erde ohne ihren Blütenbaum sein durfte. Jedenfalls wollte Paul es so verstanden haben, und Sibylle pflichtete ihm bei. Zuweilen war es nur ein junges Gewächs, nicht höher als ein Weihnachtsbaum, und manchmal blieb so ein kleiner Mandelbaum auch ganz allein zwischen den roten Furchen der Weinäcker, am Straßenrand oder auf der Höhe der aus Mauern und Mäuerchen emporwachsenden Terrassen, für die Geschlechter von Bauern die Steine zusammengetragen, bis jeder Hügel ein hängender Garten geworden war. Manchmal guckte er nur flüchtig hinter einem Haus hervor, aber er war da, er war bestimmt da, selbst in den seltensten Fällen, wo man ihn suchen mußte.

In La Cadière verließen Paul und Sibylle den Wagen. Sibylle behauptete, sie könne ganz gut gehn, wenn man sie ein bißchen stütze.

Es war ein uraltes Bergstädtchen, Römer und Sarazenen hatten darin gehaust, später die Grafen und Barone der Provence mit ihrem Anhang, bis die großen Könige die Hand darauf legten und die überflüssig gewordenen Stadtmauern und schließlich die Häuser verfielen. Wie überall stand auch hier ein Kriegerdenkmal, eine viereckige Säule mit der unbegreiflich langen Liste der Gefallenen. Weil es im Städtchen zu eng war, hatten sie das Denkmal vor das Tor gesetzt, das heißt dorthin, wo früher das Tor war, neben die altersgraue Stadtmauer, und dafür eigens einen Platz hergerichtet und ihn mit Steinplatten ausgelegt. Auf diesem Platz verweilten die beiden, Arm in Arm dem Leben hingegeben, wie es nicht großartiger sein konnte in seiner Stille.

Sie schauten über ein langes, breites Tal, es war zwischen Hügeln gelagert und in der Ferne von einer Bergkette überragt. Die Berge leuchteten schneeweiß in der Sonne. Es war aber nur das nackte Gestein, das so leuchtete, und als sie länger hinsahen, verwandelte sich die Farbe in ein dünnes Lila.

Unter dem Wandern ihres Blickes entfaltete sich das Land, ja, es entfaltete sich, es schob Fläche um Fläche vor, sie erkannten, daß es bis in die hintersten Winkel, bis auf die Bergspitzen aus einer Unsumme von großen und kleinsten Ebenen bestand. Selbst die Rundungen schienen aus lauter winzigen Geraden gemacht … Dazu kam, daß die Menschen beim Bebauen des Landes seiner natürlichen Anlage entgegenkamen, indem sie es wiederum in lauter Flächen aufteilten. Eine mühevolle Arbeit – sie mußten jeden Hügel und jeden Hang in Terrassen zerlegen, um zu verhindern, daß der Regen den dünnen Humus über der Felserde wegschwemmte. Und dies verlieh dem Lande einen geradezu lehrhaften Ausdruck. Dem Beschauer wurde der tapfer und weise mit der Fruchtbarkeit des Bodens Hand in Hand gehende Fleiß der Bewohner in zahlreichen Lesarten vor Augen geführt, jedermann verständlich.

Gelehrig priesen die beiden die Schöpfung und den Menschen, der sich der Erde friedlich bedient, als Sibylle ausrief:

»Und gerade hier gibt es keine Mandelbäume!«

»Sicher nicht?« sagte Paul. »Lassen Sie uns mal suchen!«

Sie gingen planmäßig vor, indem sie am Ende des Tales anfingen, und wo sie zuerst keinen einzigen blühenden Mandelbaum hatten entdecken können, fanden sie in kurzer Zeit mehr als ein Dutzend. Einer hing sogar gleich am Gemäuer unter ihnen, weiß und rosig – eine hellere Lampe über dem hellen Tal ... Wie hätte auch, gab Paul zu bedenken, gerade diesem Fleck der namentliche Segen des Frühlings fehlen sollen!

Mit den Weltgesetzen zufrieden wie Kinder, die am Weihnachtsabend hinter jedem Fenster der Stadt den Weihnachtsbaum an seinem Platze sehn, setzten sie sich langsam in Gang und betraten die Ortschaft.

»Ich meine, Fräulein Sibylle«, sagte Paul, »so muß unser Leben sein, klar und gerade, übersichtlich, mit festlichen Zeichen und –«

Er suchte vergebens weiter nach Worten. Er war seiner Sache nicht ganz so sicher wie seine Mutter, die ihm einmal ähnliches an dieser Stelle vorgehalten.

»Sehr schön«, versetzte Sibylle.

Schon nach den ersten Schritten ergriff sie die Angst, die Unternehmung könnte ein schlechtes Ende nehmen. Sie hing förmlich zwischen Pauls Arm und ihrem Krückstock. Unter großen Schmerzen lernte sie, den Boden mit dem kranken Bein kaum zu berühren und statt dessen mit dem Stock aufzutreten. Dies wiederum ermüdete nicht nur den Arm, sondern auch Hüfte und Rücken. Aber sie wollte, sie konnte ihre Mühsal nicht eingestehen, wo er mit der Geschmeidigkeit eines Turners neben ihr schritt und nicht im geringsten zu empfinden schien, daß er sie fast trug.

Langsam, mit häufigen Ruhepausen, erstiegen sie die Gassen. Die Hauptstraße war immer noch eine schmucke Kulisse. Erst als sie in die engen Seitengassen einbogen, entdeckte Sibylle, daß hinter der Kulisse die Häuser wortwörtlich zu Staub zerfielen. Und was für Häuser! Häuser, für die Ewigkeit gebaut, so dick waren die Mauern, sie verrenkten sich schier den Hals, wenn sie an ihnen emporsahen. Aber die Häuser besaßen weder Fenster mehr noch Türen. Aus den Stockwerken wuchsen Grasbüschel und manchmal ein Baum. Es gab Häuser, die noch zur Hälfte standen oder zu einem Drittel, während von andern nur der hohle Zahn eines Erdgeschosses übriggeblieben war, darin das Unkraut so üppig gedieh, daß Paul vor der Lebenskraft der Natur ehrfürchtig verstummte. Andre Gebäude waren nur mehr

Trümmerhaufen, und viele nicht einmal mehr das, man hatte sie abgeräumt bis auf die Grundmauern.

Ein paar Schritte weiter, Paul jubelte, war alles schon wieder vollkommen zu Erde geworden, über den verschwundenen Häusern wuchsen Ölbäume, Artischocken, Levkojen, Narzissen, und schauen Sie nur, Fräulein Sibylle, da hatte sich zu den Gärten ein neues Haus gesellt. Es war frisch gestrichen – im königlichen Goldgelb der Provence.

Vielleicht hatte man auch nur ein eingestürztes großes Haus benutzt, um ein kleines daraus zu machen ... Wer mochte hier wohnen, Sibylle? Es mußte ein Abenteurer sein, einfach nur, weil er da wohnte einsam und vergnügt über dem grausigen Absturz zweier Jahrtausende! Jedenfalls wollte Paul es so haben, und Sibylle, wenn auch zögernd, pflichtete ihm bei.

Paul grüßte in Gedanken den Eremiten wie einen kühnen Verwandten. Vielleicht war es aber eine Frau? Großartig, wenn es eine Frau wäre wie Fräulein Sibylle?

»Eine Frau?« meinte sie. »Was sollte eine Frau hier in der Einöde suchen?«

»Oh, es gibt kühne und merkwürdige Frauen«, versicherte er. Sibylle fand ihn albern und mußte sich zusammennehmen, um es ihm nicht ins Gesicht zu sagen.

»Wir wollen heim«, bat sie, »ich bin wie zerschlagen.«

»Wirklich? Wie schade! Vor dem ersten Abenteuer, das sich zeigt, reißen Sie aus.«

Sie gingen den Weg zurück, Sibylle hinkend an seinem Arm, ihr Bein schmerzte, sie fühlte sich bedrückt, Paul voll zuversichtlicher Gedanken an Eremiten, die sich über dem Einsturz zweier Jahrtausende ein kleines, gelbes Haus erstellten und am Ende gar weiblichen Geschlechtes waren.

Sie verirrten sich, was Sibylle vollends durcheinanderbrachte, und gerieten auf einen Platz, den hohe Gebäude umgaben. Ein Platz, was in einer Siedlung ein Platz hieß, war es nicht. Vermutlich hatte hier ein Palast gestanden, die Grundmauern verrieten noch die Stattlichkeit des Gebäudes, andre Spuren fehlten. Es war ein großes Viereck, fast ein Kellerloch, der Boden gestampft und sauber, vier Männer spielten Boule, und in der Mitte, auf einer runden, mit Steinen eingefaßten Erhöhung aus Erde – Sibylle, schauen Sie nur, Sibylle, eigentlich sollten wir niederknien –, in der Mitte des Platzes war ein Mandelbaum – der hob eine Opferschale voll weißen Feuers!

Der Umstand, daß er künstlich erhöht stand und daß die Krone waagerecht gestutzt war, gab ihm ein feierliches, beinahe rituelles Aussehn. Hier, erklärte Paul, hatte jemand eingegriffen, der über die Bestimmung des Mandelbaumes im Frühlingsgottesdienst der Provence Bescheid wußte, ein religiöser Geist, eigenwillig und treu. »Jemand wie Sie«, ergänzte spöttisch Sibylle.

Er überhörte es und trat an die Männer heran, die mit der Gewissenhaftigkeit von Künstlern ihre Kugel schoben, und fragte, wer den Raum zwischen den hohen, brüchigen Häusern zum Tempel gemacht habe. Die Männer verstanden ohne weiteres die hochtrabende Frage, was in Sibylle Verwunderung und Ärger weckte, und gaben mit freundlich zustimmendem Lächeln Auskunft. Es war eine Dame, die »ganz da oben« in einem gelben Häuschen wohnte. Man nannte sie nach Landessitte beim Vornamen: Marianne.

»Die Eremitin!« rief Paul.

Sibylle antwortete nicht. Ihr körperliches und seelisches Unbehagen hatte einen Gegenstand gefunden, an dem es sich auslassen konnte, sie war eifersüchtig auf die Eremitin. Wenn es mit Rücksicht auf ihr Bein möglich gewesen wäre, hätte sie den Arm des Freundes von sich gestoßen.

War nicht die Fremde im Augenblick gekommen, wo sie selbst zum Umsinken müde war und sich nicht wehren konnte? Trotzdem hatte Paul sie angenommen, nein, er hatte sie ausdrücklich gerufen! Er hatte sich im Umsehn eine Geliebte genommen, aus der Luft, ein gesundes, kräftiges Mädchen natürlich, eine jüngere Ausgabe seiner Mutter, und betrog sie mit ihr, an ihrem Arm, vor ihren Augen … Sie hätte heute nicht ausgehn dürfen, es war zu früh, der geringste Atemzug des Lebens warf sie um! … Hatte er deshalb darauf bestanden, sie mitzunehmen, um sie schwach zu sehn, ganz schwach, elend und eifersüchtig auf ein Gespenst?

Sie schlichen weiter die steilen Gassen hinab. Paul hing ahnungslos mit spielerisch verliebten Gedanken an der Fremden, deren Lebens- und Wesensart er sich und Sibylle großzügig ausmalte. Das Mädchen zitterte vor Erschöpfung und einem unbezwinglich aufsteigenden Zorn auf den Jüngling, der ihr mit jedem Schritt, mit jedem Wort zu helfen suchte – als hätten Krankheit und Ratlosigkeit dieselben Farben, dieselben Schwingen wie Gesundheit und Seelenstärke, als wäre das Leben für beide gleich, als brauchte die Tochter der Witwe Bosca nur zu wollen, um ebenso glücklich zu sein wie einer, der glücklich war, ohne sich anzustrengen! ... Sie hinkte immer stärker. Die riesigen Häuser tanzten vor ihren Augen.

Wie ist es möglich, fragte sie sich erbittert, daß Menschen glücklich sind, wenn andre leiden? Wie können sie so frech sein, zu zeigen, daß sie satt sind, wenn andre hungern? Wie können sie es wagen? Woher nehmen sie den Mut, den Hochmut, den nichtsahnenden Leichtsinn, dem Schmerz auch noch Gewalt anzutun mit ihrem Anblick? Wahrscheinlich waren sie gar nicht glücklich, sie spielten es nur den andern vor, um sie zu demütigen und zu quälen, um ihnen Freude und Gesundheit wie einen Spiegel vorzuhalten, in dem das häßliche Gesicht des Leidenden vor sich selbst zurückprallte ...

Ein Gespräch mit der Witwe kam ihr in den Sinn, ein düsteres Gespräch an einem düstern Abend.

Sie wohnten damals auf der *Colline*, und auch Frau Tavin wohnte noch dort. Sie kam mit der Mutter von Ranas herauf, den geraden, steilen Weg, der wie eine Schneise aussah. Es stürmte und regnete, sie gingen beide unter demselben Schirm. Der ›Schmuggelverkehr‹ mit Pauline hatte schon begonnen, aber die Mutter ahnte es so wenig wie heute.

»Warum grüßen wir Frau Tavin nicht, wo wir doch fast alle grüßen?« fragte Sibylle. – »Sie hat zuerst zu grüßen«, antwortete die Mutter, und nach einer Weile (wahrscheinlich war ihr eingefallen, daß sie ja viele Leute zuerst gegrüßt hatten) fuhr sie mit ihrer gewohnten sanften Stimme fort: »Wir haben uns schon während des Krieges gesehn, im Garten des Lazaretts, einige Tage nach dem Tod deines Vaters. Frau Tavin pflegte dort, vielleicht hat sie auch deinen Vater gepflegt, ich weiß es nicht. Es liefen viele anlockende Personen in schmucker Kleidung herum. Als Frau Tavin mir begegnete, sahen wir uns an, wir schienen einander zu kennen, vielleicht nur durch die Schilderung gemeinsamer Bekannter, jedenfalls so, als wüßten wir voneinander und würden uns jetzt auch erkennen ... Ich schloß daraus, daß sie es war, die deinen Vater zu Tode pflegte, und da der Arzt mir gesagt hatte, dein Vater sei in aufopfernder Weise gepflegt worden, drängte es mich, ihr zu danken – für den Fall, daß sie es war, verstehst du? Denn merkwürdigerweise hatte der Arzt vergessen, welche der

Damen deinen Vater gepflegt hatte, er entsann sich nur, daß es in aufopfernder Weise geschehn war ... Merkwürdig – wie? ... Nun, mein Kind, wenn sie es war, so hätte sie sich mir doch zu erkennen geben können, nicht wahr? Vermutlich war ihr meine Erscheinung nicht unbekannt, dein Vater trug mein Bild immer auf dem Herzen, es war ein gutes, ein deutliches Bild. Als ich kam, stand es auf dem Nachttisch neben dem Toten ... Sie hätte sich mir zu erkennen geben müssen, sagte ich. Es hätte sich geschickt. Statt dessen musterte sie mich frech, von oben bis unten, kann ich dir sagen, wie solche Personen tun, wenn es sich nicht um ihresgleichen handelt, und ging kaltblütig an mir vorüber. Ist sie mehr als ich? Wir sind vom gleichen Stand. Vielleicht hat sie etwas mehr Geld, sicher sogar – ein Grund mehr für eine Christin, sich zu beugen. Aber das ist es, für nichts in der Welt, vor nichts und niemand will die sich beugen, so eine ist sie ... Wie willst du, daß ich sie danach zuerst grüße? ... Ihren Namen konnte ich leicht erfahren. Ich ging hinter ihr her und fragte den erstbesten Verwundeten ... Nein, mein Kind, ich fühle nicht das geringste Bedürfnis, sie zu kennen. Sie soll ihres Weges gehen, ich gehe meinen ... Schwöre, mein Kind, daß du keiner Seele etwas verrätst von dem, was ich dir erzählt habe. Hebe die Hand auf und schwöre!«

Sie waren stehngeblieben in Regen und Sturm, die auf den Schirm einhieben, in völliger Dunkelheit, und Sibylle hatte die Hand erhoben und bei der Mutter Gottes und allen Heiligen Verschwiegenheit gelobt, Verschwiegenheit, »bis einen von uns der Tod erlöst«. Sibylle erschauerte, als sie sich, zum erstenmal wieder nach Jahren, den nächtlichen Auftritt in der Schneise vergegenwärtigte ... Warum die Verschwiegenheit nur dauern sollte, bis einen von ihnen der Tod erlöste, und warum nicht für den andern Teil auch noch darüber hinaus, konnte sie sich nie ganz klarmachen. Vielleicht handelte es sich um eine festgelegte Formel, oder aber die Witwe rechnete damit, daß sie alle überlebte.

In ihrem Innersten hatte Sibylle nie geglaubt, daß Frau Tavin die Schwester gewesen sei, die ihren Vater ›zu Tode pflegte‹. Sie nahm an, daß sie es ihr sonst gesagt hätte, innig befreundet, wie sie inzwischen geworden waren. Außerdem traute sie Frau Tavin kein so schlechtes Benehmen zu. Und schließlich war sie längst mißtrauisch geworden gegen das Böse, das die Mutter von andern erzählte ... Sie suchte das Böse bei jedem. Sie gab keine Ruhe, bis sie es herausgefunden hatte. Und sie fand es immer.

In diesem Augenblick jedoch, die tanzenden Riesenhäuser, an denen sie vorbeikamen, rochen nach Tod und Verwesung, es fiel ihr entsetzlich schwer, zu gehn, ja, sich aufrecht zu halten, in diesem Augenblick trat die Erzählung der Mutter mit allen Zeichen der Wahrhaftigkeit vor ihre Seele. Sie wohnte der Begegnung im Spitalgarten bei, es war Frau Tavin, die da kam und kaltblütig vorüberschritt, Frau Pauline mit allen Eigentümlichkeiten ihres Sibylle so vertrauten Ganges und Mienenspiels – sie war es und keine andre. Wie alle Gesunden ging sie über Leichen … Wie alle Glücklichen wartete sie nicht einmal, bis sie tot waren, um sich über weniger Begünstigte hinwegzusetzen … Und dies hier war ihr Sohn, ihr Sohn in jeder Faser, mit jeder Bewegung, in jedem Wort und jedem Blick.

Oh, diese Glücklichen, diese Gesunden! Die Söhne und Töchter des Höllengottes waren sie und verbrachten ihre Tage damit, die ewige Seligkeit zu verscherzen, und verführten die Menschen zur Sünde, wo sie standen und gingen. Dafür waren sie ausgesandt – oh, jetzt war es ihr klar! Die Welt lag offen vor ihr, eine Welt des Leides, durch die sie, die Glücklichen, lächelnd und musizierend schwebten, Rattenfänger der Hölle, aber dort, am Ende des frühlingshaften Weges, dort, am Rande der Erde, wo der schwefelgelbe Schlund klaffte, dort wurden sie erwartet! Höhnisch grinsende, schwarze Gesellen griffen nach ihnen, zogen ihnen die schmucken Kleider aus, peitschten sie und fielen mit Dreizacken über ihr blühendes Fleisch her – ein erschreckend schönes Schauspiel …

Die Kranken indes, die Verzerrten, die, die vorher die ›Bösen‹ hießen, die Unbequemen, Unerfreulichen, die ernsten Erdulder des Lebens, sie wurden an einer strahlenden Rampe von Engeln empfangen, und jetzt, jetzt begann für sie, für sie jetzt das Lächeln und Musizieren, das Glück der blühenden Bäume und unverwelklichen Liebesworte! Jetzt war es an ihnen zu lachen, und wer zuletzt lachte, lachte am besten, der Himmel war ein einziges Lachen über die törichten Leiber, die kopfüber in die Hölle stürzten …

Auf einmal, sie waren vor dem einstigen Stadttor angelangt und näherten sich dem Wagen, drückte Paul Sibylles Arm und sagte leise: »Sie sind böse, Sibylle. Ich spüre es. Es tut mir weh.«

»Ja, ich bin böse«, stieß sie hervor.

»Warum?«

»Ich hasse den Frühling und die Mandelbäume.«

Er beugte sich vor und sah ihr ins Gesicht.

»Sie meinen etwas andres«, sagte er mit einem Zögern in Wort und Blick, das sie zum Aussprechen der Wahrheit ermahnen sollte.

Als sie nicht antwortete, fragte er:

»Denken Sie wieder an Ihre Mutter?«

»An meine Mutter?«

Sie blieb stehn, hob den Blick zu seinem Gesicht und forschte es aus. Sie fand darin, nacheinander, Kummer, Sorge, einen Rest von Heiterkeit, der sich ängstlich verkroch, als sie ihm auf die Spur kam, eine Spitze Besserwissen, einen Schimmer unmerklich lächelnder Überlegenheit – zu viel und zu wenig für Sibylles Herz, das zwischen Taumel und Erstarrung schwankte.

Heftig warf sie den Kopf nach vorn.

»Ich dachte nicht an meine Mutter«, log sie. »Sie haben mich erst darauf gebracht, und es ist gut, daß Sie mich daran erinnern, ich muß es Ihnen einmal sagen. Meine Mutter und ich, wir gehören zusammen! Ich bin ihre Tochter, in Geist und Fleisch, ich bin meine Mutter und will nichts andres sein! Ihr seid die Bösen, ihr beide, nicht wir! So, nun haben Sie's gehört.«

Damit löste sie den Arm aus Pauls Umklammerung und versuchte, die paar Schritte bis zum Wagen ohne seine Hilfe zurückzulegen.

»Sibylle!« schrie er und griff sie, als sie gerade hinfallen wollte. Sie wurde hochgehoben, fortgetragen. Eine Weile kämpfte sie noch, dann warf sie in erlösender Verzweiflung die Arme um seinen Hals und brach in Schluchzen aus.

»Sie sind ein Kind«, hörte sie ihn flüstern, ein wunderbar geringes und ach so unmißverständliches Wort der Versöhnung – »ein gutes Kind!« Doch dies letzte klang wiederum wie ein Vorwurf, weil damit die Güte des Kindes zur Mutter gemeint sein konnte, und Sibylle verdoppelte ihr Schluchzen.

»Verzeihung«, stammelte sie, »Verzeihung! Sie ahnen ja nicht, was ich von Ihnen gedacht habe. Es ist schrecklich!«

Paul setzte sie im Wagen ab und sagte: »Schafskopf!«

Und dies erst, zeigte sich, war das rechte Wort.

Im Tränenmeer erschien eine Sonne, nicht größer als das kleine Zauberwort selbst, aber es genügte, um über der Sintflut den Mittag heraufzuführen, die Wasser verliefen sich, und die Taube kam vom nächsten Ölbaum mit einem Zweig im Schnabel geflogen.

»Pudern Sie sich, machen Sie sich ein bißchen zurecht«, befahl Paul. »Man braucht nicht zu sehn, daß Sie geweint haben.«

Sibylle gehorchte. Während sie sich vor dem winzigen Spiegel mit kurzen, unwirschen Stößen der Puderquaste über ebenso viele Gesichtsverzerrungen hermachte, gab sie zu bedenken: für den Fall, daß sie erwischt würde, sei es vorteilhafter, weinend vor das Gesicht der Mutter zu treten als vergnügt.

»Weinen Sie vor Ihrer Mutter?« fragte Paul mit Strenge.

»Nein«, behauptete sie erschrocken. »Nie.«

Und als sie an der krüppelhaften Pinienfamilie vorbeifuhren, drohte sie den dreien scherzhaft mit der Faust.

Sie bogen in den Rundweg von Stellamare ein, da sagte sie:

»Ich muß Sie etwas fragen, Paul.« (Sie war mit sich übereingekommen, nicht mehr ›Herr Paul‹ zu sagen. Sie hatte schamlos vor ihm geweint – und außerdem hatte auch er droben im Städtchen wiederholt Sibylle gesagt.) Paul nickte.

»Wann ist man glücklich?« fragte sie wichtig. »Was ist Glück?«

»Entschuldigen Sie, Sibylle, darüber muß ich erst nachdenken. Wenn ich's habe, schicke ich's mit der Mittagspost hinüber.«

Die Witwe Bosca war noch nicht zurückgekehrt, Emma öffnete und verschwand sofort.

Nach dem Essen, die Witwe hielt ihren Mittagsschlaf, wurde die ›Mittagspost‹ eingeholt.

Von der Veranda der *Santa Maria* flog etwas an einer langen Schnur in den Nachbargarten. Das Etwas war ein marokkanischer Tabaksbeutel, eine Reliquie des Majors.

Paul versenkte einen Zettel in den Beutel, zog signalisierend an der Schnur und warf dann beides über den Zaun zurück.

Langsam wurde die Schnur eingezogen, der Beutel hüpfte an der Mauer hinauf und verschwand.

Die Botschaft lautete:

»Sibylle, offen gestanden, allein hätte ich's nicht gefunden. Ich habe meine Mutter gefragt. Das Glück besteht darin, daß man an das Glück glaubt, und wer es zuversichtlich erwartet, der ist glücklich.«

»Hm!« machte Sibylle laut. »Hm! Hm!«

Paul hörte es und lächelte.

Natürlich. Einem Mädchen, das trotz seiner neunzehn Jahre in vielem ein Kind war und zum Beispiel noch vor der Mutter weinte, konnte diese Begriffsbestimmung nicht genügen. Doch dafür war vorgesorgt. In der unteren Ecke des Zettels stand: »Bitte wenden!«

Sibylle drehte das Papier um und las:

»Weitere Auskunft erteilen Herr Notar Burguburu und Agentur *Ad astra*.«

Eine Springflut heller Lachtöne spritzte über die Brüstung der Veranda.

Ein bestürztes Schweigen folgte.

Paul floh ins Haus. An der Tür machte er halt und lauschte.

Alles blieb ruhig. Gute Juliette! Ein festes Schläfchen heute?

Im Mandelbaum neben der großen Agave sprang ein Vogel von Zweig zu Zweig, und jedesmal, wenn er sich niederließ, rieselte ein Blütenregen zu Boden. Es war der erste Baum gewesen weit und breit, der geblüht hatte, so war es in der Ordnung, daß er als erster verblühte ... Paul nickte ihm freundlich zu. Der Baum hatte seinen Beruf erfüllt, er hatte den Frühling gefeiert und ihm Mut gemacht, nun kam der Frühling leicht ohne ihn weiter ... Dieser Frühling endet nie, dachte Paul mit einem Gefühl, weit und hoch wie die Welt – er hinkt noch ein bißchen, aber bald wird er laufen und tanzen. Er heißt Sibylle!

Die Schneise auf der *Colline* glich dem ausgedörrten Bett eines Sturzbaches, die Pinien zu beiden Seiten standen schwarz und stumpf, die roten Dächer kochten an der Sonne. Alles verkündete: Frühling! Und: Sibylle!

Die Jahreszeiten wechseln leise in der Nacht. Du siehst sie, du hörst sie nicht kommen. Eines Morgens wachst du auf und hast einen neuen Schatz.

Das Volk greift ein

Bald darauf erhielt Frau Pauline mit der ›Mittagspost‹ eine Nachricht, die sie laut auflachen ließ. Sibylle teilte mit:

»Wenn nicht alle Zeichen trügen, hintergeht man den Major mit dem Notar. Schon weiß es die Köchin. Von ihr hab' ich's. Weitere Auskunft erteilt Agentur *Ad astra* (die übrigens mit dem Notar und

Geschichtsforscher identisch ist, sozusagen seine eigene Konkurrenz. Weiß ich ebenfalls von der Köchin.) Warum ist Paul heute nicht gekommen?«

Antwort:
»Er hat Arrest, weil er in der Schule überhaupt nicht mehr aufpaßt.«
Rückfrage:
»Freut mich, daß er nicht aufpaßt. Er gehört nicht mehr in die Schule. Muß er unbedingt bis zum Sommer drinbleiben?«
Zweite Antwort:
»Er muß. Ohne Abitur kann er nichts anfangen.«
Zweite Rückfrage:
»Warum wird er nicht Chauffeur bei der »roten Linie«? Ich fahre dann immer mit, und niemand merkt, daß ich hinke. Wenn ich gesund werde und nicht mehr hinke und er bereit ist, mich zu heiraten (dies im strengsten Vertrauen! *er* denkt nicht daran, aber *ich*!), muß er der Witwe die Entschädigung entreißen, und damit kaufen wir die »rote Linie«. Hat er Ihnen von seiner Eremitin gesprochen?«
Dritte und letzte Antwort:
»Nein. So viel Geheimnisse wie hier oben gibt es in der ganzen Welt nicht wieder. Der Major muß höllisch aufpassen. Große und Kleine intrigieren. Lebe wohl, ich fahre nach Toulon, muß Paul sprechen und den Direktor.«

Es dauerte nicht lange, da wurde die Verlobung der Witwe auch in Ranas-sur-mer bekannt, und zwar unter dem vom Notar selbst dem ehrenwerten Doktor Blanc ins Ohr geflüsterten Sprichwort: »Ich habe ein Grab gesprengt und erwarte dafür die Glückwünsche der Lebenden in Ranas und Umgebung.«

Die Nachricht erregte begreiflicherweise Aufsehen, und die Boule-Mannschaft, der Louis, der Chauffeur, angehörte, brannte am Hafen auf eigene Kosten ein Feuerwerk ab, eine Ehrung, die seit Menschengedenken keiner in den Ehestand tretenden Jungfrau zuteil geworden. Es handelte sich aber auch nicht um ein alltägliches, gewissermaßen natürliches Ereignis, sondern um eine Art Wunder, niemand in Ranas verschloß sich der Ungewöhnlichkeit des Vorganges.

Trotz wiederholten Zuspruchs von Seiten des Pfarrers beging die Braut den gröblichen Fehler, sich nach wie vor im ›Krönungsmantel der Trauer‹ zu zeigen und damit die vom Volke gefeierte Grabsprengung ausdrücklich in Frage zu stellen.

Am Haus des Notars, es war ein schönes, altes Haus am Kai, der Vater hatte es schon bewohnt und der Großvater, blieben tagsüber die Fensterläden geschlossen, als ob ein Toter darin läge, Burguburu ließ sich nicht mehr auf der Straße blicken und wurde, kaum daß dies Zeichen der Beschämung erkannt war, aus einem Uhu für Spaßvögel zum Gegenstand des Mitgefühls und der Achtung.

Die ›Mittagspost‹ wußte von Auftritten zwischen dem Brautpaar zu berichten, und einmal hieß es sogar, der Major sei mit Gewalt aufs Gesicht gedreht worden, und dabei wären ganze Kuchen von Spinnweben ans Licht gekommen.

Paul, der am nächsten Sonntag Sibylle auf der Veranda besuchte, konnte im Vorbeigehn noch Spuren der Gewalttätigkeit feststellen. Das Glas des Bildes war in einer Ecke gesprungen, und außerdem fehlte dem an der unteren Rahmenleiste befestigten Kreuz der Ehrenlegion ein Zacken, was auf einen zweiten, bisher unbekannt gebliebenen Gewaltakt schließen ließ. Denn vom Umdrehen allein konnte der Zacken nicht abgebrochen sein. Da man Sibylle gegenüber, leise vor sich hinweinend, ein Wort von einem ›abscheulichen Mordversuch an einem Toten‹ hatte fallen lassen, ohne Näheres beizufügen, blieb es zweifelhaft, ob der Anschlag beim Umdrehen des Bildes oder beim Abbrechen des Zackens oder beide Male erfolgt war. Sibylle behauptete, die mütterlichen Tränen seien Tränen des Zornes gewesen, Paul, aus Dankbarkeit für die Abwesenheit der Witwe und auch in Erinnerung an Sibylles eigene Tränen in La Cadière, bestand auf echtem Schmerz als Pumpe des Tränenbrünnleins.

Bis Mittag konnten Paul und Sibylle mit ziemlicher Sicherheit unbehelligt auf der Veranda zusammenbleiben. Emma paßte auf, nötigenfalls war Paul mit zwei Sprüngen über dem Zaun und im Garten des Hauses *Rosmarin*. Mit ihm nochmals auszufahren, weigerte sich Sibylle, sie wollte warten, bis sie wieder unter blühenden Bäumen tanzen konnte – Geduld, blühende Bäume gab es zu jeder Jahreszeit in der Provence! Inzwischen blühte da im Garten eine Mimose mit kugelrunden Blüten – mit der gedachte sie es zuerst zu versuchen, allerdings nicht am Sonntagmorgen, dafür war der Sonntagmorgen zu kostbar. Und sie lobten die ›frommen Werke‹ der Witwe, denen sie ihr ungeschmälertes Zusammensein verdankten.

Dem Gottesdienst folgten nämlich Sitzungen eines wohltätigen Damenkomitees, die Juliette Bosca bis Mittag und manchmal, man sollte es nicht für möglich halten, trotz ihres gesunden Appetits sogar darüber hinaus festhielten. Sie besuchte mit Leidenschaft arme, kranke und gebrechliche Frauen, aber die armen Kranken und Gebrechlichen empfanden den Besuch nicht als Wohltat, sondern als Plage. Das lag daran, daß die Witwe sich nicht abbringen ließ, ihre ›lieben Schutzbefohlenen‹ übereilig auf den Tod vorzubereiten, während die Armen ihren Tod für weit entfernt und darum weniger beachtenswert hielten als die nächste Mahlzeit. Da die Witwe zwar selbst kein Geld gab, als verschwiegene Sammlerin jedoch von Geld, Nahrungsmitteln und Kleidungsstücken in der Gemeinde nicht ihresgleichen hatte, stießen die Klagen der armen Kranken und Gebrechlichen sowohl bei den andern Damen des Komitees als auch beim Pfarrer auf taube Ohren.

Kein Wunder, daß die Einfältigen in die Leidenschaft, die der gute Pfarrer etwas verstiegen und nicht ohne weiteres verständlich den ›Götzendienst des Todes‹ nannte, tiefer hineinschauten als er selbst. Sie auf ihrem Krankenlager waren die ausgesuchten Opfer des dunklen Triebes. Gutmütig und lebenskundig, wie die Menschen der Provence (zumal die Armen) sind, freuten sie sich zuerst alle aufrichtig über die Verlobung der Witwe und rechneten mit einer günstigen Wirkung auf ihre Sinnesart. Sie hätte nur in hellen Kleidern zu erscheinen brauchen, damit ihre Schutzbefohlenen das Wunder der Verwandlung eines Grabengels in einen Erhalter und Ansporner des Lebens als verbürgt in den Kalender eintrügen. Ja, sie zeigten sich zu dieser Zeit bereit, aus der Beibehaltung des Witwenkleides auf ein gewisses Zartgefühl, eine Scham vor den Ansprüchen des Ehestandes, vielleicht eine Ängstlichkeit angesichts der wiedergefundenen Lebensfülle zu schließen. »Im Grund ist sie womöglich ein kleines Mädchen geblieben, wer kann es wissen!« hörte man sagen, »man muß ihr Zeit lassen.«

Man ließ ihr Zeit, die Witwe nützte sie nicht. So begann der Schleier wieder die züngelnden Schlangen der Empörung und andrer häßlichen Gefühle hinter sich herzuziehn, auch fuhr Juliette unentwegt fort, ihre lieben Schutzbefohlenen auf den Tröster Tod vorzubereiten, statt für gute Ernährung und einen Ausblick auf den Frühling zu sorgen. Es war ein herrlicher Frühling in diesem Jahr. Ranas-sur-mer strahlte wie in Festbeleuchtung von der Freude der Menschen. Seitdem er herrschte, regnete es auch nicht mehr, ein schöner Tag folgte dem andern, was die Lebenslust erhöhte und ihr einen Zug von Ewigkeit verlieh. Vom Frühling aber wußte die Witwe nichts zu sagen, als daß er erfahrungsgemäß nicht nur Alte und Gebrechliche gern hinwegraffte, sondern auch Junge in der Blüte des Alters.

Eines Abends nach Beendigung des Boulespiels betraten die sechs Fischer, ihr »Wenn der Wind weht – über das Meer ...« summend, im Gänsemarsch das *Café de la Marine* und stellten die Sache der Witwe, die noch vor dem Hochzeitsbett nicht abrüsten wollte, zur Erörterung. Da alle Volksmeinungen vertreten waren, kam auch das kleine Mädchen, das Juliette Bosca vielleicht noch war, wer konnte es wissen, und zwar vom ehrenwerten Doktor Blanc an der Hand geführt, ins Männergefecht. Vor der Tatsache, daß es der Doktor war, der eine so erstaunliche Vermutung anbrachte, verstummte erst einmal das Gespräch. Alle saßen und standen da und sammelten rasch ihre Kenntnisse vom Weibe, sowohl in bezug auf ihren Körper als auf ihre Seele, und überdachten sie eine nach der andern ... Louis (er fühlte sich des Feuerwerks wegen persönlich betrogen) brach den Bann, indem er ausrief:

»Na ja! Vielleicht hat sich die Witwe ihre Tochter aus der Wade gezogen, wer kann es wissen!«

Als nach einem langanhaltenden Hallo wieder Ruhe eintrat, befragte der Alte mit dem Kardinalskopf das Volk:

»Meint ihr nicht, daß etwas von uns aus geschehen müßte?«

Mit Ausnahme des Doktors waren sie alle der Meinung, es müsse unbedingt etwas geschehen. Aber was?

»Wir sollten«, erklärte Louis und zwinkerte mit einem Auge, »wir sollten der Witwe unter die Arme greifen. Sonst tut sie's nicht! Und insofern greifen wir auch dem Notar unter die Arme, wofür uns der arme Mann nur dankbar sein kann.«

Darauf schlug er die Bildung eines Ausschusses vor.

Der Ausschuß brauchte nicht erst gewählt zu werden, er bestand, die Natur selbst hatte ihn in Gestalt der sechs Fischer vor die Theke gestellt, und wenn ihm jetzt noch Louis beitrat, so konnte der Ausschuß durch ein dreifaches Rühren der Hände mit anschließendem Tusch die Weihe des Volkes samt Vollmachten empfangen. Der Vorschlag fand Annahme und sofortige Ausführung. Und als eine Gruppe beurlaubter Matrosen in der Tür auftauchte (niemand hatte die Torpedobootflotille kommen sehn, sie war unbemerkt vor die Mole geglitten und hatte lautlos festgemacht), wurde der jüngste und hübscheste zu einem Trunk eingeladen und mit Handschlag in den Ausschuß aufgenommen – ›als Ehrung für unsere Marine‹.

Die Grammophonplatte »Wenn der Wind weht – über *das* Meer« wurde aufgelegt, und die sechs Fischer, gefolgt von den beiden Amtsgehilfen, dem Chauffeur Louis und dem hübschen Matrosen, begaben sich im Gänseschritt die Treppe hinauf in das Billardzimmer, um zu beraten, wie dem unglücklichen Brautpaar unter die Arme gegriffen und der Natur zum Siege verholfen werden sollte.

Nach fünf Minuten kamen die Männer zurück und verließen unter dem Jubel der Gäste wortlos und mit wiegenden Hüften, Mann hinter Mann, das *Café de la Marine*...

Die Nacht war still und warm.

Eine schlanke Mondsichel ruhte, von Windwolken eingerahmt, blaß und müde am Himmel. Der Chorführer erklärte es für eine gute Vorbedeutung.

Als sie im Park Stellamare ankamen, vernahmen sie ein Geräusch, als ob der Wald brenne. Sie folgten dem Knistern und glaubten, in einem halbfertigen Haus den Brandherd entdeckt zu haben. Erst als sie unmittelbar an der Baustelle standen, sahen sie, daß das Knistern in Wahrheit ein Plätschern war – der Wasserturm lief wieder einmal über. Das Wasser stürzte aus der Höhe auf den felsigen Boden und strömte von dort in das Untergeschoß eines Neubaues gegenüber der *Santa Maria*. Die Bewohner der Kolonie schienen mit dem Geräusch vertraut. Der überlaufende Wasserturm weckte niemand, und wer doch einmal aufwachte, der wußte, was das Geräusch bedeutete, und schlief ruhig weiter.

In Erwartung des Chauffeurs Louis, der noch etwas in der Stadt besorgen mußte, begannen die Männer, das Wasser vom Neubau abzuleiten, und als sie damit fertig waren, suchten sie sich von den Gerüststangen die zwei höchsten aus und trugen sie, um jeden Lärm zu vermeiden, über den Rundweg und die Landstraße hinab vor das untere Gartentor der Villa *Santa Maria*.

Dann kam Louis mit einem Pickel auf der Schulter und einem Paket unter dem Arm. Sie kletterten über die Mauer und gruben dort zu beiden Seiten des Gartentors ein Loch. Dann sagte Louis leise: »Achtung!« und wickelte das Paket auf. Das Paket enthielt zwei schöne frische Nachthemden. Das eine gehörte ihm, das andre seiner Freundin, und dieses war hellrosa und reich mit Spitzen verziert.

Louis richtete sie kunstvoll mit zwei Stöcken als Banner her, indem er beim Herrenhemd den Stock durch die langen Ärmel, beim ärmellosen Damenhemd den Stock durch die Schulteröffnung schob, beide an den Enden festband und die Schnur, im Dreieck zusammengeführt, an der Spitze der Stange befestigte. Auf diese Weise mußten die Prunkstücke ehelicher Vertraulichkeit denkbar ausdrucksvoll im Winde flattern. Die Stangen wurden hochgehoben, im Boden festgetreten und mit Rücksicht auf ein mögliches Auftreten des Mistrals mit Draht an das Gartentor angeschlossen.

Darauf kletterte der bevollmächtigte Ausschuß wieder über die Mauer und ging im Gänseschritt bis zur unteren und im Gänseschritt bis zur oberen Kurve der Landstraße und vergewisserte sich der Tragweite seines Werkes. Von beiden Stellen fielen die Banner jedem, der des Weges kam, unweigerlich ins Auge, sie beherrschten die ganze Umgebung, selbst in dieser halbdunklen Nacht, und noch bevor der Wind sich eingemischt hatte, um auch seinerseits dem Brautpaar unter die Arme zu greifen.

Vom Hafen aus, stellte der Ausschuß fest, waren die Hochzeitsbanner ebenfalls zu erkennen, jetzt freilich nur als weiße Flecken über dunklen Bäumen, aber bei Tageslicht mußten die Flecken zu unmißverständlichen Signalen werden, zumal da bis dahin alle Welt wüßte, was sie bedeuteten, und gar auf der See würde man sie winken sehn wie Arme und Beine gestrandeter Sirenen. Der Chorführer legte dem kleinen Matrosen und Amtsgehilfen nahe, bei seinem Kommandanten vorstellig zu werden, damit die Flottille morgen früh bei der Ausfahrt die Aufforderung zum Glück an die Witwe Bosca mit den bei festlichen Gelegenheiten üblichen einundzwanzig Salutschüssen begrüße. Der Matrose versprach lachend, sein Bestes zu tun, wonach der Ausschuß sich ebenso rasch auflöste, wie er sich gebildet hatte.

»Mut, gnädige Frau, Mut!« rief der Chorführer mit einer Armbewegung hinauf nach Stellamare.

»Los, Alter, drauf!« riefen die andern zu dem Haus Burguburus hinüber.

Nach diesem Abschiedsgruß trennten sich die Männer, und da sich herausstellte, daß die Freundin des Matrosen und die Freundin Louis' in der gleichen Gasse wohnten, gingen die beiden das Stück zusammen, und Louis schenkte dem neuen Kameraden, einem Bretonen, den Rest seiner Zigaretten.

»Sie will nicht, daß ich bei ihr rauche, verstehst du?« erklärte er.

»Trinkt sie?« fragte der Matrose.

»Nein«, sagte Louis erstaunt.

»Die meine säuft wie eine echte Seemannsbraut.«

»Dann stammt sie aber auch nicht, von hier? Die unsern tun das nicht.«

»Bewahre, irgendwo aus der Gegend des Nordpols ist sie her. Ganz was Feines. Sie malt und spielt Klavier. Was soll ich dir sagen? Eine Dame!«

»Ach so!« Louis war im Bild. »Sonntag vor acht Tagen hatte ich sie bei der letzten Fuhre aus Toulon. Sie war stinkbesoffen, muß ich dir sagen.«

»Richtig! Da habe ich sie kennengelernt. Es hat halt jede ihren kleinen Schönheitsfehler. Eigentlich liebe ich nur Frauen, die viel vertragen. Meine jetzige kriegt im wichtigsten Moment das heulende Elend. Kannst dir vorstellen, wie unbequem das ist!«

Louis gab ihm beruhigende Versicherungen. Die Dame aus dem hohen Norden, in Ranas war es bekannt, erlag auf ihre Weise dem Andrang des Frühlings – Alkohol und Abenteuer! In den übrigen Jahreszeiten war sie ganz ordentlich.

»Vorhin war sie nicht zu Hause«, erklärte der Matrose. »Ich kenne die Leute nicht, bei denen sie wohnt, bin das erstemal hier. Ich habe hinterlassen, daß ich wiederkomme. Glaubst du, man hat es ihr ausgerichtet?«

»Wollen mal sehn«, sagte Louis. Nach einigen Schritten deutete er auf ein erleuchtetes Fenster. »Aber natürlich! Das ist sie.«

Sie schüttelten sich die Hände, Louis ging weiter, er hörte hinter sich einen Pfiff, der dem erleuchtenden Fenster galt, und verschwand in einem Haus.

Der folgende Tag war ein Mittwoch.

In Ranas war jeden Morgen Markt, den ›großen Markt‹ aber, nicht nur vor dem Rathaus, auch gegenüber am Hafen, den Wochenmarkt, zu dem sich die fliegenden Händler mit ihren Wohn- und Frachtautos einfanden und mit Trommel, Geige und Flöte die Verkäufer der neuesten Schlager, den gab es nur am Mittwoch, von acht Uhr bis Mittag. Er begann nach Ende des Gottesdienstes. Eine Verbindung zwischen dem Ende der Messe und dem Marktbeginn bestand nicht, es war ein zufälliges Zusammentreffen. Die Marktweiber, mit dem Aufschlagen ihrer Verkaufsstände beschäftigt, mochten vielleicht in Gedanken der Messe beiwohnen (ein paar Alte brüsteten sich damit), ihr Platz aber vor Gott und der Welt war jetzt nicht in der Kirche, sondern zu beiden Seiten der Straße, auf den ihnen zugewiesenen und teuer bezahlten Quadratmetern freisinnigen Ranasser Bodens.

Als der Pfarrer aus der Kirche trat, stürzten ihm von ihren Fisch- und Gemüseständen vier Frauen entgegen, drängten den verdutzt Widerstrebenden in die Ecke zwischen Kirche und Apotheke und wisperten mit erregten Gebärden auf ihn ein.

Ihr Benehmen hatte wenig Sinn, die Angelegenheit, die sie da geheim zu behandeln vorgaben, beschäftigte die Öffentlichkeit seit dem Eintreffen der ersten Marktwagen. Dies war auch der Grund, warum es heute mit dem Abladen und dem Einrichten der Verkaufsstände nicht vorwärtsging und die Wagen, die aus einer andern Richtung als der von Cantal eintrafen, von ihren Besitzern alsbald im Stich gelassen wurden. Die Verkäufer samt ihren Frauen und Kindern mischten sich entweder unter die Fischer, die, Hände in den Hosentaschen, Zigarette im Mundwinkel, einen bestimmten Punkt des Kais besetzt hielten und nach Stellamare hinaufschauten, oder sie eilten in Trupps bis vor das Gartentor der Villa *Santa Maria*.

Das Gartentor war zur allgemeinen Haltestelle geworden. Jeder Wagen und Autobus aus dieser oder jener Richtung verweilte hier eine herrliche Minute lang, bevor er unter übermütigem Hupen und Krächzen weiterfuhr.

Die Stockung im Marktbetrieb allein hätte den Pfarrer aufklären sollen, daß die Saat der von den Weibern berichteten Untat bereits aufgegangen war und er sich unnötig von ihnen aufhalten ließ. Sein erster Gedanke galt dem Namen der Villa, *Santa Maria*. Er warf sich vor, nicht rechtzeitig den Versuch gemacht zu haben, das Haus seines allzu verpflichtenden Namens zu entkleiden. Eine so beunruhigende, undurchsichtige, das Schlangenzischeln unfrommer Gedanken hinter ihrem Schleier herziehende Dame konnte und sollte nicht unter einem Namen wohnen, der die Reinheit und das Licht in Person war. Nichts verabscheute die Kirche so sehr wie das Ärgernis.

Als er nun wahrnahm, wie das bisher nur in seinem Gewissen erwogene Ärgernis öffentlich zu werden und sich zur Blasphemie zu steigern drohte, stieg dem guten Pfarrer das Blut zu Kopf. Selbst die entfernteste, noch so äußerliche Verbindung des schönsten, des süßesten aller Namen mit dem heutigen Ereignis erschien ihm als eine Unwürdigkeit, die keine wohlgeartete Seele ertragen konnte, ob gläubig oder nicht. Eine Zeitlang stand er stumm und ratlos zwischen den endlich ebenfalls verstummten und neugierig auf seine Meinung lauernden Weibern, dann machte er sich los und eilte zu seinem unwürdigen Nachbar, dem Anstreicher in der Kirchgasse.

Der Anstreicher war ein Kirchenfeind, und da er bereits von den Hochzeitsbannern der Villa *Santa Maria* gehört hatte, empfing er den Pfarrer mit einem breiten Grinsen. Aber die ersten Worte des Greises stimmten ihn ernst, er hörte ihn freundlich an und billigte sein Vorhaben.

»Ich verstehe, Herr Pfarrer«, sagte er, während er einen Eimer mit Farbe und Pinsel an die Hand nahm. »Nicht wahr? Sie haben ja auch meine Frau auf den Namen getauft.«

»Wenn es nur nicht zu spät ist!« murmelte der Pfarrer.

Der Anstreicher sprang zum ehrenwerten Doktor und Bürgermeister Blanc hinauf, und in dessen Wagen fuhren sie zu dritt an den Ort des Übels.

Unterwegs erklärte der Doktor plötzlich: »Ich habe es erwartet! Ja, offen gestanden, ich habe Schlimmeres erwartet!«

»Schlimmeres?« schrie der Pfarrer auf. »Was kann es Schlimmeres geben!«

Der Doktor sagte: »Nun, es ist ihr doch nichts geschehn! Sie hätten sie zum Beispiel ... in aller Heimlichkeit ... vergewaltigen können ...

Sie hatten da einen jungen, hübschen Matrosen mitgenommen, der so aussah, als sei er zu allem bereit.«

Der Pfarrer dachte nach, dann legte er den Mund an das Ohr des Doktors:

»Doktor«, sagte er, »Gott verzeihe mir! Mir wäre es lieber gewesen

Sie bogen um die Kurve, und der Wagen stand still, als habe ihn das gemeinsame Erschrecken der Insassen zum Halten gebracht.

»Zu spät!« flüsterte der Pfarrer.

Eine lachende, durcheinanderquirlende Menschenmenge versperrte die Straße, und plötzlich dröhnte die Luft vom Tuten, Krächzen, Heulen, Kreischen der Autosirenen, als hätten die wüsten Kerle alle zusammen den Pfarrer im Hintergrund der schwarzen Limousine erspäht und hießen ihn teuflisch willkommen.

Dort, wo das Knäuel am dichtesten war, unmittelbar vor dem Gartentor, hielt ein Autobus der ›roten Linie‹, und auf seinem Dach hatten sich die bei Volksaufläufen stets und überall bevorzugten Persönlichkeiten versammelt, nämlich jene, die am besten klettern konnten.

An der Spitze der beiden Stangen flatterten die Hochzeitsbanner, das weiße und das rosa. Der Meerwind schüttelte sie, blähte sie auf. Er schuf Formen aus den Hemden, dem weißen, langen und dem kürzeren, rosenfarbenen, deutlich unterscheidbare, menschliche Formen, und er verwandelte sie. Das eine Mal erstanden sie stürmisch, mit raffender Gebärde. Das andre Mal schienen sie sich zu versagen, sie gaben sich verlegen, unwirsch, verschlafen. Dann wieder sammelten sie sich, sie zögerten, suchten, sie erhoben sich wild, und zuweilen antwortete das eine Hemd auf eine Bewegung des andern, was jedesmal einen Sturm von Gelächter und Zurufen hervorrief. Manchmal schienen sie sich müde in Zärtlichkeiten aufzulösen, sie vergingen – und schlappten plötzlich an der Stange hinunter. Dies geschah, sooft der Wind sich für kurze Zeit legte, dann verstummte auch das Rauschen der Bäume, und durch die Menge lief ein Seufzen und Murmeln scherzhaft innigen Mitgefühls.

Alle menschlichen Gemütsarten erfuhren in schneller, oft rasender Aufeinanderfolge ihre Darstellung, so wahr sagt das Sprichwort: ›Kleider machen Leute‹, und das Nebeneinander der beiden Hemden stellte eine Beziehung her, deren Spiel das Gelächter und festliche Tuten auf der Straße keinen Augenblick verstummen ließ. Der Wind zeigte eine unerschöpfliche Erfindungsgabe, und in der Vorstellung der Zuschauer wuchsen die Witwe und der Notar in das Reich der Sage, wo die mächtigen Liebespaare wohnen und übermenschlich ihre Kräfte regen.

»Das würde mir alles nichts machen«, gestand der Pfarrer, »wenn nur der Name nicht wäre!«

Der Anstreicher öffnete die Tür des Wagens.

»Ich geh' und lösche ihn aus«, sagte er. »Ich überpinsle einfach das *Santa*, dann sehn sie auch alle, wie's gemeint ist.«

»Nein«, widersprach der Pfarrer, »das Ganze, lieber Mann, bitte, das Ganze!«

»Gut, das Ganze. Aber mit Respekt zu sagen, Herr Pfarrer, ich finde die Strafe zu streng. Der Witwe gewissermaßen gleich das ganze Haus auf einmal nehmen! Mir persönlich schiene es hinreichend, wenn wir nur das *Santa-*«

Der Pfarrer warf die Arme in die Luft:

»Machen Sie, was Sie wollen! Aber dick Farbe drauf! Doktor, wir fahren heim.« Er schlug die Türe zu.

Rückwärts fuhren sie den Berg hinab, weil sie zwischen den Autos, die ihnen ununterbrochen entgegenkamen, nicht wenden konnten. Aus den Wagen sahen lauter lachende Gesichter.

Der Pfarrer murmelte:

»Du lieber Gott! Sie wissen es schon alle … Bald wird auf der einen Seite halb Toulon, auf der andern halb Marseille versammelt sein …

Nicht zu reden von den Parisern, die immer unterwegs sind.«

»Ich telephoniere nach Ollioules«, sagte der Doktor.

Der Pfarrer hielt den Atem an.

»An die Gendarmerie … Doktor, das müssen Sie wohl, Sie sind der Bürgermeister. Aber, Doktor – es ist der Gipfel des Skandals! … Die gute Frau Bosca fängt an, mir herzlich leid zu tun. Und, bitte, Doktor, sorgen Sie dafür, daß in den Berichten der Gendarmerie nur von einer Villa *Maria* die Rede ist …«

Droben auf der Ehrentribüne der Versammlung, dem Dach seines Autobusses, hockte der Chauffeur Louis, er rauchte Zigaretten und beobachtete die Häuser *Rosmarin* und *Santa Maria.*

Als Sitz diente ihm ein Koffer, und da sein Wagen ohnehin weder vorwärts noch rückwärts konnte, der Fahrplan demnach durch ›höhere Macht‹ außer Kraft gesetzt war, fühlte er sich unantastbar sowohl im Gewissen wie in seiner Bequemlichkeit.

»Ha! Jetzt reicht unser Parkplatz schon von Cantal bis Ranas, und alles schreit und will heraus aus dem Wurstkessel«, sagte er, als wieder ein wüstes Konzert der Autosignale einsetzte. »Uns kann nur die Feuerwehr helfen, und zwar die von Toulon mit den Motorspritzen. Die unsre ist zu klein, sie käme unter den erstbesten Wagen wie ein Dackel, wenn sie sich auf die Straße traute, und was von ihr übrigbliebe, könnte man mit dem Besen zusammenfegen.«

»Verzeihung«, sagte einer der Ehrengäste, »sind die Leute in Ranas alle solche Langschläfer? In der Villa links hat sich einmal eine weißgekleidete Dame gezeigt, dort am Fenster des ersten Stocks.«

»Das links war Frau Tavin«, klärte Louis ihn auf. »Auch eine Witwe, aber, wie Sie richtig bemerkt haben, in Weiß. Nicht zu verwechseln mit der andern rechts, die ist tief schwarz – auch im Bett. Offenbar hat sie einen Schlaf wie der Tod.«

»Habt ihr sie am Ende narkotisiert?«

»Pst!« machte Louis. »Gleich geht's los. Da, auf der Veranda! Das ist die Kleine – die Tochter des Hauses. Sie geht am Krückstock – unsere Konkurrenz hat sie mal angefahren ... Juppdich, ins Haus! Sie läuft schon ganz nett ... Jetzt die Köchin, ein dummes Ding, aber brav, die wird jetzt gleich hier sein, paßt mal auf! Die Leute schlafen halt nach dem Park hinaus, und die Küche liegt auch auf der andern Seite.«

»Emma!« rief er. »Emma!«

Die Köchin kam durch den Garten gerannt, in Sprüngen, zwischen denen sie lauernd stehnblieb wie eine Katze, Neugier trieb sie, Angst vor dem Unbekannten hielt sie zurück. Oberhalb des Tores machte sie halt. Ihre Blicke wanderten auf und ab zwischen den Hochzeitsbannern und der Menschenmenge. Dann sah sie, durch die Latten des Tores, den Anstreicher am Werk, sie eilte die Stufen hinab und fragte leise:

»Was machen Sie da?«

»Bin gleich fertig, mein Kind. Habe das *Santa* zwischen *Villa* und *Maria* auf höheren Auftrag schwarz zugestrichen, von *Heilig* kann hier keine Rede mehr sein, verstehst du? – und damit es nicht so auffällt und das Gottesgericht etwas in Grenzen gehalten wird, bin ich dabei, den Rand des Schildes ebenfalls in Schwarz anzustreichen.«

»Emma!« schrie Louis. »Emma, lebt sie, oder ist sie tot?«

Emma beachtete ihn nicht. Er wandte sich zu seinen Ehrengästen:

»Kinder, die Witwe hat vor Schreck die Unschuld verloren und ist gleich darauf verschieden. Das Glück hat sie getötet.«

Die Köchin blickte zu den Hemden hinauf und wollte etwas sagen. Im gleichen Augenblick brach der tierische Lärm wieder los, Emma mußte den Mund in einen Spalt zwischen den Latten drücken, um sich verständlich zu machen.

»Sie schlafen noch«, erklärte sie. »Woher weiß man, daß der Notar heute nacht bei ihr war?«

Der Anstreicher ließ den Pinsel sinken und glotzte sie an. Er brachte das Gesicht ganz nahe an das ihre und fragte mit stockendem Atem:

»Kind, ist das wahr?«

»So wahr ich lebe«, versicherte das Mädchen. »Ich habe es mit eigenen Ohren gehört.«

»Was hast du gehört?« fragte der Anstreicher mit einem breiten Grinsen.

»Wie er zu ihr einstieg.«

»Einstieg?«

»Auf einer Leiter vom Neubau. Sie steht jetzt noch.«

»Das muß ich sehn. Mach mal auf!«

Sie öffnete die Tür, ließ ihn eintreten, schloß wieder ab.

»Nimm vorsichtshalber den Schlüssel mit«, riet er. »Sonst kommen andre nach, und es gibt einen Auflauf im Garten.«

Louis droben auf der Ehrentribüne verkündete, jetzt ginge der Anstreicher die Leiche beschauen. Es könne nicht mehr lange dauern, bis man Bescheid wisse, denn der Anstreicher sei ein anständiger, wahrheitsliebender Mann.

Von der oberen Kurve pflanzte sich ein Ruf über die Straße fort: »Die Gendarmerie!«

Am hinteren Eingang der Villa stießen der Anstreicher und die Köchin mit einem Gendarmen zusammen. Ein zweiter stand am Eingang des Rundweges und verwehrte den Neugierigen den Zutritt. Der erste hielt sein Fahrrad und fragte mit gespielter Strenge die Bauarbeiter, die ihn im Halbkreis umstanden:

»Warum habt ihr nicht schon längst eure Leiter weggenommen?«

»Wir wußten nicht, ob das Tor auf war oder nicht ... Außerdem hat unsre Leiter noch nie so schön gestanden. So ein Glück und eine Ehre hat sich unsre Leiter nicht träumen lassen, Herr Gendarm.«

Der Gendarm vermochte nicht länger ernst zu bleiben.

»Nehmt sofort die Leiter weg, ihr Halunken«, befahl er lachend, dann schob er das Rad in den Hof und betrat, unter Vorantritt des Mädchens, durch die Küchentür das Haus.

Der Anstreicher wechselte einige Ergötzlichkeiten mit den Arbeitern, und nachdem er der Verbringung der Leiter an die Baustelle bis zum Ende beigewohnt, schlug er den Feldweg ein, auf dem auch die Gendarmen von Ollioules herübergekommen waren. Er ging langsam wie bei einem der sehr seltenen und deshalb feierlichen Familienspaziergänge und überlegte, wen in Ranas-sur-mer er als ersten mit der Neuigkeit beglücken sollte, daß die Hochzeitsbanner zu Recht vor der Villa *Santa* vor der Villa *Maria* wehten und durch Fügung des

Schicksals statt Hohn und Spott überschwengliche Glückwünsche ausriefen ... Und daß demnach das Gedränge von Ranas bis Cantal in Wahrheit die Hochzeitsgesellschaft darstelle, die sich lediglich um einen Tag verspätet habe.

Er schwankte zwischen dem Pfarrer, der in der Nachricht eine Milderung seiner Gewissensängste fände, und seiner Frau, die ihre Arme, zarte Mädchenarme, in die Hüfte stemmen und mit zurückgeworfenem Kopf kräftig loslachen würde ... Erst entschied er sich für diese, weil es Frühling war und ihr beim Lachen zwei Grübchen auf die Wangen traten und mit den knospenhaften Brüsten um die Wette tanzten, während das Gebiß auf dem purpurnen Hintergrund der Mundhöhle verheißungsvoll blitzte – und dann für den Pfarrer, weil Kummer schneller Hilfe brauchte als Freude und die Frau ihm ohnehin nicht davonlief.

Er näherte sich einer einzelstehenden, für ihn denkwürdigen Pinie (unter ihr hatte er, wie viele Ranasser, zum erstenmal ein Mädchen geküßt), als er in ihrem Schatten eine Gestalt wahrnahm. Die Gestalt kauerte, den Rücken gegen den Stamm, am Boden und wischte sich mit einem Schnupftuch umständlich den Kopf. Der Arm mit dem Tuch sank herab, und der Anstreicher erkannte den Schädel des Notars Burguburu. Er lief auf den Kauernden zu, stellte den Eimer neben sich und rief:

»Gottverdammichnicht, Herr Notar! Sind Sie's, oder sind Sie's nicht? Ich denke, Sie sind bei der Witwe? Ich habe, so wahr ich lebe, mit diesen meinen Augen die Leiter gesehn!«

Burguburu maß ihn mit müdem Blick.

»Lieber Mann«, sagte er, »ich weiß nicht, was das für eine Leiter sein soll. Wie Sie mich hier sehn, komme ich schnurstracks von Paris.«

Er trug eine Sportjacke, Kniehosen und gelbe Schuhe, die voll Erde waren, der Schweiß rann über die Backen in das weiße Sarazenenbärtchen, verklebt, schief und unordentlich stand es vom Kinn ab. Brocken roter Erde hingen darin – vielleicht hatte er versucht, die Schuhe von Erde zu reinigen, und sich dann an den Bart gefaßt, vielleicht war er beim Lauf über die Äcker gefallen ...

»Gestatten Sie!« sagte der Anstreicher.

Er hob die Reisemütze auf, die mitten auf dem Weg lag, und bettete sie sorgsam neben den Notar.

Die Augen Burguburus starrten glasig und gerötet. Aus dem Knopfloch guckten das rote Bändchen der Ehrenlegion und das violette der ›Akademischen Palmen‹ und waren das einzig Frische, gleichsam Unverletzte am ganzen Mann.

Er deutete mit dem Daumen hinter sich, und als der Anstreicher vortrat, sah er hinter dem Baumstamm ein Köfferchen stehn.

»Ich wollte es hier lassen, um es nicht den Berg hinaufzuschleppen … Ich bin von der Station Ollioules im Sturmschritt gelaufen, da über die Felder … Nicht wahr? Sie verstehn, ich wollte nicht durch unsere Stadt … Beim Aussteigen aus dem Zug habe ich die Nachricht erhalten – wie eine Kugel mitten in die Brust – die Freude dieser rachsüchtigen Olliouler hätten Sie sehen sollen … Wissen Sie, mein Lieber, daß Soldaten mit einem Volltreffer in der Brust erst einmal ruhig weiterlaufen, ganz ruhig, als sei nichts geschehn? Nein? Nun, dann sehn Sie mich an! Bis hierher bin ich gelaufen, aber jetzt ist es aus … Lieber Mann, seien Sie so gut, und bringen Sie meiner Wirtschafterin das Köfferchen da. Aber gehn Sie von hinten ins Haus, und verschließen Sie das Bild des Jammers, auf das Sie an diesem herrlichen Frühlingsmorgen gestoßen sind, fest in Ihrem Busen … Dafür können Sie nächste Woche das Anstreichen meines Hauses in Angriff nehmen. Nichts zu danken, mein Lieber, das Haus hat es längst nötig, und es kündet sich eine gute Saison an, nichts zu danken. Wir stehn und fallen alle mit dem Schicksal unseres Kurortes … Verschwiegenheit vorausgesetzt, lieber Mann! Verschwiegenheit, bis einen von uns der Tod erlöst … Nun können Sie gehn.«

Kopfschüttelnd machte sich der Anstreicher auf den Weg. Die Schöße des weißen Kittels flatterten im Wind. Burguburu blickte ihm nach, wie er, den Farbeimer in der einen Hand, in der andern den Koffer, eilig dem nahen Städtchen zustrebte.

Mit den fast fensterlosen Häuserwänden seiner Südseite und dem alten Turm machte es einen wehrhaften Eindruck, obwohl nicht die Spur einer Befestigung zu sehn war. Die Häuser und auch der sie überragende viereckige Turm prangten in goldgelber Farbe, die das Morgenlicht zugleich erhellte und dämpfte. Der Notar dachte, indes die Augen ihm zufielen: Goldgelb, königliche Farbe der Provence …

Das Goldgelb der Stadt vermischte sich mit dem Sonnenschein über den Weinäckern.

Zwischen den niederen Rebstöcken, deren junge Blätter sich in die Sonne streckten wie Kinderhände aus einer Wiege, sprangen Rotkehlchen – ihr Zwitschern klang, als würden kleine Rasseln gerührt. Die Pinie schaukelte leise im Wind.

Mit dem Wind kam von weither ein Lärmen von Autosignalen und begab sich im leisen Sausen und Wiegen des Baumes zur Ruhe.

Burguburu und ein großer König

Ausgeruht, doch immer noch unordentlich traf Burguburu zwei Stunden später in der Villa *Maria* ein und fand dort als einzigen Menschen die Köchin Emma.

Der Kater Marius, der das Mädchen zur Haustür begleitete, schoß zwischen seinen Beinen ins Freie.

Der Notar folgte Emma in die Küche.

Für Emma war der Notar ›der Herr‹, nicht nur, weil er sie zum Ärger der Witwe persönlich bezahlte (Juliette behauptete mit Recht, durch die ›Freigebigkeit eines noch nicht legitimierten Herrn‹ leide ihr Ansehn bei ›den‹ Dienstboten), sondern vor allem seines gesellschaftlichen Ranges wegen, von dem sie annahm, er zwinge und beuge die halbe Welt – mit Ausnahme der Witwe, die sie deshalb als eine hochmütige, undankbare Person zu bezeichnen pflegte. Vom ersten Tag an hatte sie sich als im Dienste Burguburus stehend erachtet, in zweiter Linie, und dies aus reiner Neigung, ›lebte sie für Fräulein Sibylle‹. Die Witwe ertrug sie, wie der Esel seinen Quälgeist erträgt, in unberechenbarer Abwechslung von Nachgiebigkeit und Starrsinn.

Emma, straff und aufmerksam wie ein Jagdhund im Anstand (das eine Auge schielte ein wenig, was ihrem gutmütigen Ausdruck etwas Prickelndes, Verbotenes, etwas wie eine lässige Sünde hinzufügte), hielt in der Mitte der Küche und ließ sich von Burguburu ausfragen. Ihrer Darstellung zufolge war die gnädige Frau nach Eintreffen der Gendarmerie, ohne mit der bewaffneten Macht ein Wort gewechselt zu haben, quer durch den Park davongelaufen. Dabei war der Witwenschleier an einem Schwarzdornbusch hängengeblieben und in Fetzen gegangen. Emma bot sich an, den Notar zu dem Strauch zu führen und ihm die Fetzen zu zeigen, ein Stück davon hatte frecherweise ein Bauarbeiter an sich genommen – es reiche gerade, hatte er gesagt, um daraus im Fall plötzlich eintretender Trauer einen Florstreifen zu schneiden ... Der Notar machte eine verächtliche Handbewegung, die sich auf die Gefühlsroheit des Volkes bezog.

Emma war der gnädigen Frau nachgelaufen, weil der Gendarm gesagt hatte: »Springen Sie, los, und sehen Sie zu, daß Ihre Herrin sich kein Leid antut.« Die gnädige Frau war aber gerannt wie ein wildes Kaninchen und ›den Bergen zu‹ ihren Blicken entschwunden.

Dem Notar traten Tränen in die Augen. »Mein Gott, den Bergen zu«, seufzte er, »den Bergen zu, Emma?« Hieß das nicht so viel wie in den Weltraum gefallen?

Emma blinzelte mitleidig und aufgeregt mit dem etwas scheelen Auge und fuhr dann fort. Bei ihrer Rückkehr, berichtete sie, sei auch das gnädige Fräulein weggewesen. Es habe dem Herrn Gendarm, wie dieser genau an der Stelle, wo jetzt der Herr Notar stand, ihr sagte, ungnädig zugerufen, von ihr als Tochter werde wohl die Gendarmerie keine Auskunft erwarten, was der Herr Gendarm höflich verneint habe. Darauf sei es in die Nachbarvilla zu Frau Tavin hinübergehumpelt.

Hier stockte Emma. Auf Drängen des Notars äußerte sie mit verlegener Gebärde, nun ja, was weiter, sonst nichts, der Herr Gendarm sei sehr nett gewesen, und als schließlich auch sein Kollege gekommen sei und gesagt habe, die Straße sei jetzt frei, und der Bürgermeister habe die Stangen wegnehmen lassen und die Hemden beschlagnahmt, nun ja, was weiter, da seien sie beide auf ihren Rädern davongefahren. Wohin? Soviel sie verstanden, nach dem Rathaus, ›um die Schuldigen zu ermitteln‹ ...

Die letzten Worte stieß Emma mit einem Ausdruck von Erbitterung hervor.

»Sie sind ein braves Mädchen«, versicherte Burguburu und tätschelte ihr die Backe.

Sie hielt still, stand kerzengerade vor ihm, und plötzlich strahlte sie. Es war ein Aufleuchten, das vom Gesicht aus die ganze Gestalt erfaßte. Das Volk, dachte er gerührt, die einzigen, die noch ein menschliches Herz in der Brust haben! Es macht sie sogar schön ... Er betrachtete sie wohlwollend, und sie hielt wehmütig lächelnd still.

Von der Küche begab sich Burguburu durch das Speisezimmer in den Salon, von einer Ansammlung scheußlicher Gegenstände in die andre. Er schleuderte einen haßerfüllten Blick auf den Major und trat auf die Veranda. Da von dort nichts weiter zu sehn war als ein Autobus, der in voller Fahrt vorüberrasselte, kam er zurück und öffnete die Tür zum Flur. Hier stand Emma, als habe sie auf ihn gewartet, und hob ihr wehmütig lächelndes Gesicht zu ihm empor.

Da sie nichts zu sagen fand, gab er das Lächeln zurück und ließ sie stehn. Aber er war ihr dankbar, er fühlte sich durch dies Lächeln mit ihr verbunden, ohne sich klar zu werden, daß Emmas Gesicht lediglich seinen eigenen Ausdruck widerspiegelte. Langsam stieg er die Treppe hinauf in den ersten Stock.

Es war das erstemal, daß er diesen Teil des Hauses betrat.

Eine seltsame Aufregung durchrieselte ihn, eine Freude, die noch nach etwas anderm schmeckte als nach Neugier. Ängstlichkeit war darin, die sich selbst genoß, und eine unbestimmte Erwartung.

Behutsam wie ein Dieb öffnete er die erste Tür. In dem kleinen Raum mit dunkler Tapete wohnte augenscheinlich Sibylle. Das Zimmer leuchtete von Sauberkeit. Neben einem italienischen Renaissanceschrank stand ein Koffer ... Das Bett stammte aus derselben Zeit und demselben Land wie der Schrank, ebenso der Schreibtisch, der gleichzeitig als Toilettentisch diente. Das eine, für die Toilette bestimmte Ende des Tisches war mit einem bunten Tuch bedeckt, der andre Teil zeigte das blanke Nußbaumholz der Tischplatte, aber hier wie dort fehlten die entsprechenden Gegenstände – bis auf einen Briefbeschwerer in Gestalt einer Jungfrau von Orleans in Bronze und einen Handspiegel. Der Handspiegel hatte einen Sprung, und der Jungfrau fehlte ein Bein. Sie stand schief auf einem Zettel, und auf dem Zettel waren die Worte zu lesen:

»Lebe wohl, Hölle! Ich gehe zu Menschen. Sibylle.«

Dem Notar versetzte es einen Schlag auf die Brust – er nahm die Mütze ab und strich sich über den Schädel.

Sein Blick fiel auf den Koffer neben dem Schrank, er dachte an sein eigenes Köfferchen, mit dem er vor einigen Tagen geflohen war, ebenfalls, um der Hölle zu entrinnen. (›Die Hölle! Die Hölle!‹ hatte er der Witwe beim Abschied zugeschrien.) Auch er war geflohen, nicht gerade nach Paris, wie er dem Anstreicher gesagt, aber doch bis nach Nizza, wo eine Frau lebte, die er geliebt und der er vor Jahren, um sie loszuwerden, eine Schneiderwerkstatt eingerichtet hatte. Die Gute hatte Mühe gehabt, sich seiner zu entsinnen, und eine Einladung zum Abendessen mit der Begründung abgelehnt, daß sie verheiratet und die Mutter dreier kleiner, süßer Mädchen sei ... Mit dem Zettel in der Hand setzte er sich an das Toilettenende des Tisches und blickte auf die sanft bewegten Bäume des Parks Stellamare.

Wahrscheinlich, dachte er, verläuft es immer so, wenn man die Hölle flieht, um Menschen zu suchen. Die Menschen sind veränderlich, die Hölle aber steht fest, und deshalb kehrt man lieber zur Hölle zurück, als im Nebel nach Menschen zu suchen ... Wir lieben nichts so sehr wie die Gewißheit, gleichgültig welche ... Offenbar werden die Menschen von Wetterfahnen regiert. Teufel bleiben Teufel, wie auch der Wind wehe, bei ihnen wissen wir, woran wir sind ... Arme Sibylle! Arme Juliette! Sie liefen noch ›den Bergen zu‹, während er bereits von dort zurückkam. Er – er war so weit, daß er sich nichts mehr wünschte als die Hölle!

Zwischen den schwankenden Wipfeln von Stellamare sah Burguburu Geltung und Ehre einer alten Familie, sah er den Namen Burguburu leibhaftig in einem Meer von Lächerlichkeit ertrinken – tat es weh? Er fragte es sich ernstlich ... Doch, es tat weh, aber es tat auch wohl. So waren nun einmal Leid und Freude gemischt, daß man vom Leid nicht essen konnte, ohne Lust zu verspüren, und von der Lust nicht, ohne die Bitternis des Leids zu genießen! Im übrigen, stellte er für sich fest, waren ›Hölle‹ und ›Himmel‹, ›Glück‹ und ›Unglück‹ lediglich Namen für verschiedene Folgen der von uns begangenen Dummheiten.

Er lehnte sich vor und versuchte, von hier aus den Schwarzdornbusch ausfindig zu machen, worin die Reste eines schuldbeladenen Kleidungsstückes hingen. Es mochten nur Fetzen sein, aber jeder dieser Fetzen bestand aus ebensoviel vergeblichen Worten, Beschwörungen, aus ebensoviel Stunden des Zornes, Augenblicken großer Hoffnung und Liebe, aus ebensoviel Tagen und Nächten der Trauer, wie das Gewebe Fäden enthielt ... Keiner, der die Wahrheit ahnte, fände den Mut, über ihn zu lachen! Sie lachten, weil sie es nicht besser wußten. Wüßten sie es besser, würden sie mindestens zwei der Beteiligten, Sibylle und ihn, ja, warum es verschweigen, auch ihn, auf den Schultern tragen wie jene schwermütigen Gestalten der Märtyrer in ihren Prozessionen. Über die hatte auch er einst gelacht, er mit allen andern aufgeklärten Geistern von Ranas-sur-mer und Umgebung, als er noch nicht ahnte, wie traurig und ehrwürdig in Wirklichkeit das meiste war, worüber die Menschen spotteten ... Es kam ihm vor, als wäre ihm dies alles in einem früheren Leben geschehn, als wäre er es nicht selbst, vielmehr sein Vater oder gar der Großvater, törichte, unter ihrer Torheit begrabene Geschlechter ...

Nur eines wollte ihm nicht in den Kopf, er konnte es drehen, wie er wollte. Er begriff es nicht, wenn er sich auch manchmal in Sekunden blitzhafter Erleuchtung der Lösung des Rätsels nahe glaubte, er begriff nicht, was Juliette mit dem zähen Festhalten an ihrem Witwentum und der Versessenheit auf das Symbol dafür, diesem furchtbaren Schleier, ernstlich bezweckte, nein, in hundert Jahren würde es ihm nicht in den Kopf gehn. Denn – von allem andern abzusehn – sie liebte ihn ja, das Stück Natur in ihr hatte es ihm verraten, oh, vielleicht gegen ihren Willen, in diesem Fall aber um so glaubhafter.

Burguburu hörte in Gedanken ein gewisses grobes Wort, das sie ihm in seinen Armen zugeflüstert, und ein Schauer überlief ihn vom Nacken bis in die Kniekehle. Ja, und schließlich, Burguburu erhob sich und legte den Zettel an seinen Platz zurück und stellte mit festem Griff die Jungfrau von Orleans darauf, schließlich hatte die Natur selbst sich empört und hatte den Schleier in Stücke gerissen ...

Aber schon saß er wieder, kleinmütiger als zuvor. Die Natur hatte zu spät eingegriffen! Die Natur, bedachte er, kam fast immer zu spät. Sonst stände es besser um die Menschen.

Burguburu, der eine große Wahrheit entdeckt zu haben meinte, stand nun endgültig auf und ging weiter, nicht ohne sich über die kostbaren alten Möbel gewundert zu haben – sie waren viel zu groß für das Zimmer, wahrscheinlich hatten sie dem Vater gehört, und das Gerät im Erdgeschoß war von der unglücklichen Mutter in die Ehe eingebracht worden.

Vor der nächsten Tür blieb er stehn, die Klinke in der Hand. Er zweifelte nicht, daß er sich vor dem Schlafzimmer Juliettes befand, eine innere Stimme sagte es ihm, doch vermochte er nicht zu unterscheiden, ob sie auffordernd klang oder drohend. Er räusperte sich, als wollte er sich jemand hinter der Tür bemerkbar machen, dann ließ er mit einem Ruck die Klinke los, ging weiter und öffnete die nächste Tür.

Ein paar ausgetretene Bastschuhe und violette Pantinen unter dem Bett wirkten wie ein Wappenschild Emmas. Auch sie wohnte in wertvollen Möbeln. In dem Bett konnte eine Marquise geschlafen haben zur Zeit, da die Marquisen noch ihr volles Goldgewicht galten. Auf einem Spieltisch im Stil des fünfzehnten Ludwigs war ein Altar aufgebaut mit Heiligenbildchen und ausgeschnittenen Photographien von Filmgrößen. Burguburu bewunderte gerührt die einfältige Frömmigkeit des Volkes und nahm sich vor, Emma sein Bild für den Altar zu schenken.

Von der Parkseite wechselte er zur Gartenseite hinüber. Auf dieser Seite gab es nur zwei Zimmer, das Badezimmer, er guckte nur schnell hinein, und dann einen sehr großen Raum, auf dessen Schwelle er geblendet haltmachte, bevor er mit zögernden Schritten in seine Mitte trat.

Drei Fenstertüren führten auf eine Terrasse. Der seidene Überhang und die halb zur Seite geschobenen Vorhänge aus gleichem Stoff färbten das einfallende Licht goldgelb, und da auch die Wände im selben Ton gehalten waren, schwamm der ganze Raum in aufgelöster Sonne. Burguburu breitete die Arme. »Nein?« murmelte er, »ist es möglich?« Er drehte sich um sich selbst und brach in Frohlocken aus.

»Wie schade, daß ich heute traurig bin!« sagte er. »Wie schade!«

So etwas hatte er sich sein Lebtag gewünscht – ein solches Arbeitszimmer, mit dem runden Tisch in der Mitte, mit handfestem Gerät, wohin man griff, da war es – und all die Gesundheit getaucht in Glanz und Seide, mit dem großen Kamin und dem riesigen Feuerzeug, das die königliche Lilie zierte! Da war es! Und an den Wänden hingen lauter Bilder seines Lieblings, Heinrichs IV. von Frankreich.

»Sei gegrüßt!« rief Burguburu und schritt in lachender Andacht von einem Bild zum andern.

In allen Lebensaltern war der kleine, tolle Mann aus Navarra vertreten: als dreijähriges Kind, ein Dickschädel mit großen Augen, krausem Haar und vielversprechender Nase – der Mund war schmal und das Öhrchen das Ohr eines jungen Fauns. Das Kerlchen steckte in einem Wams, das eine bescheidene Halskrause abschloß, die Hände bemühten sich tolpatschig um eine würdige Haltung. Dann war aus dem Kind ein Jüngling geworden, und in Paris hatten sie ihn endlich in standesgemäße Kleider gesteckt. Die Kraushaare standen hochgekämmt über der Stirn, die Unterlippe hatte sich naschhaft gewölbt, ein Schnurrbärtchen sproß unter einer Nase, die durchaus hielt, was sie in ihren Anfängen versprochen, und dann, dann war der Mann fertig und ausgewachsen – und gleichsam nur noch Nase. Eine ungeheure, aufreizende, eine beängstigende Nase, ein kräftig gebogenes Nashorn mit zwei Löchern zum Atmen, über dem ausgestrichenen Schnurrbart hing sie beinahe bis auf den Mund. Der doppelte, leicht zusammengewachsene Bocksbart war viereckig gestutzt, aber nicht sehr ordentlich – ordentlich war der Mann überhaupt nicht. Immerhin konnte man verfolgen, wie er sich bei zunehmendem Alter um eine majestätische Erscheinung bemühte. Gleichzeitig bekam die hohe, schmale Stirn Runzeln: eine ebenso starrsinnige wie schwärmerische Stirn, Runzeln, wie mit dem Kehleisen geschnitten, und an ihnen konnte man abzählen, wie alt der gute König nun war ... Die Augen schienen kleiner geworden. Die Haut um sie herum bildete kleine Oasen, mit Fältchen gleich winzigen Kanälen. Er trug einen Zylinderhut aus weichem Stoff und mit breiter Krempe, die Krempe war über der Stirn zurückgeschlagen, und hier guckte ein Federbusch hervor, der berühmte Federbusch, woran in den Schlachten Freund und Feind ihn erkannten.

»Sei gegrüßt!« rief nochmals Burguburu. Kleinlaut fügte er hinzu: »Wie schade, daß ich heute traurig bin ...«

Indes hinderte die Trauer ihn nicht, die Wände entlang zu wandern und vor jedem Bild laut sein Sprüchlein zu sagen.

Ha! Du Psalmensänger und Schürzenjäger! Du Fechtmeister im Stehen und Liegen! Wie verstandest du's, Städte und Provinzen und andre schöne Sachen zu reiten, daß die Funken stoben! Hast uns alle in die Hürde getrieben, du braver Schäferhund, und ein großes Volk aus uns gemacht! Und zwischendurch Frankreich mit Kindern besät, du Schweißfußindianer!

Wie sagt Meister Luther? *Pecca fortiter!* Sündige kräftig! Den Rat hast du befolgt, mein Junge – inmitten hochherziger, entsetzlich frommer, entsetzlich zimperlicher Dunkelmänner, inmitten unsrer geliebten Hugenotten ... Das wundert mich am meisten; wie sie alles schluckten, was von dir kam, zwischen zwei Schlachten, Dünnes und Dickes! Und Dickstes! Mußt sie behext haben, du Fürstenschreck und Frauenwonne, du guter, lieber Kerl!

Du hast niemand gefoltert, du, nicht die Spur warst du grausam in einem grausamen Jahrhundert, du konntest verzeihen, als niemand, nicht einmal die Kirche, vergab. Du hattest den großen Plan, ganz Europa unter deinen Zylinderschlapphut zu bringen, du großer Schlecker und Lecker – und dann Friede mit euch! ... Friede mit uns! Wie schade, daß ich traurig bin, wie würde ich dir sonst mein Herz öffnen, zwischen zwei Schlachten, und dir lobsingen aus der Tiefe der Gedärme, du Knoblauchbock mit Lilienhörnern! ... Aber heute gerade, großer König, heute haben sie mein Leben zerschlagen, mich unmöglich gemacht in Frankreich und Navarra, ich müßte eigentlich fort in die Verbannung, dorthin zurück, woher mein Geschlecht stammt, nach *Mas Alios*, Marseille, dem Haus am Meer, in dem ich längst nichts mehr zu suchen habe. Wie du mich hier siehst, du Rächer der Unschuld, sind wir Burguburus um ein Jahrtausend zurückgeworfen, herabgefallen vom Gipfel eines Jahrtausends, um ein Jahrtausend betrogen! Warum weine ich nicht, warum raufe ich nicht mein Haar? Weil du gelebt hast, du unbändiger Bereiter Frankreichs und Navarras, und ärgere Schläge in den Nacken und sonstwohin erhalten hast, ohne, Gottverdammichnicht, das Nashorn allzu lange hängen zu lassen!

Ich bin heute traurig, und auf dem Bilde da bist du's auch, Haben sie dir deine Gabriele um die Ecke gebracht, zwischen zwei Schlachten? Sie den Bergen zu in die Ferne befördert, von wo keiner zurückkehrt? Heinrich, wir halten zusammen, ob sie heimkehren oder nicht, die verfluchten Weibsstücke! Heinrich, wir beide, wir bleiben fest!

Heinrich, seit heute bin ich ein neuer Mensch – seitdem die Schande über mich hereingebrochen ist, die große Schande, worin ich unter dem Jubel von Ranas-sur-mer und Umgebung ersaufen sollte. Was aber lehrst du mich? Es gibt keine Schande! Es gibt Leid, das süß riecht, und Freude, die stinkt – zwischen zwei Schlachten. Über dich spottete ganz Europa, als du, angeblich ein alter Mann, ein Mann in besten Jahren, ein junger Mann wie ich, über Stock und Stein hinter der fünfzehnjährigen Teufelin Montmorency hersetztest, zwischen zwei Schlachten – und doch wäre dir dieses spottende Europa mit Hallo unter deinen Schlapphut gekrochen, wie Ameisen unter einen gezuckerten Lappen, hätte nicht ein Idiot dir sein Messer in den unermüdlichen Leib gerannt! ...

Es hämmerte an der Haustür.

Burguburu warf sich in einen Sessel Henri IV und lauschte. Er war entschlossen, dem Unheil, wenn es hereingebraust käme, mit überwältigenden Mitteln des Körpers und der Seele zu begegnen, wie immer es beschaffen sein mochte.

Jemand schlich die Treppe herauf, und da so keinesfalls der Tritt des Schicksals klang, wartete er beruhigt, bis es an der Tür klopfte, und rief: »Herein!«

Emma, in weißen Bastschuhen, glitt bis dicht vor seinen Sessel.

»Das Mädchen von nebenan soll den Koffer des gnädigen Fräuleins holen. Darf ich ihn herausgeben?«

Burguburu erteilte großmütig die Erlaubnis.

»Kind, wie ist das herrlich hier«, rief er ihr nach. »Ich habe es nicht geahnt.«

Sie drehte sich in der Tür um und sagte:

»Ich bin gleich wieder da, wenn der Herr Notar erlaubt.«

In seiner Verlegenheit strich er sich rasch über den erglühenden Schädel. »Oh, bitte!« murmelte er.

Sie schien gar nicht mehr wehmütig, vielmehr so, als habe auch sie aus dem Kelch Heinrichs des Fröhlichen getrunken.

Genau gesehn war sie köstlich in ihrer Harmlosigkeit, sie fraß aus der Hand wie ein Kaninchen. Burguburu machte sich das Kaninchen vor, indem er die Lippen rollte und damit schnüffelnd im Innern seiner riesigen Tatze herumfuhr. Dann faltete er die Hände auf dem Bauch und lächelte in den blauen Himmel, durch den ein Flugzeug brummend seines Weges zog ... Er kannte einen großen König, der ein Mädchen wie Emma nicht verschmäht hätte – zwischen zwei Schlachten.

Er wollte aufstehn, um rasch das vorhin übergangene Zimmer zu besichtigen, da klopfte es bereits wieder, und das Kaninchen kam auf flaumigen Pfoten gelaufen.

»Schade, verflixt schade, daß wir heute so traurig sind, Emma!« sagte er, als sie stramm und aufmerksam vor ihm stand.

»Ach, Herr Notar! Denken Sie nur, ich bin schon gar nicht mehr so traurig.« Sie atmete tief. »Und Sie auch nicht, Herr Notar.«

»Doch, Kind, ich doch! Ich zeige es nur nicht.«

Da verkündete Emma mit großer Entschiedenheit, fast herausfordernd:

»Ich habe einen Wunsch!«

Burguburu ergriff mit beiden Händen die Armlehnen des Sessels und sah gespannt zu ihr auf. Er war auf alles gefaßt, und dementsprechend machten die Kugelaugen einen kleinen Satz nach vorn.

»Nämlich?« fragte er mit einem Lächeln, das sich zaghaft aus dem Sarazenenbärtchen herausschlängelte.

»Ich möchte Sie gern ein bißchen putzen. Sie haben etwas im Bart.« Er griff an den Bart, mit einem Ruck stand er auf, überragte sie wie ein Gebirge.

»Auch das noch!« rief er – und sie, einen Schritt zurückprallend:
»Gott, wie groß Sie sind, Herr Notar!«

»Entschuldigen Sie, Emma! Es gehört sich nicht, in solchem Zustand vor einer Dame zu erscheinen.«

»Oh!« sagte Emma. »Die Dame ist weit weg und kommt so bald nicht zurück.« Sie tat einen tiefen Atemzug. »Ich habe auch die Küchentür abgeschlossen.«

In ihrer Einfalt nahm sie den mächtigen Mann ohne weiteres an die Hand und führte ihn in Juliettes Zimmer. Sie öffnete die Tür, als sei dies gar nichts Besonderes, und benahm sich auch weiterhin wie zu Hause. Während sie ihn im Sessel vor dem Toilettentisch Platz nehmen ließ, sagte sie:

»Jetzt ist es an mir, um Entschuldigung zu bitten, Herr Notar. Das Zimmer ist noch nicht aufgeräumt. Ich hatte bisher keine Zeit.«

Im Spiegel des Toilettentisches sah er das ungemachte Bett, er räusperte sich, unter Emmas Augen lief der Schädel blutrot an.

»Aber«, meinte er, »Fräulein Sibylles Zimmer ...«

»Die Arme muß ihr Zimmer selbst aufräumen«, unterbrach sie ihn hastig, »die Witwe besteht darauf. Das gnädige Fräulein soll sich in Demut üben.«

Er wollte ihr die landläufige Bezeichnung für seine Braut schonend verweisen, da arbeitete sie schon mit Juliettes Kamm und Bürste an seinem Bart.

»Einen Augenblick! Bitte, sitzen bleiben!« befahl Emma. Sie eilte in das Badezimmer und brachte ein frisches Handtuch und eine Flasche Kölnisch Wasser, damit wusch sie ihm Gesicht und Hände. Darauf rückte sie mit auffallender Kraft den Sessel, kniete nieder und löste mit zwei Griffen die Halbschuhe von seinen Füßen. Sie schüttelte sie, klopfte sie auf dem Irakteppich aus und machte sich sogleich an das Bürsten der Strümpfe. Sprachlos verfolgte Burguburu die Verwandlung der Köchin Emma in eine gelernte Sklavin des Serails.

Seine Blicke kehrten zu dem Bett zurück, hauptsächlich zu einem dunkelroten Tuch, das sich kräftig von der weißen Wäsche und der blauen Seidendecke abhob. Er suchte zu erraten, was es bedeutete, und entschied sich, weil er ein dunkelrotes Hemd für eine Unmöglichkeit hielt, nach längerem Besinnen für eine Schärpe.

Das Bettgestell war rahmweiß mit hellblauen Streifen an den Kanten, ebenso der eirunde Aufbau, ›Himmel‹ genannt, zwei Putten hielten ihn über das Lager. Ein Besatz aus hellblauen Seidenspitzen rahmte den Betthimmel ein. Emma bürstete fest an den Strümpfen, wobei sie mit der einen Hand seine Wade festhielt, und dieser Handgriff wärmte wie ein Senfpflaster. Burguburu kannte einen großen König ...

»Das beste wäre«, erklärte Emma, »der Herr Notar legte den Anzug ab und ließe ihn mich in der Küche reinigen. Der Herr Notar könnte inzwischen den Schlafrock der gnädigen Frau anziehen.«

Sie trat ans Bett und hob das dunkelrote Tuch auf, das sich nun also als der Schlafrock Juliettes herausstellte.

»Ei, ei«, sagte Emma kichernd mit einem Wink des etwas scheelen Auges. »Ei, ei, Herr Notar – das Hemd hat sie weggeräumt. Es war wohl nicht mehr ganz frisch.«

»Hm!« machte Burguburu. Es sollte abweisend klingen.

Emma sprang zum Fenster, lehnte sich, den Schlafrock über dem Arm, ein wenig hinaus und meldete heuchlerisch:

»Und die Leiter ist auch nicht mehr da ...«

Zu ihrem Schrecken fuhr er sie an: »Schon wieder die Leiter? Ich hab' schon gehört von der Leiter. Was ist das für eine Leiter?«

Statt zu antworten, warf sie ihm den Schlafrock zu: »Reichen Sie mir, bitte, die Kleider hinaus, Herr Notar! Ich warte vor der Tür.«

Er tat, was sie wünschte, hüllte sich, nachdem er ihn von allen Seiten betrachtet und berochen, in den Purpur, verzeichnete für sich, das Ding sei der großen babylonischen Hure würdig, und legte sich auf das Bett unter den hellblauen Himmel.

Hier jedoch erwartete ihn eine neue, beispiellose, eine tolle Überraschung. Als er über sich in die Höhe blickte, sah er sich fast in ganzer Größe im Bett liegen, niedlich eingerahmt vom hellblauen Spitzenbesatz des Ovals, abgeschlossen von der Welt gleich einer Haremsdame – ein unheimlicher Anblick! Der Betthimmel, eirund und von lächelnden Putten getragen, an denen alles ebenfalls rundlich war, bestand aus einem Spiegel. Burguburu sagte es sich vor:

»Ein Spiegel ... Na ja, was denn, ein Spiegel!«, ohne daß die Erklärung ihn zu ernüchtern vermochte, denn dieser Spiegel hob die Erde zu sich empor und versetzte die Menschen unter die Götter.

Als er endlich seine Fassung wiederfand und den einen Notar Burguburu daliegen und den andern Notar Burguburu in der Höhe offenen Mundes anstaunen sah, klappte er das Gebiß zusammen und murmelte:

»Dieser verteufelte Major! Er muß das aus den Kolonien mitgebracht haben …!«

Langsam rückte er sich in eine vorteilhafte Lage zurecht, nickte sich zu, lächelte, machte sich auf jede Weise anziehend und zuversichtlich. Diesmal klopfte Emma gar nicht erst an, sie huschte barfüßig ins Zimmer und flüsterte, indes ihre flinken Hände Burguburus Kleider über einen Stuhl ausbreiteten:

»Ich habe gedacht, vielleicht schläft der Herr Notar, da wollte ich leise sein, um ihn nicht zu wecken.«

»Komm her!« schrie Burguburu und hob die Tatzen. »Ich kenne einen großen König«, knirschte er …

Erst stellte Emma sich, als habe eine Naturgewalt die Überraschte ergriffen und jählings hingerafft, und nun müßte sie, im letzten Augenblick zur Besinnung gekommen, gegen weitere Überschwemmungen des Elements einen Damm errichten. Der Widerstand war von kurzer Dauer, und als Burguburu entdeckte, daß die Antilope sich vorsorglich damit abgefunden hatte, vom Löwen gefressen zu werden, und er dies entzückt mit den Worten feststellte: »Kind, du hast ja nichts mehr an als das bißchen Schürze«, streckte Emma die geringen Waffen, die ihr die Natur mitgegeben, und stürzte sich in die Erfüllung ihres Traumes: auch einmal in dem Himmel mit hellblauem Spitzenbehang zu schwimmen, dessen irdischer Untersatz ihrer Pflege anvertraut war. Burguburu versicherte wiederholt und mit wechselnder Tonstärke, er kenne einen großen König, er fand sich überwältigend in seiner Macht, die er so fröhlich ausübte, und fand den Gegenstand seiner Regierung köstlich in seiner Einfalt … In der ärgsten Bedrängnis fiel es dem Volk nicht bei, den Anstand zu verletzen, Emma entfuhr kein grobes Wort, vielmehr erklomm sie heiß und fromm, wie ihr Atem ging, den Gipfel der Beglückung unter kleinen, harmlosen Rufen: »Oh, Herr Notar!« … »Jawohl, Herr Notar!«, um erst zum Schluß und ganz gegen ihren Willen sich von einem »*Lieber* Herr Notar!« über die Grenzen der guten Sitte hinwegreißen zu lassen und gleichzeitig in die mit hellblauen Seidenspitzen behangene Seligkeit einzugehen. Sie roch nach Pferd und billiger Seife.

Auf die Erde und Juliettes Lagerstatt zurückgekehrt, verlangte Burguburu Auskunft über die Leiter.

Emma berichtete hinterhältig und neckisch – wie man jemand eine Geschichte erzählt, von dem man zu wissen glaubt, daß er sie gerade so gut oder besser kennt. Erst als sie an der ungeheuchelten Bestürzung Burguburus ihren Irrtum erkannte, änderte sie den Ton, wurde ängstlich, ausweichend, er mußte mit strengen Worten in sie dringen, bis sie, in seinen Arm verkrochen, stockend zu Ende erzählte.

»Gottverdammichnicht!« rief er und setzte sich auf, sie kam ihm nachgekrochen, er stieß sie zurück. »Laß gut sein, Kind, es ist zu furchtbar! Stell dir vor, sie treibt mich beinahe in den Selbstmord, und währenddessen läßt sie hier fremde Kerle ein. Ich war es nicht, mein Kind, der bei ihr schlief, ich nicht! Es ist, um den Verstand zu verlieren.«

Emma wollte ihn beruhigen und schwur bei allen Heiligen, es sei heute nacht zum erstenmal geschehn, sie wisse es genau, sie schlafe ja nebenan und höre alles.

»In dieser Nacht«, fuhr er sie an, »in der ich mich zu Tod gequält habe! In einem einsamen Hotelzimmer, einer wahren Grabkammer, die außerdem zwanzig Francs die Nacht kostete – ohne Frühstück … Kind, ich wollte mich töten! Hast du nicht den Revolver in meiner Hosentasche gefunden? Die schrecklichste Nacht meines Lebens – die gerade hat sie sich ausgesucht.«

Aufstöhnend brach er neben Emma zusammen.

Sie warf sich über ihn und versicherte, am ganzen Leibe zitternd, sie habe sehr wohl den Revolver gesehn, ihn auch, damit er nicht losginge, auf den Küchentisch gelegt, bis sie mit der Hose fertig gewesen, es sei eine schreckliche Waffe, aber nun habe er ja seine kleine Freundin im Arm und erfreue sich, dem Himmel sei Dank, seines Lebens. Und sie nannte die Witwe eine hochmütige, undankbare Person, die er am besten davonjage.

Er antwortete nicht, aber in seinen Zügen las Emma einen Ausdruck finsterer Entschlossenheit, den sie zu ihren Gunsten auslegte. Sie bettete den Kopf auf seinen wogenden Bauch und glaubte ihn getröstet, jedenfalls gefestigt. Er wird die andre davonjagen, dachte sie – wenn sie zurückkommt. Und vielleicht kommt sie gar nicht zurück. Emma entsann sich, von der Frau eines Schuhmachers in Ranas gehört zu haben, die ihr Mann geprügelt hatte und die daraufhin spurlos verschwunden war. Mit dem Ausblick auf die vertrauenerweckenden

Füße Burguburus, die am Ende des Lagers wie zwei Weinberghacken aufrecht standen, hing Emma allerhand verlockenden Gedanken nach.

Sie wurde daraus aufgestört durch einen gewaltigen Seufzer Burguburus, dem er die Behauptung folgen ließ, er werde es sich nie verzeihn, heute nacht sein Leben geschont zu haben, denn was Emma ihm jetzt offenbart habe, das sei hundertmal schlimmer als alles Vorhergegangene, schlimmer als der Tod, dies erst sei die wirkliche Katastrophe, der Zusammenbruch, das Ende. Nie würde es ihm gelingen, sich von einem solchen Schlag zu erholen.

Und nun faßte Emma einen Entschluß – den uneigennützigsten ihres Lebens.

Sie gab, erst nur vermutungsweise, darauf mit wachsender Bestimmtheit zu erkennen, daß sie alles nur geträumt habe. Sie schilderte noch einmal den Vorgang, diesmal jedoch ernsthaft, genau, mit ganz neuen Einzelheiten. Emma schlief, wie die Witwe, bei offenem Fenster und herabgelassenem Drahtgitter, wie sie im Süden verwendet werden, um die Schnaken abzuhalten. Für jemand, der sich nicht auskannte, war es gar nicht leicht, das Gitter hochzuschieben, er mußte es zerschneiden, um ins Zimmer zu gelangen. Das Gitter war aber unbeschädigt, wie der Herr Notar sich überzeugen konnte ... Emma, die einen leichten Schlaf hatte, erwachte, als der Kater Marius in ihr Zimmer sprang. Er besuchte sie oft, er verbrachte gern einen Teil der Nacht beim gnädigen Fräulein, den andern bei ihr. Im Park lief wieder einmal der Wasserturm über, es war ein Geräusch, wie wenn Fett ausgelassen würde und die Flüssigkeit auf die heiße Ofenplatte spritzte. Angenommen, es wäre wirklich jemand zu der gnädigen Frau eingestiegen – Emma hätte es bei dem Lärm gar nicht gehört! Was sie hörte, war das Geräusch des Wassers im Wald, und daraus war dann, als sie wieder einschlief, der Traum von dem Einbrecher geworden ...

»Aber du hast sie doch schreien gehört«, erinnerte sie Burguburu.

»Einen einzigen Schrei – und dann nichts mehr«, sagte sie eifrig.

»Und dann nichts *Unfreundliches* mehr, hast du gesagt.«

»Im Traum, Herr Notar! Es geschah doch alles nur im Traum.«

Burguburu lag da, ausgestreckt, mit geschlossenen Augen. Er wußte nicht, sollte er ihr dankbar glauben oder die Lügnerin entrüstet hinauswerfen ... Er dachte jetzt geringer vom Volk, das ebenso geläufig log, wie es die Wahrheit sagte ... Er horchte in sich hinein, um dort die Stimme der Wahrheit zu vernehmen, fand aber nur, daß es sowohl für ihn wie für Juliette vorteilhaft wäre, wenn er die Traumerklärung annähme, wenigstens vorläufig. Später, in den vertraulichen Auseinandersetzungen mit der Witwe, würde es sich zeigen, was der ›Einbruch‹ als Waffe und Druckmittel wert sei ... Vor allem mußte Emma auf ihren Traum festgelegt werden. Nötigenfalls lag es an ihr, Juliettes Ruf in Ranas-sur-mer mit Hilfe ihres – angeblichen oder wirklichen – Traumes zu retten und ihn selbst vom Fluch der Lächerlichkeit zu befreien. Zwar war auch Heinrich IV. ausgiebig gehörnt worden, doch geschah dies zu einer Zeit, da sogar Kirchenfürsten es nicht unter ihrer Würde hielten, sich öffentlich im Schmuck ihrer Hörner zu zeigen, und ein Konklave einer Sammlung von Hirschgeweihen glich. Lauernd fragte er:

»Ja, aber – und die Leiter? Der Anstreicher hat sie mit eigenen Augen gesehn.«

Die Leiter? Natürlich hatte der Anstreicher sie gesehen. Warum auch nicht? Sie stand ja am Fenster! Es war eine Leiter vom Neubau, von denselben Spaßvögeln aufgestellt, die auch die Flaggenmasten am Gartentor errichtet hatten ...

»Ich glaube dir, Kind«, sagte er nach kurzem Besinnen und nahm ihren Kopf zwischen die mächtigen Hände. »Wenn ich dich so ansehe – die Wahrheit steht dir auf der Stirn geschrieben.«

Er küßte sie väterlich dorthin, wo die Wahrheit geschrieben stand, und sie umschlang ihn, und dabei blickte sie zum erstenmal bewußt über sich in den Spiegel, unterschied aber nur undeutliche Formen.

»Ach«, sagte sie und sprang auf, »die Hauptsache haben wir vergessen.« Sie knipste ein Licht an, und als sie sich wieder an ihn warf, sah sie sich und den Notar und alles um sie herum oben im Himmel – wie ihr schien, ein wenig verkleinert, aber sehr deutlich. Der Notar und sie lagen wie in einem Osterei. Der blauseidene Spitzenbehang schaukelte noch von ihren Sprüngen. Während sie sich im Spiegel beobachtete, drängte sie sich dichter an ihn heran und küßte ihn leidenschaftlich hinter das Ohr. Es kränkte ihre Scham, daß er nur halb entkleidet war, sie dagegen ganz.

Als Antwort auf ihre Zärtlichkeit tätschelte er mit seiner Pranke ihren Leib, wie man einen braven Hund klopft:

»Kind«, seufzte er, »ich bin müde. Ich würde ganz gern ein bißchen nicken«, und dabei sah er zerstreut über sich in den Himmel, als ob das, was er dort sah, ihn nicht das geringste anginge.

»Ja, schlafen Sie, Herr Notar. Sie haben es verdient nach der bösen Nacht – in der Grabkammer zu zwanzig Francs. Ich helfe Ihnen.« Sie begann ihn mit fleißigen Händen zu entkleiden, hüpfte aus dem Bett, schloß die Läden, schwebte heran, schlüpfte zu ihm unter die Decke. Und während sie leise und eindringlich »Schlafen, Herr Notar, schlafen!« sang, liebkoste ihn ihr sehniger, biegsamer Körper so lange, bis unter dem Wiegenlied zugleich mit der Erinnerung an einen großen König in Burguburu der Löwe erwachte und Emma die erträumte Himmelfahrt diesmal übersichtlich erlebte …

Emma war im Begriff einzuschlafen, als er sie schüttelte und ihr mit dumpfer Stimme mitteilte:

»Kind, Sie wissen nicht, was Liebe ist.«

Emma schnellte empor, strich sich das Haar aus dem Gesicht, sah ihn mit geweiteten Augen an, und während sie wie abwehrend die Hände faltete, schluchzte sie auf:

»Und was war denn das vorhin – was wir gemacht haben?«

»Schmerz«, antwortete er. »Wilder Schmerz!«

Vor Staunen hörte sie auf zu weinen, sie schluckte noch ein paarmal und blieb dann, wie abwesend, neben ihm sitzen.

Er schloß die Augen und sagte:

»Ich liebe Juliette!« Darauf wartete er, daß ihm das betrogene Volk ins Gesicht schlage.

Als er die Augen öffnete, weil ihr Schweigen ihn über die Erwartungen körperlicher Züchtigung hinaus beunruhigte, erklärte Emma:

»Nein, Herr Notar, Schmerz war es nicht. Sie irren sich. Aber ich weiß, wie Sie's meinen.«

Mit ihrem Schürzenkleid in der Hand verließ sie das Zimmer. Gleich danach hörte er sie nebenan fassungslos weinen.

Es rührte ihn. Schade, dachte er, gerade heute, wo ich ohnehin traurig bin … Sie hätte ihn lieber schlagen sollen! Dann wären sie halbwegs quitt gewesen …

Er griff hinter sich und löschte das Bettlicht.

Er schlief ein.

Die Jahreszeiten wechseln leise in der Nacht. Du siehst sie, du hörst sie nicht kommen. Eines Morgens wachst du auf und hast einen neuen Schatz.

Entbehrungen und Geständnisse

Die Tugend nährt sich vom Laster.

Burguburus Fehltritt mit Emma erhob den Verzweifelten in den Stand der Gnade, so daß er seine Zugehörigkeit zu Juliette, nachdem er sie als sein Schicksal erkannt hatte, feurig bejahte und sich bereitstellte, alles zu erdulden, sogar gewisse materielle Opfer, um sich mit der Geliebten zu verbinden, wie das Gesetz es befahl. Unordnung widerte ihn an. Er kannte einen großen König, dem es auch nicht geschadet hätte, sich etwas besser im Zeug zu halten ... Der Freidenker Burguburu hatte das *Gesetz* entdeckt.

Was man leichthin Sitte und Anstand nannte, als handele es sich um willkürliche und rein äußerliche Abmachungen, über die eine eigenwertige Persönlichkeit sich mit Recht, ja mit sittlichem Gewinn hinwegsetzen durfte, stellte im Gegenteil die Summe der Erfahrungen von Geschlechtern dar, den Kampf einer Elite gegen die Barbarei der Masse, den Sieg der Gesittung über das Chaos.

Im Grunde hatte der Notar nie daran gezweifelt, obwohl er durch die Wirrungen der letzten Monate um ein Haar zum Rebellen und in der weiteren Folge zum Opfer seiner Empörung geworden wäre. Juliette schien ihm gerade darin, was die allgemeine, daher zu Bequemlichkeit neigende, feige Anschauung verletzte, nämlich in ihrem übertriebenen, das hieß soviel wie heroischen Festhalten an Sitte und Anstand als das Symbol der ›Satzung‹ schlechthin, als das gewappnete Sinnbild des ›Gesetzes‹, und was er unter vertraulicheren Umständen an Kränkungen (hauptsächlich seiner Eigenliebe) erfahren mußte, das waren folgerichtig nur die kleinen Ausläufer einer großen Gesinnung. Und nun zeigte sich, unter anderm an einem ihr aufgedrängten Bettspiegel, diesem Gleichnis orientalischer Ausschweifung, wie schwer ihr im eigenen Hause und bis in den verschwiegensten Winkel ihre Haltung gemacht worden war. Burguburu wünschte den Frieden, an ihr lag es, die Bedingungen festzusetzen, an ihm, sie dankbar aus ihrer Hand entgegenzunehmen. Emma sollte mit vielen guten Worten ein kleines Schweigegeld erhalten ... Übrigens weinte sie nicht mehr. Sie war aus ihrem Zimmer geschlichen, er hörte, wie sich unter ihm in der Küche ihre fleißigen Hände rührten ... So weit war Burguburu in seinen Erwägungen gelangt, als es an der Haustür klopfte. Eine halbe Minute später stand Juliette neben ihm.

Er stellte sich schlafend. Eine große Angst war in ihn gefahren, die er anders nicht zu halten vermochte.

In dem spärlichen Licht, das durch die Schlitze der Fensterläden drang, hatte er für einen Augenblick ihr blasses, merkwürdigerweise nicht ihm, sondern der Tür zugewandtes Gesicht gesehn. Sie schien zu lauschen – wahrscheinlich, um herauszubekommen, ob er ehrlich schlafe. Trotzdem es ihm schwer fiel, brachte er seine Atemzüge auf ein Maß, das er für das gesetzmäßige eines Schläfers hielt.

Er vernahm, wie sie leise zur Tür ging und nach einem weiteren Stillstand plötzlich die Tür aufriß. Dann im Flur eine Ohrfeige, der ein widerliches Aufschreien Emmas folgte. Gleich darauf war Juliette wieder im Zimmer. Während sie die Tür abschloß, sagte sie:

»Natürlich hat das Ferkel gehorcht.«

Es war ihre gewohnte, sanfte Stimme.

Burguburu blieb still, aber es gelang ihm nicht mehr, den mutmaßlichen Atemzug eines ehrlichen Schläfers, unter dem seine Lippen zitterten, festzuhalten, das ganze Pumpwerk stockte, und nun konnte er überhaupt nicht mehr atmen. Dieser Zustand dauerte eine Ewigkeit. Ein Rascheln und Gleiten im Zimmer veranlaßte ihn, vorsichtig ein Augenlid zu heben. Er schloß es entsetzt, denn was er flüchtig wahrnahm, steigerte seine Mutlosigkeit derart, daß ihm der Schweiß ausbrach und nach weiteren Sekunden des Ringens ein Stöhnen seine endgültige Niederlage anzeigte. Die Witwe Bosca war im Begriff, sich zu entkleiden ...

Glücklicherweise ließ sie ihn jetzt allein.

Im Badezimmer lärmte das Wasser, brutal, als würgte es mit einem Griff die gütige Stille ab, darauf plätscherte es anzüglich und fügte noch zur Drohung den Spott, er hörte die Frau auf bloßen Füßen hin und her gehen, nach Pausen voller Gefahren setzte das Rumoren von neuem ein – Burguburu dachte an die Toilette eines Athleten vor seinem Auftreten.

Endlich kam sie, und es war ihm lieber so, als daß sie die Wartezeit noch länger ausdehnte, alles war ihm recht, sofern nur die Ungewißheit ein Ende nahm.

Sie kam in einem hellblauen Hemd und duftete wie ein Treibhaus voll Hyazinthen. Das lange, schwarze Haar hing über die Schultern.

Ihr Gesicht war frisch geschminkt. Langsam neigte sich das Gesicht über ihn, erschreckend in seiner Röte und Blässe, und er fühlte den Blick ihrer Augen, einen Blick aus einer exotischen Maske, wie eine Wunde in seinem Fleisch. Dennoch waren es die Augen, aus denen er Mut schöpfte, denn was sie so schmerzhaft machte, ihr Ausdruck glühender Verzweiflung, nahm ihnen wiederum viel von ihrer Gefährlichkeit. Mit dem Instinkt eines in die Enge getriebenen Tieres witterte er ihre Schwäche. Sie, die so stark und entschlossen auftrat, erwartete alles von seiner Nachgiebigkeit. Sie kam in vollem Kriegsschmuck, um sich um so wirkungsvoller für besiegt zu erklären. Ihre Leidenschaftlichkeit bildete ihr letztes Treffen, und sie griff an, um seine Verzeihung zu erwirken.

Sobald er einsah, daß sie ihn nicht unbedingt, in alles niederwerfender Leidenschaft, für eine Sache anfordern werde, der er sich im Augenblick nicht gewachsen fühlte, kehrten Burguburus Seelenkräfte mächtig zurück. Mit einer wahren Entdeckerfreude verfolgte er den Ausbruch ihrer Gefühle, der an Heftigkeit, Farbigkeit und Abwechslung alles überbot, was er bis in die jüngste Vergangenheit erlebt hatte. Die Erinnerung an Emma verschwand wie ein Kaninchen im Rachen eines bengalischen Tigers. Unangreifbar, wie er war, ließ er sich auf besondere Art zu den Göttern erheben und verwandelte sich gleichsam in einen vernunftbegabten Bettspiegel. Er wurde weise wie einer, der alles Menschliche versteht, und mild wie ein Engel, der einen Teufel sich vergeblich abrackern sieht.

Darüber beachtete er aber auch, was er die ›materielle Seite‹ einer Angelegenheit zu nennen pflegte, und unterwarf eine gewisse, bereits großmütig abgeschlossene Rechnung einer Nachprüfung zu seinen Gunsten. Vom Aussetzen eines Nadelgeldes konnte nicht mehr die Rede sein angesichts der aufrichtigen Selbstvorwürfe der Witwe, die wie eine Sultanin in seinen Armen glühte – nur noch von Gütergemeinschaft unter ausschließlicher Verwaltung des Mannes ... Und um dies und einiges andre der Art mit aller Klarheit festzusetzen, solange Juliettes gerechte und billige Beurteilung der Lage anhielt, fing er ihre Hände ein und verwahrte sie mit kräftigem Druck in seinen Pranken. Und das peinigende Feuer, das sie über ihn breitete, zerfiel in Asche.

Sie sagte: »Marius! ... Marius! ... Du wirst doch nicht einer anständigen Frau die Schande antun, ihre Glut zu verschmähen, du Ungeheuer!«

»Höre, Geliebte«, sprach Marius, und er küßte sie auf verschiedene Stellen, nur nicht auf den grimmig suchenden Mund. »Auch ich bin seit heute früh, wo die große Schande über mich kam, ein neuer Mensch ... Du sagst, du hättest gefürchtet, mich auf ewig verloren zu haben ... Wisse, daß sich hier im Zimmer der Revolver befindet, mit dem ich heute nacht einem sinnlos gewordenen Leben ein Ende setzen wollte! ... Während wir uns zu fliehen meinten, haben wir endlich zu uns gefunden und liegen uns im Arm wie ein junges Liebespaar, glühend und selbstvergessen. Du bist aber eine Dame, Juliette! Und ich bin ein Herr ... Wir gehören nicht zu den niedlichen Hündchen, die tun, was die Jahreszeit ihnen eingibt. Ich bin mir bewußt, daß ich in diesem Sinne spreche, und wenn du in Verzweiflung und plötzlich entfesselter Liebe glaubtest, dich über gewisse Schranken hinwegsetzen zu müssen, um wieder gutzumachen, was wir in kleinmütiger Ängstlichkeit verschuldeten, so beweist dies ein Temperament und eine Gesinnung, wie wir sie bei den besten unsrer Rasse, bei großen Königen und niedlichen Witwen, feststellen können. Juliette! Wie ich selbst mich jetzt mit aller Seelenkraft bezwinge, so bitte ich dich – um das gleiche. Steh auf! Erwarte mich in deinem herrlichen, goldgelben Zimmer. Ich folge dir – in einer Minute.«

Mit einem Ruck befreite Juliette ihre Hände und legte sie wie ein Joch um seinen Hals.

»Marius, du sprichst gut«, flüsterte sie, »aber, bei allen Heiligen, du hast nicht die geringste Ahnung, was Liebe ist.«

»Steh auf!« donnerte Marius.

»Stein«, schrie sie. »Ich lasse dich nicht, es sei denn, du segnetest mich.«

»Segnen muß dich der ehrenwerte Doktor Blanc! Er ist Standesbeamter.«

Sie zog die Arme um seinen Hals fester an: »Schwörst du? Heute noch? Wir sind längst aufgeboten. Du wolltest nur nicht.«

»Nein, du wolltest nicht.«

»Heute, Marius!«

»Heute? Unmöglich! Bitte, drücke nicht so. Morgen.«

»Gut, morgen! Schwöre –, bis der Tod einen von uns erlöst!«

»Geh zum Teufel!« brüllte er. »Du erstickst mich. Sofort aus dem Bett!«

Es half nichts, ihre Arme waren aus Eisen, er mußte in aller Form schwören, dann erst ließ sie ihn frei. Nachdem er sie noch mit Mühe gehindert hatte, ihn unter einer Sturmflut von Küssen zu zertrümmern, lief sie mit dem roten Schlafrock in der Hand davon. Den Schlafrock hatte sie zu seiner Verwunderung unter dem Bett hervorgezogen. Dorthin mußte ihn Emma mit einem Fußtritt befördert haben.

Dann saßen sie einander unter den Bildern Heinrichs IV. gegenüber, in vollem Sonnenlicht, das sie gelegentlich ein wenig blendete, so daß ihre Blicke sich ungezwungen ausweichen konnten. Er trug sein frischgebürstetes Pilgerkleid, nur die Schuhe fehlten – die waren in der Küche geblieben. Seine Haltung verriet gediegene, unternehmungslustige Bürgerlichkeit. Juliette thronte purpurglühend in aufgelösten Haaren, halb große babylonische Hure, halb Magdalena, von Reue und selbstloser Liebe verschönt, und dann zeigte sich, daß Juliette das schnöde Geld, als von ihm die Rede war, gleichgültig übersah und lediglich auf Einzelheiten der bevorstehenden Eheschließung zielte.

Die Zeugen der feierlichen Handlung wurden festgesetzt, für Juliette der Posthalter Plaisir, für Burguburu ein Kollege und Mitglied der Touloner Akademie, ein hervorragender Kenner altprovenzalischen Eßgeschirrs.

»Morgen früh elf Uhr im Rathaus«, schloß Burguburu.

»Anschließend die Kirche«, sagte sie mit scheinbar größter Selbstverständlichkeit.

Er blieb höflich, aber bestimmt.

»Verehrte Juliette, meine Stellung in der Welt verbietet mir Extravaganzen. Mein Kollege von der Akademie würde sich niemals zu einer so abergläubischen Handlung hergeben. Ich bitte Sie, auf diese Förmlichkeit zu verzichten.«

Nach einer Pause, er beschattete die Augen mit der Hand, blickte sie forschend an, erklärte Juliette:

»Dann werden wir also in wilder Ehe leben ... Für die Kirche ist das eine wilde Ehe.«

Lächelnd verbarg er sich in einem Sonnenstrahl und schoß aus dem goldgelben Hinterhalt den Pfeil ab:

»Gnädige Frau, ich glaube über Beweise zu verfügen, daß die Wildheit der Ehe ihre Schrecken für Sie verloren hat.«

»Es ist ein Unterschied, Herr Notar«, erwiderte sie, »eine Sünde zu begehn und im Dauerzustand der Sünde zu leben. Sie werden mir erlauben, mit unserm guten Pfarrer Rücksprache zu nehmen.«

»Tun Sie das, verehrte Juliette! Ich verurteile jeden Gewissenszwang … Morgen früh elf Uhr also das Rathaus, anschließend ein kleines Essen mit den Herrn Zeugen in den *Dreizehn Feinschmeckern*, dann die Hochzeitsreise. Wohin?«

»Nach Korsika«, bestimmte sie. »Ich habe ein Gelübde getan, nicht zu sterben, bevor ich die Heimat *seiner* Väter gesehn habe.«

»In diesem Fall, liebe Juliette«, erklärte er aus seiner Goldwolke heraus, »dürfen Sie auf ein langes Leben hoffen. Ich habe kein übertrieben großes Interesse für *seine* Väter … Vorläufig gehn wir nach Porquerolles. Das ist näher und billiger und auch eine ganz hübsche Insel … Wenn Sie aber unbedingt Wert darauf legen, den Vorfahren Ihres Gatten eine Huldigung zu erweisen, so schlage ich Ihnen Marseille vor. Dort stammt die Familie her, deren Namen Sie in Zukunft tragen werden.«

»Ja, Marius«, sagte sie sanft, »gewiß. Nur würde ich angesichts der vorgeschrittenen Jahreszeit einen ländlichen Aufenthalt vorziehen. Man hat mir gesagt, Marseille stinke um die Zeit wie die Pest.«

Burguburus Gesicht trat grinsend aus der Sonne hervor.

»Eine Verleumdung, Liebling, von der ich annehmen will: sie ist nicht auf *Ihrem* Gartenbeet gewachsen. Marseille hat seit zweitausend Jahren aufgehört, schlecht zu riechen, genau gesagt, seit dem Konsul Marius.«

Sie betrachtete herausfordernd seinen Schädel, der wie eine umgedrehte Salatschüssel glänzte, und meinte, er als Geschichtschreiber der Provence müsse Bescheid wissen, womit freilich noch nichts über die Zuverlässigkeit seines Geruchssinnes gesagt sei. Und nun stelle sie die Frage, was sie morgen anziehen sollte.

Dabei zeigte sich, daß sie kein einziges helles Kleidungsstück besaß, und bereits sah Burguburu stirnrunzelnd die Braut als Grabengel in die wilde Ehe treten, als sie ihn unter Anführung der nötigen Maße freimütig bat, in Toulon ein ›Kleidchen‹ für sie anzuschaffen, wie es ihm gerade gefalle.

»Gottverdammichnicht!« rief er aus. »Ihr Vertrauen ehrt mich nicht bloß, ich nenne das eine Liebeserklärung!«

Er ließ sich auf das Knie nieder, legte den Kopf in ihren Schoß. Alles andre, fuhr sie fort und strich ihm mit den Fingerspitzen über den Schädel, alles weitere sollte auf der Hochzeitsreise besorgt werden – gleichfalls nach seinem guten Willen und Geschmack. Sie nahm an, Porquerolles verfüge über erstklassige Modehäuser ...

Über die gleichen wie Korsika, behauptete er vergnügt und kam auf die Füße mit einem Schwung, der ernste Ansprüche auf Jugendlichkeit anmeldete. Und dann machte er, unter dem Vorwand, sich seiner inzwischen gereinigten Schuhe zu versichern, den Versuch, die Angelegenheit mit Emma vertraulich und rasch ins reine zu bringen. Das Wagnis scheiterte am Einspruch Juliettes, die das Betreten der Küche durch den Notar, und gar noch in Strümpfen, anstößig fand. Sofort kam er auf die Leiter zu sprechen.

Er sah Juliette dabei nicht an, so wenig wie sie ihn angesehn hatte, als er zu Beginn der Unterhaltung schilderte, wie er nach dem Lauf über die Weinäcker und dem Zusammenbruch bei der Pinie unter Emmas freundlicher und selbstloser Obhut zu Tod erschöpft in Juliettes Bett eingeschlafen war.

Die Leitergeschichte erzählte Burguburu sowohl in der ersten wie in der zweiten, verbesserten Fassung, und er ließ keinen Zweifel, daß er diese für die einzig richtige hielt. Aber Juliette verwarf die Traumdeutung und bekannte sich zum Einbruch!

»Ich habe keine Leiter gesehn«, sagte sie. »Da indes verschiedene glaubwürdige Leute behaupten, sie mit eigenen Augen gesehn zu haben, hielte ich es für ungeschickt, die Leiter beiseite zu schieben. Natürlich haben sie die gleichen Burschen hingestellt, die auch am Gartentor gewirkt haben. Warum? Aus Hohn – um zu zeigen, daß niemand gewillt sei, da einzusteigen, obwohl man es Jung und Alt mit der Leiter bequem mache, ein so widerwärtiges Frauenzimmer hause am Ende der Leiter! ... Sie sollen sich getäuscht haben, die Burschen! Wir stehlen ihnen die Leiter mitsamt ihrem Spaß. Passen Sie auf, Marius! Die Leiter haben *Sie* vom Neubau geholt. *Sie* sind zu mir eingestiegen – Romeo zu Juliette. Ruhig, Herr Notar! Man wird uns bewundern, wie man Romeo und Julia bewundert ... Und, merken Sie sich das, Marius: es war nicht das erstemal, daß Sie mit Rücksicht auf die Köchin diesen Weg wählten! Leider haben wir uns an dem Morgen verschlafen, so daß die Leiter stehnblieb und gesehn wurde ... So, ihr Jüngelchen! Ihr seid zu spät gekommen mit euerm bäuerischen Polterabendspaß! Nun lacht, ihr da unten in Ranas-sur-mer! Lacht nur, wir lachen mit! Haha! Hahaha!« Sie lachte laut und ausdauernd, ohne ihn seiner mißtrauischen Nachdenklichkeit entreißen zu können.

Da gab Juliette ihm von oben herab zu verstehn, er brauche sich nicht erst lange zu bedenken, als Verbreiter phantastischer Nachrichten sei er gut eingeführt, und diesmal werde man ihm sogar glauben – ein Rausch von Gläubigkeit werde über die Ranasser kommen, denn so eine Schmutzerei, die passe ihnen, nichts glaubten die Leute lieber.

Die Zwanglosigkeit in Ton und Inhalt ihrer Worte ärgerte ihn, mehr noch ärgerte ihn ihre wiedergefundene Überlegenheit. Außerdem entsann er sich anderer Worte, die von der Schande einer anständigen Frau handelten, ihre Glut verschmäht zu sehn, und so fragte er beleidigt:

»Sie muten mir zu, Juliette, mich öffentlich einer Sache zu beschuldigen, die Sie selbst eine Schmutzerei nennen?«

Ihre Antwort war noch viel beleidigender als die gerügte Zumutung.

»Welch ein Unsinn, Marius!« sagte sie sanft. »Sie haben sie ja gar nicht begangen! Sie wären gar nicht im Stand gewesen, sie zu begehn! Wenigstens kann ich mir nicht vorstellen, wie Herr Notar Burguburu eine wacklige Leiter hochklettert und, auf die Gefahr hin, sich das Genick zu brechen, wie ein Seeräuber zu seinem Schätzlein einsteigt. Da muß ich ja lachen! Aber geben Sie acht, Marius! Gerade weil es die Unwahrscheinlichkeit selbst ist, werden es die Leute glauben – einfach, weil schon die Vorstellung, wie Sie Ihr Bäuchlein da hinaufschieben, so unendlich komisch wirkt. Übrigens sehe ich in dieser Leiter die einzige Möglichkeit, unsre Ehre zu retten – und nebenbei die Leute zum Lachen zu bringen. Seien Sie kein Frosch, Marius! Das ist ja großartig ... Hahaha! Hahaha!«

Lachend durchschritt sie das Zimmer und drückte auf die Klingel, und als Emma verschüchtert eintrat, befahl sie ihr, die inzwischen wohl gründlichst gereinigten Schuhe des Herrn Notars zu bringen, wobei sie, den roten Schlafrock um die Hüften gerafft, hoch aufgerichtet auf das Mädchen herabsah. Und so erfuhr Emma, daß der verlorene Liebhaber auch ihr Herr nicht mehr war. Lautlos verschwand sie aus dem Zimmer.

Juliette schwebte zu Burguburu und küßte ihn auf den Schädel.

»Ich ziehe mich jetzt an, Marius, mein Liebling. Wenn das Mädchen die Schuhe bringt, sprechen Sie, bitte, das Nötige mit ihr ... Lassen Sie die Tür zum Flur auf. Das schickt sich so.«

Sie ging, und bald darauf erschien Emma.

Burguburu hielt die Tür fest, die Emma schließen wollte, da kniete sie auf der Schwelle nieder und zog ihm die Schuhe an. Gerührt von der Großmut des Volkes, atmete er den sauberen Geruch ein, der ihrem Nacken entstieg, und machte ihr ein Zeichen. Sie traten ins Zimmer, er schloß vorsichtig die Tür. Dann umarmte er sie, flüsterte: »Lebewohl, mein Engel, lebewohl!« und drückte sie in den Sessel, in dem Juliette gesessen hatte.

Er erklärte ihr alles: die Leiter, die niemand anders als er selbst benützt habe, und daß die gnädige Frau und er längst heimlich getraut seien, dies jedoch aus bestimmten Gründen bisher geheimgehalten hätten, er erklärte ihr die Wirkungen des Frühlings und das Verführerische eines einfältigen, schönen Mädchens nach einer Schreckensnacht, die bevorstehende Hochzeitsreise und baldige Rückkehr und auch, warum Emma sich inzwischen eine neue Stelle suchen müsse.

Sie begann leise vor sich hinzuweinen, weil sie »alles, alles verstand«, und als er zum Schluß die Brieftasche zog, flehte sie mit erhobenen Händen: »Nicht, o bitte, nicht«, griff mit beiden Händen nach seiner erdroten Tatze, küßte sie und floh aus dem Zimmer.

Die Tür blieb offen.

Aus der gelben Stube fiel ein Sonnenstrahl bis in den Flur. Auf dieser Triumphstraße hielt Juliette, im Witwengewand, zwei karminrote Inselchen im weißgepuderten Gesicht, ihren Einzug, und Burguburu, der auf der Terrasse auf und ab ging, machte halt und schüttelte mißmutig den Kopf. In königlicher Haltung trat sie auf ihn zu und sagte: »Verzeihen Sie, Marius! Es ist das letztemal, daß Sie mich in diesem Kleide sehen.«

Sie blickte an ihm vorbei auf die hellblaue See, die unter dem Mistral schäumte. Zu Burguburus Ärger und heimlichem Entzücken war es der alte Blick in die Ferne, wo das Paradies lag oder ein andrer Ort unsäglicher Wonnen. Es war auch wieder das Lächeln der Seligen, mehr geahnt als wahrgenommen, unfaßbar und deshalb doppelt berückend, wie ein inneres Leuchten verklärte es langsam ihre Züge ...

Immerhin konnte Burguburu, als er ihrem Blicke folgend sich umdrehte, zum erstenmal etwas in der Ferne entdecken. »Ja«, sagte er,

»eine Torpedobootflottille. Sie verläßt in Gefechtslinie unsere Bucht.«
Sie nickte, und ihr Lächeln trat gleichsam über die Ufer und überschwemmte ihr Gesicht. Ihre Haltung bekam etwas Erweichtes, Hingegebenes. Verständnislos starrte Burguburu sie an ...

Sibylle saß neben Paul, die eine Hand hielt das Steuer, die andre lag auf ihrer Schulter.

Sie fuhren gemächlich durch den frühen Abend, Sibylle fühlte sich neu geboren, der Professor in Marseille hatte ihr versichert, ihre Lunge wäre völlig ausgeheilt, auf der Röntgenplatte könnte man kaum die Narben erkennen ...

Engel! – Engel der Verkündigung, mit einem Heiligenschein um das Haupt, mit der Lilie der ersten Unschuld in der Hand, sind die Ärzte, wenn sie die Botschaft der Gesundung über dir aussprechen. Selbst Männer, in der Krankheit zu Kindern geworden, spüren das Verlangen, sie zu umarmen, vor ihnen in die Knie zu sinken – was erst mag ein Mädchen empfinden, das leben *muß*, weil es liebt, wenn es die Worte vernimmt: Bei Gott ist kein Ding unmöglich, steh auf, ich verkünde dir das Wunder, du wirst leben!

Paul und Sibylle waren lachend über den Ginestepaß gefahren, den sie am Morgen bei der Hinfahrt ein böses Mondgebirge schalten, weil der unfruchtbare, blendendweiße Kalkstein, der weder Menschen noch Tiere leben läßt, einem gestorbenen Planeten anzugehören schien – wohingegen sie bei der Rückfahrt ein wildes Kaninchen über die Straße springen sahen und, als sie ihm nachblickten, in einer Talmulde einen Bauernhof entdeckten.

Er war von kleinen Äckern umgeben, auf denen Wein und Hafer und Oliven gediehen. Die Bewohner blieben unsichtbar, und der Hofhund fühlte sich so einsam, daß er trotz der Entfernung freudig die Gelegenheit wahrnahm, Paul und Sibylle anzubellen.

Die seltsamen Bildungen des Gesteins, kauernde, aufrechte, fliehende Formen, meist zu Gruppen versammelt, am Morgen fratzenhafte Geschöpfe einer andern Welt, die die vorbeieilenden Fremdlinge verhöhnten, wurden jetzt von Sibylle als Figuren eines überlebensgroßen Naturtheaters angesprochen. Sie legte ihnen auch gleich die menschenfreundlichsten Texte unter. Und als nun hinter Cassis jene freie, edelgeformte Felsspitze auftauchte, die von der Bevölkerung *la couronne de Charlemagne*, die Krone Karls des Großen, genannt wird, erhob sich Sibylle ein wenig im Wagen und neigte das Haupt, mit der lachend ausgesprochenen Absicht, die schönste aller Kronen in Empfang zu nehmen.

Von Cassis an (einer Handvoll alter Häuser, auf die von den Höhen neue Villen herabguckten wie wohlhabende Theaterbesucher auf ein Schauspiel der Armut) waren sie dann viel beschäftigt, weil hier das ›Land der Freunde‹ begann, deren mehr oder minder versteckte Häuser von weitem gegrüßt werden mußten.

»Komisch«, meinte Sibylle, »alle Freunde Ihrer Mutter sind Einsiedler. Jeder wohnt mindestens zwei Stunden Wegs vom andern entfernt.«

»Nur einsame Menschen sind gut«, wiederholte Paul ein Wort seiner Mutter.

»Gut?« fragte Sibylle. »Weiß ich nicht. Aber vielleicht glücklich.«

Paul zuckte ungeduldig die Achsel – ›Glück‹ war ein Wort, das er verabscheuen gelernt hatte. Seitdem Sibylle im Haus *Rosmarin* wohnte, war es zu einem Spielzeug geworden, nach dem sie dauernd suchte. Die meiste Zeit blieb es unauffindbar. Manchmal behauptete sie, es gefunden zu haben, dann ging es gleich wieder verloren. Sie quälte sich und andre.

»Lassen Sie das, ich bitte Sie, Sibylle«, und dabei drückte er auf den Gashebel, daß der Wagen einen Sprung machte wie ein geprügelter Esel. »Wie oft soll ich es Ihnen sagen, das Glück ist kein Teufel, der kommt, wenn man ihn an die Wand malt, im Gegenteil, gerade dann kommt es nicht.«

»Aber man soll sich doch bereit halten«, meinte sie kleinlaut.

»Innerlich, mein Kind! ... Es ist geradezu verboten, davon zu reden! In den Boden verkriecht es sich, wenn Sie von ihm sprechen, um so tiefer, je lauter Sie es beschwatzen, es ist ein Tier, das keine Ansprache verträgt, die Natur hat es so geschaffen ... Mir brauchen Sie ja nicht zu glauben. Aber meine Mutter sagt dasselbe.«

»Abgemacht«, sagte Sibylle nach kurzer Gewissensforschung. »Es soll das letztemal gewesen sein. Ich will's mal mit Schweigen versuchen.«

»Am besten, Sie denken überhaupt nicht daran. Tun Sie, als ob es nicht auf der Welt wäre, weder als Freund noch als Feind – überhaupt nicht.«

Sibylle ging nochmals in sich. Nach einer Minute tauchte sie auf und meldete, was sie in der Tiefe gefunden hatte.

»Mein Lieber, das ist völliger Unsinn! Die Heiligen selbst denken an nichts andres.«

Paul schwieg verblüfft. Nach allem, was er von Heiligen wußte, war gegen die Behauptung Sibylles nichts einzuwenden, sie war schlagend. Freilich, an Heilige hatte er bisher nicht gedacht, sie lagen außerhalb seines Lebens. Die Wahrheit zu sagen, war ihm noch keiner begegnet, weder im Schulhof noch sonstwo. Zwar behauptete seine Mutter, der Pfarrer von Ranas sei eine Art ›Heiliger‹, aber ihn wiederum konnte Paul sich nicht gut bei der Beschäftigung mit dem Glück vorstellen. Ein Pfarrer hatte andres zu tun, zumal in einer Freidenkergemeinde wie Ranas, wo man ihn meist nur bei Taufe, Hochzeit und Begräbnis benötigte – und auch bei solchen Anlässen warteten, außer den Mitgliedern der engsten Familie, alle Männer des Gefolges auf dem Platz, bis die Familie die Kirche verließ, und schlossen sich erst dann wieder dem Zuge an ... Die Art, wie die Südländer ihre angeborene Gutmütigkeit (nicht zuletzt dem lieben Gott gegenüber) mit ihrem politischen Radikalismus in Einklang brachten, bildete eine Quelle der Heiterkeit für Frau Pauline, aus der auch der Sohn fleißig schöpfte. Es kam ihm fraglich vor, ob dieser auf Grund eines gegenseitigen ›Leben und Lebenlassens‹ abgeschlossene Vergleich mit dem Himmel für das Wachstum der Heiligkeit förderlich sei. Und darunter hatten die Heiligen im allgemeinen zu leiden ...

Aus Höflichkeit behielt Paul seine Bedenken für sich.

»Es wäre nett von Ihnen, Sibylle, wenn Sie mir eine Zigarette ansteckten«, sagte er.

Sibylle, die ihn aus den Augenwinkeln beobachtete, nickte eifrig.

»Wollte ich Ihnen gerade vorschlagen, mein Lieber. Wenn ihm nichts mehr einfällt, versteckt sich der Herr der Schöpfung hinter einer Zigarette. Auf die Weise, glaubt er, bleibt er obenauf.«

Sie reichte ihm die brennende Zigarette und fragte:

»Darf ich mitrauchen?«

›Mitrauchen‹ hieß, daß sie mit gesammelter Aufmerksamkeit zusah, wie er rauchte.

»Sibylle«, rief er, »ich hab's! Sie sind zu gerissen für das Glück! Das Glück fürchtet sich vor Ihrem Köpfchen. Mir geht es gerade so. Ich fürchte mich vor Ihrem Köpfchen.«

»Mit andern Worten«, sie ahmte ihn nach, wie er den Zigarettenrauch ausstieß, »Paul Tavin und das Glück sind eins!«

Der Junge errötete. Sie sah es im Spiegel an der Windscheibe und sagte in herablassendem Ton, der durch nichts begründet schien:

»Es wäre nett von Ihnen, wenn Sie als Gegendienst für das Anstecken der Zigarette – zum Beispiel ein bißchen den Arm auf meine Schulter legten ... Ich spüre es dann besser, daß ich gesund bin ...«

Sie fuhren gemächlich durch den frühen Abend.

Paul zeigte nach La Cadière hinauf und erwähnte die Eremitin, die sich über dem Absturz zweier Jahrtausende ein kleines, gelbes Haus erstellt hatte und einen Mandelbaum anbetete. Und dies brachte Sibylle auf neue Gedanken. »Paul, haben Sie sich einmal den Major *genau* angesehn?« fragte sie. Er meinte: ja, ziemlich – ihm genügte es.

»Sagen Sie das nicht, Paul ... Ich hätte auch geschworen, ich könnte ihn mit geschlossenen Augen abmalen. Aber gestern bin ich mal hinübergegangen und habe ihn mir wirklich angesehn, und da war er ganz anders.«

»Vielleicht«, meinte Paul, »hat er sich über die Wiederverheiratung der Witwe geärgert.«

»Lachen Sie nicht, mein Lieber! Es ist sehr ernst ... Erst habe ich mir nämlich das Bild auf dem Schreibtisch Ihrer Mutter genau angesehn, nicht Ihren Vater, Paul – das kleine, wissen Sie, den freundlichen Mann im Spital. Ich habe mir ein Herz gefaßt und Frau Pauline gefragt, wer das sei. ›Mein bester Freund‹, hat sie gesagt. ›Ich habe ihn im Krieg gepflegt, er ist gestorben.‹ Sie sagte es ganz ruhig, mit einem Lächeln. Ich habe sie angesehn und habe das Bildchen angesehn, und dann bin ich hinübergegangen und habe mir den Major betrachtet.«

»Na, und?« Sie gab keine Antwort. »Fertig die Geschichte?« fragte Paul.

»Nein«, antwortete Sibylle. »Sie fängt erst an.«

Da sie wiederum in Schweigen verfiel, erklärte Paul:

»Da warte ich halt, bis Sie sie fertig haben, die Geschichte.«

»Sie ist fertig ... Tun Sie mir den Gefallen, mein Lieber, und folgen Sie mal meinem Beispiel. Am besten nehmen Sie das kleine Bild nächsten Sonntag mit hinüber und vergleichen es mit dem andern. Sie können über die Veranda ins Haus. Mit Ausnahme der Haustür öffnen die Schlüssel von Stellamare alle Türen ... Ich sage Ihnen, der Major sieht auf einmal anders aus.«

»Er hat sich also doch verändert!«

»Weiß ich nicht. Vielleicht sehe ich ihn auch nur mit andern Augen. Tun Sie mir den Gefallen, Paul! Gehn Sie hinüber ... Die beiden sind zum mindesten Brüder.«

»Recht ungleiche Brüder«, sagte Paul, der noch immer kein Wort von der Räubergeschichte glaubte.

»Gar nicht, mein Junge. Unheimlich ähnlich. Bei uns ist er nur schlecht gelaunt ... Er wird seine Gründe haben ... Kein Mensch kann Frau Pauline angucken, wie der Major bei uns guckt. Ihre Mutter *muß* man anlachen, es liegt an ihr, nicht an uns. Das ist der ganze Unterschied.« – »Wenn ich recht verstehe«, meinte Paul, »sind die beiden Brüder bereits ein und derselbe Mann.«

Er warf ihr einen Blick zu und stellte fest:

»Sie sehn aus wie ein Spitzbube, der einen guten Fang gemacht hat.«

»Habe ich auch! Ich bin entzückt ... Denken Sie nur: auf einmal habe ich einen Vater – und sogar einen netten! Und wo habe ich ihn nach neunzehn Jahren gefunden? Auf dem Schreibtisch meiner besten Freundin. Das ist viel abenteuerlicher als Ihre Eremitin da oben.«

»Sibylle, nehmen Sie es mir nicht übel, ich finde, es geht ein bißchen schnell mit Ihren Freundschaften und Vaterschaften. Pauline kennen Sie gerade drei Wochen – da sind Sie zu uns ins Haus gekommen. Und wann haben Sie Ihren neuen Vater bekommen?«

»Heute früh. Kurz vor unsrer Abfahrt.«

»Und haben das Ereignis so lange verschwiegen?«

»Ich wollte überhaupt nichts sagen. Das heißt: ich wollte eine Gelegenheit abwarten, Ihre Mutter zu fragen.«

Paul wendete ihr das Gesicht zu, zweimal, dreimal, der Wagen lief schneller, er zog sie ein wenig an sich und sagte:

»Sibylle, wissen Sie was? Jetzt, gerade jetzt sehen Sie so – zufrieden aus ... Wie steht's? Sind sie glücklich?«

»Beinahe«, gab sie zu und berührte ihn flüchtig mit der Schulter. »Glauben Sie, ich kann Pauline fragen?«

»Selbstverständlich!« rief er. Nach einer Weile lachte er hell auf.

»Das wäre ja großartig! Zum Heulen schön, Sibylle – zwei Majore in einem! Er schaut dich wütend an, und wenn du ihn umdrehst, lacht er. Ein Teufelskerl!«

»Glauben Sie, Ihre Mutter hat ihn geliebt?«

»Na, wissen Sie! Warum soll sie ihren besten Freund nicht geliebt haben!«

»Fein«, sagte Sibylle. »Und Achtung jetzt! Langsam fahren! Grüßen!«

Kurz vor der Anhöhe, wo die Cantaler Bucht sich in ihrer Herrlichkeit dem Blick öffnet, stehn an einer Wegkreuzung zwei Pinien – schöne, ehrwürdige Stücke ihrer Gattung, ähnlich jenem andern Baum hinter Ranas-sur-mer, dem Schauplatz von soviel Umarmungen und ausschließlichem Denkmal der Freude, bevor an einem Frühlingsmorgen der liebes- und lebensmüde Notar Burguburu in seinem Schatten zusammenbrach ... Paul und Sibylle, die allem einen Namen geben mußten, um es zu besitzen, nannten die beiden Pinien: ›Du und ich, wenn wir alt und weise sind‹ (sie duzten sich lediglich in Gleichnissen) oder auch kurz: ›Wir zwei Alten‹. Also fuhren sie hier langsamer und grüßten.

Zu den Häusern der Freunde, die nicht übersehen werden durften, waren jetzt neue Verbindlichkeiten getreten, dem ›Land der Freunde‹ folgte ›Unser Garten‹, gewissermaßen die Fortsetzung des Parks Stellamare. Das Land der Freunde war nur im Auto erreichbar, unser Garten dagegen wurde zu Fuß durchwandert, seitdem Sibylle wieder gehn konnte. Den entferntesten Punkt, den sie (noch mit Hilfe des Krückstocks) erschritt, die Grenze zwischen dem Freundesland und dem Garten, bezeichneten die zwei Pinien. Deshalb empfingen sie die Ehre der Namenstaufe. Die Böschungen vor und nach der Cantaler Bahnunterführung, üppige Agavenpflanzungen, hießen: die eine, gleich hinter den letzten Häusern von Cantal, wo Sibylle zum erstenmal ihren Stock an Paul abgab und aus eigener Kraft weitermarschierte, ›Torero‹, die andre, nach der Unterführung: ›Hochmut vor dem Fall‹ (in einem Wort auszusprechen), weil der Torero sich hier wimmernd an Pauls Arm hing und vor einem Heerhaufen stachliger Agaven, ohne ein Plätzchen zum Niedersitzen zu finden, in stechender Sonne auf einen Autobus warten mußte. Mit der Zeit hatte sich ›Hochmut-vor-dem-Fall‹ zu ›Vorfall‹ abgeschliffen.

Nach dem Torero und dem Vorfall begrüßen sie das ›Panorama‹, das ist die enge Gasse in Cantal, durch die man wie durch ein Loch auf den blauen Hafen, das blaue Meer, den blauen Himmel guckt. Im Vordergrund steht eine Platane, dahinter der blendend weiße Kai, der das grüne Laubwerk des Baumes noch gewaltiger erscheinen läßt. Es folgte die ›Schildkröte‹, eine bucklichte Insel, die den Leuchtturm trägt, und schließlich ein geringeres Seezeichen, wo selbst bei ruhiger See immer Gischt spritzt, weshalb sie annahmen, daß es sich um eine gefährliche Untiefe handelte, und dies war der ›Fingerhut der Venus‹.

Die Straße verläßt Cantal und folgt der Küste, und halbwegs zwischen Cantal und Stellamare, an einer abschüssigen Stelle der Böschung, fuhr Paul den Wagen dicht an den Wegrand und brachte ihn zum Stehn. Sie holten ihr Badezeug aus der Ledertasche im Innern der Tür und liefen den steilen Pfad zum Strand hinab. Um ihr Hinken nach Möglichkeit zu verbergen, machte Sibylle kleine Sprünge. Unten bogen sie um einen Felsen und waren nicht mehr zu sehn – weder von der Straße noch vom großen, allgemein besuchten Badestrand. Zwei Felsvorsprünge und die hohe Böschung bildeten einen nur gegen das Meer zu offenen Badeplatz, und dazu gehörten zwei Kabinen, die stürmende Brandung hatte sie in jahrhundertelanger Arbeit eigens für Sibylle und Paul in die Wand gebohrt.

Bevor sie ins Wasser gingen, untersuchte Paul das Knie Sibylles. Es war ihm kein Schaden anzusehn, aber wie jedesmal erklärte Paul, das Knie wäre dünner und geschmeidiger geworden. Es belästigte Sibylle nicht beim Schwimmen, der Arzt hatte gesagt, sie könne gar nicht genug schwimmen, Schwimmen wäre die beste Streckübung, und so schwammen sie seit Beginn der Osterferien zwei-, manchmal dreimal am Tag. Wie jedesmal widersprach Sibylle, wenn Paul vor dem Bad eine Besserung des Knies bemerkte, wohingegen sie nach dem Bad aus eigenem einen ›beispiellosen Fortschritt‹ feststellte. Übrigens hinkte sie nur noch schwach.

Sibylle schwamm doppelt so lange wie gewöhnlich, weil sie wegen der Fahrt nach Marseille noch nicht gebadet hatte und auch, weil in ihr die unklare Vorstellung lebte, gleichzeitig mit dem einen wäre sie auch von dem andern Leiden geheilt. Im Wasser wurde sie nicht müde, die Vorzüge des Marseiller Arztes aufzuzählen. Engel! – Engel der Verkündigung sind die Ärzte, wenn sie zu dir sagen: steh auf und schwimme! Und da geschah etwas, was noch nie geschah. Paul kam angeschwommen, sie hielt gerade auf ihn zu und spitzte die Lippen. Sie küßten sich auf dem Kamm einer Welle und gingen vor Schreck gemeinsam unter. Genau genommen, hatte Sibylle sich den ersten Kuß anders gedacht, ergreifender, kühner – sinnverwirrend – atemberaubend. Von alledem war nur das letzte eingetroffen, sie hatte den Atem verloren und schluckte Wasser.

Sie tauchte auf, sah sich prustend nach Paul um, er war nicht da, gleich darauf wurde sie an den Füßen gezogen und ging noch einmal unter. Als sie nebeneinander hochkamen, sagte sie mit einer kleinen Grimasse des Ekels: »War aber salzig, der Kuß!«, worauf er sie abermals in die Tiefe zog, und hier war sie ganz hilflos, weil sie nicht lernen konnte, die Augen unter Wasser offenzuhalten. Der Schurke benutzte den Umstand, um sie zu knuffen, er verabreichte ihr eine unterseeische Tracht Prügel, wenigstens andeutungsweise, und als sie sich nachher beklagte, leugnete er frech: wer nicht imstande wäre, unter Wasser zwischen einem Menschen und einem Fisch zu unterscheiden, sagte er, sollte sich vor so schweren Beschuldigungen hüten. »Jedenfalls«, versetzte sie, »bin ich enttäuscht. Ich habe mir unter einem Kuß etwas Besseres vorgestellt. Vanilleeis schmeckt besser.«

Er fühlte sich verantwortlich und meinte gekränkt, es ginge ihr damit wie mit dem Glück. Und allmählich sähe er ein, ihr sei einfach nicht zu helfen. Aber da er sie nun schon ein wenig länger kenne als seine Mutter, werde er sich erlauben, sie ebenfalls zu duzen.

»Ah!« rief sie, »ich habe noch ein Geheimnis mehr zu verkaufen. Ein großes Geheimnis!«

Überdies, fuhr er fort, ohne für das Geheimnis das geringste Interesse zu zeigen (was sie aber nicht glaubte), überdies hätte er sich erzählen lassen, Liebespaare pflegten sich du zu sagen nach dem ersten Kuß – in seiner Klasse bestände sogar die Meinung, im Hinblick auf den ersten Kuß wäre es vorteilhafter, es schon vorher zu tun. Es gäbe da ganz bestimmte Theorien.

Die Theorien über den ersten Kuß schienen sie so wenig zu kümmern wie ihn das Geheimnis, das sie ihm verkaufen wollte.

»Liebespaar?!« rief sie. »Sagtest du nicht ›Liebespaar‹? Wo ist hier ein Liebespaar?«

Daraufhin, versteht sich, mußte sie nochmals hinunter, wo es ihr nicht möglich war, zwischen Mensch und Fisch zu unterscheiden.

Sie kam hoch, er blieb verschwunden. Endlich tauchte er auf, er schwamm weit draußen und tat, als wäre sie nicht da.

»Junge, jetzt habe ich genug«, rief sie. »Ich prophezeie dir eine schöne Laufbahn als Wassermörder! Dazu brauchst du kein Abitur!«

»Zieh dich an«, schrie er zurück. »Ich schwimme indes nach Korsika.«

Sie legte die Hände als Schalltrichter an den Mund:

»Vergiß nicht, im Vorbeischwimmen einen Blick auf Porquerolles zu werfen!«

Sie kleidete sich umständlich an und fand auch noch Zeit, ihr Knie zu bearbeiten – sie wollte ihm erst begegnen, wenn er angezogen war. Sie hielt es für ausgeschlossen, angekleidet zu einem unbekleideten Mann du zu sagen. Es erschien ihr widernatürlich.

Paul stieg aus dem Wasser und rief: »Hallo! Sibylle! Komm bitte mal her. Ich muß dir schnell was sagen.«

Sie tänzelte über die Kiesel zu ihm hin und schwang den Badeanzug wie eine Keule. Platsch! sauste ihm das nasse Zeug auf den Kopf.

»Schämst du dich nicht, einen nackten, wehrlosen Menschen mit einem Mordwerkzeug anzufallen, Sibylle?« Platsch! Noch einmal. »So oft du mich getunkt hast.« Jetzt hatte er den Anzug erwischt, sie hielten ihn jeder am andern Ende und rangen ihn vorschriftsmäßig aus.

»Du, Sibylle, was ich sagen wollte: unsre Jungvermählten sind weder in Porquerolles noch in Korsika, ich habe genau nachgesehn.«

»Wo denn?«

»Kann ich nicht laut sagen. Komm näher.«

Er schrie ihr ins Ohr: »Der Major hat sie unterwegs niedergesäbelt!«, und schon hatte er sie umarmt und geküßt.

Entrüstet betrachtete sie den nassen Abdruck auf ihrem Kleid.

»So – jetzt kann ich gerade so gut hier schlafen«, sagte sie. »Ich traue mich deiner Mutter nicht unter die Augen mit deiner Photographie auf dem Bauch. Geh weg, du Scheusal! ...«

Sibylle saß neben Paul, die eine Hand hielt lässig das Steuer, die andre lag auf ihrer Schulter. Sie fuhren gemächlich durch den Abend. Hinter der früheren Zitadelle von Cantal (kein Stein ist von ihr übriggeblieben, nichts als der Hügel am Ende des Hafens, wo sie einmal stand) ging eine dunstige Sonne unter, sie sahn sie vor sich im Spiegel – einen Perlmutterknopf an einem Fetzen hellgrauen Kleides.

Ein Wagen der ›roten Linie‹ rasselte auf sie zu, es war Louis, der ihn fuhr. Louis hob lachend den Arm, sie antworteten mit dreifachem Gruß, sie waren stolz, über drei Arme zu verfügen, um ihren Freund Louis zu grüßen.

Als sie im nächsten Augenblick an der Vogelscheuchenfamilie vorbeikamen, den zwei zerzausten, wie verzweifelte Küchenbesen in die

Windrichtung zeigenden Pinien, die ihr noch armseligeres Kleines ängstlich zwischen sich halten, rief Sibylle hinauf:

»Hallo, ihr! Er ist ein Wassermörder, und er küßt auch so.«

Sie drehte sich um und schickte ihren Worten die Empfehlung nach:

»Erzählt es allen Leuten, die vorbeifahren. Salzig küßt er, salzig!«

Und zu ihm gewendet, die klammernde Hand strafend in seinem Nacken: »Zu Pfingsten weiß es ganz Frankreich – und du findest nie mehr ein Mädchen, das sich von dir küssen läßt.«

Friede über Ranas

Es war spät abends im Garten. Sie ruhten in Liegestühlen zwischen wehenden Mimosenbäumen, der Mondschein zerlegte ihre Gestalten in Licht- und Schattenteile, mischte sie durcheinander, und Frau Pauline erzählte Paul und Sibylle mit ruhiger, halblauter Stimme von ihrem Freund, dem Mann im Lazarett.

Dabei fuhr sie sich mit der schmalen, zarten Hand des öfteren über die Stirnnarbe, ein Zeichen angestrengter Gedankenarbeit oder Unruhe, und sie schilderte auch die Herkunft der Narbe.

Als sie einmal den Nachtdienst bei ihrem Kranken versah, sie hatte sich auf einem Diwan im Nebenzimmer niedergelegt und war eingeschlafen, wurde sie von einer Stimme aufgeschreckt, die ihren Namen rief. Mehr taumelnd als gehend eilte sie zu ihm und rannte mit aller Wucht gegen die offene Tür. Die Verletzung merkte sie erst, als sie sich über den Kranken beugte und Blutstropfen von ihrer Stirn auf sein Gesicht fielen. Darüber war ihr Freund, den eine kürzliche Operation sehr geschwächt hatte, ohnmächtig geworden.

Die Wunde mußte genäht werden, es war eine Kleinigkeit, doch von da an verschlimmerte sich das Befinden des Kranken, und als nach einer zweiten Operation eine Blutvergiftung auftrat, fand das überanstrengte Herz nicht mehr die Kraft, dem neuerlichen Ansturm des Todes standzuhalten …

Zwei Wochen lang war er schon so gut wie gesund gewesen, und aus dieser Zeit stammte das kleine Bild auf ihrem Schreibtisch. Sie hatte es an einem Frühlingstag aufgenommen. Es war nicht weit von hier, in Fréjus, wo die Kolonialtruppen ihr Erholungslager und auch ein Lazarett besaßen.

»Deine Mutter, liebe Sibylle, kam zu spät. Niemand dachte, daß es so schnell zu Ende ging. Er am allerwenigsten. Deshalb wollte er auch nicht, daß man sie benachrichtige. Auf jede derartige Andeutung antwortete er: ›Um keinen Preis! Ich will nicht!‹«

Hastig, als verbessere sie sich, fügte sie hinzu:

»Verstehst du, Sibylle? Er wollte nicht sterben.«

Die Begegnung mit der Witwe verschwieg sie, verriet auch mit keiner Silbe, welcher Art ihre Gefühle für den Kranken gewesen. Sibylle, durch die frühere Erzählung ihrer Mutter vorbereitet, verstand gründlicher, als Pauline ahnen konnte, und liebte sie dafür um so mehr. Sie machte es sich nicht klar, aber was sie empfand, lief ungefähr auf die Vorstellung hinaus: daß sie lebe, daß sie leben dürfe, habe seinen Grund in ihrer Verpflichtung, die Dankbarkeit des Vaters und seine Gefühle (deren sie gewiß zu sein glaubte) über seinen Tod hinaus am Leben zu erhalten. Von Stunde an, sagte sie sich, hörte sie auf, die Tochter ihrer Mutter zu sein. Vielmehr empfand sie sich als die Frucht einer Vereinigung, die, mochte sie auch körperlich nicht bestanden haben, darum nicht weniger, und zwar nach ihrem Begriff im wörtlichen Sinne, ihre Kindschaft verbürgte.

Sie berauschte sich an diesem Gedanken, der alles um sie her verwandelte und ihr selbst eine ungeahnte Berufung lieh.

Aus der Unruhe der Mondnacht traten Bilder vor ihre Seele und bestürmten sie, verschwanden, kamen wieder, es war, als trieben sie alle drei hier auf ihren Liegestühlen wie auf einem Floß durch ein bewegtes Meer, das sie abwechselnd mit Nacht überschwemmte und ins Licht emporhob. Von allen Bildern aber war das deutlichste und am häufigsten wiederkehrende die edle Stirn Paulines, von der Blutstropfen auf ein in Kissen gebettetes männliches Antlitz herabfielen …

Als Pauline geendet hatte, erklärte Sibylle:

»Ich werde Sie von jetzt an Mutter nennen.«

Pauline erhob sich aus ihrer liegenden Lage, wartete, bis der Mondschein Sibylles Gesicht enthüllte, blickte dann von ihr auf Paul, der sie erwartungsvoll ansah, und sagte laut und bestimmt:

»Dazu hast du kein Recht, Sibylle! Ich möchte, es wäre so, wie du denkst, aber es ist nicht wahr, du bist in keiner Weise meine Tochter.«

»So, wie ich es denke«, beharrte Sibylle, »ist es doch wahr. Für mich ist es wahr. Es sollte wahr sein, es hätte wahr sein können, vor Gott ist es wahr, und wenn mein Vater in diesem Augenblick hier unter uns treten könnte«, sie streckte die Arme aus und sah hilfesuchend um sich, die beiden andern folgten unwillkürlich ihrem Blick, »er würde bezeugen, daß er sich von keiner andern Frau ein Kind wünschte und mir keine andre Mutter. Oh! ich bin dessen so sicher wie meines Lebens ...«

Die letzten Worte, obwohl halblaut gesprochen, schallten in der Stille zwischen zwei Windstößen. Als habe die Beschwörung eine höhere Bekräftigung erfahren, als sei ein Gebet sichtlich erhört, verweilten sie unbeeinträchtigt in dem gleich wieder einsetzenden Spiel von Licht und Schatten und dem Wiegen der Äste über den lauschend erhobenen Häuptern und rauschten von Gewißheit. Halb andächtig, halb ängstlich erkannten Mutter und Sohn, was die Kraft einer starken Seele vermag.

»Mutter«, sagte Paul. »Hörst du nicht? Sie spricht zum erstenmal von ihrem *Vater*... Der Major ist tot. Laß ihr den Vater.«

Frau Pauline ergriff entschlossen die Hand ihres Sohnes, die Hand Sibylles.

»Kinder«, sagte sie, »es muß Klarheit sein. Kein Betrug, auch nicht ein halber, nicht der Schatten einer Vermutung! Klarheit, Klarheit. Wir müssen es hell haben um uns. Du bist die Tochter deiner Mutter, Sibylle, sie hat dich geboren, du bist die Tochter deines Vaters, er hat dich gezeugt. Wenn du mich trotzdem Mutter nennen willst, so tu's. Aber ich finde es nicht richtig« – sie machte eine Pause und schloß, indem sie die Hände der Kinder drückte und die folgenden Worte mit einem festen Schütteln unterstrich:»– gar so voreilig zu sein.«

»Ach so«, meinte Sibylle im Ton kindlichen Verstehens ... Sie fühlte sich im Dunkel erröten.

»Ja, so«, bekräftigte Frau Pauline. »Ihr wißt nicht, was das Leben euch bringt. Vielleicht werdet ihr einmal ganz anders aufeinander angewiesen sein als richtige oder gespielte Geschwister.«

Wie stets, wenn Verlegenheit ihn wie ein leiser Krampf befiel, wurde Paul herausfordernd männlich, er schlenkerte gleichsam die versteiften Glieder.

»Das ist ja Kuppelei«, äußerte er. »Wir denken nicht daran, uns verkuppeln zu lassen. Nicht wahr, Sibylle?«

»Ich jedenfalls nicht«, erklärte sie, plötzlich wieder wach und wehrhaft geworden.

»Na, was soll ich als Mann da erst sagen«, meinte er. »Bei mir liegt doch die Initiative.«

»Aber das Haus dort betrete ich nicht mehr«, eiferte sich Sibylle. »Ihr werdet mich nicht in die Arme des Majors zurücktreiben! Unmöglich. Mit Notar Burguburu als Stiefvater.«

»Doch, Sibylle, du wirst!« sagte Pauline freundlich. »Sie können es mit der Gendarmerie erzwingen, daß du zurückkommst. Sicher führt sie so etwas im Schilde. Denk nur, was das wäre! ... Deshalb wirst du es freiwillig tun, sobald sie von der Hochzeitsreise zurück ist und die Drohungen beginnen. Und wirst abwarten. Es läßt sich nicht erzwingen. Wir sind nach wie vor da und helfen dir aushalten.«

Paul beugte sich vor.

»Komm her, Sibylle. Ich muß dir wieder mal was ins Ohr sagen.«

Er nahm sie bei den Haaren und zog sie behutsam an sich.

»Tu brav, was sie sagt. Weitere Auskunft erteilen Herr Notar Burguburu und Agentur *Ad astra!*«

Er hielt sie fest, bis die Äste der Mimosen sie beide in Finsternis setzten, dann küßte er sie rasch auf das Ohr.

Nun aber hielt sie ihn ihrerseits fest.

»Ich muß dir auch was sagen.« Und lauter: »Ich liebe Frau Pauline, viel, viel mehr als dich! ... Und deshalb gehorche ich und tue überhaupt alles, was sie will ... Ich kenne sie nämlich seit undenklicher Zeit, du Wassermörder! Seit Jahren schmuggle ich ihr meine Liebe über die Zäune. Die Witwe hat nie etwas gemerkt – und du erst recht nicht. Denn du bist bei weitem nicht so klug wie die Witwe. Ja, sperr nur den Mund auf! ... Da hast du das große Geheimnis, das ich dir verkaufen wollte ... umsonst! Weil du endlich meinen neuen Vater anerkannt hast, du Scheusal, lasse ich dir deine Mutter. Was hat sie schon an einem Kerl wie dir, der so gar keine Nase hat!«

Die Jahreszeiten wechseln leise in der Nacht. Du siehst sie, du hörst sie nicht kommen. Eines Morgens wachst du auf und hast einen neuen Schatz ...

In Ranas-sur-mer scheint es keine Geheimnisse zu geben, der Frühling hat sie alle an den Tag gebracht. Mit den roten Dächern ihres neuen und den grauen ihres alten Viertels liegt die Stadt breit und offen in der Sonne, der viereckige Festungsturm, neuerdings in ein

Hotel eingebaut, ragt als Burgfried hervor, Kellner und Stubenmädchen bewachen ihn. Und der Sommer ist da.

Die Polizeimacht besteht aus zwei Zivilisten mit Militärmützen, sie überwachen den Markt und die lebhaft einsetzende Saison und sehn tief unglücklich aus, ihr Amt verbietet ihnen das Boulespiel. Warum? Nun, man muß immerhin die Möglichkeit eines Streites zwischen den Spielern im Auge behalten, und dann hätten sie mit der rauhen Hand der Macht und mit der Binde der Gerechtigkeit um die Ohren einzugreifen. Könnten sie das, wenn sie selbst Partei wären? So bleiben die Bedauernswerten zu lebenslänglicher Enthaltsamkeit verurteilt. Sie sind die einzigen Menschen in Ranas, die niemals lachen. Selbst an jenem denkwürdigen Markttag, als sie auf Befehl ihres Vorgesetzten, des ehrenwerten Doktors Blanc, die Hochzeitsfahnen vor der Villa *Maria* einholten, bewahrten sie das Aussehn von Totengräbern inmitten der lachenden Menge.

Die meisten Fensterläden in Ranas sind Tag und Nacht geschlossen, sowohl im Winter wie im Sommer. Die Leute, die bei offenem Fenster schlafen, gelten für närrische Fortschrittler, oder es sind Ausländer, meist wohnen sie auf der *Colline* und in Stellamare.

Seitdem Frau Marius Burguburu, geborene Witwe Bosca (von Louis so genannt), in duftigem Sommerkleid von der Hochzeitsreise heimkehrte und nach dreitägigem Aufräumen mit Hilfe des neuen Mädchens ihren Gatten in die Villa *Maria* aufnahm, schläft auch sie bei geschlossenem Fenster.

Der Notar hat plötzlich eine Neigung zum Lungenkatarrh an sich entdeckt, und der ehrenwerte Doktor Blanc, von Juliette als Arzt und einziger Freiluftschläfer der unteren Stadt zu Hilfe gerufen, hat ›natürlich‹ versagt. Und so findet ein jahrelanger Wettbewerb mit Frau Tavin in gesunder Lebensführung sein Ende. Juliette, auf die Gefahr hin, in der Klausur ihrer wilden Ehe zu ersticken, bringt Marius Burguburu nach vielen andern auch dieses Opfer ... Das untere Gartentor ist frisch gestrichen und hat ein ovales Messingschild erhalten: *Villa Maria*.

Das goldgelbe Zimmer im ersten Stock ist der Arbeitsraum des Geschichtsforschers geworden. Er schreibt an einem Werk: ›Heinrich IV. und die Provence‹.

Das Wörtlein, das Burguburu nach der Eheschließung dem ehrenwerten Doktor Blanc ins Ohr flüsterte, hat unter den Ranassern seine

Wirkung getan. »Ich habe ein Grab gesprengt«, lautete es. »Im Vertrauen, Doktor, mit Hilfe einer Leiter! Wie Romeo bei Julia.«

Der Fischer mit dem Kardinalshaupt (›Wenn der Wind weht über *das* Meer ...‹) trat vor die Theke des Cafés und fragte: »Was soll man dazu sagen, daß die Witwe in aller Stille ihr Unschuld verlor? Daß sie unsrer freundlichen Hilfe nicht bedurfte und ganz von selbst die Arme öffnete – vor einer armseligen Leiter?« Das Volk antwortete mit minutenlangen, nicht wiederzugebenden Ausrufen, die schließlich auf Befehl des Chorführers unter einem dreimaligen Handklatsch ›zu Ehren der Jungvermählten‹ begraben wurden. Der Vergleich mit Romeo und Julia blieb auf die gebildeten Kreise beschränkt. Sogar dem Pfarrer hat Juliette die Vorwegnahme des Eheglücks mit Hilfe der Leiter eingestanden, er fand die Geschichte weniger schlimm als sie selbst, aber für ihr Versprechen, die wilde Ehe durch christliches Betragen zu heiligen, fand er nur ein Achselzucken. Er könne, meinte er, das Wort ›heilig‹ nicht hören, ohne die Nähe des Teufels zu riechen. Die Erklärung, sie hoffe ihren Gatten mit Geduld und Güte doch noch den Weg zum Altar zu führen, nahm er mit Wohlwollen entgegen und sagte, vielleicht sei es dafür gut, wenn sie nicht so schwindelerregend dufte. Und als sie draußen war, vergrub er die Nase minutenlang in einem Rosenstrauß, der zwischen zwei verbürgten Heiligen auf dem Kamin stand.

Der bäurische Polterabendspaß kam nicht in die Zeitung. Die Gendarmen aus Ollioules verließen damals das Amtszimmer des Bürgermeisters mit einem übermäßig beherrschten Ausdruck, als kämen sie aus einem Lachkabinett, in dem es verboten ist, das Gesicht zu verziehen, vor der Tür schütteten sie sich aus, und der Chauffeur Louis, der am gleichen Tag nach Feierabend in der Privatwohnung des Doktors erschien, zeigte sich am darauffolgenden Sonntag mit einem neuen Sommerhut. Der Hut ging von Hand zu Hand und wurde viel bewundert. Ihm ist es auch zu verdanken, daß das Ehepaar bei seiner Rückkehr eine freundlich gesinnte Bevölkerung vorfand. (In der Folge befestigte Juliette die Stimmung, indem sie ihre Einkäufe nicht mehr in Cantal besorgte, sondern in Ranas. »Auf ein paar Francs im Monat kommt es nicht mehr an.«) Nach Emma befragt, gab Louis die Auskunft: »Die einfältige Person ist wie ein Vogel auf und davon, wir Jungen sind um einen würzigen Happen betrogen.«

Von dem Mädchen, das Emma ersetzt hat, weiß man nicht, ob sie schielt, ihre Äuglein liegen in Fettpolstern versteckt, weder prickelnde Anmut noch sonst ein Reiz berichtigen den Fehlgriff der Natur.

»Was für eine Mühe mußt du gehabt haben, so etwas ausfindig zu machen!« rief Marius, als dieser im Küchendunst verschwimmende Fleischberg sich ihm vorstellte.

Worauf Juliette erwiderte:

»Es soll dafür gesorgt sein, daß deine Sünde dir gegenwärtig bleibt. Du wirst dich an keiner unmündigen Köchin mehr vergreifen.«

Von Unmündigkeit kann freilich bei dem neuen Mädchen noch weniger die Rede sein als bei Emma, es ist ein älterer, stark mitgenommener Marinebesen aus Toulon. In seiner Jugend stand er in Dienst bei einem Admiral und ist allmählich die Rangliste rückwärts gerutscht bis zum Magazinverwalter, aber er fegt, heißt es, immer noch gut. Juliettes Behauptung, so werde Emma in zehn Jahren aussehen, betrachtet der Notar als überflüssige Drohung, er hat nicht die Absicht, Emma in zehn Jahren wiederzusehn. Der Kater Marius ist in der Villa *Rosmarin* geblieben, nachts erscheint er bisweilen zu kurzem Besuch bei Sybille. Emmas Nachfolgerin hat er ein einziges Mal berochen und ist nicht wiedergekehrt.

Sibylle bewohnt ihr altes Zimmer. Sie ist gleich nach dem ersten Brief Burguburus, der sie unter wörtlicher Wiedergabe eines Gesetzesparagraphen zur Rückkehr aufforderte, in die Villa *Maria* übergesiedelt. Den Tisch hat der Geschichtsschreiber weggenommen und ihr statt dessen aus einer Kiste und einem alten Vorhang einen richtigen Toilettentisch gerichtet (»ein Schmuckkästchen, liebes Kind!«), auf dem sie auch schreiben kann, wenn sie ihn aufräumt. Sie hat die Erlaubnis, mit Paul Tavin auszugehen unter der Bedingung, daß er nicht die Villa *Maria* und sie nicht das Haus *Rosmarin* betritt. Die Entschädigungssumme der Autobusgesellschaft verwaltet bis zu Sibylles Mündigkeit der Notar. Je nach Laune versichert die Mutter, mit dieser Mitgift könnte Sibylle ganz gut einen älteren Notar heiraten oder, alles Gold der Erde mache einen Hinkefuß nicht gerade, und auf nichts seien die Männer so versessen wie auf tadellose Frauenbeine.

»Dick dürfen sie aber sein?« fragt Sibylle anzüglich, und Juliette antwortet: »Dick wie Blutwürste, mein Kind – aber gerade.«

Jedermann weiß, und Sibylle behauptet dasselbe: sie wird ihr Leben lang hinken – schwach nur, »wie ein Engel«, tröstet sie Frau Pauline,

»der noch nicht an die harte Erde gewöhnt ist«. Aber »natürlich«, sagt Juliette beim Frühstück zu Marius, als dieser von einer hinkenden Millionärin erzählt, die aus Liebeskummer Gift genommen, »natürlich ist es nicht angenehm, wenn eine Frau zu ihrem Mann ins Bett hinkt. Es nimmt beiden den Schwung.«

Sibylle, die gerade ins Zimmer tritt, hört es und glaubt im Boden zu versinken.

Das Bild des Majors hängt nicht mehr an der Wand des Salons. Keiner außer Juliette ahnt, wo es hingekommen ist. Auch sie behauptet, es nicht zu wissen. »Während unsrer Hochzeitsreise hat er sich sein Bild geholt«, vermutet Burguburu. »Er ist ein Mann von Takt. Er weiß, was sich schickt.« Den Platz des Majors nimmt ein fast lebensgroßes Ölgemälde ein, das den Großvater Burguburus, den ersten Notar des Geschlechts, in sitzender Haltung darstellt. Die eine Hand hält den aufgeschlagenen *Code Napoléon*, die andre das Amtssiegel. Marius hat von ihm lediglich die starke Nase und den Kahlschädel geerbt – »und«, verkündet er mit erhobenem Zeigefinger, »einiges andre, was sich schlecht abbilden läßt«.

Der ovale Spiegel im Betthimmel ist mit hellblauer Seide bezogen und auf diese Weise unschädlich gemacht. Marius hat herausbekommen, daß die Natur Juliette bei Inanspruchnahme des Spiegels bevorzugte. Überdies verstieg sich Juliette zu der Behauptung, der Bettspiegel sei nicht von wollüstigen Orientalen, sondern von den französischen Königen erfunden – eine Lästerung, die wesentlich zum Entschluß Burguburus beitrug, das Ärgernis zu unterdrücken.

Nachts brechen im ehelichen Schlafzimmer furchtbare Kräche aus, und Sibylle muß sich unter die Bettdecke verkriechen, um nicht mit anzuhören, wie aufrichtig die beiden einander beurteilen. Allerdings ist meist nur Burguburu deutlich zu verstehn, er brüllt wie ein Stier, jedoch in wohlgesetzter Rede, als spräche er vor den über Nacht taub gewordenen Mitgliedern der Toulaner Akademie. Juliette antwortet mit leisen, kurzen Sätzen, in einem Zischton, der ihn absichtlich reizt und, wie er glaubhaft versichert, bis nahe an den Rand des Wahnsinns treibt. Dann folgt die katastrophale Versöhnung. Nach solchen nächtlichen Auftritten pflegt das Ehepaar eine Stunde oder zwei länger zu schlafen. Die Laune beim Frühstück ist glänzend.

Der Notar magert ab. Juliettes ›Blutwürste‹ drohen zu platzen, und ihre übrigen Körperteile wollen nicht hinter den Beinen zurückbleiben.

Unter der Einwirkung der Sonne Korsikas (oder Porquerolles') sind ihre schwarzen Haare leuchtend blond geworden. Der Haarboden bleibt schwarz, was man indes nur sieht, wenn sie nach einer Sturmnacht ungekämmt zum ersten Frühstück kommt ... Der babylonische Schlafrock hat die Färberei blau verlassen – Blau paßt besser zu Blond als Rot ... Ihre Kriegsbemalung besteht unverändert aus zwei karminroten Inselchen auf weißem Grund. Die Wirkung ist weniger beängstigend, seitdem sie die Haare blond färbt und farbige Kleider trägt. Auch der kurze, viereckige Sarazenenbart Burguburus hat die Farbe gewechselt, kein weißes oder graues Strähnchen ist mehr darin, er leuchtet rabenschwarz wie bei einem jungen Mauren. Hingegen ist Marius, der eine Zeitlang in Schlafanzügen auftreten mußte, längst zum Hemd seiner Vorfahren zurückgekehrt. Manchmal erscheint er morgens in Nachthemd und Hose und erzählt allerhand vom ›Negligé eines großen Königs‹, wozu Juliette, die an solchen Morgen auffallend nachsichtig ist und zu Zärtlichkeit neigt, eine zweideutige Schmollschnute zieht. »Was soll das Kind von uns denken!« lispelt sie, und Marius lacht, daß die immer länger werdenden Halsfalten wie Glockenstränge baumeln. »Was sie denkt?« ruft er. »An die schlanken Hüften ihres Pauls wird sie denken, woran sonst!«

Sibylle wird blaß, der lackrote Mund scheint zu schreien, und das Ehepaar platzt von neuem los.

»Sibylle ist ein liebes Kind!« sagt mit Überzeugung der Notar, seine Kugelaugen bitten Sibylle um Verzeihung ...

Zuweilen fährt das Ehepaar abends nach Toulon, zu einem Konzert oder einer Vorstellung der Sommerbühne. Hierauf gibt es jedesmal nächtlichen Krach. Juliette ist eifersüchtig »wie ein Drache, der einen Schatz bewacht«, meint Marius geschmeichelt. »Sie wird mich bestimmt noch einmal verschlucken.«

»Das liegt ausschließlich am gnädigen Herrn«, gibt sie zu bedenken und hebt die ausrasierten Augenbrauen.

Das erste Frühstück dient dem Austausch von Vertraulichkeiten und Urlauten, man befindet sich gleichsam noch in den Anfängen der Menschheit. Später am Tag ist jeder in seine Rolle hineingewachsen, die Mittags- und Abendmahlzeiten finden statt wie vor einem

Kreis ehrfürchtiger Zuschauer – und damit sind die Gelegenheiten erschöpft, bei denen Sibylle mit dem Ehepaar zusammentrifft.

Juliette bleibt aus Gesundheitsrücksichten weiterhin vom täglichen Besuch der Messe befreit. Sonntags sieht man sie im Hochamt an ihrem alten Platz, danach nimmt sie an der Beratung des Damenkomitees teil, Burguburu kauft inzwischen die Sonntagskuchen ein und schreitet zum Honoratiorenschwätzchen beim Apéritif im *Café de la Marine*. Sein Haus am Kai ist frisch gestrichen, im königlichen Goldgelb der Heimat. Er hat es vermietet und nur das untere Stockwerk für sich behalten, zwei Zimmer und eine Küche. Hier ist er geschäftlich zu sprechen, sei es in den Stunden, die man auf dem Messingtürschild ablesen kann, sei es nach besonderer Vereinbarung. In der Küche wohnt die alte Haushälterin. Juliettes arme Kranke und Gebrechliche finden zuletzt doch ihren Glauben an die allverwandelnde und bessernde Gewalt der Liebe bestätigt. Ihre ›Dame‹ bereitet sie nicht mehr so eilfertig auf den Tod vor, sie bringt ihnen Näschereien (abgestandenen Kuchen, den sie bei den Bäckern einsammelt) und erzählt ihnen Märchen von Porquerolles und Korsika, wobei die korsischen Bilder etwas blaß wirken. Beide Inseln scheinen von einer Völkerschaft bewohnt, die in ihrer Kultur tausend Jahre hinter den Leuten von Ranas zurücksteht. Korsika erhält den mildernden Umstand zugebilligt, daß dort Napoleon geboren ist – »der bekannte Eroberer von Toulon«, erklärt Juliette.

Die Wahrheit jedoch über die Leiter, die ahnt in Ranas kein Mensch – kein Mensch außer Juliette, dem plötzlich und scheinbar so leicht entzauberten Grabengel, die auch als einzige weiß, wo der Major steckt. Es gibt eben, allem Anschein zum Trotz, immer noch Geheimnisse in Ranas, zumindest zwei, von denen das eine die Gefahren eines Blindgängers in sich birgt.

Ein Zufall kann ihn zur Entladung bringen, und dann fliegt womöglich jemand mit in die Luft. Gerade so gut kann er für alle Zeiten vergraben bleiben, unschädlich wie eine Gewissensangst, die allmählich in todähnlichen Schlaf versinkt.

Monatelang folgte ein blauer Tag dem andern, es war ja Sommer, der märchenhaft verläßliche Sommer der Provence.

Tagsüber glühten die geteerten Straßen, und wer an kalten Füßen litt, fand auch um Mitternacht noch Gelegenheit, sie zu wärmen, einfach, indem er sich mit ihnen an die Straße setzte. Wo die Straßen nicht geteert waren, auf den Feldwegen, sogar auf den steilen Pfaden an der Küste und im Gebirge, genügte es, daß ein Vogel über den Weg hüpfte, um eine Staubwolke in Gang zu setzen.

Trug der Meerwind den Staub in mikroskopischer Feinheit unmerklich überall hin und schmuggelte ihn durch die Ritzen der Fenster in die Zimmer und dem Wanderer in alle Taschen und bis unter das Hemd, so erwies sich der Mistral als eine schnauzbärtige Schleiertänzerin, die mit jedem Satz eine ganze Gemeinde der Sinne beraubte. Die Kirchenglocken schlugen an, die Kirchenglocken wimmerten, ohne daß eine menschliche Hand den Glockenstrang berührte.

Der Staub verzog sich, dann war die Erde sauber und blank wie die gute Stube am Sonntagmorgen.

In den Felsen, im Steingeröll, an allen Böschungen flammten Riesenbüschel des Centranthus, zu deutsch Spornblume, sie hatten, etwas verfärbt, den Winter überblüht, im Frühling neue Kraft gesammelt und versinnbildlichten nun mit ihrem Purpurschaum an allen Wegen die Kraft und Ausdauer des Sommers. Um die Bäume war ein Strahlen, das der Wind mit lässiger Gebärde verstreute. Dem Meer entstiegen verjüngt die alten Götter, sie mischten sich unter die Menschen, und wer sie nackt sah, erkannte sie in ihrer Unsterblichkeit.

Die Küste wimmelte von Kindern. Sie wurden mit jeder Woche brauner und lauter, ihr Ansehn wuchs mit ihrem Selbstvertrauen, sie setzten sich am Rande des Meeres fest und benahmen sich als Eroberer. Manchmal kam die Hexe auf ihrem Besenstiel angeritten, dann gab es für die anerkannten Herren des Strandes keine Rettung als Flucht – wilde, verwegene Flucht. Denn dieser Person war sehr wohl zuzutrauen, daß sie einen am Wickel packte und durch die Luft nach Afrika entführte. Das war der Mistral – der Mistral für Kinder.

In der übrigen Zeit fühlten sich die Erwachsenen gerade noch geduldet, und wenn sie für eine Weile den Unternehmungen der kleinen Sieger zusahen, machten sie das Nachsicht heischende oder übertriebene Bewunderung heuchelnde Gesicht von Dienstboten, die den Vergnügungen ihrer Brotgeber als Zaungäste beiwohnen.

Paul und Sibylle führten mit List, Bestechung und Gewalt den Kampf gegen die Überschwemmung ihres Badeplatzes durch die Zwergenwelt. Um zu ihrem Platz zu gelangen, mußten sie die eine Hälfte des allgemeinen Strandes in seiner ganzen Länge durchqueren, und diesen Umstand benutzte ein boshaftes kleines Mädchen, um jedesmal laut auszurufen: »Sieh mal, Mama, wie die schöne Dame da hinkt!«

Von der Mutter erst zurechtgewiesen, dann gestraft, lief das Kind beim Erscheinen Sibylles dieser entgegen und rief nun statt der einen Mutter gleich ein Dutzend Leute zu Zeugen an, wie die schöne Dame da hinke. Sein Benehmen änderte sich, als Paul ihm in genügender Entfernung von der Mutter Süßigkeiten zusteckte. Von da an lauerte es zwei- oder dreimal am Tag den beiden am Fuß der steilen Böschung auf und nahm mit herzhafter Selbstverständlichkeit sein Schweigegeld entgegen. In der Folge sorgte die Kleine auch dafür, daß Angriffe auf den versteckten Badeplatz unterblieben. Zur Erbauung ihrer Mutter belehrte sie die Zwergenwelt mit wichtigtuerischer Miene, es sei streng verboten, Krüppeln und Kranken vorsätzlich weh zu tun.

So geringfügig der Anlaß war, Sibylle litt darunter bis zu Tränen, deren Salz sich, unbemerkt von Paul, weit draußen mit dem Meerwasser vermischte. Gleichwohl traf sie keine Anstalten, sich nach einem ungestörten Winkel umzusehn, einmal weil sie befürchtete, überall auf ein boshaftes, kleines Mädchen zu stoßen, das zum Schweigen bekehrt werden müßte, aber auch aus Anhänglichkeit an ihren Strand. Denn der ließ sich in keiner Weise ersetzen, diese mit Erinnerungsbildern behangenen Felsen gab es nirgendwo anders, und gesetzt den Fall, es fände sich etwas Ähnliches wie die Ankleidehöhlen in der Böschung, und auch sie würden rauschen wie eine Muschel, die man ans Ohr hält – konnten sie denn erzählen, was sie nicht wußten!

Alles, was Sibylle von der neuen Felsenmuschel hätte hören wollen, wäre hier zurückgeblieben in diesem halbdunkeln, gewundenen Schacht, der in das Strahlen des Meeres eingebettet schien, von tausend Gedanken erfüllt, die seine Luft waren, seine Stille und sein Licht, gesegnet von der Nähe des unsichtbaren Geliebten, der, eben erst allein gelassen, sich bald wieder zu ihr gesellte. Diese summende Stille und Einsamkeit war zu eingewohnt, um ohne Schaden verlegt zu werden.

Eher wollte sie sich weiterhin von dem Kind demütigen lassen (seine Rücksichtnahme war fast ebenso kränkend wie die vorhergegangene Frechheit) und täglich von neuem an das grausame Wort erinnert werden und daran würgen: »Natürlich ist es nicht angenehm, wenn eine Frau zu ihrem Mann ins Bett hinkt ...«

Wenn sie nur den Mut hätte, es Paul oder wenigstens seiner Mutter wiederzusagen – vielleicht würden sie ein Gegenwort finden, stark genug, sie von der Schmach der Beschimpfung zu heilen! Aber da sie Frau Pauline nicht aufsuchen durfte, hätte sie es ihr mit der ›Mittagspost‹ schreiben müssen, und dies Wort, sichtbar geworden, hätte durch nichts mehr ausgelöscht werden können, es hätte mit Gliedern und einem Gesicht vor ihr gestanden, vor ihr – und seiner Mutter.

Sie hatte sich vorgenommen, es Paul anzuvertrauen, wenn sie einmal weit draußen nebeneinander schwämmen und sehr vergnügt wären. Als einen frechen, törichten Scherz der Witwe wollte sie es hinstellen, damit er es ohne Umstände mit einem Fluch oder, noch besser, mit wortloser Verachtung hinnähme. Es genügte, wenn er es wußte, damit es seine Gefährlichkeit einbüßte, ganz gleich, wie es sich ihm darstellte, als ungeheuerlich oder als belanglos. Nur genau mußte es sein, genau im Wortlaut, sonst konnte er sie nicht davon befreien ... Sibylle brauchte sich den Wortlaut nur vorzusprechen, um zu fühlen, wie im gleichen Augenblick ihre Kräfte versagten.

Dann wiederum gedachte sie es ihm mittelbar beizubringen, indem sie etwa äußerte: »Was denkst du von einer Mutter, die zu ihrer Tochter sagt: ›Es war ein Schwindel, auf den er, bei voller Erkenntnis der Wahrheit, ebenso ausweichend antworten würde. Er war in solchen Dingen sehr bequem, ›von einer mimosenhaften Bequemlichkeit‹, wie Frau Pauline zu sagen pflegte.«

Ein einziges Mal, und zwar am Tag, nachdem Paul sein Abitur bestanden – sie schwammen, wie sie es sich zurechtgelegt hatte, weit draußen und wechselten törichte Redensarten, wie nur zwei in Liebe Verschworene sie richtig verstehn –, ein einzigesmal war sie nahe daran gewesen, ihm ihre Schmach zu bekennen, aber schließlich hatte sie doch nur, nach langem inneren Kampf, völlig unvermittelt ausgerufen:

»Welch eine Schande, eine Mutter zu haben wie die meine! Wie soll man sich davon reinigen!«

»Kind«, hatte er nach einer Pause sichtlicher Verwirrung geantwortet, »warum hängst du dich so an deine Mutter – wo du jetzt einen famosen Vater hast!«

Ja.

Der Vater hätte sie gerächt ... Aber der Vater war tot.

Niemand fand sich, der an seiner Statt eingreifen wollte ... Ihre Gedanken überstürzten sich, und zum Schluß war sie wieder bei Pauls ›mimosenhafter Bequemlichkeit‹ angelangt ... Der Junge leugnete den Schmerz, wo er konnte, bei sich wie bei den andern ... Ein Leichtfuß neben einem Hinkefuß – welch ein Gespann!

Und auch Frau Pauline, dachte sie, wollte es ernstlich nicht wahrhaben, daß sie zu Hause in einer Hölle lebte. Sonst hätte sie die Wehrlose nicht dorthin zurückgeschickt, sie hätte sie an die Hand genommen und wäre mit ihr, die angeblich nur so leicht wie ein Engel hinkte, geflohen – irgendwohin, von wo keine Gendarmerie und erst recht kein Ehepaar Burguburu sie zurückholen konnte ...

Seit Sibylles Haßausbruch weit draußen im Meer waren Wochen vergangen, immer mehr Sommergäste hatten sich eingefunden und unter andern sonderbaren Gestalten auch jenes Kind, das ein erbarmungsloses Schicksal bestimmt hatte, Sibylles Hilflosigkeit aufs äußerste zu steigern, ohne daß ihr darüber die Kraft zugewachsen wäre, sich innerlich von ihrer Mutter freizumachen, wie Paul es verlangte.

»Mein Hinken, das ist die Mutter!« äußerte sie zu ihm. Er verstand sie nur halb. Sie meinte, ihr Hinken sei gleichbedeutend mit der Qual, die sie durch die Mutter erleide. Ja, sie ging so weit, darin bis zu einem gewissen Grad die nachträgliche Rechtfertigung der Verfolgung zu sehn, der sie von Seiten der Mutter ausgesetzt war. War etwa ein Krüppel liebenswert? Und war sie nicht von allem Anfang zum Krüppel bestimmt?

»Unglückseliges Kind!« hatte Burguburu einmal ausgerufen. »Was kann deine Mutter dafür, daß du hinkst!«

Und zu Sibylles Verblüffung war Juliette die Behauptung entschlüpft: »In ihrem völligen Mangel an Gerechtigkeitsgefühl gleicht sie ihrem Vater.«

Bis vor kurzem war der Major ein makelloser Held gewesen, ›dem keiner dieser Halunken unter die Augen hätte treten dürfen!‹ Verblaßte sein Bild, seitdem er nicht mehr an der Wand des Salons hing?

Was auch mit dem alten Schreckgespenst geschehn sein mochte, Sibylle war es klar, daß sie in der Vorstellung nach dem ausdrücklichen Willen der Mutter durch das Hinken für ihren ›Hochmut‹ ›bestraft‹ sein sollte, daß die Mutter auf ihre bald lauernde, bald zupackende Weise das abgründige Glück der Schadenfreude genoß und zweifellos fest überzeugt war, ihre Schadenfreude werde von einer gerechten Vorsehung geteilt.

»Ich kenne sie«, stöhnte sie nachts in ihr Kissen. »Ich kenne sie! ...«

Am stärksten beunruhigt über Sibylles Zukunft war Frau Pauline. Doch baute sie beharrlich auf die Gläubigkeit des Mädchens und seine Liebe. Für Frau Pauline war Liebe der Inbegriff aller Seelenkräfte, ein ›Mauer um uns baue‹, zu dem jeder Herzschlag beitrug.

Sibylle selbst, die wie die Kinder am Strand mit jeder Woche brauner und schöner wurde, setzte im Grund wenig Zweifel in ihren Lebens- und Liebeswillen.

Dies zeigte sich besonders, als der Chirurg in Toulon, zu dem Paul sie führte, ihr die Hoffnung auf völlige Wiederherstellung ihres Knies endgültig nahm. Wäre es nicht gerade das Knie, erklärte er, würde er einen neuerlichen, künstlichen Bruch des Beines vorschlagen und dann eine Heilung einleiten, die diesmal besser verliefe. Beim Knie seien die Erfolgsaussichten eines solchen Verfahrens sehr gering, um nicht zu sagen aussichtslos. Sibylle erklärte, sie würde keinesfalls in einen künstlichen Bruch eingewilligt haben, auch nicht, wenn dadurch eine Heilung gänzlich verbürgt wäre. Etwas Derartiges fände sie ekelhaft und lästerlich obendrein – und beim Wort ›Bruch‹ schon würde ihr schlecht. Als Paul später auf ihre Frage, ob er unter Umständen in einen künstlichen Bruch eingewilligt hätte, ohne weiteres ja sagte, meinte sie, und er sah, wie sie erblaßte: dann hätte sie es auch getan – wenn es ganz sicher wäre ... Sie hielt ihn fest: »Sieh mich an, Paul! Wirst du dich – glaubst du, du wirst dich mit der Zeit daran gewöhnen?«

Er antwortete, er könne sich Sibylle gar nicht mehr anders denken, als ein ganz klein wenig hinkend, es verleihe ihr etwas Ängstliches und zugleich unglaublich Mutiges, es käme ihm vor, als habe schon das Mädchen, das stets ganz allein auf dem weißen Stein am Rundweg saß, einen verdächtigen Fuß gehabt wie ein kleiner Faun, aber erst seitdem sie hinke, wisse er, wie schön gewachsen sie sei, schlank und knapp – eine kleine Säule.

»Säulen haben den Vorzug, nicht gehn zu müssen«, sagte Sibylle lächelnd, und nach einer Weile erklärte sie:

»Du, Paul! Ich fürchte, ich möchte sogar ohne Beine leben – wenn ich nur eine Hand hätte, um den einen oder andern Menschen gelegentlich anzurühren. Oh, nur ein ganz klein wenig!«

»Gelegentlich, du Gutes!« rief Paul mit ungewohnter Innigkeit, und er legte den Arm um ihre Hüfte – nur flüchtig, aber lang genug, um zu spüren, wie stark in der kleinen Säule das Leben sich rührte ...

Den ganzen Tag war Sibylle so fröhlich wie nach dem Besuch des Arztes in Marseille, obwohl sie diesmal nicht die große Verkündigung heimbrachte. Aber die Erklärung Pauls hatte den befreienden Spruch des Arztes ersetzt, und man starb nicht an einem schlechtverwachsenen Knie, man konnte sogar sehr glücklich damit werden.

Das ›gelegentlich‹ hieß, solange Pauls Ferien dauerten: ›sehr oft‹. Und wenn er dann nach Paris ginge, um Medizin zu studieren, konnte es unmöglich die gleiche Einsamkeit sein wie früher. Sie war Einsamkeit gewohnt, schätzte sie als eine Festung, die Starke und Schwache in gleicher Weise beschützt und einzig durch den Hunger eingenommen werden kann. Hunger aber brauchte sie nicht zu befürchten, dies allein schon stimmte sie dankbar, weil Hunger zu den Dingen gehörte, mit deren Schilderung die Witwe sie als Kind am meisten geschreckt hatte (abgesehn vom Major, der in der Nacht kommen, sie strafen oder gar in die Hölle schicken sollte). Seitdem sie denken konnte, war die geheimnisvoll in einer fremden Welt lebende Mutter ihr fremd geblieben, ihre Kindheit und erste Jugend waren, was Liebe anlangt, ein öder Wüstenweg, auf dem saftig grün und immer noch anziehend eine Oase funkelte: der Tag ihrer ersten Kommunion. In der Erinnerung erschien ihr der Tag als eine einzige Himmelfahrt, vom Morgen, als die Mutter sie mit der Verkündigung des größten irdischen Glücks geweckt hatte, das ihr bevorstehe, bis zum Abend, da sie unter ihren großen, stillen, fernher lächelnden Augen eingeschlafen war.

Dann hatte sich in ihrer Einsamkeit eine laubgrüne Türe aufgetan, und durch die Türe waren unendliche Frachten von Zärtlichkeit und Vertrauen auf Schmuggelwegen hin und her gegangen. Allerdings blieb der Glanz auf die Schmugglerpfade beschränkt und auf die Erinnerung an sie – die übrige Zeit lebte Sibylle nach wie vor im Schatten des Majors und seiner finsteren Witwe, deren Erscheinung durch den Vergleich mit Frau Pauline nicht heller wurde.

Und eines Tages begann die Tür der Einsamkeit zu wachsen, wie du im Traum tote Dinge lebendig werden und wachsen siehst, bis sie Zeichen machen und dich ansprechen, und als die Tür ein gewaltiges Tor geworden war, entdeckte Sibylle in seinem Ausschnitt ein weites Land, den ›Garten‹ und das ›Land der Freunde‹, und wenn man es durchschritt, ertönte in den Lüften Musik. Zuletzt durfte man sich sogar erlaubterweise darin ergehn, denn, sagte Juliette zu Marius: »Wer weiß, vielleicht ist der kleine Tavin so dumm und heiratet sie.«

Da aber war Marius böse geworden. »Du solltest dich schämen, Juliette«, rief er. »Manchmal frage ich mich, ob ich nicht ein Ungeheuer zur Frau habe.« Worauf Juliette eines ihrer beliebtesten Rückzugsgefechte geliefert hatte, indem sie an Hand zahlreicher Beispiele nachwies, daß er nicht den geringsten Spaß verstehe, während sie selbst mit dem Schalk im Nacken geboren sei … Solche Rückzugsgefechte verfolgte Sibylle mit der tückischen Freude eines Kenners. Burguburu fürchtete sie. Juliette brachte dabei eine seiner Meinung nach gesetzwidrige Waffe ins Feuer, nämlich eine Ironie, die stach, ohne daß man das Tierchen zu fassen bekam. Er wußte sich nicht anders zu helfen, als indem er auf seine abgemagerten Backen klatschte und an den Händen kratzte und, plötzlich vom Stuhl springend, ausrief: »Ein Königreich für ein Moskitonetz!« Dauerte der Spaß zu lange, wurde er allerdings wütend und brüllte wie ein Stier, der seine Sätze mit akademischer Genauigkeit zu setzen versteht. Er tat es nicht gern, es strengte ihn an. Leider kam es dann so, daß Burguburu ›des lieben Friedens halber‹, den er mit der Zeit über ganze zwei oder sogar drei Tage ausgedehnt haben wollte (Friede entsprach seinem innersten Bedürfnis), allmählich, und ohne daß er sich dessen versah, zum Spießgesellen von Juliettes Bosheit herabsank, beglückt genug, wenn nicht er, sondern andere die Zielscheibe abgaben, darunter das Mädchen, das er ›beinahe wie die eigene Tochter liebte‹. Sibylle faßte den Zustand in das Urteil zusammen: »Marius ist nett zu mir, aber er muß die Witwe das Gegenteil glauben lassen.«

Am letzten Tag des August verfinsterte sich die Sonne, das Licht auf der Erde wurde fahlgelb, es roch durchdringend und aromatisch, wie wenn man einen frischen Pinienzweig ins Feuer wirft.

»Ein Waldbrand«, sagte gleich Frau Pauline zu ihrem Sohn, und als sie sich umsahn, gewahrten sie über dem Vorgebirge und der

Colline einen bläulichen Rauch, und auch zwischen den Bäumen des Parks Stellamare hinter dem Haus schwebte ein Stückchen aromatischen Nebels. Rauch und Brandgeruch kamen mit dem Mistral aus der Richtung von Cantal.

Nach zwei Stunden hing die Sonne wieder klar im Himmel, der Mistral hatte sich gelegt, zurückblieb ein feiner Gewürzduft.

In der Nacht zum 1. September, sie kamen aus dem ›Land der Freunde‹ und hatten bereits die Wälder bei Cassis brennen sehn rund um die Krone Karls des Großen, erblickten sie im Südosten eine riesige Feuerwolke, der in gleicher Richtung eine Rauchfahne vorauswehte. Die Rauchfahne war in Blutschein getaucht. Obgleich nur ein schwacher Wind ging, rückte die Wolke verhältnismäßig schnell von der Stelle, und es war, als marschierten die brennenden Wälder auf die Festung Toulon.

In Stellamare angelangt, konnten sie von der Nordseite des Parks den Weg verfolgen, den das Feuer vor und hinter einer ziemlich weit entfernten Hügelkette nahm. Die vom Feuer noch nicht erreichten Bäume des Kammes hoben sich scharf ab, man hätte sie zählen können. Beide Höhenzüge der *Gorges d'Ollioules* waren abgebrannt, eine dritte, langgestreckte Anhöhe dahinter ebenfalls. Über dem restlos verzehrten Unterholz flammten nur noch die höchsten Bäume, fast alle einzeln, in girlandenhaft auf- und niedersteigenden Reihen.

An einigen Stellen bemerkte man Häufchen bis ins Mark erglühter Holzkohlen, etwas tiefer streng bemessene Feuerstellen, der Form nach an die Kohlenroste erinnernd, wie man sie winters auf den Terrassen der Kaffeehäuser sieht – das waren kleine und größere Häuser, die bis auf die Grundmauern brannten. Und während die Feuerwolke hinter den Bergen einen furchterregenden Anblick bot, zumal da man sich bewußt blieb, daß sie nur der Widerschein einer unsichtbar wütenden Zerstörung war, boten die diesseitigen Hänge, die das wandernde Feuer bereits hinter sich gelassen, das großartige und, wenn unbefangen betrachtet, friedliche Bild einer Festbeleuchtung … Frau Pauline, Sibylle und Paul standen im Wagen, der Junge auf dem Klappsitz, rechts und links auf dem Weg die Anwohner des Parks, und alle starrten sie schweigend auf das Schlachtfeld des Feuers.

Von Ranas klangen Musik und Lärm herauf. In Ranas war Kirmes. Die Lustbarkeit füllte den Raum zwischen Hafen und Stadtfront bis auf den letzten Platz, die Buden strahlten, die Karussells wirbelten, die Schiffsschaukeln flogen, zu einer Blechmusik tanzten die Paare den landesüblichen schnellen Trippelwalzer, auf der Straße stauten sich Autobusse und Wagen. Die Gemeindepolizisten gingen umher und schrien um die Wette mit den Autohupen. Niemand schien die Nähe des Unheils zu ahnen, das Städtchen schäumte über von Fröhlichkeit und Sinneneifer ... Oben in Stellamare war es still.

Bisweilen fiel der Name einer Ortschaft, eines Berges. Erst als jemand seitlich hinter dem Brandherd, weit im Osten, einen blasseren Feuerschein am Horizont wahrnahm und darauf hinwies, machte sich die Ergriffenheit der Versammelten in überstürzten Worten Luft.

»Das muß bei Hyères sein, zwanzig Kilometer hinter Toulon ...« – »Und im Westen rund um Marseille ...« »Es brennt in Cassis ...« – »Und hinter Hyères ist der Maurenwald ...« – »Und der Wald des Esterel ...« – »Und die brennen ohnehin fast jeden Sommer ...« – »Die ganze Küste steht in Flammen!«

Darauf war es wieder still – bis plötzlich eine Gestalt vor Paulines Wagen ausrief: »Oh! Mir ... mir ... Es reißt mir das Herz entzwei!«

Frau Pauline erkannte die Stimme, sie bückte sich.

»Schäfchen!« rief sie leise.

Schäfchen drehte sich um und hob im schwachen Licht der Nacht ihr Gesicht zu Pauline empor. Und zum erstenmal, seitdem sie sich kannten, war Schäfchens Gesicht ohne die Spur eines Lächelns und nackt vor Entsetzen ...

Pauline fuhr mit Sibylle das kurze Stück bis zum Haus *Rosmarin*, Paul und Schäfchen folgten zu Fuß. Er gab sich Mühe, das Mädchen, diesen kleinen, aus der Bahn gerissenen Wandelstern, mit heitern Worten in den gewohnten Umlauf zurückzulocken, es gelang ihm nicht. Sie kamen an Herrn und Frau Notar Burguburu vorbei, Paul grüßte beflissen. Im Weitergehn hörte er Juliette hinter sich sagen:

»Es gibt Herrschaften, für die ist selbst eine so furchtbare Prüfung eine Augenweide. Es gehört für sie zur Kirmes.«

Auch Schäfchen vernahm die Worte, und das Lächeln kehrte ihr wie gerufen zurück. Im Gegensatz zu dem Feuer war dies eine faßbare Bosheit, eine von jenen, die in ihrer Jugend massenhaft aufschossen wie Disteln auf einem schlechten Feld, die Stimme war ein Jagdruf, den sie längst nicht mehr fürchtete, ein Nachhall von Mißhandlungen in einem Herzen, das still und schmucklos war wie eine Dorfkirche. Und Schäfchen lächelte.

Die folgenden Nächte träumte sie wiederholt vom Feuer. Sie sah Häuser und Stallungen, brandrot hinter verschlossenen Fenstern. Menschen und Tiere irrten auf den Straßen, sie hatten die Sprache verloren, die Frauen hielten Kinder oder neugeborene Ziegen im Arm, lautlos rückte von allen Seiten das Feuer auf sie zu. Es lief dicht am Boden, sobald aber ein Hindernis kam, eine breite Straße, Steingeröll, das Bett eines Baches, schwang es sich wütend auf und setzte mit einem Sprung hinüber, von Baum zu Baum wie die Affen, die Schäfchen im Film gesehn hatte, nur daß die Affen jetzt vor Freude lichterloh brannten, als wäre dies in der Brunstzeit so ihre Art. Und sie sah auch große Herden hügelauf, hügelab vor dem Feuer fliehen, immer im gleichen Abstand mit ihm, und aus dem demütig gebeugten Nacken des Hirten quoll Blut und floß in Strömen über den wehenden Mantel.

Trotz ihres wiedergefundenen Lächelns blieb Schäfchen tagelang elend. Dann hörten die Träume auf, und Schäfchens Herz war wieder dämmerig und friedlich wie eine Dorfkirche.

An einem dieser Spätsommertage erhielt Frau Pauline eine Botschaft durch einen Jungen. Sie lautete:

»Soeben sind wir am Kai dem Ehepaar begegnet, wie es vergnügt unter vergnügten Menschen lustwandelte. Wir grüßten, und Herr und Frau Burguburu grüßten zurück, als wären wir der Prinz von Wales und seine Braut. Bitte, Frau Pauline – unser Stolz! Paul lud mich unaufgefordert zum Aperitif im *Café de la Marine* ein. Drüben am Kai wandeln sie noch immer, Bein an Bein, Arm in Arm, sie hat hellblaue Hosen an, während er unverkleidet als Notar Burguburu geht, beide scheinen für den bevorstehenden Wettbewerb um den Preis des schönsten Paares zu trainieren. Kommen Sie gleich! Sibylle.«

Es war die Stunde, in der die Erwachsenen für die Kinderherrschaft Rache nahmen.

Während die Zwergenwelt zum Essen getrieben wurde, versammelten sich die Großen am Hafen und vor den Cafés und wechselten mutige Reden. Sie trugen bunte, sehr lange, sehr breite Hosen und kurzärmelige Hemden, über die sie, wenn es kühl wurde, nachlässig einen Sweater legten, die Ärmel vorn auf der Brust zusammengebunden, was schick aussah und sportlich wirkte, erinnerte es doch an Champions, die nach beendetem Wettkampf ihrem kostbaren Körper ein Mindestmaß von Schutz angedeihen lassen. Männer und Frauen waren nur darum nicht zu verwechseln, weil die Frauen in leuchtenden Hosen, gelb, hellblau, rosa, grün einhergingen, Farben, die ein Rest von Schamgefühl den Männern unzugänglich machte.

Wenn nach Sonnenuntergang der Hafen im Arm der sauberen weißen Mole ruhte, die paar Signallichter wie rote und gelbe Tropfen im lichten Abend hingen und draußen die Leuchttürme zu spielen begannen, in dieser schönsten, dieser zärtlichsten Stunde für Himmel und Erde und alle lichtliebende Kreatur, schalteten die Cafébesitzer die Lautsprecher für Rundfunk oder Grammophon ein, die Gemeinheit der Zeit öffnete heulend den Rachen, und wer nicht verschlungen sein wollte, tat gut, sich aus dem Staub zu machen. Aber alle wünschten sie sich ja nichts andres, als verschlungen zu werden mit Haut und Haaren. Ein Tag Nichtstun und verhältnismäßiger Stille hatte sie halb verrückt gemacht, sie waren zu jedem Lärm bereit, wenn er nur nach Tätigkeit aussah. Als Frau Pauline am Kai eintraf, grölten die Lautsprecher in wirrem Durcheinander vom *Café de la Tour* am einen bis zur *Melodia* am andern Ende des Hafens. Sie warf sich mutig in das Getriebe, eroberte einen Stuhl und setzte sich zu Paul und Sibylle. »Ist das nun der Frieden?« fragte sie und folgte mit den Blicken dem eindrucksvollen Paar, das sich jenseits des Fahrdammes auf dem schon fast menschenleeren Kai zur Schau stellte. Die beiden gingen sehr aufrecht, ein zerstreutes, erstaunlich gleiches Lächeln auf den Gesichtern, der erpreßte Romeo in weißem Leinenanzug und Panamahut, die falsche Julie in hellblauer Bluse und Hose, mit einem breiten, weißen Gürtel um die Hüften. Sie schritten Arm in Arm auf dem Hintergrund des Meeres, weit draußen stand der Leuchtturm und nickte ihnen lustig zu.

Eine wohlverpackte Blutwurst mit Leibbinde, dachte Sibylle, behielt es aber für sich und sagte statt dessen:

»Wenn sie mich mit Ihnen sieht, Frau Pauline, bekommt Marius heute nacht zu dem üblichen Ausgehkrach noch etwas über die hochnäsige Person zu hören, die er beinahe wie seine eigene Tochter liebt. Der arme Patent-Blitzableiter Marius.«

»Jetzt fühlt er sich jedenfalls sehr sicher«, meinte Frau Pauline. »Übrigens«, fügte sie lachend hinzu, »sehn nicht die Schiffsmasten dort alle wie Blitzableiter aus?«

»Richtig!« rief Sibylle. »Jeder von ihnen hat einen Blitz gespießt.«

Die Masten der Fischerbarken, von ihren Segeln entblößt, glänzten im Abendlicht, an der Spitze trugen sie die vorschriftsmäßige Laterne. In der Laterne brannte kein Licht, es war nur das Glas, das so spiegelte, und da ihre Form auf die Entfernung unkenntlich blieb, war tatsächlich nichts als ein klarer Funken an der Spitze des Mastes zu sehn. Ähnlich verhielt es sich mit der Laterne am Ende der Mole, sie schwebte als rubinrotes Flämmchen frei in der Luft.

Mit einem Schlag war der Tag erloschen. Ein Frösteln überlief das Wasser und den Kai und die Menschen darauf, die Häuser. Das rote Licht am Ende der Mole und die Kugelblitze an den Spitzen der Mäste hörten auf zu flimmern und wurden hart wie Stein.

Indessen schlängelte sich der Chor der Fischer mühsam durch die vollbesetzten Tische der Caféterrasse.

Im Innern saßen nur Einheimische, die Fremden blieben im Freien nicht der guten Luft wegen, sondern um gesehen zu werden. Erst als sie unter sich waren, begannen die Fischer ihr Lied zu summen: »Wenn der Wind weht – über *das* Meer …«

Vor der Theke machten sie Front zum Volk, und der Chorführer mit dem Kardinalshaupt fragte:

»Habt ihr das Ehepaar Burguburu gesehn? Es geht auf dem Kai spazieren, der Notar ist mager wie ein Maikater. Was ihm fehlt, hat unsre Witwe ihm genommen. Dementsprechend platzt sie aus ihren hellblauen Hosen.«

Unter kräftigen, nicht wiederzugebenden Ausrufen drängte das Volk auf die Terrasse, ohne der erstaunten Fremden zu achten, und dann verstummte es minutenlang in Betrachtung des einstigen Grabengels und seines Erlösers.

»Das ist der Frieden«, erklärte der Chorführer, und alle eilten gestärkt zu ihrem Kartenspiel zurück.

Marius und Juliette erstiegen Stellamare auf dem Weg, der die Kurven der Landstraße abschneidet und dabei über freies Feld führt. Als sie an der einsamen Pinie vorbeikamen, sagte Marius:

»Da hättest du mich damals sehen sollen – mich Armen!«

Sie erinnerte sich an die Schilderung jenes Morgens, die er ihr auf der Hochzeitsreise gemacht hatte, und antwortete:

»Es war der Tag der Entscheidungen … Und nun ist alles gut.«

Sie drückte seinen Arm und blickte mit ihrem sanftesten Lächeln zum Himmel.

Dort hing eine schmale Mondsichel und dicht darunter der Abendstern.

Und beides zusammen ergab ein Fragezeichen.

Marianne

Die Tage wurden kürzer und kühler, der Meerwind nach Sonnenuntergang schmeckte bitter. Es war ein ungewöhnlich frischer Oktober.

Wenn Sibylle morgens aus dem Fenster sah, schien die Welt gealtert. Der Park lag zusammengeschrumpft unter einem Gewebe silbergrauen Schimmels. Die Sonne nahm es im Verlauf der nächsten Stunden Faden um Faden weg, aber Baum und Busch, Stein und Boden zeigten noch lange eine Unmenge Runzeln, die Sonne brauchte den halben Vormittag, um das Antlitz der Erde zu glätten.

Es war kalt morgens in der Villa *Maria*. Nur Fremden und ähnlichen Verschwendern fiel es ein, jetzt schon zu heizen – hieß nicht der Oktober der schönste Monat der Provence? Bis auf einige frühe Morgen- und Abendstunden herrschte sommerliche Wärme, diese Stunden nahm eine wohlgeartete Seele gern in Kauf.

Im Haus *Rosmarin* aber brannten gleich zwei Kamine auf einmal, der eine in Paulines Schlafzimmer, der andre in der Halle. Pauline pflegte noch zu schlafen, wenn Schäfchen hereinhuschte und sich am Kamin zu schaffen machte. Bald danach wankte das Haus unter dem Ausschlag der Dusche, und Pauline erwachte noch rechtzeitig, um die ›Klage des alten Pan‹ in der abgedrosselten Leitung zu vernehmen.

»Hallo Mutter! Sechs Uhr!«

Heute sprang Pauline auf diesen Ruf hin nicht sofort aus dem Bett und zündete auch das Licht noch nicht an. Sie hörte zu, wie Paul das warme Wasser für sie in die Wanne einlaufen ließ, folgte in stummem Selbstgespräch dem Spiel des Feuers und schrak ein wenig zusammen, sooft ohne erkennbaren Anlaß in dem kleinen Scheiterhaufen von Olivenholz wie aus einem Sauerstoffgebläse eine blaue Stichflamme hervorschoß, die auch genau so zischte und sauste ... Heute fuhr Paul in sein erstes Semester nach Paris.

Das Selbstgespräch der Mutter trat von Zeit zu Zeit sichtbar auf ihre Lippen. Die Lippen bewegten sich sekundenlang mit wechselndem Ausdruck, die Lippen blieben sinnend stehn, halb offen oder geschlossen, ernst oder lächelnd, und einmal öffneten sie sich weit zu einer stummen Frage, worauf Pauline gespannt auf eine Antwort zu warten schien.

Gegen Ende des Sommers hatte sich mit Paul etwas ereignet, dessen Folgen Pauline nicht absehn konnte, weil sie sich nicht klar war, was das Ereignis für ihn bedeutete. Sie faßte es in das Wort zusammen: La Cadière. Was war ihm ›La Cadière‹? Wieviel lag ihm daran?

Als sich zufällig herausstellte, daß eine Unbekannte, die er die Eremitin nannte, durchaus keine Unbekannte im ›Lande der Freunde‹ war, hatte sie eingewilligt, mit ihm zu der Dame zu fahren. Vorher hatte Paul sie ein einziges Mal gesehn. Bei einem Besuch La Cadières hatte er Sibylle beim längst verblühten Mandelbaum in seinem kellerartigen Tempel zurückgelassen und war zu dem kleinen gelben Haus geklettert. Und dort, hinter dem Haus, lag sie, fast völlig entblößt und mit geschlossenen Augen, in der Sonne. Der unglaublich willensstarke Ausdruck der Gesichtszüge beeindruckte ihn noch stärker als der untadelige Körper. Ohne von ihr bemerkt worden zu sein, war er zurückgeschlichen.

»Da oben liegt sie«, meldete er Sibylle, »und hat die Gewalt der Sonne im Gesicht« – und war selbst erstaunt über diesen ihm völlig ungemäßen Ausdruck. »Ganz was andres, als wir dachten«, fügte er hinzu, aber es war ihm nicht gelungen, Sibylles Neugier so weit aufzustacheln, daß sie ihm auf einen zweiten Pirschgang gefolgt wäre.

»Entweder du machst dich über mich lustig, und sie ist ein Scheusal«, sagte sie, »dann lohnt es sich nicht, da hinaufzuklettern. Oder sie ist wirklich so untadelig, wie du sagst, und dann will ich sie erst recht nicht sehn. Ich habe genug an der untadeligen Schönheit, wie sie bei uns am Strand und am Hafen herumläuft.« So war es bei dem ersten Eindruck geblieben. Ihr Bild aber hatte sich täglich tiefer in Paul eingeprägt.

Pauline war der Frau wiederholt bei gemeinsamen Bekannten im ›Lande der Freunde‹ begegnet. Sie mochte vierzig Jahre alt sein, soweit man nach dem sonnverbrannten Gesicht und der ziemlich hageren Gestalt urteilen konnte. Wenn sie stark und biegsam daherkam auf ihren hohen Beinen, um die ein Musselinrock geräumig schwankte, rechtfertigte sie in der Tat die Bezeichnung einer ›wandelnden Riesenschlange‹, mit der ihre Freunde sie belegten. Sie schritt sehr aufrecht, die Falten des weiten Kleides umschmeichelten die Beine und setzten die strömende Bewegung über die übrige Gestalt fort. Erst am Kinn und Nacken machte die Bewegung halt, und dann erst erkannte man, daß der Körper in all der Unruhe, die ihn einhüllte und trug, die Teilnahmslosigkeit einer Statue bewahrte.

Paul lehnte von vornherein die Bezeichnung ›Riesenschlange‹ ab und sprach statt dessen von der ›Gottesanbeterin‹, wobei mit dem Gott die Sonne gemeint war, bei deren gewaltiger Anbetung er die Fremde überrascht hatte.

Von seiner Mutter darauf aufmerksam gemacht, daß die Gottesanbeterin ein grausames Tier sei, das sein Männchen auffresse, antwortete er, Riesenschlangen ständen auch nicht gerade im Rufe der Sanftmut, und überhaupt kenne er nichts Unappetitlicheres als Schlangen.

Marianne empfing Mutter und Sohn in einem ärmellosen, weißen Sweater und einem Rock von gleicher Farbe, die halblangen Haare, hart, hellblond, standen von der geraden, wohlgeformten Schulter ab. Sie führte die Besucher zum Tisch, an dem sie arbeitete, zeigte auf die bunt untermalten Glasscheiben, die dort lagen und auch sonst überall im Zimmer herumstanden, und sagte:

»Davon lebe ich. Aber kein Mensch hat mehr Geld, um so etwas zu kaufen. Man muß warten, bis es besser wird. Das einzige, was noch geht, sind Porträts – leider muß ich sie oft nach eingesandten Photos malen.«

Am schönsten waren die Gläser, die am Fenster hingen. In ihnen schien alles Licht des Tages versammelt.

Die Bilder stellten, neben einigen streng stilisierten Köpfen von Männern und Frauen, hauptsächlich Vorgänge aus der Bibel, dem Landleben und Volksfesten der Provence dar, auch einzelne, peinlich gezeichnete Blumen befanden sich darunter, und eines wie das andre leuchtete in warmen, satten Farben.

Die Malerin sprach mit einem harten Akzent, von dem Paul nachher behauptete, er passe gut zu ihren willensstarken Zügen. Doch schmolz beim geringsten Lächeln die Härte in ihrem Gesicht und wurde zum Staunen eines Kindes oder zum Ausdruck einer Dankbarkeit, deren Grund meist im Dunkel blieb.

»Ich glaube«, sagte Frau Pauline, »sie hat es schwer gehabt im Leben.«

»Kann ich mir nicht denken«, meinte Paul. »Die weiß, was sie will.«

»Nein, mein Junge, die weiß, was sie *muß*. Und das ist ganz etwas andres ...«

Frau Pauline kaufte Marianne zwei Unterglasmalereien ab: ›Boulespieler bei einem blühenden Mandelbaum‹, ein Stück, auf das Paul gleich losgestürzt war, und eine wilde, gelbe Sonne über Häusern, die, bleich wie ein Gerippe, sich in der Panik des Mittags um den halb verfallenen Kirchturm drängten.

Danach war Paul wiederholt im gelben Häuschen eingekehrt, wo er das Leben mächtiger fühlte als irgendwo sonst zuvor, hoch aufgerichtet und in einer Art dauernder Verzückung dem Lichte zugewandt, vielleicht weil der Gegensatz zu dem Bild der Vergänglichkeit, wie das Städtchen es bot, der Lebenskraft Mariannes besonders starke Umrisse verlieh. Er selbst ging seitdem aufrechter, mit gelösteren Gliedern, eine liebenswürdige Heftigkeit hatte sich seiner bemächtigt, er war eifrig und pünktlich, nicht im geringsten mehr bequem, Errungenschaften, die Pauline unter andern Umständen beifällig begrüßt hätte.

Merkt denn Sibylle von alledem nichts? fragte sich häufig Pauline – aber sie wartete vergeblich auf eine entsprechende Anfrage durch die ›Mittagspost‹. Sibylle schien ruhig und guter Dinge. Er muß gelernt haben zu lügen, dachte sie ... Wenn Paul gegen elf Uhr heimkam und die Mutter noch nicht schlief, setzte er sich zu ihr und erzählte, ohne Marianne besonders zu erwähnen, von Menschen und Tieren, von Büchern, Bildern und Pflanzen auf eine Art, die seine gleichsam herausfordernde Einstellung zum Leben noch mehr verdeutlichte als die Änderung in seinem Aussehn. Er war nicht nur körperlich bewußter, er war auch innerlich gereift, und beides wie über Nacht.

Zuletzt hatte er kaum einen Abend verstreichen lassen, ohne ›auf einen Sprung hinüberzufahren‹. Aber auch dann, als er sich sagen mußte, daß sein täglicher Drang zu Marianne der Mutter genug verrate, wußte er ihr noch immer nichts von seiner Beziehung zu Marianne zu sagen. Es war schon viel, wenn er einmal beiläufig über Mariannes Arbeitszimmer äußerte: abends bei Licht strahle und funkle es von den bunten Glasscheiben wie ein kraftvolles Märchen. Und, fügte er freilich hinzu, diese farbige Lustbarkeit sei es, die ihn anziehe, mehr noch als die Gegenwart Mariannes – eine Bemerkung, von der sich Pauline eine Zeitlang hatte beruhigen lassen. Seine Ausdrucksweise begann ebenfalls mehr und mehr die Farben zu wechseln, auch gab er sich mit eigenen Versuchen in der längst außer Brauch gekommenen Malweise ab, die Marianne fast ganz allein in Frankreich wieder aufgenommen hatte.

»Du bleibst doch aber dabei, Medizin zu studieren?« fragte die Mutter, als sie ihn zum erstenmal dabei überraschte. Er antwortete, freimütig lachend, seine Versuche dienten lediglich dem besseren Verständnis von Mariannes Kunstfertigkeit, über deren Freude und Mühe er sich oft mit ihr unterhalte.

Und mehr konnte Frau Pauline trotz aufmerksamen Hinhorchens nicht erfahren.

So viel aber war gewiß: im gelben Häuschen hatte sich eine Liebesgeschichte angesponnen, und dieser Liebesgeschichte versuchte nun Frau Pauline an diesem Herbstmorgen auf den Grund zu kommen, gewissermaßen in letzter Stunde ...

Leider gab es hier niemand, der ihr selbst auf noch so ausdrückliche Fragen hätte antworten können, als das Kaminfeuer. Dieses ließ eine klare Antwort je mehr vermissen, je höher die Unruhe der Flammen stieg und je ungeduldiger sie selbst auf Antwort wartete. Des Ratens müde, sprang Frau Pauline mit einem Satz aus dem Bett, und als sie stand, stand zugleich auch der Beschluß fest, ihren Sohn nicht abreisen zu lassen, ohne ihm die dringliche Antwort entlockt, nötigenfalls entrissen zu haben. Sie kam sich streitbar vor wie selten in ihrem Leben, um nicht zu sagen gewalttätig.

»Ich bin es Sibylle schuldig«, entlastete sie sich vor sich selbst, und damit war das Selbstgespräch vor dem Kaminfeuer beendet.

Eine Viertelstunde später, Paul turnte nackt über die Treppe, hörte er sie singen. »Ihr, die ihr Triebe des Herzens kennt ...« Er wunderte sich. Er freute sich. Das hatte sie lange nicht gesungen! ... Ihre Altstimme zitterte ein wenig.

Arm in Arm schritten sie die Treppe zur Halle hinunter.

»Nachts schleichen Diebe ums Haus«, versicherte scherzhaften Tones Paul, als sie am Frühstückstisch saßen. »Ich fürchte mich, Mutter, dich alleinzulassen.«

»Fürchte dich nicht, mein Junge. Der Dieb ist der Kater Marius. Er leidet an Schlaflosigkeit und belustigt sich mit welken Blättern auf der Terrasse. Und wenn du meinst, es schleiche eine ganze Einbrecherbande ums Haus, dann ist es der Wind, der Marius ärgert, weil er ihm die Blätter haufenweise wegtreibt.«

»Heute nacht war es arg mit dem Wind!« plauderte Paul. »Sonst höre ich nie die Züge, die hinten vorbeifahren – es ist doch sicher ein Kilometer bis zur Bahnstrecke, wie? Heute nacht fuhren sie alle durch unser Haus. Der Kamin blies den Baß, und die Abzugsröhren eines gewissen Ortes spielten die Flöte – im Diskant!«

»Und die Käuzchen?« fragte sie lächelnd. »Hast du die Käuzchen gehört?«

»Und ob!« Von den Käuzchen konnte er sogar eine Merkwürdigkeit berichten. Mehrere Tage hintereinander war ihm bei der nächtlichen Heimfahrt von La Cadière an der gleichen Stelle ein Käuzchen im Scheinwerferlicht über den Weg geflogen. Seit vorgestern war es ausgeblieben. Offenbar hatte es sich aber inzwischen mit seinen Jungen beim Haus *Rosmarin* eingefunden, wo es von Punkt ein Uhr an Unterricht erteilte.

»Hier in der Nähe muß die Käuzchenschule sein. Hast du gemerkt, Mutter? Sie machen nicht wie sonst ›kiwitt!‹, sondern ›kief, kief‹, und mir scheint, sie zwitschern auch.«

»Vielleicht«, mutmaßte Frau Pauline, »ist das eine ihr Liebesruf und das andre die gewöhnliche Umgangssprache. Und mit der müssen die Jungen vernünftigerweise anfangen.«

Beinahe im gleichen Atemzug, es gab nur eine kurze, aber merkwürdig eindringliche Pause, die den Sohn die Ohren spitzen ließ, fragte Frau Pauline mit leicht erhobener Stimme: »Sag mal, Paul, bist du dir klar, daß du Sibylle betrügst? Sie ahnt doch nicht, daß du nach dem Abendessen schnell noch ein bißchen zur Eremitin fährst?«

»Wieso betrügen?« antwortete er gelassen. »Ich habe eine ältere Freundin in La Cadière – was ist dabei? Ich verschweige es Sibylle, weil sie – nun, du weißt, wie sie ist.«

»Wie ist sie denn, mein Junge?«

»Wie? Nun also, sie duldet zu gern. Und da kann ich einfach nicht mehr mit. Ich bin entschieden *gegen* das Erdulden. Wenn ich glaube, ich habe sie endlich hochgebracht, plumps! fällt sie in die mütterliche Finsternis zurück.«

»Glaubst du im Ernst, Sibylles Mutter dulde im Finstern?«

»Nein, die werkelt höchst vergnügt im Finstern. Das törichte Kind aber leidet, leidet und will leiden. Sie hält einen womöglich für schlecht, wenn man nicht mit ihr leidet und duldet. Es ist ein Geburtsfehler. Ich fürchte, es gibt kein Mittel dagegen.«

161

Pauline fuhr sich mit dem Handrücken über die Stirnnarbe.

»Schlimm«, sagte sie leise.

»Was soll schlimm sein, Mutter?«

»Daß du nicht einmal merkst, wie ungerecht du bist ... Du hast bisher nie so gesprochen.«

»Laß nur, Mutter! Das bißchen Ungeduld! Es geht vorüber.« Als sie nicht antwortete, erhob er sich und küßte sie auf die Stirn – nicht flüchtig, wie es seine Art war, sondern kurz und heftig.

»Sie hat eine ähnliche Stirn wie du«, sagte er, den Mund an ihrem Ohr. »Und fast ganz deine Hände.« Und er küßte auch ihre Hände.

»Das entschuldigt dich nicht«, wehrte sie ab. »Und dann stimmt es auch nicht. Sie hat nur mein Alter.« Und, nach einer Pause: »Ich nehme an, du sprichst von Marianne.«

»Wenn du willst, werde ich es Sibylle gleich nachher sagen. Schließlich kann sie es gerade so gut wissen.«

»Schließlich bist du auch nicht mit Sibylle verlobt«, forschte sie und schloß unwillkürlich die Augen, um den Klang seiner Antwort besser zu unterscheiden.

»Nein, aber trotzdem – trotzdem«, sagte er in einem Ton, der zugab, er fühle sich Sibylle zumindest ernstlich verpflichtet. »Wenn du willst –«

»Ich will gar nicht, mein Junge. Nur – wenn es dir recht ist, werde ich die beiden miteinander bekannt machen.«

»Selbstverständlich, Mutter. Das ist mir sogar sehr lieb.«

Im Verlauf der weiteren Unterhaltung, sie sprachen von seiner Unterkunft und Lebensweise in Paris, sagte er plötzlich zwischendurch:

»Bitte, laß uns in Marseille eine Minute allein. Ich will es ihr sagen.« – »Überlege es dir, Paul – und denke an die möglichen Folgen ... Du meintest ja, es ginge vorüber.«

»Ich habe es mir überlegt. Sie soll genau erfahren, was ist. Sie hat nichts von Marianne zu befürchten ... Und Marianne nichts von ihr.«

»Das letzte, mein kleiner Pascha, versteht sich fast von selbst«, bemerkte mit ernster Miene die Mutter.

Paul warf ihr einen bestürzten Blick zu und gab keine Antwort, worauf sie, nicht ohne Mühe, zum Gespräch über die Umstände seines Pariser Lebens zurückkehrten.

Alles war zur Abfahrt bereit, das Gepäck im Wagen verstaut, Schäfchen, schweigsam wie immer, mit einem feenhaften Lächeln im Haus verschwunden. Paul saß am Steuer, die Mutter neben ihm. Der geöffnete Rücksitz wartete auf Sibylle. Da erschien Herr Notar Burguburu. Er trat an Frau Pauline heran und bat mit gezogenem Hut um eine Unterredung.

Paul sprang aus dem Wagen und blickte beunruhigt nach der Villa *Maria*. An einem der Fenster pendelte das Goldhaupt Tuliettes wie ein mechanisches Spielzeug hin und her, sie wollte sehn, ohne gesehn zu werden, und als sich dies vor Pauls wachsamem Auge als undurchführbar erwies, bestand sie wenigstens auf einer teilweisen Unsichtbarkeit, indem sie den Kopf in regelmäßigen Zwischenräumen zurücknahm.

Laut ließ Paul seine Mutter und Burguburu wissen:

»Vorausgesetzt, daß wir nachher schnell fahren, haben wir jetzt gerade noch fünf Minuten Zeit.«

»Das genügt«, erklärte der Notar, der dastand, als halte er statt der Baskenmütze einen Dreispitz und als ruhe die andre Hand auf einem Galadegen. In wohlgeformter Rede setzte er Frau Pauline in Kenntnis, daß die Mutter Sibylles sich genötigt sehe, ihrer Tochter die Fahrt nach Marseille zu untersagen, da diese Fahrt der getroffenen Verabredung über den Verkehr der Tochter mit der Familie Tavin widerspreche. Es sei ihr erlaubt, mit Herrn Paul spazierenzugehen und auszufahren, jedoch unter der Bedingung, dabei eine Begegnung mit der gnädigen Frau zu vermeiden. Über die Gründe dieser Bestimmung stehe ihm, dem Notar, kein Urteil zu, er bitte höflich um Entschuldigung, wenn er sich gezwungen sehe, der, wie er annehmen müsse, beiden Seiten bekannten und von der Familie Tavin stillschweigend angenommenen Bedingung Erwähnung zu tun – unter ausdrücklicher, hiermit wiederholter Zurückstellung seines Urteils über die Gründe, die Frau Burguburu veranlaßt haben mochten, eine unter Nachbarn und Damen der Gesellschaft doppelt ungewöhnliche Maßnahme zu ergreifen. Fräulein Sibylle lasse sich entschuldigen. Trotz ihrer Freude über die Einladung zu der schönen Fahrt und mit Rücksicht auf ein leichtes Unwohlsein, von dem er hoffe, es werde den Tag nicht überdauern –

»Bravo!« rief in diesem Augenblick Paul mit aller Kraft.

Als der Notar, unvermutet, aber nicht ungern aus der Fassung gebracht, die Augen wandte, um sich bei Paul mit einem freundlichen Blick für den Beifall zu bedanken, sah er Sibylle mit allen Gliedern am Sims ihres Fensters zappeln.

Sie hing und kämpfte mit Armen und Beinen, setzte sich bald mit der einen, bald mit der andern Hand gegen den Zugriff Juliettes zur Wehr, die sie am Abspringen zu hindern suchte. Mit den Füßen bearbeitete sie den ruckweise unter ihr hin und her schwankenden Fensterladen der Küche, bemüht, einen festen Stand zu gewinnen. Gleichzeitig übersah sie die Lage klar genug, um auf Pauls Zuruf: »Warte, ich komme!« gebieterisch zu antworten: »Bleib, wo du bist!« Es kam ihr darauf an, die Unternehmung ausschließlich mit eigenen Mitteln zu Ende zu führen und Juliette so jeder Möglichkeit zu berauben, bei der zu erwartenden Strafexpedition auf die Familie Tavin zurückzugreifen.

»Rühre dich nicht!« rief sie nochmals drohend.

Inzwischen war das Ersatzstück und überalterte Sündenbild Emmas mit einem Aufschrei unter die Küchentür getreten.

»Laden festhalten«, befahl Sibylle nach unten, und in der gleichen Sekunde, da Juliette sich aus dem Fenster beugte, um ihre Tochter an den Haaren zu packen, ließ Sibylle den Fenstersims los und kam mit einem Ruck auf den Laden zu knien, den die Köchin krampfhaft festhielt. Im nächsten Augenblick sprang sie die Köchin an. Das Fleischgebirge legte sich lautlos auf den Rücken, und Sibylle befreite sich aus seinen Schluchten.

»Fang das Gör!« schrie Juliette, von den dramatischen Ereignissen mehr und mehr aus den Kulissen auf die Bühne gezogen. »Marius, her mit dir! Was stehst du da? Fang sie!«

Marius machte eine beschwichtigende Handbewegung zur Villa *Maria* hinüber und wandte sich an Pauline. Mit leiser, bebender Stimme ersuchte er sie, dem Ungehorsam der Tochter zu steuern, dem gesetzwidrigen Fluchtversuch einer Minderjährigen ihre Unterstützung zu versagen.

»Nicht wieder ein Skandal! Ich bitte Sie, verehrte gnädige Frau!« sprach er flehentlich und drehte der Villa *Maria* den Rücken zu. Mächtig gewachsen stand Juliette im Fenster und schüttelte die Fäuste nach ihm.

»Du Schlappschwanz!« kreischte sie. »Du Idiot! Da hüpft sie wie ein Känguruh, fang sie, du Kamel!«

Ihr Gesicht war verzerrt, sie schwitzte vor Aufregung, von weitem sah es aus, als ob ihr die Schminke über die Backen liefe.

Aber auch Paul geriet allmählich in Wallung. Ohne sich von der Stelle zu rühren, wie ihm verordnet war, ermunterte er Sibylle mit Zurufen:

»Raus aus dem Speck!« befahl er, als Sibylle auf der Köchin lag. »Und jetzt lauf, was du kannst! In einer Minute müssen wir weg.«

»Schweigen Sie«, überschrie ihn Juliette, »schweigen Sie, Sie junger Bock!«

»Tritt sie! Fest, Sibylle!« rief er, als dann die Köchin sich wie ein Polyp an Sibylle festklammerte, die stumm und grimmig zum Gartentor strebte, und dabei warf er die Arme um sich, als wollte er vor lauter Vergnügen aus der Haut fahren. Sein unangemessenes Lachen erbitterte Sibylle und verdoppelte ihre Kräfte.

Burguburu neigte sich zu Paulines Ohr:

»Gnädige Frau, ich frage Sie – wünschen Sie meinen Tod?«

»Nein!« sagte Pauline kurz, in einem Ton, der ihn zurückprallen ließ – kein Ja hätte abweisender sein können. Burguburu blickte in ein unerbittliches, starres Antlitz. Er konnte nicht wissen, daß dieser Ausdruck lediglich eine Folge von Frau Paulines angestrengter Bemühung war, sich nicht von der fassungslosen Heiterkeit Pauls anstecken zu lassen.

»Vortrefflich, gnädige Frau«, sagte Burguburu leise, dann aber drehte er sich halb um und sagte so laut, daß Juliette es hören konnte:

»Ich erlaube mir, Ihnen mitzuteilen, daß ich von Stund an Ihr persönlicher Feind bin.«

Leise, mit niedergeschlagenen Augen, fügte er hinzu: »Wahrlich, bisher war ich es nicht.«

Er setzte entschlossen seinen Hut auf und würdigte Pauline keines Blickes mehr.

»Fest! Auf das Schienbein!« rief Paul.

Mit einem Aufschrei ließ das klammernde Fleischgebirge seine Beute fahren.

»Himmel, ist das schön, Kind, ich hätte es dir nie im Leben zugetraut!« empfing Paul stehenden Fußes Sibylle. »Jetzt aber los!«

Juliette lehnte weit aus dem Fenster. Ihre auf den Sims gestemmten Arme hielten wie zwei Molen die wogenden Brüste in Schranken, sie mußte dauernd den Hals drehn, um Luft zu bekommen. Mit steigender Wut verfolgte sie die Entwicklung des Gefechtes, bei dem ihre besten Waffen, beißende Sanftmut und schwer faßbare Ironie, im Hintertreffen bleiben mußten. Ausschließlich für den Nahkampf geschaffen, waren sie nicht weittragend genug, ganz davon abgesehn, daß Juliette zu erregt war, um sie auch nur versuchsweise zu handhaben. Hier konnten nur die gröbsten Waffen helfen.

So beantwortete sie die milde Kriegserklärung des Gatten an Frau Pauline abermals mit einer Aufforderung zur Gewalt.

»Handeln, du Esel, nicht schwatzen!« verlangte sie. »Leg endlich die Hand auf die Kleine! Mach den Gendarmen!«

Für Burguburu hatte die Schlacht mit der Kampfansage ihr Ende gefunden. Er fühlte sich als Herrn der Lage, wenn auch seine Blicke vorsichtig die Villa *Maria* mieden. Ernst und würdig wohnte er dem Einsteigen Sibylles in den Rücksitz bei, und als Paul sich ans Steuer setzte, zuckte er zwar unter der von einem gewissen Fenster herüberfliegenden Frage: »Worauf wartest du noch, du Idiot?« ein wenig zusammen, ließ sich aber nicht abbringen, Paul mit erhobener Hand um Aufschub zu bitten:

»Eine Sekunde, Herr Tavin!« Und zu Sibylle sagte er dann: »Ich habe dich wie die eigene Tochter geliebt ... Du wirst unser Haus nicht mehr betreten ... Sieh zu, wo du bleibst. Das wenige, was dir gehört, lasse ich im Haus *Rosmarin* abgeben.«

Sibylle, außer Atem, antwortete:

»Mein Lieber! Vergessen Sie – bitte, nicht – meine – dreihunderttausend Francs!«

»Die befinden sich vorläufig noch in treuen Händen«, versetzte er mit einem drohenden Knurren in der Stimme. »Bei deiner Mündigkeit wird sich herausstellen, ob das Gesetz dich für würdig und fähig erachtet, dein Vermögen selbst in die Hand zu nehmen. Nach dem Vorgefallenen erlaube ich mir, daran zu zweifeln. Lebewohl, Sibylle!«

Er winkte Paul zu, der ihn offenen Mundes über die Schulter weg angaffte.

»Sie können fahren, Herr Tavin. Ich habe nichts mehr zu sagen.«

»Schade«, murmelte Paul. »Aber es ist höchste Zeit.«

»Pst!« machte Frau Pauline, die sich noch immer nicht zu rühren wagte. Als sie auf die Landstraße einbogen, brachen Mutter und Sohn in schallendes Gelächter aus.

Sibylle lachte nicht.

Sie begriff auch nicht, was es da zu lachen gab. Sie bebte am ganzen Leib.

Verbissen wartete sie auf das Auftauchen der verwahrlosten Pinienfamilie am Wegrand, Mann und Frau mit dem Kindchen zwischen sich, die alle drei ihre Armseligkeit in die Windrichtung schrien, und verkündete dann mit einer Art triumphierender Rechthaberei:

»Da, die Familie Burguburu, wie sie vor dem Jüngsten Gericht steht! … Und ihr wißt nichts Besseres als zu lachen! Ist es das, was du Glück nennst?«

Das verfluchte Wort stach wie ein Skorpion.

»Du bist ihr ja davongelaufen, der Familie Burguburu«, sprach Paul mit Selbstbeherrschung nach hinten. »Wenn ich zu Weihnachten heimkomme, säge ich das mittlere Bäumchen ab, damit die Sache auch hier bei deinem Popanz in Ordnung kommt. Und jetzt, meine Liebe – bitte, bitte, gib Ruhe!«

Sibylle wollte wissen, inwiefern sie Ruhe geben sollte. Sie sei doch die Ruhe in Person, nur noch etwas außer Atem. Er klärte sie auf: »Du gehörst jetzt zur Familie Tavin, genau, wie du's haben wolltest – und zwar mit dem lachenden Major als Vater! Nach altem Hausgesetz darf in unserer Familie weder entsetzlich geduldet, noch furchtbar gelitten werden. Wir sind simple Leute, die sich des Lebens freuen.«

Sie schwieg, erstaunt über die Heftigkeit seiner Sprache.

Nach einer Weile sagte sie: »Gut. Abgemacht!«

Paul entsann sich, die zwei Worte schon oft in ähnlicher Lage gehört zu haben. Es pflegten ihnen dann nach einer Pause weitere zu folgen, die ihren Sinn wieder aufhoben.

Sie blieben auch diesmal nicht aus.

»Frau Pauline?« wurde von hinten gefragt. »Paul bekommt in letzter Zeit etwas Schulmeisterliches – finden Sie nicht? Mich jedenfalls maßregelt er dauernd.«

»Mich auch, Sibylle. Aber er hat mich heute früh getröstet. Er sagte, es ginge vorüber …«

Da reckte sich Paul und rief in den kleinen Spiegel am Windschutz: »Erinnere mich daran, Sibylle – ich habe dir noch etwas unter vier Augen zu sagen!«

Nun hat er sich festgelegt, dachte Pauline. Es schien ihr, als atmete der Junge auf. Jetzt muß er – und ist es zufrieden.

Um die Verspätung einzuholen, hielt Paul eine große Geschwindigkeit durch. Blieben deshalb die verschiedenen Denkmale am Weg unbeachtet? Die ›Schildkröteninsel‹, der ›Fingerhut der Venus‹ an der stets gischtigen Untiefe, die beiden Agavenböschungen ›Torero‹ und ›Hochmutvordemfall‹ (im Sprachgebrauch abgeschliffen zu ›Vorfall‹) ... Bei den zwei Pinien konnte Sybille sich nicht enthalten, laut aufzuseufzen:

»Wir armen zwei Alten!«

»Wir sind nicht arm««, betonte Paul starrköpfig – und Sibylle entschied sich, kein Wort mehr zu sprechen.

An der Stelle, wo man nur wenig den Kopf zu drehen brauchte, um La Cadière auf der Höhe liegen zu sehen, blickten sie geradeaus, als hätten sie alle drei einen steifen Hals.

Obwohl es in Marseille nicht an der nötigen Zeit fehlte und Pauline das Paar mit seinen ›vier Augen‹ allein ließ, um einigen Mundvorrat für ihren Sohn zu besorgen (wovon der Koffer bereits genug enthielt), nahm Paul die Gelegenheit einer Aussprache nicht wahr, vielmehr blickten die vier Augen verlegen umher und wünschten Frau Pauline zurück. Schon von weitem sah sie, daß nichts erfolgt war, und wenn sie Sibylle bei der Heimfahrt dennoch fragte, ob die angekündigte Zwiesprache stattgefunden habe, geschah es einzig in der Absicht, dem bedrückten Mädchen womöglich zu Hilfe zu kommen.

Nein, erwiderte Sibylle trotzig. Er hatte nichts gesagt, und es war auch gar nicht nötig gewesen, etwas zu sagen, sie wüßte schon, wovon die Rede sein sollte, seitdem ihr eine Eröffnung unter vier Augen in Aussicht gestellt worden sei. Im kleinen Spiegel an der Windscheibe hatte sie gesehen, wie Paul erblaßte und sich auf die Lippen biß.

»Ist sie denn wirklich so schön?« fragte sie nach so langer Zeit, daß Pauline sich erst darauf besinnen mußte, wen sie meinte.

»Sie ist in meinem Alter, gute Sibylle!«

»Ja, eben«, sagte das Mädchen ... »Und gut gewachsen? Und gesund?«

Nun war es an Pauline, sich auf die Lippen zu beißen.

Der Ginestepaß, dies Riesendenkmal von Sibylles Lebenslust, verhielt sich noch stummer, noch glanzloser als bei der Hinfahrt, da ihr Leichtfuß immerhin vor ihr gesessen und ihr bisweilen im Spiegel zugenickt hatte. Und als bei Cassis die ›Krone Karls des Großen‹ vom blauen Himmel auf ihre Stirn herabsinken wollte, schüttelte sie störrisch den Kopf und sah unverwandt vor sich auf das schwarze Band der Straße, das den Wagen schicksalhaft über Berg und Tal zog, ganz gleich, was die Insassen dachten und wünschten. Und aus dem Gedanken, einer Macht ausgeliefert zu sein, vor der alle Menschen ohne Unterschied hilflos waren, so sehr sie sich dagegen regten und sich abkämpften, stieg langsam eine Beruhigung und hüllte sie ein wie leichter Nebel.

Pauline, die sie wiederholt betrachtet und angelächelt hatte, ohne sie aus ihrer Versunkenheit hervorlocken zu können, rief sie an:

»Hallo, Sibylle!«

»Ja«, antwortete freundlich das Mädchen. »Sibylle ist ein Unglücksname. Ich habe es gerade gedacht – und fand es tröstlich.«

»Kind, du bist rührend schön!« sagte Frau Pauline in einem Tone selbstvergessener Ergriffenheit. »Du bist viel schöner als die andere ... Gib mir einen Kuß.«

Von heftiger Freude fast schmerzhaft berührt, warf Sibylle die Arme um ihren Hals und überschüttete sie mit Küssen. Sie küßte, wie sie noch nicht geküßt hatte. Eine unbekannte Sibylle riß sich in ihr los, sie erschrak vor sich selbst ... Aus der Tiefe schössen feurige Dankbarkeit, zärtliches Dunkel herauf. Sie sammelten sich um ihren Mund und strömten unerschöpflich über ... Der Wagen fuhr kreuz und quer, Sybille merkte es nicht, sie küßte, sie fühlte, begehrte nur eines: So bleiben und vergehn, vergehn ... Mit einem Ruck brachte Pauline den Wagen zum Stehn, einen Fuß breit vom Rande der Böschung. Die Böschung war niedrig und fiel unmittelbar ins Meer ab.

Als der Wagen hielt, starrten sie beide geblendet auf die See, die dicht neben ihnen wie eine strahlende Mauer aufgerichtet stand.

»Kind, das darfst du nicht tun«, sagte Pauline mit weit geöffneten Augen. »Um ein Haar wären wir den Liebestod gestorben. Und nicht mal den richtigen ... Was dann?«

»Verzeihung«, murmelte Sibylle.

»Du bist viel schöner als sie«, bekräftigte Pauline. »Viel, viel schöner! Aber wenn man im Auto küßt, muß es vorsichtig geschehen, gewissermaßen andeutungsweise und besser nicht auf den Mund. Ich dachte –«

Sie lenkte den Wagen vorsichtig auf die Mitte der Straße, wich mit kühner Drehung einem Wagen aus, der vorbeisauste, und fuhr dann in rascher Fahrt weiter, ohne den Satz beendet zu haben.

»Was dachten Sie?« forschte Sibylle.

»Ich dachte, du wüßtest, wie man im Auto küßt.«

»Oh! Da dachten Sie zuviel«, flüsterte Sibylle und wandte das Gesicht ab.

Vom Fenster ihres Häuschens in La Cadière sah Marianne den rahmgelben Wagen Paulines nach Marseille fahren und von dort zurückkehren.

Beide Male hatte sie sich nur um wenige Minuten verrechnet.

Sie legte den Fernstecher an seinen Platz auf dem Fensterbrett, ging zum Arbeitstisch und vertiefte sich in die Untermalung eines handgroßen, länglichen Glases. Die schwarze, lichtgestreifte Landstraße, das Stückchen Weinacker und darüber der Himmel, wo ein Band mit dem Datum des Tages schwebte, waren schon ausgeführt, das rahmgelbe Auto erst zur Hälfte. Am Abend war das Bild fertig. Sie behielt es einige Tage bei sich, dann brachte sie es zur Post.

Marianne sah zu, wie das ganze Land unter ihr herbstlich wurde.

In der Ebene und über die aufsteigenden Terrassen der Hänge schritten kleine Gestalten gebückt von Rebe zu Rebe und ernteten die Trauben. Auf den Straßen warteten die Wagen mit den Bütten und Fässern. Eine schalldichte Klarheit war über das Land gebreitet. Marianne konnte jede Bewegung von Mensch und Tier deutlich wahrnehmen, aber keinen einzigen Laut. Wenn in La Cadière die Kirchenglocke anschlug, geriet die Luft in Bewegung, Marianne hörte, wie sich Ton um Ton über das Tal fortpflanzte und wie unter jeder der gleitenden Wellen der Raum bis auf die Erde hinab erbebte. Darauf war es womöglich noch stiller als zuvor.

Gleich nach der Weinernte wurden die Reben mit Pferden gepflügt, das Tack-Tack vereinzelter Motorpflüge drang bis zu dem gelben Haus hinauf. Marianne konnte verfolgen, wie der Pflug die Erde zwischen den Reihen der Reben dreimal umbrach: erst an beiden Seiten, so daß der Grund an den Weinstöcken schön aufgehäuft wurde, dann in der Mitte – und das war die einzige Furche, die sichtbar blieb. Gleich danach wurden die Reben geschnitten, überall brannten kleine Stöße von Abfallholz, der bläuliche Rauch stieg kerzengerade empor. Abels Opfer fand Annahme im Himmel ...

Das Einsammeln der Oliven schloß die Reihe der Ernten. Unter den Bäumen wurden Säcke und Tücher ausgebreitet und die grünen oder schwarzen Früchte geschüttelt und abgeschlagen. Dann trat eine kurze Pause ein in Erwartung der Orangen- und Mandarinenernte, die in die Mitte des Winters fiel.

Der Khakibaum hinter Mariannes Haus nahm leuchtend rote Farben an, und bald sank ein Blatt nach dem andern zu Boden, bis der Baum kahl war und die Äste die unbeschatteten Goldfrüchte prahlend ins Licht hoben. Marianne mußte schon vor Sonnenuntergang die Fenster schließen, weil sie beim Arbeiten klamme Finger bekam.

Zuweilen begegnete ihr in der Nähe des Hauses oder in den Gassen ein schwarzes Mädchen, dessen Blässe, kaum, daß der Sommer vorbei war, schon wieder unter der sonnverbrannten Haut durchschien. Es hatte einen lackroten Mund, der von weitem leuchtete, und hinkte ein wenig.

Sobald das Mädchen Mariannes ansichtig wurde, blieb es, wie in Betrachtung eines nahen Gegenstandes, halb abgewandt stehn und setzte seinen Weg erst fort, wenn es sich von der Eremitin unbeobachtet glaubte.

»Kommen Sie doch, kleine Sibylle«, wollte Marianne oft zu ihr sagen ...

Sie ging hinter ihr her, machte schnell einen Umweg, um ihr in einer der engen Gassen von neuem zu begegnen, aber Sibylle wußte es stets so einzurichten, daß die Malerin sie nicht ansprechen konnte. Wenn die Kleine sie sah und, an die Wand gedrückt, die Zögernde hinter ihrer Schulter vorbeiließ, erinnerte sie an ein furchtsames Tier, das nur deshalb nicht die Flucht ergreift, weil es weiß, daß es zu schwach ist, um seinem Verfolger zu entgehen. Sein einziger Schutz besteht darin, sich gleichsam in sich selbst zu verkriechen und zu warten, bis die Gefahr vorbei ist. Und während Marianne hinter ihrem Rücken vorbeischritt, überlegte Sibylle, ob wohl alle Opfer sich von ihren Mördern so angezogen fühlten wie sie ...

Nach jeder Begegnung schwor sich Sibylle, ihre ängstlichen und gierigen Späherbesuche nicht zu wiederholen. Dann wieder gedachte sie ihnen den Stachel zu nehmen, indem sie Marianne freimütig aufsuchte. Einmal hielt sie schon den Türklopfer in der Hand ... Als sie im Haus ein Geräusch vernahm, ließ sie die Hand sinken und blieb minutenlang stehn, in Furcht und Hoffnung erstarrt, Marianne möchte die Tür öffnen und sie in ihrer bettelhaften Stellung überraschen. Darauf eilte sie, so schnell sie konnte, bis zur Terrasse vor dem einstigen Stadttor und lehnte sich atemlos gegen die Säule, auf der die lange Liste der Gefallenen stand.

Im Frühling hatte sie hier mit Paul die blühenden Mandelbäume im Tal gezählt, es waren mehr als ein Dutzend gewesen, und einer hatte sogar gleich im Gemäuer unter der Terrasse gehangen, weiß und rosig schimmernd, eine hellere Lampe über dem lichten Tal. Jetzt krümmten sich die halbdürren Blätter, und niemand dachte daran, an einer so abschüssigen Stelle die schwarzen Früchte zu ernten ...

Langsam wanderte sie nach St. Cyr-sur-mer, der Tochterstadt La Cadières, es war eine ziemlich lange Strecke, sie hatte ja Zeit. Am Marktplatz hob eine dem Städtchen angemessene Nachbildung der New Yorker Freiheitsstatue ihre Fackel, aus dem Sockel plätscherte ein Brunnen. Hier wartete sie geduldig auf die ›rote Linie‹, und wenn es Louis war, der den Wagen führte, lächelte sie, und saß ein anderer Chauffeur am Steuer, vermied sie seinen Blick und nahm möglichst tief im Wagen Platz.

Menschen, die sie nur oberflächlich kannte, waren beinah Feinde. Früher pflegte Sibylle sie zu versöhnen oder wenigstens ihren bedrohlichen Gedanken zuvorzukommen, indem sie freundlich grüßte, aber seitdem sie erwachsen war und ohne ihre Mutter ausging, war der heilsame Brauch eingeschlafen. Nur zu den Kindern hatte sie volles Vertrauen, trotz der Erfahrung mit dem boshaften Mädchen am Badestrand, und wo sie stand und Kinder in der Nähe waren, dauerte es nicht lange, und Sibylle sah sich von ihnen umringt und heftig in Anspruch genommen.

Solange es um diese Stunde hell blieb, fand sie an der Freiheitsstatue regelmäßig kleine Stammgäste vor. Sie wurde mit Geschnatter begrüßt und bis zum Eintreffen des Autobusses mit Frage und Antwort und Spielversuchen unterhalten. In letzter Zeit aber brach die Dunkelheit früh herein, die Kinder waren schon im Haus, und dann schien die Freiheitsstatue in ihrem Bronzegewand zu frösteln und mit gesenkter Stirn statt eines Kinderspielplatzes ein Massengrab zu bewachen, worin Mörder und Gemordete unterschiedslos durcheinander lagen … Und Sibylle vermißte jede Spur von Billigkeit in der Welt, und sie hielt Ausschau nach einer höheren Gerichtsbarkeit, vor der die Dinge in Ordnung und die Opfer zu ihrem Lohne kämen … Blieb an solchen Abenden endlich auch Louis noch aus, entfesselte der schwach beleuchtete Wagen alle Nachtschrecken einer Autobusfahrt. Heute war es besonders schlimm. Der Wagen war voll besetzt. Man saß zusammengepfercht und wurde Körper an Körper durch die Finsternis geschleudert, und Sibylle, die durch eine unvorhergesehene fremde Berührung mit Ekel erfüllt wurde, ganz gleich, ob sie von einem Mann oder einer Frau herrührte, blieb in einem Zustand dauernden Schreckens. Draußen sprang unter dem Licht der Scheinwerfer die Welt entzwei. Straße, Böschung, Mauern, Bäume, alles hob sich und stürzte, manchmal flogen die Sprengstücke so dicht an den Scheiben vorbei, daß man sich unwillkürlich duckte.

Es war ein Aufatmen, wenn auf einer längeren, geraden Strecke ein leuchtendes Stück Straße wie die Zuversicht selbst vor dem Wagen herlief. Kaum aber fühlte man sich einigermaßen sicher, da erfolgte bei der nächsten Kurve schon wieder die Explosion und warf innen und außen alles durcheinander. Die Menschen saßen, schwer und müde oder ganz abwesend, wie in sich verschanzt, mit einer traurigen Gefaßtheit, die anscheinend jede Katastrophe in Gedanken vorwegnahm. Sie waren betäubt von dem Lärm, der Schnelligkeit, der vor und zurück springenden Finsternis draußen, die infolge des schwachen Dämmerlichts im Wagen noch bedrohlicher wirkte. Der Wagen rannte los, hopste, glitt mit schlängelnden Bewegungen über die Straße, stemmte sich beim Abwärtsfahren gegen das eigene Gewicht, um nicht kopfüber zu stürzen, legte sich in den Kurven mit ächzenden Reifen zur Seite. Die Scheiben zitterten, der Boden bebte unter den Füßen, die Sitze schwankten, und wenn ein andrer Wagen oder gar ein Autobus vorbeikam, stockte allen der Atem in der Erwartung eines Zusammenstoßes, dessen Gefahr doch im gleichen Augenblick schon beschworen war. Gerade dies aber, das verspätete Auftauchen der Gefahr im Bewußtsein, peinigte die Nerven und lähmte das Selbstvertrauen.

Sibylle fühlte sich in der Mitte eines Naturereignisses, dem gegenüber man nichts tun konnte, als sein gutes oder schlimmes Ende in Demut abzuwarten – ein Gefühl, das an Gläubigkeit grenzte, an die panische Versunkenheit des Gebets. Dieser Eindruck wurde noch durch die Haltung des Schaffners verstärkt, der gebückt durch den Mittelgang des Wagens ging und, bei jedem Schritt haltmachend, rechts und links die Fahrscheine ausgab ... Sibylle suchte in ihrer Erinnerung, wo sie das Bild gesehn haben mochte, auf dem ein Priester der Mannschaft eines sturmgeschaukelten Schiffes die Wegzehrung verabreichte, bis ihr aufging, daß dies Bild ihre eigene unbewußte Schöpfung war.

Vor zwei Jahren, anläßlich einer Nachtfahrt mit ihrer Mutter, von Marseille nach Hause, hatte sie plötzlich sekundenlang geglaubt, ein Priester komme mit dem Kelch durch die Mitte des Autobusses auf sie zu, und dann entsann sie sich auch, daß es an der gleichen Stelle war, wo sich das Bild auch jetzt wieder einstellte, in der scharfen Kurve oberhalb Cantals. Damals war der Wagen im Augenblick darauf über die Böschung geschlittert und krachend an einem Baum zum Halten gekommen, ohne weiteren Schaden zu nehmen als spinnenwebartige Brüche im Sicherheitsglas der Fensterscheiben ... Das Wiederfinden des Bildes beruhigte sie für eine Weile. Dann setzte der Schrecken von neuem ein.

Körperlich wie seelisch gemartert, verließ Sibylle am Park Stellamare den Wagen, setzte sich auf den weißen Stein und sammelte Glieder und Gedanken, um, gehorsam dem Tavinschen Familiengesetz, Haus *Rosmarin* gefaßten Sinnes zu betreten.

Da löste sich eine Gestalt aus dem Dunkel und kam auf sie zu. Sie erkannte ihre Mutter.

Aus einem Fleisch

»Kind, rücke ein bißchen, ich muß mit dir sprechen«, erklang Juliettes sanfte Stimme, und als Sibylle tat, als hörte und sähe sie nicht, ließ sich die Gestalt auf den schmalen Platz neben ihr nieder. Sie trug ein dunkles Kleid mit hellem Gürtel und einen hellen Schleier. Der Schleier war um das Haar gewickelt. »Entschuldige, Sibylle, ich muß mit dir sprechen«, wiederholte sie. »Es ist hauptsächlich deinetwegen ... Willst du nicht einen Augenblick mit mir ins Haus kommen? Ich bin allein. Marius hat Geschäfte in Paris.«

Ärgerlich über das andauernde Schweigen des Mädchens lachte sie hämisch auf und sagte:

»Ist dir das auch schon aufgefallen? Alle Männer werden von Zeit zu Zeit von dringenden Geschäften nach Paris gerufen. Wenn sie schlechter Laune sind oder Kopfschmerzen haben, fahren sie nach Paris. Wenn sie Liebeskummer haben, fahren sie nach Paris. Wenn sie ihre Freundin los sein wollen, fahren sie nach Paris.«

»Und studieren dort Medizin«, ergänzte Sibylle. »Damit hättest du gleich anfangen sollen, Mutter.«

»Ach! Du weißt Bescheid?«

»Ich kenne dich, Mutter ... Da Paul in Paris studiert und nicht, wie ich dir früher einmal erzählte, in Marseille, schließt du daraus, daß er mich los sein will. Ist es das, worüber du mit mir sprechen mußt?«

»So leichtfertig ist deine Mutter nicht, Sibylle. Auf eine bloße Vermutung hin hätte ich nicht alles vergessen und begraben, was zwischen uns vorgefallen ist, um hier in der Nacht auf dich zu lauern. Ich hätte dich ruhig weiter deiner Hoffnung leben lassen – bis zur unvermeidlichen Enttäuschung. Du weißt, wir haben kein Glück in der Familie ... Aber meine Tochter soll nicht warten, bis sie von fremden Menschen aus einem fremden Haus hinausgedrängt wird.«

»Wer soll mich hinausdrängen?« fragte Sibylle kampfbereit, und gleichzeitig fühlte sie eine eisige Angst in den Eingeweiden.

Es war dunkel um sie, weder Mond noch Stern am Himmel. Bevor ein Wagen auftauchte, strich eine Geisterhand suchend über Straße und Böschung, die Hand kam nie bis zu ihr. Kaum tauchten die Scheinwerfer auf, war der blendende Ansprung aus der Nacht schon wieder vorüber und die Dunkelheit tiefer als zuvor. Der Park in ihrem Rücken lag da wie eine undurchdringliche Masse von Finsternis, lautloser als ein Stein.

»Wer dich hinausdrängen soll?« jubelte leise Juliette. »Nun, vor allem diese Malerin in La Cadière, mit der man dich hintergeht – auch so eine anlockende Person ... Ich möchte nur wissen, ob sie nicht schon in Paris sitzt.«

»Nein, ich habe sie heute gesehn.«

»Von weitem, versteht sich?«

Sibylle schöpfte tief Atem und wiederholte ein in Ranas geläufiges Wort:

»Die Witwe Bosca weiß alles.«

»Kind, die mißgünstigen Leute, die das sagen, sind gar nicht weit von der Wahrheit entfernt. Ich habe dir nie davon gesprochen, du warst zu jung, um zu verstehn ... Also, höre! Stundenlang verweile ich bei abgeschlossenen Türen vor dem Bild deines Vaters, stundenlang – und allmählich verwandle ich mich. Gehör und Gesicht werden leicht wie der Wind. Mein Geist – tritt aus mir heraus, und dann sehe ich Dinge, die andre nicht sehn.«

»Ach, Mutter! Darüber soll ich nun staunen? Meine ganze Kindheit stand unter dem Schrecken deiner ›Zwiesprache mit dem Jenseits‹ – so nanntest du's doch? Ich litt tausend Ängste, wenn du den Schlüssel im Salon umdrehtest. Du sagtest, dort drinnen würden meine heimlichen Verfehlungen und sogar meine Gedanken offenbar. Dafür war ich nicht zu jung ... Treibst du das immer noch? Wen quälst du denn jetzt damit?«

Die letzte Frage überhörte Juliette, sie beteuerte:

»Wie denn nicht – wo mein Leben so namenlos schwer geworden ist? Wer soll mir denn mit Rat beistehn, wenn nicht er!«

»Wo steckt er eigentlich?« fragte Sibylle mit fröhlich erhobener Stimme.

Juliette antwortete vergnügt:

»An einem sichern Ort! Marius kann lange suchen.«

»Und er ist nach wie vor auf dem laufenden?«

»Aber wie!«

Nach einer Pause, während deren sie beide vor sich hinkicherten, begann Juliette mit geheimnisvollem Flüstern eine Geschichte zu erzählen. Danach sollten ›die Zigeuner‹, die mit Frau Tavin verkehrten, nicht nur ›Agenten im Dienste einer fremden Macht‹ sein, sondern, was ihr offenbar wichtiger schien, die Leutchen wurden auch allgemein dafür gehalten. Nach ihrer Darstellung, die sich, wie sie Sibylle zu verstehn gab, auf Aussagen des Majors stützte, spann die anlockende Person im Haus *Rosmarin* heimlich ein Netz über die ›dem Feinde offene Küste‹ und das dazu gehörige Hinterland. All diese englischen Zeitungsschreiber und deutschen Maler, entgleisten Franzosen und Autobesitzer ohne bestimmten Beruf, die hier wie Bratäpfel an der Sonne brutzelten, halbnackt herumliefen und nachts bei offenen Fenstern schliefen, waren in Wirklichkeit verkappte Spione, und es bestand nicht der geringste Zweifel, daß eines Tages die ganze Bande in die Luft fliegen würde ... Die Gendarmerie von Ollioules hatte längst ein

Auge auf die hochnäsige Person und ihren Anhang, und wenn Sibylle etwa glaubte, sie dürfe in einer andern, ihr begreiflicherweise näherliegenden Sache auf die Witwe Tavin zählen, so brauchte man nur Mutter und Sohn zusammen auf der Straße zu sehn, um sich klar zu sein, daß der Junge unter allen Umständen die Mutter um den Finger wickeln würde. Übrigens hatte der ehrenwerte Doktor Blanc verschiedentlich das kleine Auto vor dem Haus der verrückten Person in La Cadière stehen sehn, und zwar mitten in der Nacht, und der Bürgermeister des Ortes, ein Mitglied der Toulaner Akademie, war in einem vertraulichen Gespräch mit Marius nicht vor dem Wort ›Skandal‹ zurückgeschreckt. Denn im Land galt natürlich Sibylle als die Verlobte des jungen Tavin … Sie selbst, Juliette, wollte nicht leugnen, daß sie ihre Tochter nur deshalb bei wildfremden Leuten gelassen habe, statt sie mit Gewalt zurückzuholen, wie die Sorge um ihr Seelenheil nach wie vor verlangte, um ihr nicht die Möglichkeit zu rauben – »eines Tages zu ihrem Mann ins Bett zu hinken«, beendete Sibylle den Satz und stand auf.

Erst schien es, als wollte Juliette die Tochter unbehindert ihres Weges ziehen lassen, dann aber tat sie einen Sprung bis vor sie hin, und ein Wortschwall ergoß sich über Sibylle.

»Ich lasse dich nicht gehen! Heute nicht!« rief die Witwe. »Du mußt mich zu Ende anhören. Marius hat mich töten wollen, deshalb warte ich hier dir auf, du mußt mir helfen, du kannst mich nicht länger schutzlos lassen. Er hat mir den Revolver an die Stirn gesetzt, das dicke Weibstück nebenan schläft wie ein Murmeltier, und seit gestern ist er verschwunden. Ich kann nicht mehr allein bleiben im Haus. Ich beschwöre dich, Kind, habe ein einziges Mal Mitleid mit deiner armen Mutter.«

In stummer Verwunderung suchte Sibylle die Züge der Mutter zu erforschen. Phantasierte sie, oder sprach sie die Wahrheit? Burguburus Drohung mit dem Revolver nahm das Mädchen nicht ernst, es war nicht das erstemal, daß die Mutter von angeblichen Attentaten ihres Gatten zu berichten wußte. Da aber nichts auf wohlgeartete Menschen stärker wirkte als der echte Schmerz eines andern, mußte sie gegen ihren Willen zum weißen Stein zurückkehren, worauf auch Juliette ihren Platz an der Ecke wieder einnahm.

»Ich warte schon viele Abende auf dich«, bekannte sie nach einem Schweigen. »Ich stand wiederholt hinter dir, eine Viertelstunde, eine halbe Stunde lang, hier an diesem Stein, und wagte nicht, dich anzusprechen. Hast du mich nicht gesehen?«

»Doch«, sagte Sibylle, »ich habe dich gesehn.«

»Du dachtest, ich wollte dir Vorwürfe machen?«

»Du meinst: mich beschimpfen?« ... verbesserte das Mädchen.

»Nein, das nicht.«

»Was dann?«

Die Kleine zuckte die Achsel.

»Du hattest Sehnsucht nach deiner Tochter.«

»Ja«, flüsterte Juliette erfreut. »Ja, mein Kind, ich vermißte dich mehr, als ich sagen kann.«

Auch Sibylle senkte die Stimme.

»Ja«, sagte sie. »Die Teufel können es nicht vertragen, wenn ein Opfer plötzlich ausrückt. Sie wollen es wiederhaben. Sie sind bereit, sich zu demütigen, um es nur wieder in die Finger zu bekommen ... Doch, ich kann es mir gut vorstellen.«

Und als Juliette schwieg, setzte sie hinzu:

»Es muß eine Art Liebe sein, eine Art Glück – wie, Mutter? Du mußt es wissen.«

»Wie kann ein Kind auf solche Gedanken kommen – frage ich mich.«

»Das Kind hat es hundertmal erfahren, Mutter, die Gedanken kamen ganz von selbst, immer dieselben ... Und dann –« Sie stockte.

»Sprich, Sibylle! Sag, was du willst, nur sprich ... Und dann?«

Unvermutet machte Sibylle Platz, und Juliette rückte schnell nach, sie eilte, sich des erlangten Vorteils zu versichern. Sie beugte sich vor und sah der Tochter mit einem im Dunkel schimmernden Lächeln ins Gesicht. Und Sibylle staunte, wie schön dies Gesicht war, jetzt, da die Nacht es verschleierte.

»Und dann, mein Kind?« drängte Juliette.

»Und dann – es geht mir ja ebenso« ... Sie senkte die Stimme. »Ich vermisse dich auch.«

»Siehst du! Ich habe es mir gedacht«, frohlockte Juliette. »Du bist von meinem Fleisch, es kann nicht anders sein.«

Das Mädchen fuhr leise fort:

»Ja. Es kam vor, daß ich nachts schlaflos lag im Haus *Rosmarin* und mir wünschte, nebenan ginge plötzlich einer eurer Ausgehkräche los, und ich müßte unter die Bettdecke kriechen, um nicht Zeuge eurer so arg vertraulichen Aussprache zu sein ... Ich habe lange gesucht, wie ein derartiges Verlangen zu erklären sei – und habe die Erklärung gefunden. Es ist wenig schmeichelhaft für mich. Es läuft darauf hinaus, daß ich bei guter Behandlung schwachsinnig werde. Ich muß Prügel haben, um auf der Höhe zu sein, andernfalls werde ich zu einem Backfisch, der das Glück sucht und, wenn es nicht schnell genug kommt, als lahmende Isolde den Liebestod stirbt ... Leider, Mutter, verabscheust du die Musik – was wäre aus mir geworden, wenn ich mich hätte ausbilden dürfen! Ich wäre aus dem Rausch gar nicht herausgekommen ... Manchmal saß ich im Garten und hörte drüben deine Stimme. Am liebsten wäre ich gleich zu dir gelaufen ... Wie dumm! Ich hätte zufrieden sein können, es ging mir gut, alle waren freundlich zu mir, es fehlte mir nichts.«

»Doch«, beteuerte Juliette, »es fehlte die Mutter.«

»Ja, es fehlte jemand, der durch den friedlichen Morgen auf mich zukommt und lächelnd einen Schritt vor mir haltmacht, um mir mit einem giftigen Wort mitten ins Herz zu zielen. Ja, das fehlte mir ... Es muß eine schwere Sünde sein, so zu empfinden.«

»Das ist es auch«, sagte die Mutter in einem Ton, der Sibylle aufblicken ließ. Aber das Gesicht der Mutter war in das Dunkel zurückgetreten, Sibylle erkannte nur eine rundliche, weiße Fläche, die um zwei stechende Augen schwebte.

»Sicher«, flüsterte Sibylle, »sicher ist die Sünde schwerer als die des andern, des Jägers ... Der tut ja schließlich nur, was das Opfer von ihm erwartet.«

»Du mußt gerecht sein, auch gegen dich«, forderte Juliette mit einschmeichelnder Stimme. Sie legte den Arm vorsichtig, gleichsam versuchsweise auf Sibylles Schulter. Als das Mädchen stillhielt, fuhr sie beschwingteren Tones fort:

»Du hast ja immer eine besondere Ausdrucksweise gehabt, man weiß nicht, erzählst du ein Märchen oder meinst du es im wörtlichen Sinne. Nicht wahr, Kind, du bist doch kein Hase und kein Reh, und ich bin auch kein roher Bauer mit einer Flinte? ... Aber nun höre zu! Gesetzt den Fall, ein Hase oder ein Reh sehnt sich danach, geschossen zu werden, was ich mir, offen gestanden, nicht recht vorstellen kann, so handelt es sich zweifellos um ein in seinem Instinkt verdorbenes Tier ... um einen perversen Hasen, ... um ein widernatürliches Reh. Und wer hat sie verdorben? Niemand anders als der Jäger! Wenn es dich also verlangt, von mir gequält zu werden, so trage ich die Schuld, mein Kind, ich und kein andrer. Dann habe ich dich eben so lange gequält, bis du es nicht mehr entbehren konntest, gequält zu werden! Du siehst, Kind, ich verstehe alles. Wir sind aneinander gekettet, wir müssen es gemeinsam tragen.«

»Ach! Mutter«, wehrte Sibylle ab, »dein neuer Gatte macht es dir zu leicht. Früher warst du klüger, mir scheint sogar: aufrichtiger ... Der Umgang mit dem guten Notar hat dich nicht verfeinert ... Du glaubst, mit zwei Gramm Ironie, zwei Gramm sogenannter Aufrichtigkeit, zwei Gramm Schmeichelei lasse sich ein Schlafpulver für aufsässige Personen zusammenmischen, eins, das jeden Zweifel an deiner Herzensgüte niederschlägt. Früher war das Rezept besser, du mischtest umsichtiger, und das Zeug tat seine Wirkung. Aber seitdem du hauptsächlich den armen Marius betreust, ist deine Hand leichtsinnig geworden. Neuerdings läßt du sogar, wie ich bemerkt habe, die Giftmischerei ganz beiseite und gehst handgreiflich vor. Du raufst! Wenn ich mich recht entsinne, nanntest du den bravsten aller Ehemänner öffentlich einen Idioten, ein Rindvieh, ein Kamel und einen Esel – dies letzte, vermute ich, weil er in deiner rauhen Behandlung bis auf die Knochen abgemagert ist. Kurz, liebe Mutter, du hast viel von dem eingebüßt, was früher für dich das höchste war, Vornehmheit, Adel der Gesinnung, Seelengröße. Die Heiligkeit überspringe ich, aber fast hätte ich die Güte vergessen, die Himmelsspeise. All das vermisse ich immer mehr an dir – und im selben Maße auch an mir. Wir werden beide langsam zu Wilden.«

»Wir sind vom gleichen Fleisch«, sagte demütig Juliette. »Mir schien doch eben – ich hörte mich reden statt deiner.«

Sibylle stand auf. Sie war entschlossen, sich auch durch eine neue überraschende Wendung nicht zurückhalten zu lassen. Mutter und Tochter hatten sich fürs Leben nichts mehr zu sagen.

»Vielleicht wäre dir und Marius geholfen«, meinte sie abschließend, »wenn ihr den Major wieder in Ehren aufnähmt. Er hielt dich wenigstens etwas in Zucht, solang er an der Wand des Salons hing.«

Juliette war gleich nach Sibylle aufgesprungen.

»Bleibe, oh! bitte, bleibe, Kind«, flehte sie. »Ich *muß* mit dir sprechen.« Sie hielt das Mädchen an beiden Händen fest.

»Du siehst, Mutter, wie es geht, wenn wir miteinander sprechen«, sagte es ruhig ... »Ich lasse mir gewisse Dinge, vor allem deine

Heimtücke, nicht mehr gefallen. Schlage mich, aber tue dann nicht, als ob du mich liebkostest.«

Gleichzeitig suchte Sibylle die Hände frei zu bekommen, doch Juliette hielt sie umklammert, und als das Mädchen, mit aller Kraft daran ziehend, den Körper zurückbog, lag die Mutter unversehens vor ihr auf den Knien – die vier Hände in einem krampfhaften Knäuel flehend erhoben. Und Sibylle sah auf einmal erschreckend klar vor sich, wie das Zusammenschlagen ihrer Herzen sie beide gleichmäßig durchrüttelte und wie in diesem lebenden Händeknäuel alle Qual ihrer Verbundenheit verkörpert und auf ewig beschlossen lag.

Es hatte keinen Sinn, sich zu wehren, sich befreien zu wollen, keinen Sinn, dem Unentrinnbaren zu entfliehen ... Mit einem Gefühl, als träume sie, sank sie langsam zur Mutter hinab in die Knie.

Stirn an Stirn warteten sie, daß die furchtbare Gewalt, die sie schüttelte, sich beruhige, und als der Aufruhr in den verschlungenen Händen und in ihren Leibern stiller wurde, lehnte jede den Kopf an die Schulter der andern, und so, zwischen ihren Brüsten begraben, kam das Beben endlich zur Ruhe.

Sie saßen schon eine ganze Weile nebeneinander auf dem weißen Stein, da wiederholte Sibylle, immer noch wie im Traum:

»Schlage mich, aber tu nicht, als ob du mich liebkostest ...«

»Wie recht hast du«, sagte die Mutter mit schwacher Stimme. »Ich habe es tausendmal gebeichtet ... Es ist nichts als Stolz, als verruchter Hochmut ... Siehst du, Kind, ich bin vom Teufel besessen. Ich bin vergiftet von der Sünde ... Seit er tot ist, tue ich nichts, als ihm abbitten.«

»Mutter!« rief Sibylle, »Mutter, weißt du, was du sagst?«

Es klang freudig, beinahe so, als eröffne sich Sibylle plötzlich eine neue Hoffnung – eine neue Welt.

»Hast du ihn auch gequält? So wie mich? Genau so wie mich?«

Juliette antwortete leise, und Sibylle, in Erwartung einer ungeheuren Offenbarung, zog die Mutter an sich und neigte das Ohr zu ihrem Mund.

»Viel ärger, mein Kind ... Viel, viel ärger ... Du bist zu jung, um zu verstehn ...»

»Ich bin zu nichts mehr zu jung, Mutter«, versicherte eindringlich Sibylle. »Denk nur, was ich alles gesehn und gehört habe seit – seit deiner neuen Ehe ...« Sie dämpfte die Stimme noch mehr. »Du hast niemand, dem du dich anvertrauen kannst außer mir ... Sag mir, hast du ihn gequält? ... Und wie? ... So wie – Marius?«

»Kind, das mit Marius ist ja nur eine armselige – Wiederholung ... Er und Marius – ein Riese und ein Zwerg! *Ihn* habe ich doch geliebt! ... Ich meine manchmal, darüber bin ich wahnsinnig geworden ... Die Leute meinen, Liebe sei ein alltägliches Ding. Alles liebt, Liebe füllt Gassen und Häuser, es müssen doch Kinder auf die Welt kommen, und ich sage dir, Sibylle, Liebe ist das ärgste Gift der Welt, du fängst an zu lieben, und Gott allein weiß, wohin es dich führt ... Nur weil die Menschen feige sind, geht es so oft scheinbar gut aus ... Als ich anfing, ihn zu lieben, war ich die Glückseligkeit selbst – wie ein Geizhals saß ich auf meinem Schatz und sammelte immer neue Liebesbeweise, ich konnte nicht genug kriegen, und *er*, oh! er war ein Verschwender, er gab mir, soviel er besaß, alles, alles, er leerte sich aus für mich ... Es war ein Fehler, er gab zu viel, ich verlor den Verstand ... Seitdem bin ich, seitdem – halte mich fest, Sibylle ... komm näher, daß ich deine Wange fühle ... Was soll ich dir erst sagen, was ich bin! Aber schuld – schuld an allem ist der Spiegel.«

Erschrocken hielt sie inne, als sei sie unvermutet auf ein Hindernis gestoßen.

»Der im Betthimmel?« fragte Sibylle, und um Juliette Mut zu machen, sagte sie mit dem Ansatz eines verhaltenen Lachens:

»Früher dachte ich, meine Mutter müsse selbst im Schlaf noch einen Spiegel haben, so eitel sei sie.«

Juliette nickte.

»Als ich in einem Buche las, früher, unter den Königen, hätten sich die Damen solche Spiegel in ihren Betten anbringen lassen, da dachte ich das gleiche. Ich wollte ihn überraschen. Ich stellte mir vor, wie er lachen würde. Er lachte so – so weitherzig. Als er nach längerer Abwesenheit heimkam und wir am ersten Abend zu Bett gingen, mußte ich ihm den Spiegel erst zeigen, er hätte ihn sonst gar nicht bemerkt. Ich war so stolz auf meine Entdeckung und fand mich so schön in dem Spiegel ... Es war schrecklich! Er hat mich damals geschlagen. Dies einzige Mal nur. Aber was dann kam, war ärger als Schläge. Er behandelte mich wie eine – ich kann dir nicht sagen, wie er mich behandelte, mein Kind. Ich sah, es quälte ihn, und ich versuchte, ihn davon abzubringen, ich versagte mich ihm, aber gerade das schien er gern zu haben – verstehst du, wenn er mich überwältigen mußte. Er brach mir fast die Knochen im Leib entzwei. Er war so stark! ... Ich ließ den Spiegel entfernen, er setzte ihn wieder ein ... Er fragte mich, was ich während seiner Abwesenheit getrieben, wer mich derart heruntergebracht und zu – zu solch einem Frauenzimmer gemacht habe ... Sibylle! Er hat mir niemals glauben wollen, daß ich ihn mit keinem Gedanken betrog, daß ich ihn mit dem besten Willen nicht hätte betrügen können, ich war ja verrückt in ihn und kannte überhaupt nichts andres als ihn! Er sagte, er könnte mir das Herz aus dem Leibe reißen und doch nicht die Wahrheit erfahren ... Was soll eine Frau da tun? Ich war oft nahe daran, ihm eine Geschichte vorzulügen, nur um ihn ins Recht zu setzen, vielleicht hätte es ihn beruhigt, mich so schlecht zu wissen, aber ich wagte es doch nicht, und er sagte ja selbst, eine Lüge sei ebenso ungewiß wie die Wahrheit ... Das Abscheuliche, das er erst nur in mir gewittert und dann gleichsam ausgegraben hatte, wie soll ich dir sagen? ... eine besonders unzüchtige Vorstellung von mir, gerade das machte alsbald sein Glück aus. Was sollte ich tun, ich mußte ihm wohl oder übel darin folgen, und ja, Gott verzeih mir, ich – ich sättigte mich an seiner Verachtung, mit der er mich durchbohrte, und quälte ihn mit dem, womit er mich quälte, und in der letzten Nacht, bevor er ins Feld ging, in der letzten Nacht war es so schlimm, daß ich glaubte, mich schnell noch rächen zu müssen, verstehst du: zu *müssen*, denn vielleicht kam er nicht wieder, und dann hätte ich nie mehr Gelegenheit gehabt, ihm das Äußerste an Schmerz anzutun. Aber Schmerz ist nicht das richtige Wort, es war ja immer die höchste Lust! Je stärker seine Ungewißheit war, um so heftiger liebte er mich, du wirst den Wahnsinn nie verstehn, Sibylle – ja, also, da sagte ich, monatelang hatte ich mir jedes Wort, jeden Tonfall überlegt, da sagte ich ihm etwas, was ihn vermuten lassen konnte, du seist – du seist gar nicht sein Kind ... Und sein letztes Wort, er beugte sich aus dem Eisenbahnabteil, um es mir ins Ohr zu sagen, sein letztes Wort war: ›Hab Dank für unsre schönste Liebesnacht.‹«

Juliette wälzte den Kopf hin und her auf Sibylles Schulter, ein Wimmern kam aus ihr. Es wurde leiser, der Kopf kam zur Ruhe.

»Kind, siehst du mich auf dem Bahnsteig stehn?« flüsterte sie. »Der Zug ist längst verschwunden. Ich stehe da und blicke ihm nach, dorthin, wo nichts mehr ist ... Siehst du mich?«

Die Mutter seufzte auf, tief und leicht, wie ein Kind, das sich ausgeweint hat.

»Na ja. Schließlich sagte ich mir: du bist Lots Weib, du bist in eine Salzsäule verwandelt, du bist kein Mensch mehr ... Ich konnte nicht einmal mehr weinen ... Weißt du, wann ich wieder zum erstenmal weinte? Bei deiner ersten Kommunion! ... Und seit diesem Tag – seit diesem Tag glaubt er mir wieder! Nicht immer und auch nicht ganz und gar, aber er hört mir doch wieder zu, er spricht wieder mit mir.«

Mit einmal überstürzten sich ihre Worte.

»Was willst du, Sibylle, wir haben kein Glück in der Familie. Ich war ein armes Mädchen, er liebte mich zärtlich, er nahm mich, wie ich war, ich besaß nur ein Dutzend Hemden und ein paar Möbel, die ein Verwandter, ein Möbelhändler, mir schenkte, weil er mich manchmal hatte auf den Mund küssen dürfen in einer Ecke seines Ladens, als ich klein war, und dann – acht Wochen – ich war ein wenig launisch und boshaft, aber nicht schlecht, acht Wochen lang waren wir glücklich, und dann – wegen eines Spiegels! Ich kann nicht mehr sprechen, es ist zu arg, denke nur, alles wegen einer Dummheit! Wegen eines Spiegels!«

Juliette verstummte. Erschöpft lag sie mit ihrem ganzen Gewicht in Sibylles Armen und nickte immer nur vor sich hin. Es war eine Bewegung von so hilfloser Ergebenheit, daß Sibylle es nicht länger ertragen konnte, ein Schluchzen würgte sie in der Kehle.

Sie legte der Mutter den Arm um den Hals und bettete den haltlosen Kopf an ihre Schulter.

»Er war so fröhlich im Anfang, er lachte immer«, begann die Mutter von neuem.

Sibylle sagte:

»Laß gut sein, Mutter, ich weiß.«

Im nächsten Augenblick fühlte sie, wie sich in Juliette etwas zusammenzog, es entstand gleichsam eine Leere unter ihren Händen, als ob die Gestalt, die sie hielt, sich aushöhlte, leichter und leichter würde und ihr entglitte, und als Juliette von neuem das Wort ergriff, geschah es mit völlig veränderter Stimme.

»Was du da weißt«, sagte sie scharf, »kannst du nur von *ihr* wissen!«

Sie machte sich los, nahm Sibylles Gesicht in die Hände und richtete es dicht vor ihren Augen auf ... Die Augen starrten und hatten eine unglaubliche Gewalt. Der Mund war gierig geöffnet.

»Die Wahrheit!« befahl sie. »Ja oder nein – war sie seine Geliebte?«

»Nein, bestimmt nicht«, beteuerte Sibylle. »Sie hat nur ein kleines Bild von ihm aus dem Spital, und da lacht er.«

»Das glaube ich, da lacht er!« versetzte sie grimmig, ohne Sibylle aus den Augen zu lassen. »Und sonst? Was weißt du noch?«

»Nur, daß er ihr Freund war – ihr geliebter Freund. Sonst nichts. Ich schwöre!«

»Bis der Tod einen von uns erlöst!«

»Bis der Tod einen von uns erlöst«, sprach Sibylle, über Bauch und Rücken frierend wie als Kind.

Juliette ließ den Kopf des Mädchens los und sprach heiser vor sich hin:

»Was hilft es? Alles kann ebenso falsch sein wie wahr. Ich könnte ihr das Herz herausreißen und erführe doch nichts Gewisses. Der Zweifel, der furchtbare Zweifel, der Teufel, keine Macht der Welt bringt ihn um, er ist der zäheste aller Teufel ... Kind!« flüsterte sie mit rauher, feierlich singender Stimme, »Kind, gib acht! Wo kein Vertrauen mehr ist, da herrscht der Tod.«

Mutter und Tochter verfielen in ein langes Schweigen.

Die Geisterhände der Scheinwerfer tasteten über die Straße, ein Wagen tauchte sausend auf und verschwand mit einem Schlag, es wurde finstere Nacht, die Nacht lichtete ein wenig ihr Dunkel, wieder tastete eine Geisterhand die Böschung ab, strich eilig und sicher über die Straße. In großer Eile fuhren Menschen durch die Nacht, keiner kann wissen, was ihn am Ziel erwartet, es sei denn, er liebe in fraglosem Vertrauen, und auch dann ahnt er nicht, wie lange ihm beschieden ist, im beständigen Licht der Zuversicht zu atmen ... Sicher aber, dachte Sibylle, sicher sind es die fraglos Liebenden und Vertrauenden, die am ruhigsten fahren, daran erkennt man sie, und sie lächeln zum gleichmäßig heftigen Lied der Maschine, sie haben wenigstens die eine Gewißheit, die es auf Erden gibt: ihr eigenes, gläubiges Herz ... So habe auch ich neben Paul gesessen – als es noch Sommer war, und habe dem gleichmäßig heftigen Lied der Maschine gelauscht, als wäre es der Singsang meines Herzens. Du mußt den Zweifel an der Wurzel abschneiden, ohne zu zögern – sonst wirst du ähnlich dem Baum, den der Efeu erwürgt ... Sünde ist es, sich an sein Leid zu gewöhnen, bis man es braucht wie die Luft zum Atmen ... Vorsicht vor Spiegeln!

Sie sammeln nicht nur Freude, sie verlangen immer mehr von dir, es sind Tyrannen, du befriedigst sie nie ...

»Mutter, ich muß dich etwas fragen«, sagte sie. »Warum hast du den Spiegel nicht zerstört? Warum hast du geduldet, daß er ihn wieder hintat?«

»Du verstehst nicht. Du bist zu jung. Aus demselben Grund, warum *er* sich nicht mehr davon trennen konnte ... Er wollte mich sehn, wie ich war, wenn ich nichts mehr von mir wußte. Und auch sich wollte er sehn, uns beide – entfesselt. Entfesselt, sage ich, dabei gibt es keine schlimmere Gefangenschaft für eine Frau, eine schamlose Frau ist dem Mann ausgeliefert – wie ein Tier. Du hast nichts mehr, was dir allein gehört, nichts, was du aus Liebe verschenken, womit du jemand überraschen und beglücken kannst ... Wie froh bin ich, daß ich wenigstens einmal die Sünde begangen habe, von der niemand weiß – wie froh! Niemand weiß von ihr, und doch habe ich sie begangen, das wenigstens gehört mir allein! Einmal ist es mir gelungen!« Sie kicherte in sich hinein. »Aus heiterm Himmel! ... Aber hör zu, Kind!« Sie zeigte mit einer Schulterbewegung nach dem Hause *Rosmarin*. »Nicht wahr, sie kennt – keinen Zweifel?«

Das Mädchen schüttelte den Kopf.

»Siehst du, Kind, das sind die Glücklichen.«

Mit verhaltenem Jauchzen setzte sie hinzu:

»Die Verhaßten! Die Dummen! ... Du kannst dich an sie klammern, sie geben keine Gewißheit an dich ab, du kannst ihnen so viel Argwohn ins Herz streuen, wie Samen von einem Löwenzahn im Winde fliegt, die Saat geht nicht auf.« Sie erhob die Stimme und sprach in die Richtung des Hauses *Rosmarin*:

»Die Dummen glauben vielleicht nicht an Gott, aber sie glauben an ihr Herz und wähnen sich glücklich. Aber betrogen werden sie doch! Die Dummen trifft die Strafe am härtesten. Sie sind nicht darauf vorbereitet, verstehst du? Es trifft sie völlig unvorbereitet. Du wirst schon sehn, Kind, wie es kommt. Es nimmt ein schlimmes Ende ... *Er* hat es mir versprochen.«

Unvermittelt fragte sie:

»Meinst du, er heiratet dich am Ende doch?«

Bevor Sibylle hierauf antworten konnte, gab ein Zwischenfall dem Gespräch eine neue Wendung.

Ein Autobus hielt am Park Stellamare, was um diese Stunde selten geschah, und ihm entstieg, sichtlich aufgeräumt, geröteten Gesichts und den Hut im Genick, der Notar Burguburu.

Nachdem er auf der Straße Fuß gefaßt hatte, steckte er den Kopf in die Tür und richtete eine Ansprache an die Insassen des Wagens. Gelächter antwortete, die Tür schwappte zu, der Wagen rasselte davon, die Gestalt des Notars tauchte ins Dunkel und marschierte pfeifend an den Frauen vorbei.

Juliette erklärte kichernd:

»Er hat sich Mut angetrunken. Das tut er manchmal.«

»In Paris?« fragte Sibylle.

»Ach was! Bei seinem abgetakelten Weibsbild in Nizza. Die Person will nichts mehr von ihm wissen ... Ob sie ihm wenigstens eine Zahnbürste geliehen hat?«

»Ich dachte, Mutter, du fürchtest dich vor ihm?«

»Ja, nicht wahr? Wenn man ihn so sieht, sollte man es nicht für möglich halten, daß er einem Angst macht ... Jetzt meint er, ich sei ausgerückt, da schmilzt er wie Butter. Die Köchin wird ihm sagen, sie habe mich seit Stunden nicht gesehn – und er wird glauben, ich sei ›den Bergen zu‹ weggelaufen. Er hat das gern. Es macht ihm heiß und kalt ... Weißt du, ich hatte mich mit ihm eingeschlossen.«

»Wo denn, Mutter?«

Juliette antwortete mit einem glucksenden Lachen:

»Im Keller ... Er steht hinter einem Schrank im Keller, gut eingepackt in ein Nachthemd des Notars. Kein Mensch findet ihn ... Wenn ich ihn brauche, hole ich ihn heraus ... Aber Marius ist noch gar nicht auf den Gedanken gekommen, im Keller zu suchen. Im ganzen Haus sucht er, nur nicht da. Im Keller sind wir einfach weg, er und ich. Im Jenseits. Ich kann dir sagen, Kind, wir amüsieren uns köstlich, wenn wir ihn so über unsern Köpfen herumlaufen und rufen und die Köchin ausfragen hören ... Mit der kann er sich nicht schadlos halten wie mit der Emma, sie riecht wie ein Fischmarkt in den Hundstagen ... Übrigens, die Emma hat an Marius geschrieben – den Brief kriegt er natürlich nicht zu Gesicht. Er wäre imstand, ihr Geld zu schicken. Das anlockende Scheelauge hat einen netten, kleinen Matrosen geheiratet, einen Landsmann von ihr, einen Bretonen, der hat nach Ablauf seiner Dienstzeit die Fischerei seines Vaters übernommen. Früher habe ich ihn einmal hier mit der Emma in der Küche erwischt. Du erinnerst dich vielleicht, damals wimmelte hier immer eine Torpedobootflottille herum, die Mannschaft kam fast jeden Abend an Land. Ich sah von meinem Zimmer, wie er zur Emma hereinging, ich kam gerade aus dem Bad. In zwei Minuten hatte ich mich fertiggemacht und ging in die Küche. Er guckte mich groß an, lächelte wie Amor und nahm Reißaus. Ein hübscher Junge. Man sah, das Kerlchen war gewohnt, auf den ersten Blick zu gefallen. Ich sage dir, während ich ihn hinauswarf, machte er Augen, die einer andern als mir den Kopf verdreht hätten – halb Wolf, halb Reh ... Emma und er, die Tierchen, schienen sich aber bereits, wie soll ich sagen – sie schienen sich bereits verlobt zu haben in der Küche. Ich wundere mich, wo sie die Zeit hernahmen – und den Platz. Es war allerdings Frühling.« Juliette ergriff übermütig den Arm der Tochter und schüttelte ihn. Unter verhaltenem Lachen schwankte sie hin und her. Sie empfand das unwiderstehliche Verlangen, Sibylle körperlich in ihre Vergnügtheit einzubeziehen. Die Erinnerung an den kleinen Matrosen hatte sie verwandelt, sie war verzaubert von Leichtsinn. »Zur gleichen Zeit war er der Schatz einer Norwegerin drunten in Ranas, einer regelrechten Quartalssäuferin«, vertraute sie höchlichst vergnügt der Tochter an. »Als er die Nacht darauf unter dem Fenster der Person pfiff, machte das Luder nicht auf, und da ging das Jüngelchen einfach hier herauf und stieg auf der Leiter ein ... Na! ... Ich weiß nicht, wollte er zu mir oder zur Emma. Du kannst dir denken, wie ich ihn empfing, den Seeräuber. Wie er hereingekommen war, so flog er wieder hinaus. Ich muß sagen, er benahm sich verhältnismäßig anständig, ich brauchte nicht um Hilfe zu rufen, er ging von selbst, lautlos wie ein Kater ... Am andern Morgen, als ich von meiner blödsinnigen Flucht zurückkam – ich hatte mir allen Ernstes das Leben nehmen wollen, Sibylle, es fehlte mir nur der Mut, nicht der Mut vor den Menschen, der Mut vor Gott, dem wir ja doch nicht entfliehen –, am andern Morgen fand ich die Emma zerrauft und in Tränen aufgelöst in der Küche und den Notar als Wrack auf meinem Bett. Der Esel stellte sich schlafend, aber ich roch doch, was los war – kannst dir denken! ... Wir Frauen haben da eine Nase wie die Tiere der Wildnis. Wir sind nur noch ein bißchen verschlagener als sie. Warum? Weil wir gefährlichere Feinde haben, meine Liebe – darum! Der Mann ist das gefährlichste aller reißenden Tiere, vergiß es nie, mein Kind! Da lag der arme Mann auf dem Bett und verhielt den Atem vor Angst. Ich stellte mich dumm, ich hatte meine Gründe dafür, es kam zu nichts zwischen uns – aber als ich später bei Marius auf seinen Fehltritt mit Emma zurückkam und er leugnen wollte, genügte eine Ohrfeige, damit er alles gestand. Im übrigen waren meine Beweismittel – unwiderleglich ... Er sperrte Mund und Nase auf, kann ich dir sagen ... Die Männer meinen immer, wir seien von ihnen verhext bis zum Verlust aller Sinne und hielten ihre offenbaren Schmutzereien lieber für eine Augentäuschung als für das, was sie sind. Unverbesserliche Schmutzfinken sind sie und Sklaven ihre tierischen Triebe! Präge es dir ein, Kind, und laß dich durch keine Liebenswürdigkeit davon abbringen. Wenn du willst, daß ein Mann dir die Treue bewahrt, kannst du gar nicht gemein genug sein – merke es dir! Das Leben, je nachdem, wie du's nimmst, ist ein Spaß oder ein Brechmittel ... Man tut gut, sich für eines von beiden früh zu entscheiden ... Sie verlangen von uns, daß wir eifersüchtig sind. Sie meinen, das sei ein Beweis von Liebe. Es ist aber nur ein Beweis von schlechtem Gewissen. An dem freilich fehlt es den wenigsten ... Ich habe mir immer Mühe gegeben, dich auf das Leben vorzubereiten, Kind. Du bist jetzt vielleicht doch alt genug, alles zu verstehn. Ein Kerl wie der kleine, hübsche Matrose will was zum Lachen und Beißen haben, und eine Person wie die Emma mit ihrem gefühlvollen Scheelauge wird immer in weinendem Zustand verspeist werden ... So will es die Natur ... Nun haben sie also geheiratet, der kleine Blonde und die Scheeläugige. Und sie hat einen Brief an den Notar schreiben müssen. Ich vermute, er wollte ein bißchen Geld erpressen von meinem Alten, aber in dieser Hinsicht ist die Emma zu anständig. Sie schreibt nur, sie sei glücklich und erwarte zu Weihnachten ein Kind. Du kannst dir an den Fingern abzählen, wann und wo – nun ja ... Mir soll es recht sein. Jedenfalls liegt der Brief an einem sichern Ort.«

»Beim Major im Keller?« fragte Sibylle.

»Geraten!«

»Und außer dem netten, kleinen Matrosen könnte noch jemand als Vater in Betracht kommen?«

»Man weiß nie, was wahr oder falsch ist – da hast du's nun wieder mal! Bisweilen weiß es nicht einmal die Mutter. Herrlich – wie? Das sind die Glücklichen ... Diese Schafsköpfe!«

»Du bist stark, Mutter«, sagte Sibylle und rückte unwillkürlich von ihr ab. »Unheimlich stark ... Viel stärker als alle Glücklichen zusammen.«

»Freilich, Kind. Nichts Zerbrechlicheres, als was die Dummen Glück nennen! Spuck darauf, und das Luftschloß fällt in Trümmer. Aber sie glauben alle, sie leben in einer Festung ... Nun muß ich nach Hause. Ich habe ehrlichen Hunger. Kommst du mit?«

Nein. Sibylle kam nicht mit. Sie zog es vor, noch eine Weile auf dem weißen Stein allein zu bleiben. Zu den Gedanken, die sie sammeln mußte, ehe sie, gehorsam dem Tavinschen Familiengesetz, Frau Pauline gut gelaunt unter die Augen trat, hatten sich inzwischen noch so viel andre eingefunden, eine wilde, aufsässige Schar von Reitern, die sie eingekreist hielten und sich beängstigend aufführten! Sie mußten in Ordnung gebracht, abgemustert und schließlich dorthin entlassen werden, wo, nach Pauls Behauptung, die Klarheit der provenzalischen Erde den Bewohnern ihr freundliches Gesetz auferlegte ...

»Vergiß nicht, wohin du gehörst«, waren Juliettes letzte Worte. »Und merke dir: ohne deinen Schutz wird er mich bestimmt noch töten. Er ist ein Schwächling, der nicht viel aushält ... Und mit einmal wird er vor Schwäche toll.« Die Wolken auf ihrer großen Winterfahrt zogen über La Cadière hinweg, ihre Schatten grasten auf der Erde.

Bisweilen trat eine Flaute ein, dann lag die ganze Himmelsflotte still. Sobald sie sich wieder in Bewegung setzte, kam Leben in die Landschaft, ein allgemeiner Aufbruch geschah des einen zum andern, es entwickelte sich ein geselliger Verkehr zwischen Dingen, die sonst unbeweglich und in sich verschlossen blieben.

Hier glänzte ein Stück Rebland auf, dort eine Baumgruppe, eine bewaldete Kuppe winkte leuchtend, worauf unten im Tal die Palmenallee eines Schlosses entzückt von der Stelle rückte. Eine Lichtung im Bergwald erglühte langsam und unaufhaltsam, bis die dunstige Luft darüber zitterte. Sie verging, und der Ruf der Sonne erreichte einen andern Winkel, der sich nun gleichfalls in Bewegung setzte. Ganz in der Ferne zwischen dunkeln Felsen glomm ein Flecken Meer, es erlosch, und als Marianne wieder hinsah, hatte es von neuem Feuer gefangen und schwelte wie Zunder, ohne eine Flamme hervorzubringen ... Das Meer verriet, wie schwach die Sonne geworden war.

Eines frühen Morgens trat Marianne reisefertig aus dem Haus. Ihr kleiner Garten glaubte den Winter, der ohnehin schwächlich genug war, bereits hinter sich zu haben. Narzissen und Ringelblumen bliesen einander mit Kindertrompeten in die erwachenden Gesichter, die Orangen und Zitronen färbten sich golden, am betauten Rosmarin war jede Blüte ein duftender Edelstein, auf den Felsen flatterten Büschel roter Spornblumen im Morgenwind, und in feierlichem Aufzug überschritten die rosa Vorreiter und Pagen der Sonne die Bergkette im Osten.

Ihnen allen nickte Marianne zu, mit einem Lächeln, das baldige Heimkehr versprach, und dann stieg sie, ihr Köfferchen an der Hand, mit großen Schritten den Berg hinunter. Der Musselinrock wehte um ihre Beine, unter der seitlich sitzenden Baskenmütze starrte das Haar hervor, sie ging aufrecht, den Kopf ein wenig zurückgeworfen, die schmalen Lippen halb geöffnet, in Gelb gekleidet, von der Mütze bis zu den Schuhen. Das Gesicht war schon ein wenig welk, aber man sah es kaum, Schminke und Puder fehlten, dafür hatte die Sonne es mit einem tiefen Goldton überzogen und gehärtet.

In den Trümmern der alten Stadt erwachte das Leben am frühesten, Marianne erschrak geradezu vom kriegerischen Gekeife einer unsichtbaren Vogelschar – wahrscheinlich setzten die Frühaufsteher einer verspäteten Eule zu. Aus den halbverfallenen Häusern, wo die Armen hausten, drang ein Hüsteln, ein Stöhnen, und einmal schrie ein Kind auf und weinte dann fassungslos über den geträumten Schrecken. Als sie an dem Mandelbaum in dem noch dunkeln Hof vorbeikam, blieb sie eine Sekunde stehn und verneigte sich vor ihm ...

Die schmucke Kulisse der Hauptstraße, der Wohnort der Wohlhabenden, erinnerte an den Flur eines Gasthofs. Unwillkürlich blickte Marianne nach einer Gebotstafel aus: ›Ruhe!‹ Hier herrschte eine Stille, der sich sogar die Vögel in den Platanen des schmalen Marktplatzes unterwarfen. Die herrschaftlichen Sänger lagen alle noch in den Federn.

Marianne wanderte weiter den Berg hinab, zwei-, dreimal wechselte der Koffer die Hand, sie ging im gleichen, kräftigen Schritt bis zur Station, und dort wartete sie auf den Frühzug, der sie über Marseille nach Paris bringen sollte.

Es war zwei Tage vor Weihnachten, und indes Marianne einige Stunden später sich von Paris wie von einem Magnetberg angezogen fühlte, dem der Zug mit jedem ihrer Atemzüge näher kam, eilte Sibylle ungezählte Male an das untere Gartentor des Hauses *Rosmarin*, um

Ausschau nach dem Telegraphenboten zu halten. Auf dem Rundweg stand der kleine Wagen bereit, in Befolgung des erwarteten Telegrammes an Pauls Ankunftsort zu stürmen.

Als es dunkelte, sagte Sibylle:

»Er hat sich anders besonnen, Frau Pauline. Morgen kommt ein Brief mit langen Erklärungen ... Ihr Sohn wird zunehmend weiser in seinen Briefen, Frau Pauline! Zu mir wenigstens spricht er wie ein Kirchenvater.«

Statt eines Briefes kam am Weihnachtstag ein Telegramm, worin Paul mitteilte, er sehe sich veranlaßt, die kurzen Ferien in Paris zu verbringen.

»Dann ist sie auch dort!« erklärte Sibylle bestimmt.

Pauline strich sich mit dem Handrücken über die Stirn.

»Möglich. Ich entsinne mich – kürzlich, als sie hier war und du sie, verstockt wie du bist, nicht sehen wolltest, hat sie mir eine Andeutung gemacht ...«

Sibylle hob langsam die Augen:

»Ihnen, Frau Pauline? ... Sind Sie bereits – ihre Vertraute?«

»Sie möchte, daß ich es würde – aber ich habe abgewinkt ... Sie ist ein anständiger, tapferer Kerl, Sibylle. Ich vermute, sie macht sich wenig Illusionen ... In ihrem Alter neigt man zur Bescheidenheit.«

Sibylle ging in sich und kehrte ans Licht zurück mit der Erkenntnis:

»Wenn er will – wird es doch dazu kommen ... Was können wir dagegen tun?«

»Doch, wir können viel tun. Jedenfalls wollen wir nichts unversucht lassen.«

»Wenn ich liebte, würde ich noch als Greisin nicht zur Bescheidenheit neigen«, verkündete trotzig Sibylle.

»Ich sagte dir schon – Marianne hat immer nur getan, was sie mußte, nie, was sie wollte. Wie viele stolze Menschen muß sie ihre scheinbare Unabhängigkeit teuer bezahlen.«

Pauline wurde von Schäfchen abgerufen und verließ unter den verwunderten Blicken des Mädchens das Zimmer.

Sibylle hatte erraten, daß die Bemerkung ebenso, wenn nicht noch mehr, auf Pauline zutraf als auf Marianne. Während sie dem nachsann und sich einbildete, die beiden Frauen einander in innigem Sichverstehn mit beinah liebendem Ausdruck zugewendet zu sehen, nahm die Fremde nach und nach Paulines Züge an. Sie wurde ihr immer ähnlicher, je länger Sibylle in Gedanken ihr Auge auf sie und Pauline gerichtet hielt. Sibylle saß da, bestürzt und aufgewühlt vom größten aller Wunder, der Verbundenheit geheimnisvoll verwandter Seelen über die Erde hin, und hielt die weit geöffneten Augen auf die Tür gerichtet, durch die Frau Pauline gegangen war – nicht allein, nein, begleitet vom ach so lebensvollen Schatten Mariannes ...

Zwei Stunden später kehrte Sibylle nach einer Unterredung mit Pauline, die vor dem Bilde des lachenden Majors stattfand, in die Villa *Maria* zurück, diesmal für immer.

Schäfchen brachte den Koffer hinüber, stellte ihn vor der Haustür ab und verschwand mit einem feenhaften Lächeln, bevor Sibylle noch Zeit gefunden hatte, den Türhammer zu heben. Juliette öffnete. Sie erhob die dicken Arme wie eine Zange und stieß ein Freudengeschrei aus. Dann senkten sich die Arme und griffen Sibylles Schultern. »Dich schickt uns heute Gott«, versicherte sie. »Marius!« rief sie, »Marius!«

»Kind, zum erstenmal, seitdem du erwachsen bist, gibst du mir einen Beweis von Liebe!«

Die kleine Sibylle hing wehrlos in ihren Armen und versuchte zu lächeln. Mit einem Ruck beförderte Juliette sie von der Türe weg in den Flur. Burguburu kam, er stellte sich neben Mutter und Tochter und hielt eine wohlgesetzte Rede, worin Ernst und Humor abwechselnd vortraten, um die Heimkehr der verlorenen Tochter und die Herzensgüte der standhaften Mutter zu feiern. Von sich sprach er nicht, vielleicht, weil Juliette ihm keine Zeit dazu ließ und gleich auf die Köchin schimpfte, die heute früh ohne Kündigung ausgekniffen sei, weshalb man bereits auf eine ordentliche Hauptmahlzeit habe verzichten müssen. Denn sie selbst sei im Glück der neuen Ehe ihres nicht geringen Kochtalentes erstaunlicherweise verlustig gegangen.

Sibylle ging gar nicht erst in ihr Zimmer, sondern machte sich unverzüglich daran, mit den vorhandenen Vorräten ein Abendessen zu bereiten. Dabei summte sie vor sich hin und schien, wie das hungrig vor dem Küchenfenster auf und ab wandelnde Ehepaar feststellte, glücklich ›wie ein unflügges Vögelchen, das man in sein Nest zurückgelegt hat‹.

Zur gleichen Stunde, da Sibylle das Essen auftrug, es gab Rühreier, Bratkartoffeln und nicht mehr ganz frischen Salat, setzten sich Paul und Marianne in einem Speisehaus des lateinischen Viertels an einen kleinen Tisch, und Paul bestellte als Eingang Austern – ein Gericht, von dem Marianne behauptete, es sei ihr seit rund zwanzig Jahren nicht einmal in Gedanken vorgesetzt worden.

Als sie ihm von ihren Begegnungen mit Sibylle erzählte, sagte er: »Die Arme! Wie wird sie da wieder geduldet haben! ... Trotzdem – sie ist und bleibt meine kleine Braut.«

»Und ich?« fragte Marianne.

»Einen Augenblick, bitte! Muß nachdenken.«

Sie kam ihm zu Hilfe.

»Ich bin deine voreheliche Geliebte ... So gehört sich's doch für einen ordentlichen Lebemann? So was muß man gehabt haben? Ich denke mir, die Ehre verlangt es.«

Er lenkte ab.

»Prost Marianne! Und nochmals Dank für das entzückende Glasbild ...«

»Kind«, versicherte Burguburu im Speisezimmer der Villa *Maria*, »du weißt, ich habe dich immer beinahe wie die eigene Tochter geliebt. Aber ich ahnte nicht, daß du eine erstklassige Köchin bist.«

Ohne darauf einzugehen, blickte Sibylle ihrer Mutter fest in die Augen und sagte: »Die Sache mit dem Matrosen ist mir klar.« Burguburu wollte erfahren, was das für ein Matrose sei, worauf Juliette lachend ausrief: »Ein Rätsel, das ich ihr einmal aufgegeben habe! Ein Frauenrätsel. Für Männer verboten!«

Nach einer Weile setzte sie mit herausforderndem Blick hinzu: »Es hängt mit der Leiter zusammen.«

»So«, sagte Burguburu und fragte nicht weiter.

Jemand kommt zu Besuch

Im *Café de la Marine* setzte Louis den Ranassern auseinander, warum nach seiner Meinung die Ehe der Frau Marius Burguburu, geborenen Witwe Bosca, bedenklich zu schlingern beginne:

»Ihr Alter reist öfter über Land und kommt mit einem Schwips nach Hause – er, der mäßigste Mann der mäßigen Provence! Wenn er wegfährt, ist er stumm und finster, bei der Heimfahrt aber erzählt er den Leuten tolle Geschichten vom König Heinrich IV.«

Das Volk, vom Chorführer befragt, urteilte verschieden.

Die einen riefen: »Sie schlaucht ihn, bis er so dünn wird wie ein Regenwurm«, andere: »Nein, es ist die Geschichte mit der Stieftochter, und außerdem hat er so strengen Dienst, daß er sein Geschäft vernachlässigt, die Kundschaft läuft weg.« Andere wiederum vermuteten, es sei ein Kind unterwegs, und die Witwe rappele wie eine alte Uhr, die man nach Jahrzehnten zum erstenmal aufziehe. Einer prophezeite sogar, sie werde demnächst der Unkeuschheit der Welt entsagen und endgültig den Witwenschleier nehmen – schon bereite sie ihre armen Kranken und Gebrechlichen wieder kräftig auf den Tod vor.

Schließlich einigten sie sich, daß die Unruhe des Ehepaares Burguburu von der Frühlingsahnung herrühre.

Die Jahreszeiten wechseln leise in der Nacht ... Doch diesmal kam der Frühling wie eine parfümierte Mänade daher.

Die Häuser bebten bis in die Grundmauern, die Ziegeldächer hoben und senkten sich wie Blasebälge, die Kamine, alle Röhren wurden zu Orgelpfeifen, und obwohl Fenster und Türen und sogar die Läden fest geschlossen waren, erfüllte der Duft des Mispelbaumes und der Mimosen die Zimmer. Am folgenden Sonntag kämpften die Bauern, die den Autofahrern blühende Mandelzweige anboten, sich Schiffbrüchigen gleich bis an die kurz anhaltenden Wagen durch und krochen schnell wieder hinter die Sträucher und in die Aushöhlungen der Böschung. Die schwarze Landstraße war hart und blank wie Stahl.

Und als der Mistral drei Tage getobt hatte und noch nicht aufhörte, wußte man, nun würde er wieder drei Tage so weitermachen, und als er sich auch am sechsten Tag nicht legte, wußte man, vor dem neunten gäbe es keine Ruhe.

Danach folgten Tage der Stille, in denen eine mächtige Sonne wieder aufrichtete, was der Mistral gebeugt hatte. Bisweilen meldete sich, wie leichte Reue, ein Wind, klein und arglos, ein Wind um eine Wiege. Dann lagen die Maisfelder, Äcker, Rebgärten, die frisch ergrünenden Weiden schlafbefangen, die Sonne hielt ihre Goldhände darüber, alle Kreatur bemühte sich, lautlos zu sein in ihrem Wandel. Still blickte der Himmel auf das reglose Meer, ein Ausdruck rührender Sorglosigkeit verklärte die Schöpfung. Und alle kleinen Gegenstände am Boden erinnerten an Spielzeug, das auf das Erwachen eines Kindes wartet.

Die Provence wurde wieder zum Land der Troubadoure. Überall lockten Singhöfe und Spielplätze, unter safttreibenden Bäumen oder sorgsam hingestellt zwischen Blumenbeete und streng bemessene Terrassen.

Das geringste Dorf erfreute sich eines Marktplatzes mit reihenweise ausgerichteten oder in scheinbarer Unordnung kunstvoll verteilten Platanen. Die Kugeln der Boulespieler rollten schillernd durch die Lichtkringel am Boden, die luftigen Kinderstuben der Bäume waren voll Lärm und Bewegung. Der Schatten von Ast und Blatt hob sich genau, wie mit Tusche gemalt, von der Erde ab. Zwischen den rollenden Kugeln hüpften und flatterten, etwas verwischt, die Schatten der Zeisige, Rotkehlchen und Amseln. Ihre Rufe schwammen klar in der durchsichtigen Luft.

Für einige Zeit war jeder Mann in der Provence, auch der älteste, ein Troubadour und jeder Marktplatz ein Liebeshof. Jedes Mädchen, gepflegt und mit hellen Augen, schritt wie eine Prinzessin. Obwohl es dort keine Bäume und keine Boulespieler gab, eröffnete sich auch der Hafenkai von Toulon als Singhof und Spielplatz. Seine Eigenart bestand in Wasserspielen und Begegnungen mit dem Morgenland. Aus der nahen und weiten Umgebung strömten die Troubadoure in die Stadt und sammelten sich auf dem Kai, wo sie zu wandelnden Zeigern von Sonnenuhren wurden. Als Troubadoure glichen sie den Eintagsfliegen, die lange im Dunkel leben, um wenige Stunden in der Sonne zu tanzen und dann zu sterben.

Selbst in Notaren und Katasterbeamten, in Geschäftsreisenden und schwer beweglichen Rentengenießern weckte der Frühling den Spieltrieb, die Lust am Abenteuer, eine Ahnung vom Wert scheinbar nichtsnutzigen Beginnens, das ein Körnchen von Gottes Allmacht und jener Freiheit enthält, der die Kunst ihr Dasein verdankt.

Freilich, der ehrenwerte Doktor Blanc hatte so unrecht nicht, wenn er auf der Terasse des *Café de la Rade*, eingekeilt zwischen Frau Tavin und Gesandten aus dem ›Land der Freunde‹, die Lage mit den Worten kennzeichnet: »Wir trinken unsern Tee auf einem Pulverfaß.« Denn, nicht wahr? – genau gesehn, war hier der erste Kriegshafen Frankreichs, innen und außen und meilenweit im Umkreis mit feuriger Drohung geladen. Aber auch der Doktor mußte Frau Pauline zustimmen, als sie erwiderte: »Lieber Doktor – die Pulverfässer sind heutzutage so umfänglich! Ich meine, es ist ziemlich gleich, wo man sitzt, falls sie losgehn. Wir hier befinden uns in einem sauberen, etwas überlaufenen Freiluftsalon, und so gewaltig scheint die Sonne herein, daß ich an den Gefechtsmasten der Kriegsschiffe die kleinen Blätter vermisse, wie wir sie überall unterwegs ihre Hände nach uns ausstrecken sahen ... Ich wundere mich, daß die im Boden versteckten Panzerkuppeln der Forts auf der andern Seite der Bucht nicht plötzlich verräterisch als blühende Rondelle dastehn.«

»Wer weiß, vielleicht hat die Festung ersten Ranges weiter draußen tatsächlich schon Knospen angesetzt«, meinte der Bildhauer Saint-Paul, und er schlug eine Fahrt durch die äußere Reede vor, um sich darüber Gewißheit zu verschaffen.

Der Hafen von Toulon besteht aus einer kleineren, geschützten und einer größeren, dem Meere zu offenen Reede, in der aber, außer bei Besuchen fremder Geschwader, selten einmal Schiffe ankern. Die Einfahrt in die große Reede bewacht ein Schlachtkreuzer. Auf der Nordseite der durch eine äußere und eine innere Mole geschützten Bucht liegt Toulon, südöstlich die Werftstadt La Seyne.

Mit Ausnahme des Wachtschiffes sind alle im Dienst befindlichen Einheiten im kleinen Hafen versammelt – auf der einen Seite die Torpedoboote und Zerstörer, auf der andern die Kreuzer und Schlachtschiffe. Man kann es nicht leugnen, die Schiffe haben die Schönheit aller in ihrer Zweckmäßigkeit vollkommenen Geschöpfe, eine fraglose, auf den ersten Blick überzeugende Schönheit, wie wir sie an Raubtieren und hauptsächlich an den großen Katzen mit Entzücken wahrnehmen – zumal wenn wir durch ein festes Gitter vom Gegenstand unsrer Bewunderung getrennt sind.

An rund dreihundert Tagen des Jahres ist der Hafen von Toulon eine strahlend blaue, aus einem großen auf einen kleineren Platz mündende Meerstraße, an deren Ende der Quai de Kronstadt in gelber Sonne leuchtet.

Die Häuser, hoch und schmal, stehn ausgerichtet wie zur Parade, sie sind in ihrer ersten Garnitur angetreten, auffallend sauber und fast alle in der gleichen gelben Farbe. Abends funkeln ihre kleinen Fenster wie die Knöpfe und Litzen einer Uniform.

Auf den Fliesen des Kais bewegen sich gemächlich Spaziergänger beiderlei Geschlechts, eine lebende Farbtafel der menschlichen Haut, eine Orgel der menschlichen Stimme. Die Farbtafel reicht vom Milchweiß des Nordländers bis zum verschwitzten Kohlschwarz des Senegalesen, die Stimmtafel vom kindlichen Singsang des Malaien bis zum harten Falsett des Tuaregs. Unmöglich können alle harmlos sein, doch verstößt das zweifellos vorhandene Gesindel niemals gegen den Anstand eines gemäßigten Müßigganges, der an Festlichkeit grenzt. Abgründig finstere Neger in der grünen Uniform der Kolonialtruppen stolzieren auf ihren Storchbeinen und passen auf, was sie grüßen dürfen. Unter den Marineoffizieren sieht man Gelehrtenköpfe von seltsam strenger Niedlichkeit und bei vielen die zugleich klaren und verträumten Gesichtszüge des Mathematikers – vermutlich sind dies Ingenieure oder Lehrer der Marineschule. Fast alle haben kleine, untersetzte Gestalten. Daneben wirken die Neger wie wandelnde Riesenbäume des Urwalds. Die Neger grüßen ehrerbietig, aber man könnte ihre Vorgesetzten dutzendweise an ihnen aufhängen.

Die Straßenhändler scheinen eher an der Sonne zu träumen als einem bestimmten Geschäfte nachzugehn, ganz gleich, ob sie wirklich nur mechanisches Spielzeug über die Steinplatten laufen lassen und algerische Teppiche feilbieten, oder ob sie außerdem mit Rauschgiften handeln.

Von Zeit zu Zeit stürzt eine dunkelblaue Schar Urlauber aus den Barkassen wie Jungen aus dem Schulhof. Sie tragen die beste Uniform, engen Sweater, breite Hose, eine Tellermütze mit weißem Querstreifen und rotem Puschel, die Mütze sitzt möglichst keck, sie haben Knabengesichter und ähneln ihren Müttern, wie diese als Mädchen oder junge Frauen aussahen. Eigentümlich ist ihnen nur die Neigung des Männchens zu Gewalttätigkeit und Laster, die unverhohlen in ihren zu weichen Zügen geschrieben steht.

Am Kai entlang ziehen sich die Bars und Kaffeehäuser, die Schaufenster der Geschäfte, worin Seefahrer sich mit allem Nötigen versehn. Es gibt da hunderterlei ›Andenken an Toulon‹, feststehende Messer und Mundharmonikas, Koffer und Seekisten, Mauserpistolen, die neuesten Erscheinungen auf dem Büchermarkt für die Herren Offiziere und dann Bilder, ein- oder mehrfarbig, von freundlichen Mädchen. Ihr Lächeln verrät die Anstrengungen ihres Berufs, das einzig Frische an ihnen ist die Leibwäsche, und die gehört den Photographen, der sie nur für die Dauer der Sitzung ausleiht.

Unter den herabgelassenen Sonnensegeln an den Tischchen der Cafés wechseln die Gäste wie im Wartesaal einer Großstadt, aber alle haben sie offenbar die Abfahrtszeit ihrer Züge genau im Kopf, sie zeigen keinerlei Unruhe. Der geringste Matrose erhebt sich mit der

Würde eines Kapitäns von seinem Platz, das ausgehungertste Mädchen nähert sich dem vermutlichen Liebhaber mit der Gelassenheit einer Fürstin. Es geht festtäglich zu, im Hinblick auf die Unrast einer Hafenstadt wie Marseille könnte man sagen, weltmännisch, obgleich an den kleinen Matrosen, die das Bild bestimmen, zumeist noch die Eierschalen ihrer bäuerlichen Herkunft kleben.

Ganz herrlich ist die Barkasse des Admirals, die gegen Abend am Kai festmacht. Die ausgewählt feine Bemannung landet wie an der Küste einer Liebesinsel. Ein Teil wartet in tadelloser Haltung auf dem Hinterdeck, der andre steht auf dem Kai und hält das glänzende Fahrzeug mit Schiffshaken fest, die gleich Heroldstäben und Turnierlanzen im Abendlicht glänzen. Zur selben Stunde weht von den Geschwadern ein kurzes Trompetensignal herüber, man sieht, wie die Wimpel der Flaggschiffe eingeholt werden, in den Luken leuchten reihenweise die Lichter auf.

Da kommt der Admiral, ein unscheinbares, schmuckes Herrchen. Die Mannschaft steht anmutig, geordnet wie zur Quadrille, der kleine Mann steigt ein. Die Barkasse verläßt Cythere und verschwindet im schwärzlichen Blau des Abends.

Toulon, im Vertrauen gesagt, ist ein Rokokokriegshafen.

Der Frühlingskorso auf dem Kronstädter Kai war vom Wetter begünstigt.

Die schönen Tage bildeten eine goldene Kette, der jeder Sonnenaufgang ein neues Glied hinzufügte, und das gehobene Bürgertum von Ranas-sur-mer fand reichlich Gelegenheit, die Tätigkeit seiner Angehörigen am Toulouner Liebeshof zu verfolgen und allerhand mehr oder minder abenteuerliche Beobachtungen nach Hause zu bringen. Sie bereicherten den abendlichen Familienklatsch und bisweilen auch die Träume.

Herr und Frau Marius Burguburu, die das Frühjahrsmodell eines bekannten kleinen Autos besichtigt hatten, begegneten dem Pfarrer von Ranas, als er auf dem Weg zu seinem Amtsbruder, dem Pfarrer von *Sainte-Marie-Majeure*, blinzelnd über die lichtspiegelnden Steinplatten des Kais schlurfte. Der Notar, der keine Pfaffen grüßte, beeilte sich, die Gattin auf eine Merkwürdigkeit draußen im Hafen aufmerksam zu machen, Juliette jedoch merkte die Absicht und guckte erst hin, nachdem sie das Haupt vor dem Gottesmann gebeugt hatte, und da war die freidenkerische Merkwürdigkeit aus Ärger spurlos verschwunden.

Der ehrenwerte Doktor Blanc wurde von Madelon Plaisir, der Frau des Ranasser Posthalters, dabei getroffen, wie er in Gesellschaft von Frau Tavin und ihrer ›Clique von Spionen‹ mit solcher Kraft Gummi kaute, daß der Vollbart wie eine Kreissäge herumging. Damit sägte er, meinte Madelon, all das ab, für dessen Erhaltung er bezahlt wurde: seine Kranken, die Gemeindesorgen, den Präfekten (der ihm neuerdings sein Mißfallen bezeigte, weil Blanc das Städtchen gleich mit drei palastähnlichen Bedürfnisanstalten ausstattete, davon eine mit indirekter Deckenbeleuchtung), die Beschwerden des Posthalters über zunehmende Störung der Nachtruhe durch Lautsprecher, kurz ganz Ranassur-mer, wie es lebte und litt. Frau Marius Burguburu wiederum beobachtete ein paar Tage später, wie der Chauffeur Louis an der Rathausecke einer ihr unbekannten, anlockenden Person im Vorbeigehn freundschaftlich auf die Wölbung unterhalb des Rückens klopfte. Juliette, sie merkte es zu spät und erschrak über ihre Unbedachtsamkeit, lächelte ihm zu, Louis zog verwundert die Mütze – ach! er konnte es ja nicht wissen, sie schwebte heute auf dem hohen Seil, auf dem die Engel im Himmel sich im Gleichgewicht üben, und hatte alle wagemutigen Geister zu Verbündeten und Freunden. Marius hatte ihr zur Feier des Frühlings denselben, nur viel neueren, nur viel bequemeren und statt rahmgelb hellblau lackierten Wagen geschenkt, den auch Frau Pauline Tavin besaß! Jung und frisch wie ihr Wagen, kam sie von der ersten Fahrstunde und freute sich, bei einer Tasse Schokolade im *Café de la Rade* auszuruhn und ungeahnte, zum erstenmal erlebte Wonnen und Qualen nachzukosten.

Das Lenken eines Wagens, der schneller sein konnte als die großen Züge der P.L.M.-Bahn, erschien ihr als die höchste, die beseligendste aller Gefahren. Abwechselnd fühlte sie sich zu ihrer Verwunderung Marius entrückt, als sei er kürzlich verstorben, und zu ihm hingezogen wie zum Gegenstand einer neuen Liebe – mit ihm durch das Land zu sausen und sein Leben in der Hand zu haben, bedeutete den Gipfel des Eheglücks … Der heutige Tag war ein Wendepunkt und der Chauffeur Louis der erste, dem ihr Lächeln davon Kunde gab.

Er wiederum, grobkörnig, wie die Söhne des Volkes sind, dachte im Weiterschlendern, sie müsse ihrem Alten einen Streich gespielt haben, da die Zeichen ihrer guten Laune wahllos von ihr abfielen wie überreife Früchte vom Baum.

Am gleichen Abend gestand Juliette ihrer Tochter, sie sei drauf und dran, in die Reihe der verhaßten Glücklichen einzurücken. Die Welt liege gedemütigt vor ihr – kein Millionär oder asiatischer König könne großartiger darauf hinabsehn. Sie dürfe nach Belieben mit ihr schalten – Menschen totfahren oder sie verschonen, in ihrem Ermessen liege es, dem einen Achtung zu erweisen, indem sie hinter ihm zurückbleibe, und den andern grausam zu überholen. Sie konnte mit dem Signal Hohn kreischen oder den Vordermann freundlich anreden, ihn grüßen, sie konnte aber auch gerade so gut unter Triumphgeheul um eine Ecke brausen wie der leibhaftige, sechszylindrige Tod ... Und alles straflos. Sie war versichert.

»Kind, paß auf!« rief sie strahlend. »Du bekommst eine neue Mutter und mein Marius eine neue Frau, und was die Dummen ein harmonisches Familienleben nennen – wir werden es haben und auswalzen und Nudeln daraus schneiden. Wenn es geht, bin ich sogar bereit, noch ein Kind zu bekommen ... Schade, daß ich es nicht am Steuer empfangen kann, bei hundertundzwanzig Stundenkilometer Geschwindigkeit!«

Es war das erstemal, daß Sibylle ihre Mutter begeistert von greifbaren Dingen sprechen und ein Entzücken äußern hörte, das glaubhaft war, das sich nachprüfen ließ. Und obgleich sie sehr wohl unterschied, welchen Anteil die Bosheit an Juliettes Freude hatte, schloß sie die Mutter in einer Aufwallung von Zärtlichkeit in die Arme. »Eine neue Mutter – das könnte ich jetzt gerade brauchen!« sagte sie leise.

Indessen mußte Juliette die Fahrstunden unterbrechen, weil die Regenzeit begann und der Scheibenwischer in seiner provenzalischen Wasserscheu den Dienst versagte, darin heimlich unterstützt vom Fahrlehrer, der es ablehnte, mit der Schülerin auf den glitschigen Straßen ums Leben zu kämpfen. Sie hatte den Mut eines betrunkenen Akrobaten, und er war ein nüchterner Schlosser.

Es regnete die ganze Küste entlang, von den Pyrenäen bis zu den Alpen. Der junge Mann, der an einem dieser Märztage die Öde des *Café de la Rade* mit seinen ausdrucksvollen Augen belebte, war von der bretonischen zur provenzalischen Küste gefahren, ohne auch nur stundenweise aus dem Regen herauszukommen, und nun sah er zu, wie es auf den Hafen von Toulon herabgoß. Er wunderte sich, seiner

201

Meinung nach hatte es früher kaum einmal hier geregnet, in seiner Erinnerung wölbte sich ein ewig blauer Himmel über der Stadt und den schneeigen Hügeln.

Untersetzt, blond und dunkeläugig, steckte er in einem schwarzen Anzug, der vor dreißig Jahren dem Vater für die Hochzeit angemessen worden war. Aber der Junge hatte ja Zeit genug hineinzuwachsen, und vorläufig half das Festgewand, seinen jetzigen Besitzer beträchtlich älter erscheinen zu lassen als seine Jahre, was ihm willkommen war. Der junge Mann trug Sorge um seine Würde.

Er saß hier in der Hoffnung, den einen oder andern Kameraden vom Torpedoboot E 124 wiederzusehn, einen von denen, die aus Verlegenheit um einen ordentlichen Beruf oder aus andern Gründen ›dabeigeblieben‹ waren. Leider hielt das Wetter die gesamte Besatzung der Flotte an Bord zurück. So vertrieb er sich die Zeit damit, eine schlanke Mulattin zu bezaubern, die, sehr aufrecht, an der gegenüberliegenden Wand vor einem Glas Wasser saß und in illustrierten Zeitschriften blätterte. Halb Wolf, halb Reh, umschritt er sie mit seinen Blicken in einem Halbkreis, der jeweils in einem Spiegel endete. Sie rieb sich an ihm, indem sie auszuweichen schien, und sooft er wegsah, schloß sie die Augen und lächelte hilflos, als bedrohe er sie mit Hilfe der Spiegel im Rücken. Es war ein schönes Mädchen, besonders ihr Hals gefiel ihm, er war lang und bewegte sich auf ihren Schultern wie eine gebräunte Ähre im Wind. Ihr Mund, obwohl nicht geschminkt, leuchtete tief rot, eine saftige Frucht aus den Tropen, sie war auch nicht gepudert, was er ihr hoch anrechnete, und als sie einmal das Glas an den Mund hob, schien sie statt Wasser roten Wein zu trinken, so glühte das gesammelte Blut in ihren Lippen.

Er genoß ihren Anblick, ohne weitergehende Absichten zu verfolgen. Denn einmal handelte es sich erfahrungsgemäß um einen Offiziersbissen, der ihm und seinen Mitteln nicht zustand, und dann fühlte er sich in seinem schwarzen Anzug als Ehemann gekennzeichnet, nicht weniger, als wenn er den Trauschein auf der Brust getragen hätte.

Diesen Umstand deutete er auch getreulich an, indem er zwischen die Pirschgänge seiner Blicke Pausen einlegte, während deren er, ein Bild der Entsagung, traurig, aber entschlossen, ja mit frömmelndem Ausdruck statt in die Spiegel durch das Fenster auf den Hafen blickte. Dort war alles grau – wie Schiefer der Himmel und das Wasser des Hafens, silbergrau die lange Reihe der Torpedoboote.

Je mehr die Dunkelheit zunahm, desto heller wurden die Schiffe, eine Weile waren sie richtig blau. Licht sah er keins außer einen Funken auf dem Flaggschiff seiner ehemaligen Flottille. Es mußte auf der Kommandobrücke sein – leider konnte er sich nicht entsinnen, was es damit für eine Bewandtnis habe. Jede halbe Stunde kam und ging die Dampffähre von La Seyne und brachte etwas Abwechslung in die Eintönigkeit. Mit seiner roten und grünen Laterne und dem goldenen Licht, das in Strähnen aus der Kabine auf das dunkle Wasser fiel, weckte es in ihm Erinnerungen an die bretonische Küste und an ein andres Schiff, das ihn und Emma nach einem zwölfstündigen Hochzeitsessen auf die andre Seite der Bucht und zu dem Haus gebracht hatte, in dem sie seitdem wohnten ... Er bedachte die Mulattin mit einem feurigen Blick und schüttelte bedauernd den Kopf. Unter dem nassen Sonnensegel unterhielten sich zwei wachhabende Marineschützen mit einem Polizisten. Die Soldaten waren kräftige Burschen, sie trugen Seitengewehr und Revolver, die Hosen steckten in kurzen Stulpstiefeln, und alle drei stapften sie mit den Füßen, als ob sie furchtbar frören, wobei der Polizist die Hände ängstlich unter seinem kurzen Umhang verbarg. Davon wurde auch ihm schließlich kalt. Er ging mit sich zu Rate, ob er einen Grog bestellen sollte, rief den Kellner, fragte nach dem Preis des Getränkes und begnügte sich nach kurzer Überlegung damit, seinen Kaffee zu bezahlen. Als er aufbrach, schenkte er dem Mädchen zum Abschied einen von Liebe und Entsagung feuchten Blick, den sie demütig, aber erfolglos mit einem Angebot selbstloser Hingabe erwiderte. Hustend und spuckend verließ er das *Café de la Rade* und begab sich zur Fähre. Von nahem gesehn war sie eine elende Kiste, die nur Schüler und Arbeiter beförderte, die Kabine roch, als sei darin ein Ziegenbock spazierengefahren. Er ließ sich dicht unter einer elektrischen Birne nieder, zog ein Lichtbild hervor und betrachtete es bald mit düsterer, bald mit heiterer Miene.

In La Seyne bestieg er den Autobus der ›roten Linie‹, von Louis erst nicht erkannt, dann aber auf das lebhafteste begrüßt.

»Kerl, wo kommst du her?« fragte Louis.

»Ich bin auf der Hochzeitsreise.«

»Und wo hast du deine Frau?«

»Die ist daheim und säugt ihr Kind.«

Louis kniff ein Auge zu und lachte ihn an.

Nach seinem Gepäck befragt, zog er verschmitzt lächelnd ein großes, rotes Taschentuch hervor.

»Mein Handtuch für Gesicht und Füße«, erklärte er. »Das andre mache ich mit der bloßen Hand.«

Als Louis im weiteren Verlauf der Unterhaltung erfuhr, daß der Mann wahr und wahrhaftig die Emma der Witwe Bosca zur Frau hatte, machte er einmal »Pst!« und schaute sich vorsichtig um.

»Da hinten sitzt der Notar«, sagte er leise, »der hat nämlich die Witwe geheiratet, mußt du wissen. Gib acht, was du sagst ... Wie heißt du eigentlich?«

»Emil.«

»Also, Emil, mir scheint, der Notar spitzt schon die Ohren. Er ist die letzte Zeit verdammt argwöhnisch. Die Leute reden halt über ihn ... Er hat wohl auch wieder einen Schwips, nur kommt es nicht heraus wegen der Nähe der Kirche, da nimmt er sich zusammen, verstehst du, Emil? Er hat Angst vor dem Pfarrer da hinten ... Es geht nicht mehr recht mit der Alten ... Sie hat ihn unter sich am Boden, platt wie ein Bügelbrett, er ist ausgezählt ... Das hätte ich ihm gleich sagen können, daß er mit dem Schwergewicht nicht fertig wird ... Und was macht die Emma? Auf einmal war sie weg von hier. Schade, ein sauberes Mädel ... Du kannst von Glück reden, daß du die gekriegt hast.«

Aber statt Bescheid über die Emma zu geben, guckte Emil angestrengt nach hinten und suchte herauszubekommen, wer von den drei Männern im Hintergrund des Wagens der Gatte der Witwe Bosca sein mochte. Keiner entsprach der Vorstellung, die er sich von einem Notar machte, doch lag dies möglicherweise daran, daß sich die Notare in der Bretagne von ihren Kollegen im Süden ebenso unterschieden wie ein bretonisches Haus von einem provenzalischen – die einzigen Personen, die sich hier und dort gleichsahen, waren die Pfarrer. Emil erkannte den guten Pfarrer von Ranas und zog den Hut.

»Welcher von den beiden andern ist es?« fragte er Louis.

»Der neben dem Pfarrer. Er kann ihn nicht leiden, drum gafft er andauernd zum Fenster hinaus, obgleich es da in der Dunkelheit nichts zu sehn gibt – außer vielleicht dem Spiegelbild des Pfarrers in der Fensterscheibe. Er muß sich schön ärgern, der Alte. Wo er hinguckt, stößt er auf Rom.«

Emil drehte sich um, und als er nach längerer Zeit wieder gerade saß, auf seinem Platz neben der Tür, seitlich hinter Louis, sagte er nur »Aha!« und versank in Nachdenken.

Louis bemühte sich vergeblich, die Unterhaltung in Gang zu halten, Emil schwieg hartnäckig. Ein einziges Mal tauchte er aus seiner Versunkenheit auf, das war, als er Louis unvermittelt das Lichtbild eines Säuglings unter die Nase hielt mit der Aufforderung, es genau zu betrachten. Eine ganze Minute lang teilte der Chauffeur seine Aufmerksamkeit zwischen der Straße und dem Säugling, der nackt auf einem Kissen lag und grinste.

»Er gleicht dir, Emil«, versicherte er schließlich.

»Das will ich meinen«, sagte Emil und versenkte das Bild in die Brusttasche. »Der Photograph hat auch fünfzig Franken dafür genommen ... Es ist das schönste Kind von der Welt – und lieb wie ein Vögelchen.«

»Be-be-la«, machte er, die Säuglingslaute nachahmend, und bewegte närrisch den Kopf über dem Bild.

Als er die Photographie einsteckte, bekam er gleich wieder eine finstere Miene und sprach kein Wort mehr, überhörte auch die wiederholte Frage, wo er hinwolle, und paßte nur auf, wer ein- und ausstieg. In Ranas erhob er sich von seinem Platz und wartete mit dem Hut in der Hand, bis der Pfarrer vorbei war, worauf er sich wieder hinsetzte. Beim Park Stellamare verließ der Notar den Wagen. Emil nickte Louis bedeutungsvoll zu, ließ einige Sekunden verstreichen und stieg dann ebenfalls aus. Louis sah ihn hinter Burguburu im Dunkel verschwinden. Er pfiff durch die Zähne und fuhr weiter.

Die Ranasser irrten, wenn sie meinten, mit dem Notar ginge es abwärts.

Zumindest war es falsch, ihn für endgültig besiegt und ›ausgezählt‹ zu halten gleich einem erledigten Ringkämpfer. Mochte er zur täglichen Kraftprobe infolge seiner Gutmütigkeit als der Schwächere, scheinbar von vornherein Unterlegene antreten und sich in seiner Lässigkeit gegen die Anforderungen des Kampfes sperren, so gut und so lange es ging, am Ende nahm er immer wieder eine Stellung ein, vor deren Unerschütterlichkeit Juliette das Feld räumte. Überdies teilte Juliette das Los aller großen Feldherren, sie lehrte den Gegner siegen. Was ihm von Natur an List und Gewalttätigkeit fehlte, ging mit der Zeit von ihr auf ihn über, und schließlich gab die körperliche Kraft den

Ausschlag. Sein Jähzorn, der wie eine fremde Gewalt über ihn kam, machte die verwegensten Künste Juliettes zunichte, entführte ihn in einem Wirbelsturm des Gemütes dorthin, wohin er aus freien Stücken niemals gelangt wäre.

Er war noch immer der mäßigste Mann der mäßigen Provence, er vernachlässigte auch nicht seine Geschäfte, im Gegenteil, er hatte, von den steigenden Bedürfnissen der Familie gedrängt, seine Einkünfte nahezu verdoppelt. Was die Leute als Beweis zunehmender Erschlaffung verzeichneten, die kleinen hitzigen Fluchtversuche, die ihn einen Tag oder zwei von der ehelichen Gemeinschaft fernhielten, die geschwätzige Leutseligkeit bei der Heimkehr, die Art, unter Bekannten ein Glas Wein zum Munde zu führen, als sei er im Begriff, mit einem Schluck die Keller der Provence zu leeren, dies alles sprach in Wirklichkeit für die Festigung seiner Beziehungen zu Juliette und die Klarheit seiner Selbsterkenntnis. Es waren Abenteuer von geringem, wohlüberlegtem Umfang, mit denen er die Ehe würzte, die ihn für Beruf und Familie frisch erhielten. Er ›bewegte‹ die Liebe, wie man Pferde bewegen muß, damit sie brauchbar bleiben, und darin kam er auf seine eigene, harmlose Weise den Bedürfnissen Juliettes entgegen. Wenn die Konflikte sich nicht von selbst einstellten, schuf er sie.

Vermutlich war Juliette zu selbstbewußt, um ihren gelehrigen Schüler zu durchschauen. Sie sah in seinen Seitensprüngen ›Zuckungen des Opfers‹, die sie mit Genugtuung wahrnahm, bisweilen auch mit Angst und Zweifeln über den Ausgang des Abenteuers, wobei sich jedoch ihr Selbstvertrauen leicht über solche Anwandlungen hinwegsetzte. Ihr Bedürfnis, zu herrschen und zu gebieten, war so stark, daß der Gedanke, Marius könnte sie betrügen, indem er sich aus einer scheinbaren Niederlage ein Fest machte, gar nicht erst in ihr aufkam. Nun kehrte er also wieder einmal von einem ›Fluchtversuch in die Freiheit‹ an ihre Brust zurück, die nach Hyazinthen duftete und sich ihm bereitwillig darbot – ein ›Brunnen seligen Vergessens‹. Ihre Arme öffneten sich wie das Tor eines Gefängnisses, und wieder einmal lachte er heimlich in sich hinein, weil er ja dies Gefängnis, dem Schergen zum Tort, über alles liebte.

»Sooft ich unsern Pfarrer sehe, ärgere ich mich«, versicherte er, nachdem der Überschwang des Sichwiederfindens voll beiderseitiger Heuchelei und erster Regung der Sinne sich gelegt hatte. »Ich sage mir, der Mann – du kannst nicht leugnen, Juliette, daß ein Pfarrer ein Mann ist, der Mann weiß Dinge von dir, die ich nicht weiß.«

Er stand aufrecht in der Mitte des Salons, Juliette, vom unerwarteten Ansturm der Leidenschaft erschöpft, hing an seinem Hals. Die gewaltigen, erdroten Hände lagen breit auf ihren Schulterblättern. Spielend suchte er deren Umrisse zu ermitteln. Als ihm dies selbst mit Hilfe der Nägel nicht gelang, drückte er die ganze Fülle des Weibes an sich und behauptete:

»Es geht mir nicht in den Kopf, mein Schatz, daß die Ehemänner sich eine so unsittliche Vertraulichkeit gefallen lassen. Jede Beichte ist eine Kriegserklärung der Kirche an die Natur. Man sollte sie gesetzlich verbieten.«

»Oh, ich habe nur eine einzige Sünde auf dem Gewissen«, frohlockte sie. »Und die weiß nicht einmal unser Pfarrer. Mit Rücksicht auf dich, Marius, habe ich sie nicht ihm, sondern dem Pfarrer von *Sainte-Marie-Majeure* in Toulon gebeichtet.«

Sie warf den Kopf zurück und blickte ihm von unten gespannt in die Augen. Aber die erwartete kleine Flamme blieb aus ... Er taugte nicht mehr viel als Mann, zumindest war er unberechenbar, seine Eifersucht versumpfte zusehends. Er fragte, ob sie die Sünde nach ihrer Eheschließung begangen habe, und als sie verneinte, sagte er leichthin, was vor seinem Regierungsantritt geschehen sei, gehe ihn nichts an, und damit setzte er sie ab – wie der Bäcker den vollen Mehlsack absetzt, dachte sie. »Uff!« machte sie enttäuscht, setzte aber gleich hinzu: »Du bist noch immer stark wie ein Bär, Marius – obwohl du abmagerst.« Es hielt sie nicht, sie mußte es ihm versetzen: »Weißt du, mein Lieber, unter uns gesagt – ein gesunder Mann, den eine Sünde seiner Frau, vorehelich oder nicht, so gar nicht ein bißchen aus dem Häuschen bringt, der ist – das ist wie ein Baum, der den Wurm hat. Man sieht es ihm vielleicht nicht einmal an, aber er ist futsch. Er taugt nicht einmal mehr zu Brennholz. Und der Mann, den kann man bald im Rollstühlchen fahren.«

Marius hörte sie mit pfiffigem Schmunzeln an, und sie setzten sich auf das Sofa, der Wand gegenüber, wo das fast lebensgroße Bildnis Großvater Burguburus hing, des ersten Notars der Familie.

Im Augenblick, da die Stahlfedern unter ihrem Gewicht aufseufzten, ein Laut, der bei dem Ehepaar mehr vorsätzlich als ungezwungen Heiterkeit und anzügliches Äugeln bewirkte, klopfte es an der Haustür.

»Es wird die Gasrechnung sein«, vermutete Juliette und sah erwartungsvoll lächelnd auf die Pranke des Gatten, die, einem Polypen mit gierig witternden Saugnäpfen gleich, durch die Luft auf ihr Kinn zugeschwommen kam. Die Erwartung kitzelte mehr als die spätere Berührung. Wenn die Hand nahe genug wäre, würde Juliette ein Grunzen ausstoßen und nach ihr schnappen, worauf der Polyp, so war es ein für allemal abgemacht, auf die Beute losschießen, das quellende Kinn unter mörderischem Kneten in seinem Innern versammeln und angeregt verdauen sollte.

Bevor es jedoch so weit kam, öffnete sich die Tür, und an Sibylle vorbei, von der man nur die Küchenschürze sah, trat Emil ins Zimmer.

Der Polyp fiel klatschend auf das Knie des Notars. Juliette flog, wie von einem Kran ergriffen und hochgehoben, von der Mitte in die Ecke des Sofas, Marius, den Kopf in Flammen, erhob sich und brüllte:

»Wer sind Sie? Lassen Sie sich gefälligst erst anmelden! Ich bin hier nicht geschäftlich zu sprechen. Ich –«

Er verlor die Sprache, weil er sah, wie der Eindringling, ohne ihn zu beachten, auf seine Frau losging und augenscheinlich tief ergriffen zwei Schritte vor ihr stehenblieb. Seine Blicke sprangen an ihr hoch wie Hunde.

Juliette saß zurückgelehnt, die Fäuste auf dem Polster, sie kniff die Lippen und starrte unter gesenkten Lidern hervor auf die Erscheinung.

»Wie heißen Sie?« fragte, unsicher geworden, Marius, und als er wieder keine Antwort erhielt, wandte er sich hilfesuchend an seine Frau.

Sie bewegte leise den Kopf:

»Ich frage ihn lieber nicht.«

Da machte der Fremde eine kurze Verbeugung und sagte: »Emil.«

Und als Juliette sich seiner noch immer nicht entsinnen wollte, sprang er ihrem Gedächtnis mit einem leichten, aber eindringlichen, einem freundschaftlich ermunternden Nicken des Flachskopfes bei, dem ein jähes Erröten und das Niederschlagen der Augen folgten.

Was aber ging mit Juliette vor?

Burguburu trat beunruhigt näher.

Juliette schien in ihrem vollen Umfang zu beben ... Es fing langsam mit einem Kräuseln der Oberfläche an, drang mit einem Schlag in die Tiefe, erfaßte die ganze Gestalt. Kaum hatte er sich überzeugt, daß er recht sah, wurde das verhaltene Schütteln stärker, das Sofa zitterte, und aus den gefederten Polstern drang ein Wimmern. Das Gesicht Juliettes blieb starr und krampfhaft verschlossen. Auf einmal platzte es wie eine Roßkastanie, die auf dem Boden aufschlägt, und ihr Mund entließ ein wieherndes Gelächter.

»Marius! Die Sünde ... Da steht sie! ... Die Sünde!« Sie richtete sich auf den Armen auf und sprach unaufhörlich lachend: »Aber Geld kriegen Sie nicht, mein Junge ... Hahaha! Von uns nicht! Hahaha! Gucken Sie nur – sehe ich aus, als ob ich mich erpressen ließe?! Ein Wort – und ich benachrichtige die Gendarmerie! Hahaha! Was bilden Sie sich denn ein, mein Junge? Wir sind ein festes Ehepaar, hahaha! Im Feuer erprobt, du lieber Gott! Wir halten zusammen – auch gegen hübsche, kleine Matrosen, die nachts auf Leitern – zu Dienstmädchen einsteigen.«

Sie schöpfte Atem und fragte in verändertem Ton:

»Wieviel wollen Sie eigentlich haben? Ich biete hundert Francs – und das Reisegeld. Unter der Bedingung, daß Sie, ohne mit einer Seele in Ranas zu sprechen, auf der Stelle abreisen.«

Das Lachen packte sie von neuem, sie rief:

»Marius, er ist zu komisch, der Kleine! Hahaha! Du lieber Gott, sieh nur, wie hübsch er lacht! Er hat zwei Grübchen rechts und links, unvergeßliche Grübchen ... Und Augen – Augen! Marius, was sagst du zu den Augen? Halb Wolf, halb Reh – was meinst du? Du lieber Gott, ich ersticke vor Lachen ...«

Emil inzwischen lachte ungezwungen mit, winkte aber, eine lustige Vogelscheuche, mit Kopf und Armen ab, und auch seine Augen bemühten sich, Juliette eine Geschichte zu erzählen, die sie, immer noch von Lachen geschüttelt, plötzlich verstand. Es drohte ihr keine Gefahr von ihm – ihr nicht! ... Sie beruhigte sich und nickte, tief aufatmend, Marius zu, der steif wie ein Soldat im Glied sich überlegte, ob er nicht den Eindringling und mutmaßlichen Vorreiter seines Eheglücks kurzerhand niederschlagen sollte. Was ihn davon zurückhielt, war das Bedenken, ein von Juliette so bereitwillig, ja begeistert abgelegtes Sündenbekenntnis könne unmöglich der Wahrheit entsprechen, vielmehr stelle es eine jener Fallen dar, wie die Dicke sie zu stellen liebte – sie zeigte einem die Falle, zeigte sie ausdrücklich, man sah sie, man war auf der Hut, und dann geriet man erst recht hinein. Wie in einem Blitz sah er die Leiter an ihrem Fenster stehn, und die Leiter blieb leer – obwohl er scharf hinsah, solang die Helligkeit währte. Zum erstenmal zweifelte er allen Ernstes, daß die Leiter dazu gedient habe, sie ihrer Witwenunschuld zu berauben. Emma hatte tatsächlich geträumt, und der Anstreicher war ein Dummkopf, der sich jeden Bären aufbinden ließ – warum nicht auch eine Leiter? ... Die Leiter war erfunden worden, um ihn zu quälen!

Seitdem sie Auto fuhr, fiel es ihm schwer zu unterscheiden, was bei ihr letzte Verschlagenheit, was brutale Offenheit war, das eine verwandelte sich oft blitzschnell in das andre, anscheinend wußte sie selbst nicht, was in ihr arbeitete und wo die einmal begonnene Bewegung ihres Gemütes enden sollte. Bisweilen hielt er sie für wahnsinnig. So blieb ihm nichts übrig, als auf ein Stichwort zu lauern, das ihn unzweideutig ins Bild setzte.

»Ach, Marius!« sagte sie, »ich glaube doch schon, meine heimliche Sünde, mein ganzer Stolz, mein Herzensliebling sei dem Pfarrer von *Sainte-Marie-Majeure* davongelaufen, um mir seine Aufwartung zu machen – und dich bei der Gelegenheit ein bißchen anzuschnorren. Deshalb, verstehst du, habe ich sie dir auch gleich vorgestellt, Marius meine hübsche, kleine Sünde. Ach! Es war, wie ich jetzt sehe, eine Verwechslung ... Du mußt begreifen, Schatz: meine Sünde hat kein sehr deutliches Gesicht – verstehst du? Nachts sind alle Katzen grau ... Du mußt noch ein wenig Geduld haben, mein Guter. Du lernst sie bestimmt einmal kennen ... Aber hören Sie mal, Sie«, wandte sie sich an Emil, der sie kreuz und quer mit ausdrucksvollen Blicken abmaß, »wollen Sie nicht endlich dem Herrn Notar verraten, wer Sie sind?«

Emil kehrte in seine frühere, bescheiden nachdenkliche Haltung zurück, und es trat ein Schweigen ein, das Burguburu benützte, um sich auf einen Stuhl zu setzen und mit dem Taschentuch über Kopf und Hals und rund um den Nacken zu fahren.

Es beschlich ihn eine Ahnung, als habe die Unterhaltung versteckterweise eine für ihn ungünstige Wendung genommen. Etwas in der Luft, im Licht des Zimmers, etwas auf der Welt hatte sich verändert, er wußte nur nicht, was. Die Miene der Gattin zeigte spöttische Erwartung. Sie zwinkerte ihm verständnisvoll zu, was ihn vollends verwirrte. Denn er verstand nicht das geringste, und außerdem pflegte dies Zwinkern das Signal für den Anmarsch der ›Moskitos‹ zu sein. Er fühlte sich aber den schwer faßlichen, dafür um so giftigeren Äußerungen von Juliettes Ironie im Augenblick nicht gewachsen.

Emil räusperte sich und sagte zu Burguburu, wiederum mit einer kurzen Verbeugung, wobei er den Hut zwischen Daumen und Zeigefinger pendeln ließ:

»Ich heiße Kerhostin ... Emil Kerhostin ... Ich habe die Emma zur Frau.«

Er hob die Augen und sah dem Notar mit bedrohlichem Ernst gerade ins Gesicht.

»O weh!« rief Juliette und lehnte sich behaglich in die Sofaecke zurück.

Burguburu drückte das Schweißtuch in die Tasche, ließ eine Sekunde die Faust darin. Dann zeigte er mit einer verbindlichen Bewegung auf einen Stuhl und lud den jungen Mann zum Sitzen ein.

Emil ließ sich nieder, als wäre der Stuhl aus Glas, legte kaum weniger vorsichtig den Hut auf die Knie und machte ein unheilvolles Gesicht.

Während des nunmehr folgenden Gesprächs verfolgte Juliette mit Bewunderung, Marius mit wachsendem Unbehagen, wie Emil seine Doppelrolle als erinnerungssüchtiger Liebhaber und als gekränkter Familienvater durchführte.

Juliette setzte er von seiner Verwunderung über ihre neuerliche Körperfülle in Kenntnis und teilte anschließend seine Zustimmung zu der Wandlung mit, indem er eine Rundung in die Luft zeichnete und diese durch ein blitzschnelles Spiel der Finger mit einer Liebkosung abschloß. Darauf wandte er sich mit einer Vierteldrehung des Kopfes Burguburu zu, ein Bild finstern Vorwurfes, halb verwundetes Reh, halb hungriger Wolf. Beim ersten Wegsehn des Notars kehrte er hurtig zu Juliette zurück, und alles an ihm war schmeichelnde Frechheit und dankbares Erinnern.

»Das ist ja reizend«, versicherte Burguburu. »Unsre kleine Emma ist Ihre Frau. Und Sie bringen uns wohl Grüße von ihr? Wie geht es ihr denn?«

Emil gedachte nicht, auf diesen weltmännischen und, wie ihm schien, hinterhältigen Ton einzugehn. So spielte die Katze mit der Maus. So sprach der Wachoffizier mit den Matrosen, wenn sie zu spät an Bord kamen, kurz bevor er acht Tage Arrest auf sie herabsausen ließ. Emil war aber nicht mehr Matrose, sondern selbständiger Fischer und Familienvater, und wenn hier Katze und Maus gespielt werden sollte, so war er die Katze und der Notar die Maus! Er beugte sich vor und bewegte den Zeigefinger durch die Luft.

»Es ist nämlich so«, erklärte er, »daß die Emma ein Kind hat.«

Den Kopf vorgestreckt, wartete er offenen Mundes auf die Wirkung seiner Eröffnung auf den Notar.

»Famos!« rief Burguburu. »Da gratuliere ich aber. Junge oder Mädchen?«

»Junge«, antwortete Emil, noch immer in gespannter Erwartung.

»Großartig!« rief der Notar, und dann rückte er betroffen zur Seite.

Emil war mit dem Stuhl näher gekommen, so daß er beinahe Knie an Knie mit dem Notar saß, und schaute ihm gequält in die Augen.

»Ja, großartig«, sagte er, »das meinen Sie so, Herr Notar! Der Ehemann denkt anders darüber.«

»Wieso?« erkundigte sich Burguburu.

Unwillkürlich streifte er mit dem Finger über die Juliette zugewandte Backe, sie juckte, als ob sich dort eine Fliege erginge. Was wie eine Fliege kitzelte, war indes das spöttische Lächeln der Gattin, das er auf sich ruhen fühlte. Vielleicht irrte er sich übrigens, und sein Argwohn entsprang nur dem schlechten Gewissen. Vielleicht war sie ernst, ernst und teilnahmsvoll. Er wagte nicht, sich des einen oder andern zu versichern und nach ihr hinzusehn, vielmehr war er mit Leib und Seele bemüht, ihre Gegenwart zu vergessen und ein Mann zu sein, wie ein Mann sein soll.

»Wieso?« knurrte Emil entrüstet. »Was würden Sie dazu sagen, wenn Sie heirateten, und drei Monate darauf bekäme Ihre Frau ein Kind? ... Wo kommt der Bankert her? würden Sie sagen.« Emil erhob die Stimme: »Ich frage Sie, Herr Notar – wo kommt der Bankert her?« Er deutete mit dem Zeigefinger auf Burguburus Brust: »Sie müssen es wissen!«

Burguburu weigerte sich entschieden, es zu wissen.

Er versuchte sogar, sich mit zweideutigen Scherzen aus der Schlinge zu ziehen. Als er dabei unerwartet aufblickte, ertappte er Emil, wie er Juliette mit schamlosen Blicken überschwemmte, ja, es kam ihm vor, als habe der Flachskopf den Mund zum Kuß gespitzt.

Um Juliette, die möglicherweise, um ihn zu quälen, auf so täppische Versuche einging, ganz und gar aus seinem Gesichtskreis zu verbannen, rückte er noch weiter mit dem Stuhl ab. Ruhig und sachlich, als walte er seines Amtes, erklärte er und führte wörtlich das Gesetz an: ein ehelich geborenes Kind habe den Gatten der Mutter zum Vater und damit basta!

Tatsächlich, fuhr er fort, pflege es sich meist auch so zu verhalten, Ausnahmen bestätigten die Regel. Und wenn es Männer und Frauen gäbe, die sich von Hirngespinsten plagen ließen, so herrschten, zum Glück der armen Menschheit, in der Mehrzahl der Ehen noch immer die Vernunft und ein wohlverstandenes Gemeininteresse vor. Und darauf beruhe die gesamte menschliche Gesittung.

Burguburu fühlte sich in diesen Allgemeinheiten geborgen und gepanzert, er sprach weiter, in einem lehrhaften Ton, der Emil verblüffte und einschüchterte. Emil hörte diese Dinge zum erstenmal, sie klangen großartig, es war süß und schrecklich, sie anzuhören, es war ähnlich, wie wenn man Karussell fuhr in blendendem Licht und Musik – erst nahm es ihm den Kopf ein, daß er nichts anderes denken konnte, dann den Körper, bis er keiner Bewegung mehr fähig war, es verwandelte ihn in einen Baum, worin der Wind sang. Dieser Zustand dauerte lange, so lange, daß Burguburu das Spiel bereits gewonnen glaubte.

Endlich erwachte Emil aus seiner Betäubung. Er fuhr mit der Hand unter den Rock des schwarzen Anzugs und holte den Säugling hervor. Er ließ ihn zwischen Rock und Weste im Dunkel, bis Burguburu eine Pause machte. Dann beugte er sich seitlich vor und zeigte ihm das Bild mit der Erklärung:

»Genau neun Monate, nachdem Sie mit der Emma geschlafen haben, Herr Notar! ... Wem gleicht er – Ihnen oder mir?«

Ohne hinzusehn, rief Burguburu erschrocken:

»Sie sind ein Ungeheuer! Ein Vater, der sein Kind verleugnet, ist ein Ungeheuer!«

Emil überschrie ihn:

»Ein so häßliches Kind kann nicht von mir sein! Gucken Sie her! Das ist ein kleiner Notar! Schauen Sie, wie er grinst – in den Windeln schon haut er einen armen Kerl übers Ohr! Er gehört Ihnen! Ich hätte ihn auch gleich mitgebracht, aber die Emma sagte: –«

Bei den Worten: »Ein so häßliches Kind kann nicht von mir sein« war Juliette aufgesprungen und hatte Emil das Bild aus der Hand gerissen. Sie ging ans Fenster damit, und als sie zurückkam, beugte sie sich über Emil und flüsterte ihm etwas ins Ohr.

Der Junge lachte laut auf, mit einmal war er wie verwandelt. Er strahlte. Vor den entrüsteten Blicken des Notars nahm sie vertraulich Emils Rock auseinander und steckte das Bild in die Brusttasche. Um sich Haltung zu geben, fragte Burguburu im Ton eines Befehlshabers: »Was sagte die Emma?«

Emil sah Juliette an und begann zu kichern.

»Soll ich es sagen?« fragte Emil.

Juliette war auf ihren Platz zurückgekehrt.

»Warum nicht?« sagte sie mit sanfter Stimme. »Unsre Emma ist ein anständiges Mädchen.«

Emil wandte sich zum Notar:

»Sie hat gesagt – sei ruhig, Pulver hat er noch, aber kein Blei. Er schießt mit Platzpatronen.«

Darauf lehnte er sich zurück und sperrte Mund und Augen auf, gespannt, was nun erfolgen werde.

Marius trat an das Sofa.

»Wer hat das gesagt?« herrschte er Juliette an.

»Ich denke, die Emma?« antwortete sie gedehnt und schien ehrlich verwundert über die Frage.

Emil warf den Hut in die Luft und fing ihn wieder auf.

»Wer denn sonst als die Emma?« sagte er im selben Ton wie Juliette.

»Aber«, setzte er, plötzlich wieder finster geworden, hinzu, »aber –« Er sah Juliette an und sagte kleinlaut: »Das mit der Platzpatrone, das müßte erst bewiesen sein.«

»Junge, schauen Sie her!« befahl Juliette.

Sie zeigte auf Marius, der bleich, mit hervorquellenden Augen und geballten Fäusten dastand und an seinen Lippen kaute.

»Er überlegt, auf wen von uns beiden er sich stürzen soll«, belehrte sie Emil und lächelte sanft. »Wenn wir nicht gleich vernünftig sind, mein Junge – dann setzt es was!«

»Ich fürchte mich nicht!« versicherte Emil. Und damit war sein Unglück besiegelt.

Im nächsten Augenblick hatte Burguburu die gewaltigen Tatzen in die Schultern des andern geschlagen und schwang ihn wie eine Kleiderpuppe durch die Luft. Der Rock, an dem er ihn festhielt, gab nach, und Emil flog ohne Aufenthalt aus den Ärmeln gleich über den Kachelboden bis in die Ecke des Zimmers. Marius warf Juliette den Rock in den Schoß, sprang zu Emil, hob ihn auf und schleuderte ihn in die entgegengesetzte Ecke, dort packte er ihn, stellte ihn vor sich auf die Füße, versetzte ihm rechts und links eine Ohrfeige. Nachdem er ihn aufmerksam betrachtet und festgestellt hatte, daß sich kein Widerstand in ihm rege, drehte er ihn um, nahm ihn am Kragen und befahl keuchend:

»Vorwärts, hinauf in mein Zimmer, du Lump! Wir haben noch ein Geschäft miteinander.«

Da erst kam Emil zur Besinnung. Er rief der Gattin des Henkers zu, er werde ewig schweigen und sofort abreisen, wenn sie ihn jetzt nur schütze, ihn aus den Fängen des Notars befreie. »Zu Hilfe, gnädige Frau, zu Hilfe!« Juliette begrub das Gesicht in den Händen, sie sah ihn nicht, sie hörte ihn nicht, sie erstarrte vor Angst, durch die geringste Bewegung den Zorn Burguburus auf sich zu lenken. Er befand sich bereits auf der Treppe zum oberen Stockwerk, da rief er sie von neuem an, diesmal aber rief er: »Juliette!«

Es klang wie der Schrei eines brennenden Kindes oder eines von Natur hilflosen Tieres, das sich unter dem Zugriff des Feindes krümmt, wild und verzweifelt, ohne den geringsten Glauben an die eigene Kraft, ein Schrei vor der offenen Tür des Todes, der Juliette mit der Verantwortung für den drohenden Untergang belud. Der Schrei griff ihr in die Eingeweide, »Du Kind«, stammelte sie, »du Kind« – ihr Herzschlag stockte. Wie in plötzlicher Bedrohung ihres eigenen Fleisches riß sie die Hände vom Gesicht und machte eine Bewegung, als wollte sie sich nachstürzend über das Opfer des einen, ihnen gemeinsamen Feindes werfen, es zudecken, mit ihrem Körper schützen, es wild kämpfend retten oder mit ihm zugrunde gehn.

Aber sie schluchzte nur aus trockener Kehle auf und hob lauschend die Augen zur Decke ...

Und so traf Sibylle sie an, als sie ins Zimmer trat: ein eisiges Schmerzenshaupt lauschend zur Decke erhoben, wo der Schein der Lampe einen gelblichen Kreis malte, der von Lärm und Geschrei im Zimmer darüber zu zittern schien, der schwere Körper in der Sofaecke zusammengesunken, die Hände schlaff im Schoß ... Und auch dann, als es über ihnen still wurde, blieb ihre Haltung unverändert, der lauschende Ausdruck allein wechselte, er nahm noch an Spannung zu.

Sie horchte mit allen Poren, das Gesicht leichenblaß rings um die karminroten Inselchen der Wangen und bis hinunter in den Ausschnitt der apfelgrünen Bluse. »Was ist los?« fragte endlich Sibylle.

Die Mutter räkelte sich, sah sich mit einem blöden Lächeln im Zimmer um und klopfte ihr Kleid ab, als ob Staub darauf läge. Dann sagte sie: »Weißt du, Sibylle – der Junge, der damals die Leiter hinaufstieg?« Sibylle nickte.

»Der fliegt jetzt die Leiter hinunter«, sprach Juliette ernst ...

»Siehst du, Kind, so endet mein einziges Liebeserlebnis, das nicht – das keine Stacheln hatte ... Obwohl es eine Todsünde war ... Der Junge ist arm, er mußte eine Emma heiraten. Das Leben ist grauenhaft, Sibylle ... Glück, selbst gestohlen und gut versteckt, schließlich kommt es doch ans Licht – und wird beschmutzt – und klein gemacht – lächerlich und häßlich ... Schau dir eine Nachtigall aus der Nähe an! Eine gefiederte Kröte.«

Mit einem Ausdruck hilfloser Ergebung in das Schicksal hob sie ein wenig die Hände. Dann aber sagte sie leise und heftig: »Nur das Geld, kleine Sybille! Das Geld, das behält seinen Wert, du kannst damit machen, was du willst, Geld wird nicht schmutzig, wird nicht lächerlich. Hast du schon von häßlichem Geld gehört? Ich nicht! Du kannst es aus der Mistgrube herausziehen, es bleibt Geld. Weißt du, das goldene Kalb? – das war richtig ... Nur sind wir alle so verlogen, daß wir nicht wagen, dem, was wir wirklich anbeten, ein Standbild zu errichten – und es öffentlich und freimütig und tapfer, jawohl, tapfer anzubeten ... Es sollte kein Kalb sein, das Kalb ist auch nur eine Heuchelei, ein Tiger, ein goldener Tiger! Das müßte es sein, kleine Sibylle. Ein goldener Tiger. An jeder Wegkreuzung sollte er sich wahrheitsgemäß erheben – der goldene Tiger ... Kind, merk dir das! Laß dich auf nichts anderes ein ... Glaube deiner armen Mutter! Hüte dich vor den verfluchten Dummköpfen!«

Sie warf den Kopf in den Nacken und lauschte. Nach einer Weile schüttelte sie den Kopf, seufzte.

»Marius«, meinte sie, »wird ihm jetzt wohl ein wenig Geld geben ... Kannst du so lange bei mir bleiben?«

Sibylle setzte sich neben sie, und die beiden Frauen betrachteten schweigend das beinahe lebensgroße Bildnis Großvater Burguburus, des ersten Notars der Familie und Begründers ihres Wohlstandes. Die Zeit, die verstrich, bis sie Schritte auf der Treppe vernahmen, war nicht so lang, wie sie ihnen erschien, und auch der folgende Auftritt dauerte nur Minuten, ob er gleich für Sibylle so quälend war, daß sie ihn nicht bis zu Ende ertragen konnte.

In der Tür erschienen Burguburu und Emil, beide bleich und ernst. »So sind die Menschen, man muß sie niederschlagen, damit sie Achtung vor einem bekommen«, stellte Burguburu erst einmal fest.

Juliette setzte sich zurecht und sagte hinter den Zähnen hervor:

»Mein Lieber, das ist das erste wahre Wort, das ich von dir höre.«

Sie wollte zeigen, daß sie sich nicht fürchtete, und sie fürchtete sich auch wirklich nicht mehr, aber als Marius ihr bedeutete: »Ich habe dich nicht gefragt!«, blieb sie still.

Ein harter, lichter, ein befreiender Haß stieg in ihr auf, als sie im gleichen Augenblick Spuren der Mißhandlung an Emil entdeckte. Die Oberlippe war angeschwollen, seine Zunge suchte dauernd in einer Zahnlücke, die immer noch blutete, und auf der Stirn zeichnete sich eine Beule ab. Ferner guckte aus dem Nasenloch ein Stück gelber, blutstillender Watte hervor.

Der Junge wollte mit dem Hut in der Hand auf sie zugehn, aber Burguburu legte ihm die erdrote Tatze auf die Schulter und sagte:

»Von hier aus! Vorwärts!«

»Gnädige Frau«, begann Emil mit leiser Stimme. »Ich bitte Sie um Verzeihung.«

Er hielt an.

»Vorwärts!« befahl Burguburu.

»Ich bitte Sie um Verzeihung für meine Gemeinheit.«

»Na, und?« fragte Burguburu, und: »Willst du wohl!« drohte er, als der Junge mit einem Achselzucken zu verstehen gab, daß er nicht weiterwußte.

»Vorwärts! Was bist du?« Er schüttelte ihn am Arm.

»Ein Lump!« brachte Emil trotzig hervor.

»Was noch?«

»Ein Erpresser.«

»Weiter. Was ist mit der Emma?«

Von neuem kräftig am Arm geschüttelt, reckte sich Emil, er faßte einen Entschluß und sagte laut und deutlich, und Juliette beobachtete, wie er mit jedem Wort schwerer atmete:

»Die Emma weiß nichts. Ich habe ihr gesagt, ich hätte noch Geld bei der Marine zugut, das wollte ich mir – auf meinem Schiff in Toulon holen.« Etwas leiser setzte er hinzu: »Ich bin ein Lügner.«

»So«, sagte Burguburu befriedigt. »Und jetzt die Hauptsache!«

Doch Emil verharrte trotz wiederholter körperlicher Ermahnung in seinem Schweigen, bis er, von dem wegtretenden Burguburu in Ruhe gelassen und nach Sekunden völliger Stille im Zimmer, plötzlich aus tiefer Brust aufstöhnte. Gleich darauf preßte er die Hände an die Stirn und rief:

»Es ist *mein* Kind! ... Es ist *mein* Kind! ... Ja, ja, ja, mein Kind ... Ich will die Emma nie mehr schlagen, weil sie, weil sie – oh! hätte sie es mir nie gestanden, der Engel! ... Ich könnte der glücklichste Mensch der Welt sein ... Die Emma auch, wir alle. Nie mehr! ... Ich habe ja nie daran gezweifelt, es war nur Schlechtigkeit, das Kind – das Kind ist mir aus dem Gesicht geschnitten, ich weiß, ich weiß – lieb wie ein Vögelchen lieb ...«

Der Notar hob feierlich die Hand zum Schwur: »Ich schwöre, es ist dein Kind, mein Junge! Und nun wollen wir gehn!«

Und während Emil, den Hut vor dem Gesicht, mit bebenden Schultern dastand und fassungslos weinte, erklärte Burguburu den Damen, er habe einen Wagen bestellt und fahre jetzt mit Emil nach Toulon, um die Fahrkarte zu lösen, und er werde ihn auch in den Zug setzen.

»Ich und Emil«, versicherte er, »scheiden als Freunde. Und Emil bittet die Damen, ihn trotz allem in freundlicher Erinnerung zu behalten.«

»Ich will aber kein Geld«, rief Emil, er ließ den Hut sinken und griff in die Brusttasche. »Ich will es nicht.«

Burguburu ergriff die Hand und legte sie ihm sorgsam an die Hosennaht. »Ruhig, mein Junge! Du tust, was ich dir sage, und legst das Geld für das Kind auf die Sparkasse ... Das Geld kommt nicht von mir. Es kommt von meiner Frau.«

»Danke!« rief Emil schluchzend zu Juliette hinüber und wandte, wie ertappt, schnell das tränenüberströmte Gesicht von ihr ab und zu Burguburu, er schluckte, versuchte zu lächeln, blickte wieder zu Juliette, dann zu Sibylle, die er neugierig betrachtete, als bemerke er sie erst jetzt. Darüber wurde sein Weinen schwächer, und er ließ den Kopf sinken und sprach wie für sich:

»Mein Kind ... Mein Kind ... Es ist lieb wie ein Vögelchen lieb ... Es konnte kaum sehn, da hat es mich schon erkannt ... Wenn es mich kommen hört, kräht es wie ein kleiner Hahn ...« Sibylle erhob sich und ging hinaus.

Emil hörte das Geräusch der Tür und blickte verwundert.

»Du darfst meine Frau umarmen«, sagte Burguburu, der mit Tränen kämpfte, und zur Seite tretend, gab er dem Jungen den Weg frei. Juliette, in der Mitte des Sofas, wölbte rasch den Busen, die verdüsterte Miene wurde hell und weich, sie öffnete die Arme.

Aber Emil schüttelte den Kopf. Er schüttelte ihn so heftig, daß die blonden Haare flogen. Er machte einen Sprung zum Sofa, ergriff seinen Rock, der noch immer auf den Knien Juliettes lag, und stieß ihre ausgestreckte Hand zurück. Mit dem Ruf »Emma!« rannte er aus dem Zimmer und schlug hinter sich die Tür zu.

Juliette sanken die Arme weg, sie hielt sich mit Mühe aufrecht und wagte nicht, den Blick zu heben.

»Auf Wiedersehn, mein Engel!« sagte Marius.

Juliette blieb allein zurück in dem Zimmer, das jahrelang ein Heiligtum gewesen war, erfüllt von der schreckhaften und holden Gegenwart des Majors – in dem immer nur mit leiser Stimme gesprochen wurde, wo ein gedämpftes Licht herrschte, wo sie, unerreichbar aller Welt, in heimlichster Seligkeit badete und als Königin einer Schattenwelt den gefährlich süßen Geliebten empfing, der ihr lautlos nahte ... Bis der Notar einen Kronleuchter an die Decke hängen ließ, damit man den Großvater besser sehe, den ersten Halsabschneider der Familie, und die Stille von pöbelhaften Lauten widerhallte!

Langsam begannen Tränen über ihr starr lächelndes Gesicht zu rinnen. Sie waren dick und rund und mußten sich einen Weg durch die karminroten Inselchen bahnen. Zuletzt, als ein Hohlweg entstanden war, rollten sie eiliger, aber immer noch einzeln wie Perlen, die zu kostbar sind, um vermengt zu werden ...

Beim Abendessen, das sehr verspätet stattfand, erzählte Marius von Missetaten, die ›unsere braven, kleinen Matrosen‹ in den letzten dreißig Jahren begangen haben sollten. Emil wurde nicht erwähnt.

Gegen Sybilles Erwarten verlief die Nacht verhältnismäßig ruhig. Es fand nur eine kurze Auseinandersetzung statt, wobei verschiedentlich das Wort ›Platzpatrone‹ fiel. Den Notar versetzte das Wort in Wut, bei Juliette löste es scharfes Lispeln und Kichern aus. Mitten im

Streit trat, nach einem leisen Aufschrei Juliettes, Stille ein – jene von wenigen, heftigen Lauten unterbrochene Stille, die Sibylle erstarren ließ und dann mit zugehaltenen Ohren unter die Bettdecke jagte.

Sibylle

Zu Ostern kam Paul nach Hause. Frau Pauline holte ihren Sohn in Toulon ab, und als er, frisch nach Kölnischem Wasser duftend, auf sie zukam, wäre sie beinahe an ihm vorübergegangen, so hatte er sich in den sechs Monaten verändert.

Er war sorgfältig gekleidet, kamelhaarbraun, von Kopf zu Füßen, eine sehr vorteilhafte Farbe für Blonde, jedes Stückchen an ihm machte den Eindruck des Neuen. Aber das war nicht alles.

»Ha!« sagte Frau Pauline und tat erschrocken. »Vorsicht! Du bist ja – du bist, kurz gesagt, ein Mann geworden.«

Es lag nicht nur an dem blonden, seidigen Schnurrbart, der ihm wie zwei gewellte Strähnen ihres eigenen Haares zierlich unter der Nase hing, auch nicht am Gesichtsausdruck, dessen Verschlossenheit ein jäh aufsteigendes Lächeln erhellte, um ebenso rasch wieder zu verschwinden, es war vor allem sein selbstbewußtes Gehaben, wie er auf die Mutter zukam, sie umarmte und auf die Stirn küßte. Die Kindlichkeit, die eine Umarmung entweder hinnimmt oder aber in sie hineinflüchtet, war der Gewohnheit des Mannes gewichen, die Frau als den schwächeren Teil des Geschlechtes in Besitz zu nehmen, wenn auch nur, um sie zu beschützen und kraftvoll ein Stück durchs Leben zu geleiten. Sicher und geschickt bahnte Paul der Mutter einen Weg durch das Menschengedränge, bezahlte den Gepäckträger, ohne ihn anzusehn, und half ihr, wenigstens andeutungsweise oder sinnbildlich, in den Wagen. Er setzte sie ohne weiteres neben das Steuer, sich selbst aber davor.

»Ja, nun – wenn ich aber selbst Lust hätte zu fahren?« fragte sie lächelnd.

»Hast du bestimmt nicht«, versetzte er, und schon fuhr er los.

Die Bemerkung, er habe sechs Monate lang an keinem Steuer gesessen, kam als Entschuldigung für seine Eigenmächtigkeit ein wenig spät. Er unterhielt sie gemessen und freundlich wie ein älterer Bruder, mit allen Zeichen der Verehrung, aber auch mit Betonung seiner kreatürlichen Überlegenheit. Ein- oder zweimal kam ihm sein Ernst selbst etwas komisch vor, er lächelte sie verlegen und wie um Nachsicht bittend an – ohne die Kenntnis vom erprobten Reiz dieses Lächelns ganz verleugnen zu können. Danach wußte Pauline genug über seine Beziehungen zu Marianne. Das Rätsel, über dem sie sechs Monate gegrübelt hatte, war in fünf Minuten gelöst, sie brauchte mit keinem Wort daran zu rühren.

»Und Sibylle?« erkundigte er sich unvermittelt. »Seit Weihnachten schreibt sie nicht mehr. Was ist los?«

»Später«, sagte sie.

Es herrschte sommerliche Wärme und dabei klare Sicht, er kam aus dem Norden und war entzückt. Er entdeckte, daß die Umrisse der Berge, diese maßvollen, klaren Formen, messerscharf aus dem Horizont geschnitten schienen, und was wie Schnee auf ihrem Gestein lag, das reinste Licht war, das der Himmel vergeben konnte. Vom übermannshohen Schilf am Straßenrand behauptete er, ›zu seiner Zeit‹ habe es nicht so schöne Federbüsche getragen, den Äckern stellte er das Zeugnis aus, sie seien sauberer als die Place de la Concorde, und obwohl Frau Pauline nicht daran zweifelte, beteuerte er zu wiederholten Malen, das Wort von der duftenden Provence sei keine poetische Übertreibung, sondern schlichte Wahrheit – nur wer den Benzingestank der Hauptstadt noch in der Nase habe, vermöge es zu würdigen. Ja, er war nun ein Mann geworden, ein junger Mann, ein Mensch in den Anfängen des Mannstums – nie wieder in seinem Leben würde er so sehr Mann sein! Seine Urteile klangen bestimmt und duldeten so wenig Widerspruch wie seine Erscheinung.

Beim Anblick des kleinen, hellblauen Autos vor der Villa *Maria*, das wie der adelige Sproß von Paulines Wagen aussah, rief er: »Was ist denn das? Der Renner der Witwe? Großartig! Endlich hat sie uns überflügelt.« Und während er der Mutter aus dem Wagen half, rechnete er nach, was der Wagen gekostet habe.

»Etwas mehr als die Zinsen von Sibylles Entschädigung. Den Rest mußte wohl Marius drauflegen. Und was bekam er dafür?«

»Den Kopf des Majors«, vermutete Pauline.

Im Zimmer der Mutter, mit dem Blick auf die *Colline*, die Ranasser Bucht und das Vorgebirge, sprachen sie am gleichen Abend über Sibylle, ›seine kleine Braut‹. Er saß auf der einen, sie auf der andern Seite des Tisches. Er spielte mit dem Bild des lachenden Majors, schob es bald hierhin, bald dorthin, stellte es auf die Kante und ließ es unter seinem Finger kreisen, bis Pauline es ihm aus der Hand nahm und auf ihrer Seite aufstellte. Da erst merkte er, mit wem er so umgesprungen war. Er entschuldigte sich, sie sahen den Major an, alle drei lachten sich zu, und Paul knüpfte daran die Frage, wie wohl das andre, das düstre Bild in der Villa Maria zustande gekommen sei. Pauline meinte, Juliette werde von ihm eine Aufnahme in Paradeuniform verlangt haben, ›nicht einmal, sondern zwanzigmal‹, und als sie ihn schließlich bis zum Künstler geschleppt habe (sie wohnten in einer kleinen Garnisonstadt des Südens), wäre sie nicht abzuhalten gewesen, mit den anspruchsvollen Manieren des Meisters zu wetteifern und die vom Opfer einzunehmende Haltung mitzubestimmen, wobei in ihren Augen zweifellos die Genugtuung geglänzt habe, mit ihrem Willen durchgedrungen zu sein.

»Oh! ich kann es mir ganz gut vorstellen«, sagte sie lachend. »Er war der unfeierlichste Mensch, er sah an allem die komische Seite. Um bei der Hinrichtung unter den Augen der Gattin ernst zu bleiben, muß er an schreckliche Dinge gedacht haben.«

Nach einer Pause rief der Junge leise:

»Wie kann er eine solche Frau geheiratet haben!«

Sie blickte aus dem Fenster, und als sie Paul das Gesicht wieder zuwandte, war es friedlich gesammelt. Der Ernst lag darauf wie ein durchsichtiger Goldflaum, ähnlich dem Abendlicht, das draußen das Land verschönte. Sie strich mit der Hand flüchtig über die Narbe auf ihrer Stirn.

»Das Mädchen hat viel von ihm, wenn es gut aufgelegt ist«, sprach sie zögernd, »und hätte er gelebt, es wäre sein Ebenbild geworden. Er beschäftigte sich viel mehr mit dem Kind als mit seiner Frau – er sprach wenig von Juliette Bosca, wohl aber viel und gern von Sibylle. Er trug ein Medaillon mit einem Bildchen von ihr auf der Brust. Er liebte sie zärtlich und wurde selbst zum kleinen Jungen, wenn er von ihr sprach. – Aber siehst du«, sagte sie auf einmal heftig, »das gerade wurde Sibylle zum Unheil. Die Mutter hatte nur den einen Gedanken, Sibylle sich zu eigen zu machen, sie gewissermaßen in ihre eigene Form hineinzupressen und danach umzugestalten – verstehst du, Paul? Damit von seinem Kind nichts übrigbleibe, damit er nichts andres lieben könne als wiederum nur eine kleine Juliette … Die Frau besitzt einen so starken Willen! Sie ist töricht und eigensinnig und selbst ein ausgewachsenes Kind und, möglicherweise, auch etwas lasterhaft, ganz im geheimen, wie Kinder es sein können. Jedenfalls sah er sie so ... Und dann, sie muß ein schönes Mädchen gewesen sein ... und beunruhigend für ihn – ungebildet, ein Stück rohe Natur, das wird ihn, der ein zarter, vergeistigter Mensch war, gelockt haben, denke ich mir. Ich weiß, daß er aus ähnlichen Gründen zu den Kolonialtruppen ging ...«

Ihre Augen ruhten auf dem Mann im Schlafanzug, der die Sonne anlachte, die Sonne und zugleich, als ihr menschliches Bild, eine Frau, die man auf dem Bild nicht sehn konnte, weil sie ja vor ihm stand, den Apparat in den Händen, und abwechselnd in den Sucher blickte und in seine strahlenden Augen, diesen atmenden, geschmeidigen, lebendigen Spiegel seiner Lebenslust ...

Langsam stieg ein Lächeln in ihre Züge.

»Schade um Sibylle!« sagte sie. »Du solltest sie nicht im Stich lassen, Paul. Ich verlöre dabei ebenso viel wie sie.«

»Ich weiß, Mutter«, erwiderte er halblaut.

Sie waren noch nie so vertraut gewesen. Beide empfanden es mit heißer Freude und mit Bangen ...

Zur gleichen Zeit lag Sibylle im Nebenhaus auf der Veranda, das Gesicht in den Kissen des Liegestuhles, sie wußte, welches Gespräch in diesem Augenblick zwischen Pauline und ihrem Sohn stattfand. Von seinem Ergebnis hing es ab, ob sie Paul wiedersehn sollte oder nicht. Wenn die Unterredung günstig verlief, so war es zwischen den Frauen abgemacht, würde Pauline in den Garten treten und singen, irgend etwas, ganz gleich was ... Dies aber – dies würde sie hören, und wenn sie einen Meter tief unter der Erde läge! Und alles andre wollte sie nicht hören.

Über ihr in der Höhe zog ein Flugzeuggeschwader dem Meere zu. Sein Brausen erfüllte die Finsternis, in der sie sich verschanzt hielt. Sie dachte, wie nichtig ihre Ängste und ihre Liebe seien im Vergleich mit dem, was allein auf Erden zähle, weil es über Leben und Tod von Hunderttausenden gebot und Gesetzen unterstand, die um so erschreckender waren, als sie ihr eigenes Begriffsvermögen überstiegen. Sie fragte sich, ob diese Flieger, die sich übten, Tod und Verwüstung auszustreuen, fühlten und liebten wie sie und um ihr Glück zitterten, das doch ganz und gar irdisch war, klein und verborgen, nicht unähnlich dem eines Wurmes – und so verletzlich ...

Die Menschen, stellte sie für sich fest, die ihrem Leben nachgingen, als habe es einen höheren Wert als den eines bloßen Zufalls, als sei es ihnen von Gott geschenkt, um es nach dem Gesetz der Liebe zu erfüllen, sahen sich gräßlich betrogen. Alle ohne Unterschied waren wie die Bevölkerung eines Kriegshafens, über den sich unversehens Feuer und Schwefel ergießen konnten. Auch ohne Krieg und zerstörende Naturereignisse schwankte jedem einzelnen täglich der Boden unter den Füßen, und einmal öffnete er sich für jeden und begrub ihn für immer und so lang hörte die Bedrohung nicht auf. Wo du dich hinwendest, überall stößt du auf das höhnische Grinsen des Räubers, der dir mit vorgehaltener Pistole den Weg vertritt ... Angst, Angst, ein Leben lang Angst – und warum? Die Menschheit war ein Gewürm, und über ihm schwang der Teufel den Dreizack.

Mutter und Sohn Tavin wollten ernstlich nicht an den Teufel glauben, aber Sibylle wußte es besser. Sie hatte ihn mehr als einmal leibhaftig gesehn, sie spürte ihn sogar im Rücken, und dies um so deutlicher, je näher etwas Gutes heranzurücken drohte – ja, das Gute rückte immer Hand in Hand mit dem Bösen heran. Konnte es da vertrauenswürdig sein? Schob der Böse es nicht nur als Lockung vor, um es im letzten Augenblick niederzuschlagen zugleich mit dem, der die Hand danach ausstreckte? Mußte sie nicht unter der unfaßlichen Drohung eines Vaters aufwachsen, der als Popanz an der Wand des Salons hing? Und dann, als sie längst erwachsen war und mit Ketten behangen, die angeblich im Bund mit jenem Vater geschmiedet worden waren, dann erst stellte sich der Irrtum heraus: ihr Vater hatte strahlende Augen! Er konnte lachen! Er war gut und gerade! Wenn er zu andern von ihr sprach, feuchteten sich seine Augen und schimmerten vor Zärtlichkeit! Er wollte nicht sterben! Er wollte kein Heiliger sein! ... Er wollte leben und lieben – und sündigen, wenn es sein mußte, ja, auch das! Darum hatte man sie betrogen, und jetzt war es zu spät, sich um die lachende Vatergestalt zu ranken und in der Sonne zu wachsen, die er mit seinen Augen verbreiten konnte ... Sie hatte auf dem weißen Stein gesessen, um Paul vorübergehn zu sehn und auch, um sich ihm zu zeigen – ein ganzes Jahr. Es war ein großer Entschluß gewesen, vorher hatte sie ihn nur aus dem Hinterhalt belauert. Sie dachte, er werde niemals ihre Liebe erwidern – sie spuckte ja Blut. So sollte er wenigstens erfahren, daß sie ihn liebte: »wie der Himmel vom Meer geliebt wird«, sagte sie sich damals vor. Doch ohne es zu ahnen, befand sie sich schon auf dem Weg der Genesung. Da kam der Unfall ... Der Unfall führte sie zusammen, tausend Menschen brachen ein Glied und wurden wieder wie vorher. Da weigerte sich die Mutter, einen Chirurgen zu Rate zu ziehen. Und nun blieb sie ein Krüppel fürs Leben!

Aber selbst dann (welch langer, zäher Kampf gegen den Dreizack!), selbst dann erwies sich die Liebe als mächtig genug, die Hölle zu beugen, und Paul wurde ihr gut und vertraut wie ihr eigenes Gesicht. Und wiederum hielt der Teufel in einem kleinen, gelben Haus, dem sie es gleich ansah, ein gutgewachsenes Geschöpf bereit, das sich nur zu zeigen brauchte, um alles wieder zum Bösen zu wenden ... Wozu dies alles, wenn nicht ein Gott war, der die Geduld der Menschen prüfte und die Leichtsinnigen von den Schwermütigen schied, die Flatterhaften von jenen, die ihr Herz ungeteilt bewahrten, wozu, wenn es nicht etwas andres gab, eine Welt im Herzen der Gerechtigkeit, wo die vielen, die so entsetzlich nach Glück hungerten, endlich gespeist und in ihrer großen Unruhe befriedigt würden? ... Wozu? ... Wozu? ... Sie wiederholte die Frage so oft, so beschwörend, sie führte Beispiel um Beispiel an für den erbärmlichen Mangel dieser Welt, sie öffnete sich weit und zeigte ihre Bereitschaft zum Glück, bis die Frage unversehens zur Antwort wurde und die Gewißheit in einer Flut von Licht über sie kam. Und die kleine Braut, bäuchlings ausgestreckt auf dem Stuhl ihrer Qual, das Gesicht in den Kissen vergraben, drückte die gefalteten Hände unter sich gegen das Herz und begann inbrünstig zu beten. Der Lärm der Flugzeuge verzog sich. Der Garten kehrte mit seinen Vogelstimmen in den lichten Tag zurück.

»Sieh mal, Junge«, sprach Frau Pauline, »du schreibst mir: ›Was macht meine kleine Braut?‹, Marianne aber, die offenkundig ihre Stelle vertritt, bleibt unerwähnt – bis zu diesem Augenblick. Du wirst mir nicht verargen, wenn ich daraus meine Schlüsse ziehe.«

Es komme auf die Schlüsse an, sagte Paul ... Sollte er sich in seinem ersten Semester mit einem Mädchen verbinden und ihm zehn Jahre lang blind die Treue halten? Früher war das wohl vorgekommen, wenigstens sofern man gewissen vergilbten Schmökern Glauben schenkte. Solche eisernen Verlobungen gehörten ins Altertumsmuseum, zu den Sänften, turmhohen Frisuren, Postkutschen und *culs de Paris*. Selbst ein Notar Burguburu würde es komisch finden, wenn ein junger Mann sonntagsvormittags mit einem Blumenstrauß anträte, um der

Tochter unter den elterlichen Augen ehrbar den Hof zu machen. Und dies zehn Jahre lang! Er war im Auto groß geworden, unter Mädchen, die neben ihm auf der Schulbank saßen und genau soviel, wenn nicht mehr, von Liebesdingen wußten wie die Jungen.

Sibylle war seine erste Liebe, er hoffte, sie werde auch seine letzte sein. Wenn er sie seine kleine Braut nannte, so wollte er damit sagen, daß er sich niemand lieber als seine zukünftige Frau vorstellte. Er betonte dies auch anderen Frauen gegenüber auf die Gefahr hin, sie in ihren Empfindungen zu kränken, er legte Wert darauf, niemand über sich und seine Absichten zu täuschen – nicht einmal in Gedanken. Er gab sich Mühe, ein anständiger Kerl zu sein. Die kleine Braut war die einzige von seinen Vertrauten, die dies Wort niemals aus seinem Munde gehört hatte. Sie hatten sich ein einziges Mal geküßt, beim Baden, draußen im Meer, wo ihnen allein schon das Element, in dem sie sich befanden, die gebotene Zurückhaltung auferlegte. Er hatte es aber nicht als unverbindliche Spielerei aufgefaßt, obwohl sie damals noch Kinder waren.

Hier erlaubte sich Pauline darauf hinzuweisen, daß der Zustand der Kindheit immerhin erst um Monate zurücklag. In seinem Alter, versetzte er, konnten Monate so viel zählen wie Jahre. Er bestritt nicht, daß in der Folge Ereignisse eintraten, die nicht ohne Rückwirkung auf seine Beziehungen zu Sibylle blieben. Er war närrisch verliebt gewesen, und dann, dann erst lernte er die Frau kennen, und unwillkürlich begann er, auch in Sibylle die Frau zu sehn statt des verliebten Mädchens. Er glaubte sie dementsprechend schonen zu müssen – indem er ihr gewissermaßen die Zukunft einräumte, in der Gegenwart aber sich von ihr zurückzog, wohlverstanden nur, soweit es sich um Liebe handelte. Er wollte sie in keiner Hinsicht im Stich lassen, andrerseits konnte er nicht Vorstellungen bei ihr nähren, die weder seinem Gefühl noch seinen Absichten für die Gegenwart und die nächste Zukunft entsprachen.

»Ich verstehe«, bemerkte Frau Pauline, »du willst den Bären waschen und ihm den Pelz nicht naß machen.«

»Ja!« bekannte er. »Genau das will ich.«

Er hatte gefunden, die Haupttätigkeit der Menschen bestehe in solcher Bärenwäsche. Die Weltgeschichte zeigte, wie schlecht die Versuche ausgingen, den Bären einmal gründlich zu waschen. Es war jedesmal eine Katastrophe, und meist kostete sie nicht nur dem Bären das Leben. »Paul, ich sehe wieder, was für ein kluges Mädchen Sibylle ist«, erklärte darauf die Mutter. »Sie bewundert deine Weisheit, die du in so kurzer Zeit erworben hast, aber sie behauptet, das sei eine Weisheit, die das eine Mal als Maske, das andre Mal als Schild und Waffe, das dritte Mal als Mimikry diene, um sich hinter der Weltgeschichte zu verstecken. Sie bewundert deine Weisheit und beargwöhnt die praktische Anwendung, die du von ihr machst. Deine Briefe an sie müssen richtige Vorlesungen gewesen sein – und keineswegs medizinische.«

Paul erwiderte, Sibylle sei gewiß eine sehr kluge Frau, und es könnte ihm nur recht sein, wenn sie ihn durchschaue. Dann solle sie aber gefälligst auch gleich bis auf den Grund blicken.

»Wo«, ergänzte sie, »das freundliche Immergrün deiner Reservat- und Zukunftsliebe zu sehn ist.«

Paul runzelte die Stirn und gab keine Antwort.

»Du denkst jetzt«, sagte sie, »ich lasse es an etwas fehlen, wovon Sibylle zu viel hat, nämlich an Ernst. Und es ist auch wirklich nicht möglich, Paul, daß du so zu ihr sprichst. Du würdest sie zur Verzweiflung bringen … Wenn du erlaubst, versuchen wir beide es einmal anders. Wo ist Marianne?«

Ohne die Augen von der Ranasser Bucht und dem Vorgebirge wegzunehmen, antwortete er: »In Paris … Ich bin gekommen, um die Osterferien mit Sibylle zu verbringen.«

»Gut, mein Junge. Vierzehn Tage scheinen dir also genügend, um Sibylle so über dich aufzuklären, daß es zehn Jahre vorhält … Mir scheint, Sibylle ist etwas fremd geworden. Darf ich dir einiges von ihr erzählen. Es kann zur Auffrischung ihres Bildes dienen.«

»Mutter, sag mir bitte erst, warum du sie von hier hast weggehn lassen.«

»Einverstanden! Fangen wir damit an …«

Die Stille! Die Stille im Haus *Rosmarin* war es gewesen, die Sibylle verjagt hatte! Oder vielmehr die Folgen der Stille … Sie behauptete zwar, die Stille zu lieben, und beklagte sich nur über deren Rückschläge in Form von lärmenden Angstträumen, die sie heimsuchten. In Wirklichkeit fehlte ihr, wie sich bald herausstellte, die Unruhe des mütterlichen Hauses. Eine Zeitlang war sie nachts in Paulines Arbeitszimmer geschlichen und hatte heimlich den lachenden Vater an ihr Bett geholt. Aber dann war regelmäßig im Traum der Major von der

Wand des Salons herabgestiegen und hatte ihr übel mitgespielt. Aus Eifersucht, betonte Sibylle, die sich bemühte, die Sache von der komischen Seite zu nehmen, aus Eifersucht, weil sie an der Seite Paulines leben durfte. So wurde ihr, was sie tagsüber vermißte, nachts im Übermaß zuteil: Lärm und Bewegung, die Wechselfälle des Familienfischerstechens, bei dem die Bosheit der Lanzenträger nach der empfindlichsten Stelle des andern zielte und der Sieger, vom eigenen Stoße hingerissen, oft genug eine Sekunde nach dem Getroffenen ebenfalls ins Wasser purzelte – der ständige Feldzug der Mutter gegen die Tochter, der Ehegatten widereinander, der Ehegatten gegen die übrige Welt. Gebet und sorgsames Überwachen der Gedanken beim Einschlafen halfen wenig, die verlassene Familie nahm Rache und holte nachts den gewohnten Mitspieler zurück. Sibylle sah sich schlafend in die Villa *Maria* überführt und ins Handgemenge geworfen.

Vielleicht war dies auf die Dauer ermüdender als der frühere Zustand, da sie in der Übung von Abwehr und Angriff bewußter zu leben, ja eine Aufgabe zu erfüllen meinte und schlimmstenfalls (letzte Zuflucht der Schwachen) die Genugtuung genießen konnte, schuldlos zu leiden. Sie fand keinen Widerstand im Haus *Rosmarin*, sie konnte weder besonders gütig, noch besonders böse sein, weder brennend glücklich, noch brennend unglücklich, es herrschte jene Lauheit, von der es hieß, Gott speie sie aus seinem Munde aus – ein Wort, das Sibylle einmal in heiligem Zorn über Pauls Briefe seiner Mutter ins Gesicht geschleudert hatte.

Frau Pauline versicherte, nach ihrer festen Überzeugung sei Sibylle tagelang von Heimweh nach ihrer ›Hölle‹ geplagt worden.

»Siehst du«, bemerkte Paul, »es ist die alte Sache. Sie will unglücklich sein.«

»Warte«, sagte die Mutter ...

Darüber also war es Weihnachten geworden. Sibylle hatte Paul seinem Versprechen zufolge spätestens am ersten Feiertag erwartet. Als das Telegramm mit der Absage eintraf, packte sie das wenige, das ihr gehörte, und verließ Haus *Rosmarin*.

Zur Begründung ihres Schrittes äußerte sie zweierlei. Paul, sagte sie einmal, halte sie, seitdem sie bei seiner Mutter wohne, für versorgt und sich selbst für frei und aller Sorge um sie ledig, das andre Mal behauptete sie, ihre Gegenwart versperre ihm das Haus, weil er sie ernstlich nicht wiedersehn wolle. Im einen Falle schloß sie demnach auf Leichtsinn, im anderen Falle auf bösen Willen.

Von diesen zwei Ansichten ging Frau Pauline nunmehr aus, um Paul die Zwiespältigkeit von Sibylles Erwartungen klarzumachen. Einesteils kehrte Sibylle in die Hölle zurück mit dem ausdrücklichen Willen, sich nur von ihm und für ihn daraus befreien zu lassen, und dies, meinte Pauline, käme doch wohl einem Eheversprechen gleich. Andrerseits wollte sie ihn lieber unter den früheren Umständen sehn als gar nicht und war bereit, die damit verknüpften häuslichen Mühen und Beleidigungen in Kauf zu nehmen. Das letzte hielt Frau Pauline für den Beweis, daß Sibylle ihm ihre Liebe unter allen Umständen zu erhalten wünschte, in der Hoffnung, ihn endlich doch für sich zu gewinnen.

Paul, der die Freundin ebenfalls nicht verlieren wollte, gab der letzten Deutung den Vorzug, er sagte, sie leuchte ihm ohne weiteres ein. Sibylle gewissermaßen zu rauben und als seine Braut unter die Obhut Frau Paulines zu stellen, erklärte er sich außerstande.

Tatsächlich befürchtete Sibylle (was Frau Pauline aus Takt verschwieg), Paul sei nur gekommen, um mit ihr zu brechen – in dem kleinen, gelben Haus säße das Geschöpf mit den strammen Schenkeln und lauere auf die Entscheidung, die er schriftlich nicht habe herbeiführen können, weil seine letzten Briefe unbeantwortet geblieben seien. Hatte sie nicht gerade deshalb nicht mehr geantwortet, weil die Fortsetzung des Briefwechsels ihrer Meinung nach unweigerlich zu einem Bruch führen mußte?

Frau Pauline sah keinen andern Weg, Sibylle zu helfen, als den, auf den sie ihren Sohn jetzt führte. Er bedeutete ein doppeltes Wagnis, seitdem für sie feststand, daß Marianne Pauls Geliebte war. Aber nach monatelangen Erwägungen erschien er ihr als der einzig mögliche.

»Paul, was auch aus eurer Beziehung werden mag«, sagte sie, »vergiß nicht, daß eine Sibylle ein Geschenk des Himmels ist für jeden, der sich nicht mit der fleischgewordenen Alltäglichkeit begnügt … Es ist Sturm in ihr und auch Stille, der Mistral und jener Hauch, den wir Wiegenwind nennen. Ich habe dir die Frage, warum sie von hier wegging, wahrheitsgemäß beantwortet, ich habe nichts beschönigt. Aber was das Herz betrifft, ist die kleine Braut eine Riesin, vergiß es nicht. Danke dem Himmel, daß es eine solche Gestalt war, die als erste die Liebe in dir weckte … Wie kläglich beginnt für die meisten der Weg der Liebe! Frage deine Kameraden ... Frage die Greise. Wem ist die Liebe, die große, die unbedingte Liebe, die Liebe als sechstes Element, begegnet, und welchem Glücklichen mehr als einmal im Leben!«

Als sie gewahr wurde, daß Paul trotz Anzeichen von Ergriffenheit dem Ansturm ihrer Schilderung mit verlegenem Lächeln standhielt, ging sie, aus unklaren Gründen selbst verlegen geworden, dazu über, von Sibylles Leben im Haus *Rosmarin* zu erzählen. Wie das Mädchen nachts den Kater Marius als Tröster empfing und halblaute Gespräche mit ihm führte und ihn morgens zur Frühstücksstunde als Spion in die Villa *Maria* schickte, weil hier im Haus so gar nichts Dramatisches geschah. Wie dies Ansinnen dem männlichen Charakter des Katers offenbar zuwiderging und er sich zwar stellte, als gehorche er, aber stets ohne Nachrichten zurückkam und ärgerlich zu schnurren begann, sobald Sibylle ihm Vorhaltungen machte. Schließlich entschuldigte sie ihn damit, daß auch er schon an die Stille gewöhnt sei. »Ach! Frau Pauline, bei Ihnen ist es so friedlich, daß ich manchmal meine, wir alle hier seien Luftspiegelungen ...« Aber Frau Pauline zeigte auch, wie die Kleine im Garten eine Blüte zu sich herüberbog und ihr ins Gesicht schaute, um sie dann sorgsam wieder in ihre frühere Lage zurückzubringen.

Abends am Kamin pflegte Sibylle ihre Gedanken in Geschichten zu verwandeln. Die traurigen blieben gewöhnlich ohne Schluß. Im Augenblick, da die entscheidende Wendung eintreten sollte, brachen sie ab. Die heiteren wurden ausnahmslos zu Ende geführt. Da trafen sich zum Beispiel auf dem Rundweg die beiden Majore, der aus der Villa *Maria* und der andere aus dem Haus *Rosmarin*. Sie gingen mit neugierig musternden Blicken aneinander vorüber, zweimal, dreimal, der eine steif und düster, die Hand am Säbel, seine Brust wölbte sich, als trüge er ein Felsstück unter dem Rock, und wenn er sich vorbeugte, um dem andern Major ins Gesicht zu sehn, wippte das Kreuz der Ehrenlegion am roten Band – während der andre lautlos lachend, als wüßte er schon Bescheid, leichten und lockeren Ganges vorbeischritt. Er trug einen hellen Strandanzug und blinzelte dem Doppelgänger einladend aus einem Auge zu. Bei der vierten Runde stellten sie sich vor und wechselten Ausrufe wie: »Bist du's? Bist du's nicht? Ja, bist du's denn richtig? Zeig mal, hast du dir den Schnurrbart nicht angeklebt? ... Na, und mach mal den Mund auf, da links unten muß doch eine Plombe sein – gut, gut, da ist sie!« Arm in Arm setzten sie ihren Weg fort. Auf einmal, sie kamen in munterem Gespräch daher, stutzten sie, machten halt und krochen dann flugs wie zwei Schulbuben, kichernd und mit eingezogenem Hals, ins Gebüsch, um sich dort ungestört weiter auszusprechen. Am Fenster der Villa *Maria* hatte sich das Goldhaupt der Witwe gezeigt ...

Und als Juliette am Abend ihren Major aus dem Versteck hervorholen wollte, war er weg. Sie beschuldigte Marius, ihn gestohlen zu haben, und die beiden überschütteten sich mit vertraulichen Kennzeichnungen ihrer Eigenschaften. Aber auch Frau Pauline sah ihren Major nicht wieder. Die Herren hatten sich zusammengetan, um mit vereinten Kräften ein neues Leben zu beginnen, und der erste Schritt, den sie in der Richtung unternahmen, war, daß sie, ein Leib und eine Seele, mit der tugendhaftesten Frau von Ranas, Madelon Plaisir, der Gattin des Posthalters, durchbrannten ... Die Ehe Burguburu wurde glücklich ... Frau Pauline heiratete einen Mann, der ihrem Sohn aufs Haar ähnlich sah, nur war das Haar mit einigen grauen Fäden durchzogen, und sein Mund konnte weder lügen noch weise Reden halten. Ferner hatte der Mann eine Abneigung gegen Frauen, die mit strammen Schenkeln in wehenden Gewändern herumliefen und, indes ihr Haar wie ein Drahtgeflecht von ihrem Kopf abstand, minderjährige Mediziner verführten – »Frauen, die die Mütter der armen Jungens sein könnten«, schloß ingrimmig Sibylle ... Ein andermal endete die Geschichte so, daß die beiden Majore sich aufmachten, um einen gewissen jungen Mann, der in Paris seine Freundin mit einer Zigeunerin betrog, die falsche Weisheit auszutreiben. Und zuletzt töteten sie sich gegenseitig im Duell, um endlich ein Mißverständnis aus der Welt zu schaffen ...

»Also, mein Junge!« sagte Frau Pauline. »An deiner Stelle würde ich Marianne für vierzehn Tage in den Kleiderschrank stecken – ich meine, in Gedanken. Wie ich sie kenne, wird sie darin nicht umkommen. Und dann sei vergnügt! Und sorge dafür, daß Sibylle es auch ist. Du weißt gar nicht, wie lustig sie sein kann. Und dein männlich ernster Ausdruck, verbunden mit Heiterkeit der Seele, kann Wunder wirken – versuch's mal! Sie hat dich ja noch gar nicht als Mann gesehn. Sie weiß überhaupt nicht, was ein Mann ist – es sei denn, du hieltest den Notar dafür. Sie selbst tut dies wohl nur mit Einschränkung ... Wie dein Lächeln so unerwartet aus der Finsternis des

Mannstums bricht, das wird sie blenden, sage ich dir. Und paß auf, daß sie nicht zu sehr erschrickt, wenn sie sieht, wie dieses Lächeln die Strenge deiner Haltung bricht. So bricht die Hand der Fee den stärksten Baum – man würde es nicht für möglich halten, wenn der Baum nicht tatsächlich entzwei wäre! Es muß erschreckend süß für ein Mädchen sein, so etwas mit eigenen Augen zu erleben. Natürlich sollst du ihr Zeit lassen, ihre Augen an das Helldunkel zu gewöhnen, das dich umgibt, seitdem dir die gewaltige Macht des Mannes über die Schöpfung aufgegangen ist.«

Vielleicht war Paul in diesem Augenblick mehr in seine Mutter verliebt als in Sibylle, aber da sie von Sibylle erzählte, gewissermaßen als Sibylle auftrat, übertrug sich sein Gefühl unmerklich auf die kleine Braut. Es gelang Frau Pauline, den jungen Mann mit Haut und Haaren aus seiner Zurückhaltung hervorzulocken, genau so, wie sie ihn als Kind aus dem Brunnen tiefster Betrübnis herauszog, indem sie ihm eine ›afrikanische Geschichte‹ erzählte. Das waren Geschichten, die mit Afrika nichts andres gemein hatten, als daß die rosige Mutter zum Neger ernannt wurde und sich als solcher mit düsterer Miene auf das Sofa niederließ und, immer finstrer werdend, die komischsten Redensarten führte. Man nahm an, Neger könnten nicht lachen, dazu seien sie viel zu unglücklich über ihre Schwärze, wohingegen der weiße Zuhörer sich schüttelte vor Lachen, bis ihm der Atem ausging. Damit der arme Neger schließlich auch lachte, durfte man ihn nachher im Nacken kitzeln, worauf er sich prompt in die Mutter zurückverwandelte. Die Erinnerung an das kindliche Vergnügen brachte Paul um den Rest seines Ernstes, der Ritter und Kreuzfahrer begann mit den Beinen zu strampeln. Er bog sich vor Lachen, er krähte, schlug sich auf die Schenkel wie die Kerntruppe der Ranasser im *Café de la Marine*, wenn der Chorführer eine verfängliche Frage an das Volk richtete, er warf die Arme und flehte um Gnade, und dann sprang er auf, und statt Frau Pauline im Nacken zu kitzeln, schloß er sie in die Arme.

Durch das Fenster kam, in Flut und Ebbe, der Duft von Mimose und Mispel. So sanft war das Abendlicht, daß es selbst das Rasseln der Autobusse und der Motorräder auf der Straße zu dämpfen schien. Die Flugzeuge kehrten zurück, in großer Höhe tauchten sie über dem Vorgebirge auf, bald als glänzende Punkte, bald als Striche, und zogen surrend über die Bucht.

Wie ein Raubvogel, der eine Beute erspäht, beschrieben sie auf einmal einen Kreis und noch einen, aber mit jedem stiegen sie höher, verschwanden völlig und zeigten sich sekundenlang wieder, und dann glitt eine Zerstörerflottille in die Bucht und blieb reglos stehn, wie eingegossen in die graublaue Dämmerung, mit kleinen Lichtern gespickt. Hoch oben, wo die Flugzeuge kreisten, leuchtete noch in rosiger Bläue der Himmel. Frau Pauline eilte die Treppe hinunter.

Sie trat auf die Terrasse, und schallend klang es durch den Garten:
»Ihr, die ihr Triebe des Herzens kennt ...«
Paul lehnte sich oben aus dem Fenster und stimmte ein:
»Sagt, ist es Liebe ...« – »Die so brennt«, rief, halb klagend, halb jubelnd, eine dritte Stimme von der Veranda des Nachbarhauses ...
Gleich danach verabredeten Paul und Sibylle eine Fahrt durch den ›Garten‹ und tief hinein in das ›Land der Freunde‹. Als sie zu ihm einstieg, sagte sie nur:
»Herrlich, daß du gekommen bist, Paul! Wie lange bleibst du?«
Er küßte ihr beide Hände.
»Vierzehn Tage. Sie gehören dir, Sibylle.«
»Lieber Gott! Du hast ja einen Schnurrbart«, stellte sie fest und strich sich über die Hände. »Darf ich ihn gelegentlich als Nagelbürste benutzen? Und – kannst du mir versprechen, diese vierzehn Tage nicht weise zu sein?«

Er versprach's und hätte auf Verlangen noch mehr versprochen, so wohlig hüllte ihn bei der ersten Berührung jenes Unnennbare ein, was wie der Atem ihres Wesens war und, ob es sich gleich der grobsinnlichen Wahrnehmung entzog, eine alle Sinne beschäftigende Anziehung ausübte. Das bißchen Veilchenduft diente nur dazu, den zarten, brenzlichen Geruch ihrer Haut zu versüßen, und beides zusammen beschwor einen Frühlingsmorgen mit der Frische des jungen Grases, dem blauen Rauch der Kamine und der Klarheit der Luft, in der jede Stimme trägt, als riefe sie über das Wasser. Und das Herz sagt dir, so ähnlich müsse es gewesen sein, so viel nachhallende Angst, so viel Jubel, als die Wasser der Sintflut zurückgingen und der erste der Überlebenden, der in das Land hineinging, sich umdrehte und zu den andern zurückrief ... Ganz gleich, was er sagte, die Stimme allein war das Wunder der Erneuerung.

»Du schmeckst so gut, Sibylle«, sagte Paul leise ...

Es war gleich wieder wie früher, wie ganz zu Anfang, als sie einander, um sich kennenzulernen, aus ihren Verstecken trieben und sich in allerhand tiefsinnigem Unsinn versuchten. Die Vogelscheuchenfamilie auf der Straßenböschung bekam eine Nase gedreht. Bei der abschüssigen Stelle, wo es zum Badestrand ging, fragte sie, ob es nicht an der Zeit sei, daß er seine Laufbahn als Wassermörder wieder aufnehme, was er, stark bremsend, mit dem Vorschlag beantwortete, unverzüglich miteinander ins Wasser zu steigen.

»Splitternackt?« fragte sie.

Er gab zu bedenken, daß sie über zwei Taschentücher verfügten. Wie die Tücher befestigen? Mit dem Abschleppseil natürlich.

Es genügte ihr nicht, es war nicht fest genug. »Du bist verwöhnt«, bemerkte Paul. Gleichzeitig schleuderte Sibylle gegen den Leuchtturm der Schildkröteninsel den Vorwurf, er sei alt geworden, er brauche doppelt so lang, um das Auge aufzuschlagen, und dann bringe er es gar nicht mehr zu.

Die Gassen von Cantal boten Sibylle die erste Gelegenheit, ihren Freund bei Licht zu betrachten.

»Aber Paul«, rief sie, »du hast dich ja als Gentleman verkleidet! Gilt das mir oder –«

»Meinem Alter«, sagte Paul, etwas verdrießlich – was zur Folge hatte, daß ›Wir zwei Alten‹ jenseits der Cantaler Höhe die Versicherung erhielten, so jung wie heute sei man überhaupt noch nicht gewesen. Das Mädchen erhob sich vom Sitz und rief es ihnen im Augenblick zu, da der Scheinwerfer die beiden Bäume der Dunkelheit entriß. Ebenso jäh stürzten sie in die Finsternis zurück, und Sibylle sagte befriedigt:

»Hast du gesehn, wie sie erschrocken sind, die Alten? Darauf waren sie nicht gefaßt, wahrscheinlich schliefen sie und träumten von Weisheit und andern dicken Suppen.«

Es wurde Nacht. Sie verfielen in Schweigen. Vor Cassis machten sie kehrt – die ›Krone Karls des Großen‹ ragte mit bleichem Schimmer in den Sternenhimmel.

Auf dem Heimweg entboten sie diesem und jenem von Paulines Freunden in den einsam gelegenen Häusern einen Gutenachtgruß, es führte sie kreuz und quer über die Felder. Die Leute waren entweder schon zu Bett gegangen oder im Begriff, es zu tun, aber alle, Männer wie Frauen, zeigten sich eifrig bereit, die jungen Leute zu bewirten.

Das Paar dankte lachend, ihm war es genug, einen Zeugen seiner Eintracht aus der Stille der Nacht aufgerufen zu haben.

Als der kleine Wagen unter den Bäumen des Parks Stellamare hielt, wo er die Nacht zu verbringen pflegte, schlug die Kirchenuhr von Ranas zwölf.

»Glaubst du an Geister?« fragte Sibylle.

»Nein«, erwiderte er streng.

»Aber ich«, sagte sie, nicht weniger bestimmt.

Er mußte mit ihr auf dem Rundweg spazierengehn, bis die Geisterstunde vorbei war. Sie schritten sehr langsam. Sie fühlte nicht, daß sie hinkte. Sie glaubte es nicht. »Hinke ich?« fragte sie ihn.

»Keine Spur«, erwiderte er. »Oder es hinken auch die Sterne. Sieh nur!« Er zeigte in den Himmel.

Ja, die Sterne zwischen den Pinien blinzelten, und doch strahlten sie ohne Makel und waren große Sonnen.

Tags darauf entdeckten sie den verwunschenen Wald.

Der verwunschene Wald

Sie gerieten nicht zufällig dorthin. Von jeher sahn sie den Wald abseits der Landstraße, die von La Cadière nach Saint Cyr führt, als einen dunkeln Fleck am Rande der Weinäcker liegen. Ölbäume säumten ihn mit hellem Rand. Wenn ihr Laub im Winde rieselte, daß man beim ersten Hinsehn einen Bach zu erkennen glaubte, blieben die Bäume des Waldes dahinter reglos zu einer Masse zusammengedrückt, kein Licht vermochte ihr stumpfes Dunkelgrün zu erhellen. Sie bildeten augenscheinlich einen dichten, finstern Wald, wie er sonst in der Provence gar nicht vorkommt.

Mit der Zeit nahm sein Gesicht, das immer nur aus der Ferne zu ihnen herüberblickte, die lockenden Züge des Geheimnisvollen an. Je öfter sie vorbeifuhren, um so rätselhafter fanden sie seine Gegenwart in diesem Tal. Waren doch dessen klare Flächen wie kein anderes Tal der Sonne geöffnet vom Aufgang bis zum Niedergang und die ›Bastiden‹, die alten, viereckigen, meist unbewohnten Herrenhäuser, besonders im Frühling, wie gerüstet zum Empfang festlicher Gäste! Die schwarzen, lichtspiegelnden Straßen, die aufsteigenden Terrassen mit ihren Mauern und Mäuerchen, die Weinäcker mit ihren Furchen zwischen dem jungen Laub, die Häuser mit ihren Fenstern, alles stand weit auf und voller Erwartung – nur jener Schmollwinkel hielt sich hartnäckig verschlossen.

»Sicher ist es genau das, was wir suchen«, meinte jetzt Sibylle. »Etwas, was uns allein gehört.«

Beim ersten Feldweg, der auf den Wald zuführte, bogen sie ein. Solange die Wege als Zufahrt der Gutshöfe dienten, kam der Wagen gut vorwärts. Mit dem bebauten Land hörten aber auch die Wege auf, der Wagen schwankte über Steingeröll, Wurzelstöcke und Felsen, im ausgetrockneten Bett eines Sturzbaches drangen sie in den Wald ein. Es war ein lichter Pinienwald wie andre auch, einsam wohnte darin die Sonne. Die Pinien blühten mit einer Unzahl rötlich gelber Zäpfchen, es sah aus, als hinge ein Bienenschwarm an jedem besonnten Ast. Kleine Tongefäße, an den Fuß der Bäume gelehnt oder etwas höher am Stamm befestigt, in die aus der aufgeschlitzten Rinde Harz floß, waren die erste Spur menschlicher Siedlung.

Sie stießen auf Häuserruinen, die den Eindruck von Einsamkeit noch verstärkten, wie ja ein von Menschen geflohener Ort einsamer wirkt als ein unberührtes Stück Erde. Eine Weile später gewahrten sie auf einer Lichtung einen Bienenkorb, und dann kamen zwei verwilderte Hunde auf sie zugestürzt, eine Mischung aus Wolfshund und Spitz. Als Paul auf die Kupplung trat und Gas gab, nahmen sie unter Angstgeheul Reißaus. Offenbar hatten sie noch nie ein Auto gesehn.

Wiederum tauchten Ruinen auf. Diesmal stand ein Bauernhaus daneben, und es mußte wohl bewohnt sein, da auf dem abbröckelnden Fenstersims Geranientöpfe lehnten. Etwas weiter folgten zwei andre, verhältnismäßig gut erhaltene Häuser, von denen sich nicht sagen ließ, waren sie aus den Trümmern des Dorfes aufgebaut, um seine einstige Lebenskraft nach Möglichkeit in sich zu versammeln und zu bewahren, oder standen sie im Begriff, als letzte der Siedlung, nach langer und zäher Verteidigung, der Übermacht der sie bedrängenden Wildnis zu erliegen. Unter den Bäumen und in den Haustrümmern wuchs Heidekraut. Große Flächen von Thymian bedeckten den Boden, eroberten Geröll und Felsen, in der Sonne zwischen den luftigen Ästen schwebte der Duft wie Rauch.

Ab und zu zeigten sich die beiden Hunde und beobachteten mit eingeklemmtem Schwanz die Eindringlinge. Sie bellten erst, wenn sie sich zur Flucht wandten. Dann widerhallte eine Zeitlang der ganze Wald von ihrem Gekläff.

An manchen Stellen räumten die Pinien barocken Ölbäumen das Feld, gewaltigen Stücken ihrer Art, im Silberlaub hingen schwarz und eingeschrumpft die ungeernteten Früchte.

Wie ein Boot durch Stromschnellen, so schaukelte der Wagen über die Waldwege. Paul und Sibylle brauchten lange, um aus dem Wald hinauszufinden. Dabei ging es durch Hohlwege und über Gestein, das wie hartes Eingeweide der Erde aus dem Boden quoll, an kleinen, verlorenen Bauernhöfen und an Brunnen vorbei, uralten, zuckerhutförmigen Türmchen aus rohgeschichteten Steinen, mit einer Tür nach Norden. Die Tür war verschlossen, als führte sie zu einer Schatzkammer. (Und tatsächlich war ja das Wasser in diesem Land eine Kostbarkeit.) Das einzige lebende Wesen, dem sie nach den Hunden begegneten, war eine Katze. Mit einem entsetzten Sprung versank sie im Boden.

Als sie auf die geteerte Straße kamen, ließen sie erst einmal den Wagen laufen, um wieder zu sich zu kommen. Sie hatten das Gefühl, in einer Wildnis gewesen zu sein, die nach vorübergehender Besiedlung rasch zu ihrem Ursprung heimfand. Still und licht, in unscheinbarem Drang, verschlang sie das Menschenwerk und gönnte den wenigen Überlebenden angesichts des Unvermeidlichen, das sich um sie zusammenzog, eine Gnadenfrist.

Paul äußerte, er habe noch nie von einer so gutmütigen Menschenfresserin gehört, da hause sie nun dicht neben der blankgewichsten *Route nationale*, ihrem Lärm und ihrem Pomp. Das sei noch etwas andres als La Cadière. Dort hätten die Menschen den Verfall sich selbst überlassen und seien ein Haus weitergezogen. Hier würden sie bei lebendigem Leibe aufgefressen.

»Ein verwunschener Wald!« sagte Sibylle. Sie ließ sich durch seine Betrachtung nicht abschrecken. »Ein himmlisches Versteck! Wir wollen oft hin.«

»Vielleicht«, vermutete Paul, »arbeiten die Leute unter der Erde und kommen nur nachts heraus.«

Sibylle fand den Gedanken erwägenswert. »Es ist ein unterirdisches Volk, von dem niemand etwas weiß«, bestimmte sie.

Er meinte: »Sie graben natürlich nach Gold.«

»Nein«, verbesserte sie, »die Kerle graben nach Weisheit. Und verkaufen sie an liederliche Jungens.«

»Sollten es nicht«, fragte er spitz, »sollten es nicht Glücksgräber sein? Halte dich dran, Mädchen! Nie wiederkehrende Gelegenheit!«

Sie lachten und rieten weiter, in der vieldeutigen Sprache der Liebesleute, die nur einen Gegenstand kennt und alles darauf bezieht.

Die Jahreszeiten wechseln leise in der Nacht. Du siehst sie, du hörst sie nicht kommen. Eines Morgens wachst du auf und hast einen neuen Schatz.

Es war wie früher und doch wieder anders.

Sie lebten in einer Spannung, die bei beiden eine verschiedene Ursache hatte, die Wirkung war die gleiche. Wie bei Sängern, die den Ton zu hoch nehmen, den Irrtum zu spät bemerken und nicht mehr zurückkönnen, verriet ihr Tun bald Befangenheit, bald übertriebene Kühnheit. Einem Außenstehenden wäre es vielleicht nicht einmal aufgefallen, sie selbst aber empfanden die Anstrengung oft bis zur Pein. Dann wiederum verlor sich für viele Stunden das Gefühl dafür, was bei der geistigen Lebhaftigkeit ihres Umgangs nicht verwundern konnte. Allem Anschein zuwider erwies sich Paul als der schwächere Teil, zuerst freilich nur in sogenannten äußerlichen Dingen. Seine wirkliche Schwäche blieb sowohl ihm wie Sibylle bis zuletzt verborgen. Jeder baute insgeheim auf die Festigkeit des anderen.

Schon am zweiten Tag holte er seine farbigen Hosen und Sweater hervor, Halstücher in kühnen Farben, die oft gewechselt wurden, Sandalen und Leinenschuhe mit Schnursohlen. Am dritten Tag ließ er sich das Schnurrbärtchen abnehmen mit der Begründung, so schön wie das Schnurrbärtchen des Chauffeurs Louis sei es nun einmal doch nicht – ganz zu schweigen von dem des Majors.

Dafür wurde er belohnt. Sibylle legte ihm den Arm um den Hals, nahm seine untere Gesichtshälfte in die Hand und rieb sie freundlich zwischen den Fingern, wobei sie mit dem Daumen fest auf den Nasenflügel drückte. Die Erfindung gefiel und kam wiederholt zur Anwendung. Eine andre Liebkosung (in seinen Augen die Umarmung der Keuschheit selbst) bestand darin, daß sie von hinten die Arme um seine Hüften legte und ihn so umfaßt hielt, während sie mit dem Schnurren einer Katze die Wange fest an seine Schulter drückte. Er erinnerte sich, in seiner Kindheit Ähnliches mit der Mutter getan zu haben.

In wenigen Tagen wurden sie körperlich vertrauter, als sie es in den Monaten ungestörter Freundschaft gewesen waren. Sie bewiesen weitgehend eine Harmlosigkeit, wie sie zwischen Geschwistern natürlich sein kann, sonst aber nur zur Verkleidung anders gearteter Empfindungen zu dienen pflegt. Sibylle blieb sich des Truges in der Regel bewußt, wohingegen Paul in Sibylles scheinbarer Unbefangenheit die Bürgschaft sah, daß ihre Einstellung der seinen entsprach – selbst dann, wenn sein Empfinden ihm gelegentlich schwankend und fragwürdig vorkam. Nahm er nicht angedeutete und auch tatsächliche Liebkosungen ruhig entgegen, die ihn bei Marianne aufs äußerste erregt hätten? Ebenso handelte er ihr gegenüber, und nichts verriet, daß sie es anders aufnahm, es sei denn eine bisweilen ausbrechende Ungeduld, die er nun wiederum als weibliche Scheu auszulegen beliebte. So schien ihre Eintracht ziemlich gesichert – mit einer Ausnahme. Seine Weisheit, ›die unter Strohblumen versteckte Schlange‹, wie Sibylle sich ausdrückte, machte ihnen nach wie vor zu schaffen. Zwar versuchte das Mädchen, das ein empfindliches Ohr dafür besaß, den Partner rechtzeitig zu warnen (»Vorsicht, Paul, es raschelt in den Strohblumen!«), aber ihre Vorsicht führte meist nur zu einem rascheren Erscheinen der Schlange. Selbst wenn sie noch weiterging und etwa der Beantwortung einer Frage, deren Gefährlichkeit er noch gar nicht absah, mit den Worten auswich, sie werde sich hüten, auf die Strohblumen zu treten, überdauerte ihr Erfolg selten Pauls Verblüffung. An deren Stelle trat bald das eigensinnige Bemühen, auf Umwegen zu dem Punkt zurückzukehren, von dem sie ihn durch Überrumpelung verdrängt hatte. Und statt mit einem Sinnspruch oder einer Lebensregel davonzukommen, mußte Sibylle eine umständliche Belagerung aushalten, die nur durch Kapitulation zu beenden war. Manchmal freilich schlug sie sich so hartnäckig, daß er nicht anders konnte, als ihr freien Abzug mit Waffen und Gepäck zu gewähren. Nachher stellte sich gewöhnlich heraus, daß sie seine Großmut als ihren Sieg deutete, und seine Kapitulationsbedingungen wurden schärfer.

»Wie geht es?« erkundigte sich Frau Pauline am Ende der ersten Woche besorgt bei ihrem Sohn, und sie errötete über die Frage, die den bis vor kurzem zwischen ihnen geltenden Gesetzen der Schicklichkeit widersprach.

»Sie setzt mir mächtig zu«, erwiderte er ebenso verlegen.

»Womit?« fragte sie tapfer.

Er dachte nach und erwiderte: »Mit ihrer Rechthaberei.«

Plötzlich stand er auf, küßte die Mutter flüchtig auf die Stirn und eilte, Sibylle mit dem Autosignal aus dem Haus zu rufen. Vor einer Stunde erst waren sie heimgekehrt.

Die folgenden Tage verbrachten sie ganz im verwunschenen Wald. Sie führten Decken und Hängematten mit, einen Spirituskocher und Geschirr, Tee, Obst, Gebäck, Kissen und Bücher. Sie hätten sie auch in einem Versteck unterbringen können, aber da sie tagsüber niemals Menschen sahen, vermuteten sie allen Ernstes, der Wald sei nachts dafür um so belebter, und in diesem Fall erschien ihnen kein Versteck sicher genug. Hauptsächlich aber wollten sie sich nicht verraten – wer konnte wissen, ob nicht die rätselhaften Waldbewohner auf den Gedanken kämen, ihnen einmal am Tage aufzulauern!

Bald gab es keinen Winkel mehr im Wald, den sie nicht erforscht hätten, sie suchten nach Wasser, fanden keins, und da sie nicht wagten, die Tür eines der Brunnentürmchen zu erbrechen, mußten sie das Wasser in Flaschen mitbringen.

Die beiden Hunde, durch Zucker und Zwieback halbwegs gezähmt, gewöhnten sich an sie. Aber ihre Raubtiergewohnheit, lautlos heranzuschleichen und die in der Hängematte oder auf dem Thymianpolster einer Lichtung Gelagerten unvermutet anzufallen, legten sie nicht ab. Obwohl sie es im Spiel taten und nach Empfang des Naschwerks gleich verschwanden, war es kein geringer Schreck, zumal für Sibylle, unversehens den heißen Atem eines geöffneten Rachens am Kopf oder an den Händen zu spüren, und zu dem Schreck trat noch der Widerwillen. Die Hunde waren schmutzig, vielleicht sogar räudig – genau konnte man es nicht feststellen, dazu benahmen sie sich zu wild.

»Es geht nie ohne einen Tribut an die Hölle«, sagte Sibylle und warf ihnen Hände voll Zucker zu.

Nachts fuhren Paul und Sibylle nach Toulon oder Marseille und freuten sich ihrer Verborgenheit im Menschengewühl. Sie tauchten in den Schenken der kleinen Städte auf, Höhlen, die großartige Namen führten, sechs Meter im Geviert maßen und gewöhnlich nur von der Wirtin und einer Katze bewohnt waren – die Gasflamme zischte bläulich, die Frau strickte, die Katze putzte sich, und von Zeit zu Zeit sahen die Frau und die Katze einander gespannt in die Augen, als suchten sie dort die Antwort auf eine unausgesprochene Frage. Oder sie ließen den Wagen an einem Feldweg stehn und trieben sich zwischen den Weinäckern herum, erstiegen die Terrassen, bis sie ganz oben standen bei einem Wald oder am Rand eines unwegsamen Bergrückens und den Sternhimmel weithin über der im Dunkel schimmernden Erde leuchten sahn. So ungern Sibylle tags zu Fuß ging, nachts war sie unermüdlich.

Wenn die beiden sich vor der Villa *Maria* trennten, empfanden sie zuerst eine Erleichterung. Aber schon an der Haustür machten sie kehrt und schlenderten noch ein wenig über den Rundweg. Einmal stand Sibylle mitten in der Nacht unter Pauls Fenster und warf Steinchen hinein, bis er aufwachte und herunterkam, das andre Mal war es Paul, der Sibylle auf die gleiche Weise aus dem Bett holte. Seine Entschuldigung unterbrach sie mit den Worten:

»Aber wir haben doch so wenig Zeit, Paul! Eigentlich ist es lächerlich, daß wir schlafen. Denk doch, noch drei Tage!« – »Du tust, als sei das Ende meiner Ferien das Ende der Welt«, sagte er.

»Ist es auch«, versicherte sie. »Ist es auch!«

Dabei drehte sie ihn langsam zu sich herum, hob feierlich die Arme, legte sie gekreuzt um seinen Hals, daß sein Kopf ganz von ihnen eingeschlossen war, und verweilte so reglos mit gesenkten Augen, bis er sie küßte.

»Danke«, sagte sie, das Gesicht abgewandt, wie zu einem unsichtbaren Wesen und ließ ihn zögernd los ...

Von da an küßten sie, sooft sie konnten. Und sie konnten einander fast nie ansehn, ohne zu küssen, selbst nicht, wenn sie unter Menschen waren. Sie mußten die Möglichkeit haben, sich wenigstens mit den Lippen zu streifen, und sie fanden sie fast zu jeder Zeit, an jedem Ort. Ein Strahlen umgab sie, wo sie sich zeigten.

Ohne die Berührung des andern welkte etwas in ihnen. Die Poren ihrer Haut wurden trocken, ihre Gedanken standen still. Hilflos sahen sie sich nacheinander um. »Laß sie gehn«, flüsterte der Bildhauer Saint-Paul bei solch einem Anlaß seiner Frau zu, die das Paar zurückzuhalten suchte. »Sie fangen an zu stottern.«

»Was haben wir an Küssen nachzuholen, liebe, liebe Sibylle«, stammelte Paul eines Nachmittags, als sie mit ihren an benachbarten Pinien befestigten Hängematten so lange aufeinander zugeschaukelt waren, bis er sie mitsamt ihrer Hängematte ergreifen und küssen konnte. (›Kapern bei bewegter See‹ hieß das.)

Sie küßten sich sorgfältig über das ganze Gesicht, und als sie in ihre frühere Lage zurückgekehrt waren, beteuerte Sibylle:

»Paul, es müssen Milliarden Küsse sein! Ich habe versucht nachzuzählen. Zehn Jahre – so lang liebe ich dich nämlich, ich meine bewußt, so, daß man von da an zählen kann, also paß auf: zehn Jahre zu dreihundertfünfundsechzig Tagen, jeder Tag zu vierundzwanzig Stunden, die Stunde zu sechzig Minuten, die Sekunde zu einem Kuß, bitte, mein Lieber, rechne das aus. Ich kann es nicht, mir wird schwindlig dabei.«

Sie wiederholten das Kapern bei bewegter See, aber im Augenblick, wo er sie mit einem Ruck umfaßte, brach das Seil von Sibylles Matte, sie stürzte und zog ihn mit sich.

Sie fiel vornüber auf Hände und Knie, er halb über sie. Rasch legte er sie auf den Rücken, da stieß sie einen Schmerzenslaut aus.

»Wo?« fragte er gebieterisch.

»Das Knie«, flüsterte sie. »Ich werde dir den Strumpf ausziehn«, kündigte er an, und sie sagte mit den Augenlidern ja. Er machte sich ohne weiteres daran. Eben war sie noch blaß gewesen, jetzt kehrte ihr das Blut in einer Sturzwelle zurück. Die Sicherheit, mit der seine Hand den Weg fand, um den Strumpf vom Knopf des Halters zu lösen, als machte die Hand dies alle Tage, ließ sie den Schmerz vergessen, sie strampelte mit dem Bein, richtete sich drohend auf.

»So«, sagte sie, »jetzt ist auch mein andres Bein kaputt.« Als er lachte, fuhr sie ihn an: »Was fällt dir ein, mit mir umzugehn, als wäre ich eine Ankleidepuppe!«

Sie schickte ihn fort, er mußte abseits eine Zigarette rauchen, bis sie mit der Untersuchung ihres Knies fertig war. Dann erlaubte sie ihm, das Taschentuch mit dem Wasser aus der Flasche zu tränken, er durfte auch den Umschlag auf das Knie legen und ihn mehrmals erneuern. Sie hatte ein Auge darauf, daß der bis dicht unterhalb des Knies aufgewickelte Strumpf sich um keinen Zentimeter verschob. Streng aufgerichtet, saß sie da und beaufsichtigte mit hochgehobenen Augenbrauen jede seiner Bewegungen.

»Nun sag doch endlich, ob du Schmerzen hast«, bat er.

»Nein«, versicherte sie. »Kaum ... Aber was wird aus unserm Tee? Das schöne Wasser ist weg. Vergeudet!«

Vor kurzem noch wäre daraus ein Wortstreit entstanden. Jetzt küßten sie. Dabei entdeckten sie die zarte Stelle hinter den Ohren, und er und sie mußten abwechselnd stillhalten, damit jeder sie beim andern gründlich erforsche.

Sie beschlossen, ihr Versteck zu verlassen und dem Land der Freunde einen Teebesuch abzustatten. Während sie aufräumten, stellte er fest: »Ob *mir* was fehlt, kümmert dich nicht!«

Sie versetzte heftig, man brauche ihn nur anzusehn, um darüber beruhigt zu sein. Er sei frech wie die leibhaftige Gesundheit.

Und dann platzte sie heraus:

»Marianne ist also deine Geliebte. Schöne Neuigkeit!« Und da er verblüfft schwieg: »Du hast den Weltrekord im Ausziehn von Damenstrümpfen. Und bei ihr trainierst du – wie?«

Sie stand dicht vor ihm und starrte ihn unverwandt an. Plötzlich hob sie die Hand, als wollte sie ihn schlagen.

»Sibylle!« schrie er und trat einen Schritt zurück. Die Arme hingen ihm schlaff herab, die geöffneten Hände zitterten. »Ich bin noch nie geschlagen worden», versicherte er.

Etwas sanfter sagte sie: »Ich wollte dich nicht schlagen, Paul, ich will nur, daß du die Wahrheit sagst.«

»Habe ich geleugnet«, rief er trotzig.

Sie verzog ein wenig das Gesicht, ließ den Kopf sinken.

»Es ist gut«, sprach sie leise, und mit dem Anflug eines Lächelns setzte sie hinzu: »Weitere Auskunft erteilen Herr Notar Burguburu und Agentur *Ad astra*.«

Minutenlang standen sie einander wortlos gegenüber. Noch nie hatte ihn ihre Schönheit so ergriffen!

Er wunderte sich, daß sie bei ihrer Zartheit fähig war, den geringsten Schmerz auszuhalten – daß sie nicht verging, sich in Luft auflöste, wenn man sie anschrie ... Wie konnte ein so fein gefügter Körper ein Herz wie das ihrige ertragen, ohne in Stücke zu springen! Er glaubte zu sehn, wie ihr Herz gegen die Wände ihres Wesens schlug, hierhin und dorthin. Sie wankte nicht ... Auf einmal fiel ihm ein, wie er auf dem Turm von Notre-Dame in Paris gestanden hatte, als die Glocken läuteten. Die Luft zitterte, die Steine bebten, das ganze Gebäude schwankte unter ihm. Für eine Sekunde schloß er die Augen, um des Schwindelanfalls Herr zu werden. Als er sie wieder aufschlug, sah er, wie der versteinerte Ausdruck ihrer Züge gleichsam durchlässig wurde und atmend Farbe annahm, ihr tief dunkler Blick belebte sich und spiegelte den Aufruhr ihres Innern, der nach und nach ihre ganze

Gestalt erfaßte, die Finger nestelten an ihrem Kleid, die Zehen in den Sandalen bewegten sich unruhig. Er ging auf sie zu.

Sie konnten einander nicht lange ansehn, ohne zu küssen – warum hätte es diesmal anders sein sollen, da ihre Liebe noch nicht einmal erfüllt war! Doch diesmal drang der Kuß bis auf den schmerzlichen Grund ihrer Liebe und machte sie taumeln in einem Glücksgefühl, das grenzenlos war, weil es alles Leid in sich einschloß. Und neben ihnen stand der Tod. Beide spürten sie ihn, wenn auch mit ungleicher Stärke. Ihm lief ein Schauer bis in die Haarwurzeln. Sie aber, sie wurde trunken von seiner Nähe! Aus seiner Hand empfing sie den Geliebten, und sie wußte, diese Hand war unüberwindlich, war stärker als alles auf der Erde. In ihren Eingeweiden lebte eine Angst, dann wieder Jubel, und so ging es weiter von einem zum andern.

Erst erschrak sie über die zwiespältige Gewalt, die ihr das Herz verdrehte. Dann gab sie sich ihr schrankenlos hin und warf sich dem doppelköpfigen Gott zu Füßen. Das Opfer war gebracht, der Sieg errungen. Alles geschah wie auf höheres Geheiß. Paul gehörte ihr, sie war in unaussprechlicher Weise sein, so wie kein Mensch, der am Leben hing, einem andern angehören durfte, niemand konnte ihr den Freund mehr rauben – niemand, der es nicht wagte, sein Leben am Rande dieses Abgrunds aufs Spiel zu setzen ...

Es war nicht leicht, aus dem von ungewissen Flammen erhellten Schattenreich in die Helligkeit des Pinienhains zurückzufinden.

Die Wirklichkeit erschien traumhaft. Das Goldlicht zwischen den Ästen, deren Zäpfchen die dunkeln Nadeln mit gelbem Blütenstaub bestreuten, der Duft des Harzes in der reglosen Luft weckte in rascher Folge Erinnerungen, die gleich wieder vergingen. Dazwischen trat jedesmal eine große Leere ein. Innen und Außen waren vertauscht, Zeit und Raum – wie Blinde tappten Paul und Sibylle in die Gegenwärtigkeit des Waldes und ihrer eigenen Erscheinung. Und auch die Sprache konnten sie nur mit Mühe zurückgewinnen. Sie paßte nicht mehr zu dem, was sie dachten und empfanden. Sie gehörte einer Vergangenheit an, die unwiederbringlich dahin war. Was aber neu und in echter Weise gegenwärtig hätte sein sollen, das entzog sich ihnen, es schwamm hinter ihren Worten und Gebärden, sie drangen nicht bis dahin durch. Dennoch hatte das Zwielicht etwas Beseligendes. Es nahm allem die Schärfe und enthob sie der Verantwortung füreinander, jedes bewegte sich in seinem eigenen Geheimnis und Gesetz. Dies ist das Glück, dachte Sibylle, und sie drückte die Gewißheit mit bebenden Armen an die Brust und nährte sie mit der Milch ihrer ungewissen Gedanken.

Schweigend gingen sie umher, zeigten lächelnd auf dies und das, lagen nebeneinander auf dem Boden oder in ihren Hängematten und blickten sich an, bis sie, schwindlig geworden oder von einer Klarheit angezogen, zusammenschossen und in einem langen Kuß einkehrten, wo unter den Steinaugen des doppelköpfigen Gottes die Quelle der Erfüllung floß.

Sibylle sagte sich: Gemeinsam würden wir Wunder vollbringen.

Aber wie lange blieb man denn *eins*? Für die Dauer einer Umarmung! Jede Trennung spaltete sie bis in die letzte Fiber. Ihre gewohnten Spiele hörten auf. Sie waren nicht mehr leicht genug.

Niemals hatte Paul bei Marianne Ähnliches empfunden, obgleich er sie, wie die Dummköpfe sich ausdrückten, ›ganz besaß‹. Er entdeckte es mit Verwunderung und Unwillen. Der Gedanke an die strammen Schenkel im wehenden Kleid verursachte ihm Unbehagen. Sie rückte immer weiter weg, ihre Züge verschwammen im Goldduft von Thymian und Harz, ins Wesenlose zurückgeworfen von den breiten Ästen, die, mit Blütenstaub befleckt, in die Lichtung hineinragten ...

Am letzten Tag, es war ein Sonntag, junge Bauern boten auf der Landstraße den Vorüberfahrenden Narzissen, Levkojen, Kirschblütenzweige an, kauerte sich Sibylle im Wagen neben ihn auf den Boden und blickte ihn mit einem Lächeln an, das, ohne starr zu werden, keinen Augenblick aus ihren Zügen verschwand.

Es war ein heimliches Lächeln, es floß gleichsam unter der Haut und schien nur durch, es war ihr Blut, das lächelte. Sie selbst hielt sich ernst und gesammelt.

»Tu das nicht«, bat er. »Ich kann sonst nicht fahren, und die Straße ist voller Wagen – dazu die Sonntagsfahrer!«

»Glaub doch nicht, daß dir etwas geschieht, wenn ich dich so ansehe«, versetzte sie mit tiefer Überzeugung.

Statt einer Antwort strich er ihr über das Gesicht. Sie haschte die Hand und küßte gewissenhaft eine Fingerspitze nach der andern.

»Heute, Paul, ist kein Augenblick zu verlieren, ich lasse dich keine Sekunde allein«, erklärte sie. »Ich sammle Vorrat. Ich hamstere. Wer weiß, ob du im Sommer noch derselbe bist! Was tue ich dann? Vielleicht muß ich mit meinem Vorrat ein Leben lang reichen. Denk nur!«

Er hob den Kopf und rief laut vor sich hin, und es klang wie ein Schwur im Angesicht vom Himmel und Erde:

»Für dich werde ich immer derselbe bleiben!«

Sie sagte nichts. Sie rührte sich nicht. Nichts an ihr veränderte sich. Ihr Blut lächelte versonnen, und ihre Augen lagen nach wie vor auf ihm, als hätte sie seine Worte nicht gehört.

In der großen Kurve begegnete ihnen ein Wagen der ›roten Linie‹ mit Louis am Steuer. Paul hob die Hand zum Gruß, und Louis richtete sich blitzschnell auf, um zu sehn, wo Sibylle sich versteckt hielt.

»Louis hat dich vermißt«, meldete Paul.

»Der gute Louis! Seitdem er mich angefahren hat, ist er ständig in Sorge um mich. Wenn jemand Blumen in seinem Wagen liegen läßt, bringt er sie mir. Aber das wird bald aufhören ... Er heiratet.«

Dann lagen sie nebeneinander in ihren Hängematten, erhoben sich, um das Essen zu bereiten, und weil heute der letzte Tag war, stellten sie nachher gleich alles auf einen Haufen zusammen. Gerade so gut hätten sie es wie sonst halten und erst kurz vor der Abfahrt aufräumen können, bis dahin blieb das Gerät doch an seinem Platze stehn. Aber alles, was sie heute taten, trug unwillkürlich den Stempel der Letztmaligkeit, ein jeder Schritt, eine jede Handreichung zeigte den Aufbruch an – den jeder Schritt, jede Handreichung gleichzeitig verschob. Auch streiften sie nicht wie gewöhnlich auf gut Glück durch den Wald, sie suchten, ohne es sich einzugestehn, Stellen auf, mit denen eine besondere Erinnerung verknüpft war, lagerten sich und versanken in Gedanken, und so verging der Tag in schwermütiger Rückschau auf das Vergangene, das ihnen jetzt heiter und restlos einfach erschien, und in langen Umarmungen. Sie fühlten sich ihrer Umgebung entfremdet, und je vertrauter ihnen auf den erinnerungssüchtigen Wegen die Einzelheiten wieder wurden, um so mehr entschwand der verwunschene Wald. Es war, wie wenn sie im Wandern seltene Steine sammelten, die sie gleich wieder verloren.

Während sie sich auf ihrem endlosen Gang unerschöpflich dünkten, sehnten sie insgeheim den Abend herbei und das Ende.

Der Abend kam und brachte dem Wald die Botschaft eines in Sanftmut schwimmenden Himmels und einer Erde voller Wohlgerüche. Sein rosiger Hauch duftete nach Levkojen, Narzissen, Mimosen, er bewegte leise die Äste der Pinien.

Paul und Sibylle trugen das Gerät zum Wagen, die Kissen und Decken, die ungelesenen Bücher. Sie nahmen die Hängematten ab und kehrten ein letztes Mal zurück, um nachzusehn, ob nichts vergessen worden war. Sie standen in der Mitte der Lichtung. Es schien, als wollten sie sich noch einmal küssen, wie sie sich hundertmal hier geküßt hatten, als Sibylle eine abwehrende Bewegung machte.

»Glaubst du –«, begann sie, dann stieß sie mit rauher Stimme die Frage hervor: »Hat deine Mutter einen Geliebten?«

»Meine Mutter?« rief Paul empört.

So sei es, meinte sie, offenbar eine Schande, einen Geliebten zu haben.

»Sag es doch«, drängte sie. »Ist es eine Schande?«

Sibylle ließ ihm nicht die Zeit, eine angemessene Antwort zu finden, sie versuchte zu lachen und sagte, sie höre es wieder unter den Strohblumen rascheln, und das Geräusch kitzle sie wie Brennesseln in den Ohren, und er dürfe um nichts in der Welt jetzt mit seiner Weisheit herausrücken.

Im nächsten Augenblick trat sie dicht an ihn heran, bog seinen Kopf herunter und flüsterte:

»Paul! Ich will mich dir geben.«

Als er, auffahrend aus dumpfer Bestürzung, die Arme um sie schlug, stemmte sie sich gegen seine Brust und sprach mit kaum wahrnehmbarer Stimme: »Nicht so.«

Er ließ sie los, und sie kehrten einander den Rücken, gingen einige Schritte abseits und entkleideten sich. Er drehte sich um, da stand sie nackt vor ihm und sah ihn mit angsterfüllten Augen an. Rasch kam er näher. Er streckte den Arm nach ihr aus, da machte sie einen Satz und floh ins Gebüsch.

Auf dem Karrenweg holte er sie ein. Eine Minute lang, eine endlose Zeit, schwankten sie eng umschlungen im Abendlicht. Es war von der gleichen Farbe wie ihre Körper, wie die Baumstämme, wie die Erde unter ihren Füßen. Sie glichen Geschöpfen des Waldes, der Abend rief sie, und sie erfüllten ihre Bestimmung. Sie stürzten zusammen zu Boden, auf ein Felsstück, das wie hartes Eingeweide ein wenig aus der Erde hervortrat, und rollten in eine vom Wasser der Regenzeit ausgehöhlte, thymianbewachsene Kuhle. Und hier vereinigten sie sich, wie wenn sie mit verbissener Wildheit ein Urteil vollstreckten. Ihre zuckenden Leiber verrieten mehr Schmerz als Lust, und nur in den

Pausen, wenn sie reglos dalagen, leuchteten sie aus dem Schatten wie die Verkörperung des Abends, dessen zwiefaches Herz die letzten Schläge tat, bevor er tief ausatmend in den Waldgrund um sie herum einging. Paul sah, wie Sibylles Mund von einem irren Lächeln bewegt war und Worte zu formen suchte, sie drehte den Kopf hin und her, und auf einmal erhob sich von ihren Lippen, leise und zaghaft, ein Lobgesang. Sie gab ihm die schönsten Namen der Schöpfung, er fiel ein in die zitternde, wispernde, bisweilen von einem verhaltenen Schluchzen unterbrochene Litanei – verzückt küßten sie einander alle Süße von den Lippen, die Liebesworte enthalten können.

Als er die Arme freimachte, um sie nochmals ganz und gar zu umschlingen, schrie sie auf.

»Die Hunde!« schrie sie.

Aber Paul ließ den Körper, den er glühend hielt, nicht wieder los, er zwang die Widerstrebende an seine Brust, und Sibylle mußte die Augen schließen und sich krampfhaft strecken, um nicht zu sehn und zu spüren, wie die Hunde sie mit muntern Sprüngen umtollten, mit ihren feuchtkalten Schnauzen sie anstießen und unter Freudenlauten über sie hinwegsetzten.

»Die Hunde!« stammelte sie ...

Dann konnte sie nicht länger an sich halten. Sie versuchte es wohl und kroch mit dem Kopf unter Pauls Achsel, aber es ging über ihre Kraft, sie wimmerte anhaltend: »Die Hunde! Paul, die Hunde! Ich sterbe ...«

Durchdringend schrie sie um Hilfe.

Sie erhoben sich, ohne einander anzusehn, und liefen zur Lichtung. In einiger Entfernung folgten die Hunde. Sie erwarteten ihre Leckerbissen, und als sie den Umkreis abgeschnüffelt und nichts gefunden hatten, die beiden Spender aber keine Anstalten trafen, sie zu befriedigen, stimmten sie ein halb klagendes, halb herausforderndes Gebelfer an. Um den letzten Rest von Fassung gebracht, zogen Paul und Sibylle sich nicht bis zu Ende an, sie flohen mit den Kleidern zum Wagen. Als sie sich umdrehten, weil die Hunde plötzlich verstummten, sahen sie am Rande der Lichtung einen hemdsärmeligen Bauern stehn. Er trug eine Hacke auf der Schulter.

Er stand da und blickte sie ernst und vorwurfsvoll an.

Sie blieben eine Weile wie versteinert, die Augen auf die Gestalt gerichtet. Endlich liefen sie weiter, warfen sich im Wagen die Kleider über und fuhren los. Sie konnten nur Schritt fahren und fieberten vor Ungeduld, aus der Wildnis herauszukommen, die sich mit einmal gegen sie erhob. Ihre geschundenen Glieder schmerzten bei jedem Stoß des Wagens, sie verzogen dauernd das Gesicht, als müßten sie Spießruten laufen. Die Hunde verfolgten sie heulend bis an den Waldrand. Auf freiem Felde machten sie halt und schauten zum Wald zurück. Plötzlich fuhr Paul zusammen, und Sibylle entschlüpfte ein leiser Laut des Entsetzens. Unter den Bäumen hervor trat der hemdsärmelige Bauer mit der Hacke und blickte unbeweglich zu ihnen herüber ... Vor ihm standen die Hunde und bellten besessen in ihre Richtung. Ihre heiseren Stimmen überschlugen sich, sie machten eine Pause und begannen von neuem.

»Ich schäme mich«, flüsterte Sibylle.

Sie schlug die Hände vor das Gesicht.

»Schnell, Paul«, bettelte sie unter stoßweisem Schluchzen. »Fort! Fort! Fort! Fort!«

Sie fuhren davon, als wäre die brausende Luft um sie der Atem von Rachegeistern.

Beim Einbiegen auf die Landstraße schleuderte der Wagen mit seiner Breitseite bis an die Böschung, ein junger Feigenbaum, der ihn auffing, wurde vom Trittbrett geknickt, Sibylle hing schon halb aus dem Wagen, als Paul sie mit einer Hand zu fassen bekam. Er hielt sie am Halsausschnitt des Kleides fest, Kleid und Hemd rissen bis hinab auf den Gürtel.

»Weiter«, sagte sie atemlos, »weiter!«

Ohne sich um die Beschädigung des Wagens zu kümmern, setzte Paul die Fahrt fort. Bald raste der Wagen in der Straßenmitte, daß die entgegenkommenden Fahrzeuge mit einem Ruck ausweichen mußten, bald schlich er auf der Seite dahin, und dann vernahm Paul ein Klirren, das vermutlich von den Ventilen herrührte. Im Schatten einer Platane machte er halt, um den Motor nachzusehn. Aber er fand nicht die Entschlußkraft, sich vom Sitz zu erheben. Sibylle war eingeschlafen. Mit zurückgeworfenem Kopf und offenem Mund war sie gegen seine Schulter gesunken. Er selbst hatte sich zweimal ertappt, wie er im Begriff stand, am Steuer einzunicken. In dem noch immer lichten Abend sammelte sich rieselnd die Müdigkeit vieler schlafloser Nächte und deckte Gesicht und Wille zu. Die Luft verdichtete sich vor seinen Augen, holde Geräusche erfüllten sein Ohr. Rasch, als liehe er der Schlafenden einen Halt, indes er selbst versank, legte er den Arm um sie, zog auch noch Hemd und Kleid über ihre bloße Brust, und nach wenigen Sekunden schlief er so fest, daß kein vorbeifahrender Wagen ihn wecken konnte.

Erst als das Geräusch eines Lastwagens mit dem Lärm eines Bergsturzes über sie kam, schnellten sie gleichzeitig in die Höhe und schauten sich verwundert um.

»Guten Morgen«, sagte nach einer Weile Sibylle.

»Gut geschlafen?« fragte Paul.

Sie erklärte sich erfrischt wie nach zwölfstündigem Schlummer. Auch der Wagen schien erholt, das Ventil klapperte nicht mehr. Aber Sibylle bemerkte, daß Paul schneller und auch nicht so sicher fuhr wie sonst. Sie lehnte neben ihm und hielt mit gekreuzten Händen das zerrissene Kleid auf der Brust.

Ihr Wachsein war überklar und voll mühsam unterdrückter Erregung. »Es sind also keine Schatzgräber«, sagte Paul, der eine Erklärung des Vorgefallenen für angebracht hielt, »es sind Bauern, die ihre Äcker jenseits des Waldes haben und am Sonntag zu Hause bleiben und ihren Gemüsegarten versorgen.«

»Natürlich«, antwortete Sibylle in gleichgültigem Ton.

Er blickte in den kleinen Spiegel an der Windscheibe und dachte: Sie hat kein Verlangen mehr, mich anzusehn wie bei der Herfahrt. Sie weicht meinem Blick aus. Was habe ich ihr getan? ...

Gleich darauf sagte sie, und diesmal klang es wie ein Vorwurf:

»Ich schäme mich.«

Er spielte den Erwachsenen, der einem Kind lächelnd seine Torheit nachsieht:

»Vor dem Bauern?«

»Nein«, antwortete sie. Ihre Stimme bebte vor Unwillen. »Vor deiner Mutter.«

Er schwieg betroffen.

»Ich habe es nicht freiwillig getan«, setzte sie nach einer Pause hinzu. »Wer – wer hat dich gezwungen?« fragte er.

Sie hob den Kopf und wartete, bis ihre Blicke sich im Spiegel begegneten. Dann sagte sie: »Marianne.«

»Laß, bitte, Marianne aus dem Spiel«, versetzte er. »Du kennst sie nicht. Du tust ihr Unrecht ... Marianne hat nie ein Wort gegen dich geäußert – nicht einmal in Gedanken.«

Unvermutet sah er die andre vor sich stehn, groß und schmiegsam, mit ihren strengen Zügen, die so leicht schmolzen, mit dem abstehenden Haar einer ägyptischen Königin.

»Oh! ich zweifle nicht, daß sie besser ist als ich«, beteuerte Sibylle. »Dazu gehört nicht viel.«

Er zuckte die Achseln.

»Nun sind wir wieder so weit, Sibylle ... Es ist schrecklich mit uns ... Als ob nichts geschehn wäre.«

Die andre, erinnerte er sich, die andre – wie hatte die Liebe sie verwandelt! Und sie war für ihn verwandelt geblieben bis auf den heutigen Tag ...

Als Sibylle nach einiger Zeit antwortete, klang ihre Stimme wie eine helle Klage. Es war ihre hohe, zarte, singende Stimme, sie schmeichelte sich in sein Ohr und durchdrang ihn zutiefst. Und was sie sagte, war furchtbar.

»Was soll denn geschehn sein, Paul? ... Zwei räudige Hunde und ein Bauer mit der Hacke auf der Schulter sind gekommen und haben uns beschmutzt ... Sag, ist das je geschehn, wenn du – wenn du mit Marianne warst? Ich kenne sie nicht, nein, es könnte auch eine andre Frau sein, jede andre, daran liegt es nicht, Paul. Es liegt an mir, Paul ... Das Schönste, was es auf der Welt gibt, *mir* wird es beschmutzt – ich weiß es längst. Es ist mein Los. Ich heiße Sibylle. Meine Mutter ist die Witwe Bosca. Mein Vater haust als ein böser Geist im Keller ... Sag selbst: ist es meine Schuld? Liebe ich dich nicht? Liebe ich nicht genug? Habe ich nicht alles getan? Willst du mehr? Alles, alles sollst du haben! ... Bedenke doch, Paul, versteh doch – wie entsetzlich! Was aus meinen Händen kommt, das Herrlichste, was ich mir aus dem Herzen reiße für dich, nur für dich – darüber kommen die Hunde. Und ich darf noch froh sein, daß der Bauer dich nicht totschlug und mich irgendwo einsperrte für seine Sonntage ... Vielleicht hat er einen ausgetrockneten Brunnen, der sich dazu eignet ...« Sie rückte nahe an ihn heran und flüsterte mit veränderter Stimme: »Natürlich ist es nicht angenehm, wenn eine Frau zu ihrem Mann ins Bett hinkt. Es nimmt beiden den Schwung ... Siehst du, Paul, heute habe ich erfahren, wie wahr das ist! Die Witwe weiß alles. Die Witwe hat es mir vorausgesagt.«

Sie warf den Kopf zurück und stöhnte.

Paul brachte den Wagen mitten auf der Straße zum Stehn.

»Ich kann so nicht fahren, Sibylle. Es geschieht ein Unglück. Du bringst mich von Sinnen. Was in aller Welt soll ich tun? Was? Sag es mir! Ich schwöre, ich will es tun!«

»Du kannst nichts tun, das ist es ja«, sagte sie. »Nichts ... Der mit dem Dreizack ist allemal stärker.«

»Es gibt keine Hölle«, rief er wild, »und also auch nicht deinen Privatteufel mit dem Dreizack. Warum tut er denn mir nichts, der Dummkopf! Mir kannst du ihn lebensgroß an die Wand malen – ich spucke darauf! Es gibt den Willen des Menschen, glücklich zu sein. Dem einen gelingt's, dem andern nicht. Niemals aber gelingt es einem, der nicht an sich glaubt.«

»Das ist es eben, Paul«, gab sie mit sanfter, klingender Stimme zu. »Du sagst es ganz richtig. Du hast ja gesehn, wie es heute war. Da habe ich an mich geglaubt – und gleich kamen die Hunde!«

»Ich pfeife auf die Hunde!« behauptete er und gab mit einer grimmigen Bewegung des ganzen Körpers Gas. »Und wenn es Schlangen gewesen wären und Kröten und – und – Ich habe dich in den Armen gehabt! Und geküßt! Und werde es wieder tun! Das andre geht mich nichts an, es berührt mich nicht, ich kann es vergessen, als wäre es nie gewesen. Wer liebt, der vermag alles. Wer liebt, ist ein Gott.«

Sie tippte mit dem Finger auf den Spiegel, in dem ganz klein sein erbostes, sein begeistertes Gesicht tanzte, und sagte lächelnd:

»Du wirst es nicht wieder tun.«

»Doch, heute noch. Wir baden.«

Sie lachte kurz auf. »Ach so! Wir waschen es uns vom Leib! Hunde und Hacke und Sibylles Pech! Wir baden.«

»Jawohl«, rief er, »so lange, bis alles weg ist, spurlos verschwunden, hauptsächlich dein Pech. Wir baden. Bis du von Kopf zu Füßen glänzt vor Begabung zum Glück. Es ist nicht wahr, daß es angeboren sein muß, man kann es auch lernen. Man kann es erzwingen.«

»Unsinn, mein Junge!« erwiderte sie ruhig. »Da wäre mein Vater noch am Leben, und deine Mutter hieße Frau Bosca ... Ach, Paul, deine Weisheit! Ich fange an, sie liebenswürdig zu finden. Sie steht dir so gut! Es ist nicht wahr, daß du sie nur benutzt, um dein Gesicht zu schwärzen wie Diebe in der Nacht. Du trägst sie auch, wenn es hell ist und du gar nicht daran denkst, zu stehlen.«

Das ›Land der Freunde‹ lag hinter ihnen, sie grüßten das Pinienpaar an seiner Grenze, genannt ›Wir zwei Alten‹, und fuhren ein in ihren

›Garten‹. Paul hörte gar nicht recht zu. Er wollte sich nicht rauben lassen, was er besaß – ob gestohlen oder nicht, sie mochte sagen, was sie wollte.

»Hast du gesehn, Sibylle, auch ›Wir zwei Alten‹ blühn«, meldete er. »Bäume und Pflanzen blühen jedes Jahr, und wenn sie nicht mehr blühen, sind sie tot. Aber solange sie leben, blühen sie ... In der Natur gibt es das nicht, daß etwas Lebendiges gleichsam schon tot ist und die Jahreszeiten über sich ergehen läßt, ohne mitzuhalten – so was gibt es einfach nicht!«

»So dachte ich voriges Jahr um diese Zeit auch«, antwortete sie.

Er verbesserte: »Ab und zu.«

»Oh, eine ganze Weile, mein Junge. Denk nur, als wir von Marseille zurückkamen, und ich war gesund – und setzte mir die Krone Karls des Großen auf meinen viel zu kleinen Kopf! ... Die Krone fiel durch auf die Schulter, und der Kopf guckte oben heraus, und ich sah mich um wie von der Plattform eines Aussichtsturmes, der mit hundert Kilometer Geschwindigkeit durch das Land marschiert ... Großartig kam ich mir vor, das kannst du mir glauben.«

»Schade, daß du so gern von den Aussichtstürmen herabfällst«, meinte Paul.

Er sagte es in einem hochfahrenden Ton, etwa so, als wäre ein Turm sein gewohnter Aufenthaltsort. Das kam aber nur so heraus, weil sie jetzt die schmalste Stelle der Straße durchfuhren und er aufpassen mußte. Sibylle beachtete nicht, was um sie her vorging. Sie blickte gereckten Hauptes in die Ferne, die Wagen auf der Straße waren eilende Schatten.

»Danke für das Beileid!« sagte sie hart.

Aber auf der Höhe über Cantal riefen sie beide aus einem Munde: »Der Mond!«

Paul lenkte den Wagen an die Böschung, um die Straße für die rudelweise heimkehrenden Ausflügler frei zu halten, und stellte den Motor ab.

Über den Bergen zu ihrer Linken ging der Mond auf, rund und rot wie eine Sonne in einem blaßblauen Himmel, und die Erde errötete, als wäre es nicht Abend, sondern Morgen.

Zu ihren Füßen lag die Cantaler Bucht, von einer dünnen rosigen Haut überzogen, die unter der Berührung des Windes erschauerte. Der Scheinwerfer eines unsichtbaren Schiffes strich mit beruhigender

Hand darüber. Und auch Sibylle lief ein Schauer über den Rücken, Paul nahm ihr die weiße Baskenmütze vom Kopf und strich beschwichtigend über ihr Haar. Sie hielt still.

Rings auf den Hängen irrlichterte ein rosiger Schein – sichtbar gewordener Atem der Erde. Atmete sie ein, wurde es dämmerig, alle Umrisse verwischten sich, Höhe sank in Tiefe. Atmete sie aus, wurde es nicht heller, aber überaus farbig.

Der Meerwind brachte einen starken Gewürzduft herauf, zugleich mit einer Kühle, die wohlig in die Hautporen drang nach dem heißen Tag. Es war abwechselnd kühl und warm, fast schwül, dicht über Paul und Sibylle torkelten Fledermäuse durch die Luft.

Der Mond stieg höher und wurde honiggelb. Die rosig erschauernde Haut des Meeres verlor an Dichte unter dem Streicheln des Windes, dunkles Blau schien durch. Bald danach wechselte der Lichtschein auf den Hängen nicht mehr mit Schatten ab, er blieb beständig und verging zuletzt unmerklich wie der Hauch auf einem Spiegel. Im selben Maße nahm die Erde die blaßblaue Farbe des Himmels an. Als entledige sich ein Weltenwanderer seiner Last, stürzte mit einem Ruck die Dunkelheit herab.

Der Scheinwerfer war erloschen, dafür stach der Leuchtturm der Schildkröteninsel zweimal hintereinander scharf in die Nacht: Kurz, lang – kurz, lang.

Paul wurde auf einmal unheimlich zumute. Er befürchtete einen Ausbruch Sibylles, wie er manchen erlebt hatte, nur daß es jetzt bewußte Leidenschaft wäre, die ihr Recht forderte. Er hatte ihr nichts Gleichstarkes entgegenzusetzen. Er fühlte sich grob und gewöhnlich neben ihr – im Grunde nur einer Marianne ebenbürtig ... Hausbrot, dachte er, Marianne und ich, wir sind kräftiges Hausbrot, man darf unbedenklich hineinschneiden. Eine schwirrende, gleichsam mit sprengenden Gefühlen geladene Stille wehte ihm aus der Tiefe der reglos neben ihm Sitzenden entgegen. Er wollte weiterfahren, und als sie um einen kleinen Aufschub bat, schlug er mit gemachter Aufgeräumtheit vor, ›ein Versäumnis nachzuholen‹. Keinesfalls konnte er länger untätig neben ihr sitzen.

Im ›Land der Freunde‹ wie im engeren ›Garten‹ besaßen sie eine Anzahl Denkmäler: zur Erinnerung an eine besondere Stunde, einen besonderen Tag, an einen Sonnenuntergang, einen durchstrahlten Regenschauer, der sie überraschte und, kaum begonnen, mit einem

Regenbogen endete, zur Erinnerung an ein Nachtigallenpaar, das über das kleine Tal hinweg im Liebesgesang wetteiferte, und hier ganz in der Nähe, zwischen den Narzissenfeldern, stand der Denkstein eines von Sibylle im vorigen Jahr geleisteten Schwures, ›nie mehr den Kopf hängen zu lassen, wenn es in der Ferne donnerte‹, wobei unter fernem Donner im allgemeinen das Schicksal und im besonderen das launische Gemüt der Witwe Bosca zu verstehen war … Überall hatten sie Steine zusammengetragen und in den größten mit dem Schraubenschlüssel (›Griffel der Klio‹ genannt) das Datum eingeritzt. Die Höhe über der Cantaler Bucht, wo sie oft Tag und Nacht vor dem unendlichen Horizont hatten wechseln sehn, war bisher leer ausgegangen. Dies Versäumnis also wollte Paul jetzt nachholen.

»Paß auf, Sibylle«, sagte er, »das habe ich gleich gemacht.« Er öffnete die Tür.

Die Ablenkung gelang nicht, und ihre Antwort zeigte, daß sie im Begriff war, ihre Selbstbeherrschung zu verlieren.

Sie hielt ihn fest und bat, dann lieber weiterzufahren, die albernen Denkmäler könnten ihr gestohlen bleiben, sie sei kein Kind mehr, einmal müsse das Spiel aufhören. Worauf er die Türe wieder schloß und erwiderte, die albernen Denkmäler seien viel weniger albern als die meisten, die man auf öffentlichen Plätzen sehe, er lasse sich nicht quälen, er quäle auch niemand, einmal müsse die Quälerei aufhören. Und wenn sie kein Kind mehr sei, so gelte er allgemein für einen Mann, und er bitte, als solcher behandelt zu werden. Darüber schaltete er den Gang ein und fuhr weiter.

Nunmehr behauptete sie, und dies kränkte ihn arg, mit der Mannheit möge es wohl seine Richtigkeit haben, in diesem Fall jedoch habe seine mimosenhafte Bequemlichkeit seinen Stimmbruch überlebt.

Er hob sekundenlang die Hände vom Steuer und rief verzweifelt:

»Du! Nicht ich! Du benimmst dich, als ob alles an dir den Stimmbruch überleben wollte – als ob heute nichts, nichts mit uns geschehen wäre.«

»Es ist nichts geschehen«, sagte sie.

Dann waren auch die Hunde eine Täuschung! Und der Bauer mit der Hacke! Und sie hatte sie nur erfunden, um ihn und sich zu quälen!

»Du verläßt mich ja doch«, erklärte sie da mit einer Bestimmtheit, die ihn erschütterte. Er steige nicht zu ihr hinunter, um ihr richtig beizustehn, er bleibe oben auf seinem Aussichtsturm. Keine Macht der Welt bringe ihn herunter. Morgen fahre er weg, keine Macht der Welt würde ihn zurückhalten ... Ihre Stimme war tief und rauh.

»Man braucht ja die andre nur gehn zu sehn, um zu wissen, wie leicht sie dir's macht. Und das liebst du – das, nichts andres, alles andre ist dir zuviel. Morgen abend will sie dich wiederhaben. Morgen abend bist du bei ihr. Mit all meinem Blut könnte ich dich nicht loskaufen.«

Sie fuhren durch die engen, im Licht ab- und aufblendender Scheinwerfer zuckenden Straßen Cantals. Paul bemühte sich, seine Aufmerksamkeit wachzuhalten und seinen Willen zu sammeln. Wilde Entschlüsse zuckten in ihm auf, zugleich senkte sich die frühere Müdigkeit von neuem herab und drückte auf Schultern und Arme. Mit knetenden Händen hielt er das Steuer, er ließ sie nicht zur Ruhe kommen aus Angst, sie könnten unversehens einschlafen. Fiebernd hielt er Sibylle vor, warum sie sich gerade dies Gedränge aussuche, um ihm eine mörderische Szene zu machen, ihre Bosheit könne sie das Leben kosten. Seine Ungeduld stieg mit jedem Wagen, der nicht rechtzeitig abblendete. Höhnisch forderte er sie auf, in jedem dieser verdammten Sonntagsfahrer ihren Privatteufel mit dem Dreizack zu sehn – sie selbst mache sie dazu aus Seifenhändlern und Schuhverkäufern mit ihren eigensinnigen Beschwörungen. Warum sie die königlichen Hoheiten der Finsternis nicht grüße? ... Er sprach für sich, unbekümmert, ob sie ihn hörte, unbesorgt um den Eindruck seiner Worte, sein wirres Stammeln war ein Kriegsgeschrei, mit dem er gegen die Übermacht von sichtbaren wie unsichtbaren Feinden anging.

Bei der Brücke hinter Cantal mußte er halten, eine Limousine war einem Autobus mit dem Vorderrad unter den Kotflügel gefahren. Er wischte sich den Schweiß aus den Augen und verfolgte, breitbeinig im Wagen stehend, die Bemühung der Chauffeure, die beiden Autos unter Anteilnahme einer ständig wachsenden Zuschauermenge auseinanderzubringen. Alle Müdigkeit war von ihm gefallen. Vor ihm und in seinem Rücken begann, wie immer in solchen Fällen, ein wüstes Konzert der Hupen und Sirenen, verbunden mit Auf- und Abblenden der Scheinwerfer. Er beteiligte sich lachend daran. Schließlich setzte er sich und steckte eine Zigarette an.

»Darf ich auch rauchen?« fragte sie.

Er reichte ihr seine Zigarette. Sie zögerte einen Augenblick, die Zigarette anzunehmen – sonst bestand sie darauf, sie so und nicht anders gereicht zu bekommen. Er zuckte die Achseln und blickte zur Seite. Die Straße war frei, in einem vorstürmenden Rudel fuhren sie weiter. Nachdem er die ganze Zeit während ihres Aufenthaltes geschwiegen hatte, begann er im gleichen Augenblick wieder zu sprechen, da seine Aufmerksamkeit von der Straße völlig in Anspruch genommen wurde.

»Sibylle«, sagte er, »du verlangst etwas von mir, was ich nicht kann ... Mit dem besten Willen bringe ich es nicht auf ... Jetzt nicht – versteh doch, ich müßte lügen ... Laß mir doch bitte etwas Zeit!«

»Zeit wozu?« fragte sie.

»Mein Gott! Um zu dir zurückzufinden!«

Sie wandte sich ihm jählings zu und ergriff seinen Arm.

»Zurückfinden? Ich dachte ... Ich dachte, das sei heute geschehn ... Nein?«

»Du sagtest doch, es sei nichts geschehn!« überschrie er den Lärm eines Wagens, der sie im zweiten Gang überholte.

Erst erwiderte sie nichts. Als er sich schnell nach ihr umblickte, sah er auf dem dunkeln Hintergrund des Himmels ihren matt schimmernden Kopf, an dem die weiße Baskenmütze wie eine Mondsichel hing. Dann beugte sie sich wie aus weiter Ferne zu ihm herüber, und als sie ganz nahe war, sagte sie:

»Paul, ich bitte dich – gib acht auf uns!«

Ihre kleinen Hände lagen flach auf den seinen, und sie blickte ihm von unten her ins Gesicht.

»Ich liebe dich, Paul«, sprach sie. »Ich muß es dir noch einmal sagen ... Du mußt es wissen, es ist unbedingt nötig ... Ich liebe dich so – ich kann dir nicht sagen, wie. Siehst du, wenn ich es sagen könnte, würdest du mir ja glauben, und es stände anders um uns.«

»Wir sind gleich da, Sibylle«, sagte er.

»Wo?«

»An der Badestelle.«

»Ach so«, sagte sie versonnen, ohne ihre Stellung zu ändern. »Du willst also doch noch mit mir baden?«

»Ja«, sagte er stark. »Ja.«

Er sah sie, als stände sie aufgerichtet neben ihm in ihrer zarten Vollkommenheit: ihre Glieder, diese sanften eigenwilligen Wesen, den wie eine Quelle aus den Hüften strömenden kleinen Leib, die geraden Schultern, den Hals, den sie wie zu einer unhörbaren Musik bewegte, den Mund, rot und ein wenig weiß wie das Innere einer Feige ... Und indes er den Wagen zur Seite lenkte, in die Ausbuchtung der Straße, von wo der Pfad zum Badestrand hinabführte, dachte er daran, wie beim Aufreißen ihres Kleides, als er sie davor bewahrte, aus dem Wagen geschleudert zu werden, die zwei kleinen Brüste hervorsprangen und, von ihr unbeachtet, dablieben, zart und ein wenig feucht wie eine Vogelbrut, klar wie Wasser, dem man auf den braunen, sandigen Grund sieht, unwissend wie ein Kindermund – auf der Welt konnte es nichts Unschuldigeres geben! Die eine Brust war geritzt, wahrscheinlich hatte bei der Flucht durch die Büsche ein Dorn sie gestreift, und diese geringe Wunde sagte mehr aus über die Gewalt, die ihr geschah, als alles, was nachher gefolgt war ... Und dann hatte sie die ganze Zeit mit über der Brust gekreuzten Armen im Wagen gesessen ...

Paul schössen Tränen in die Augen. Er bückte sich, um den Gang auszuschalten. Da warf sie die Arme um seinen Hals.

Er schrie: »Vorsicht!« und drückte mit aller Kraft auf die Fußbremse.

»Wozu?« sagte sie leise an seinem Ohr. »Wozu?«

Ihre Stimme, er hörte es, zitterte in großer Angst. Davon wuchs seine eigene Angst ins Unermeßliche. Er wollte etwas sagen, aber ein Kuß verschloß ihm den Mund. Mit betäubendem Entsetzen empfand er ihn als das, was er war: ein Mord.

Grelles Licht überfiel sie, hinter ihnen donnerte ein Autobus vorüber. Paul suchte freizukommen, mit einem Ruck stemmte er sich in die Höhe.

Der Wagen machte einen Sprung und stürzte vornüber in den Abgrund.

Abschied von der kleinen Braut

»Schade, daß es immer die Unrichtigen trifft«, beendete Louis seinen Bericht über den Unfall. Nach einem verächtlich forschenden Blick in die Augen der Frau Notar, die, ein Bild bewußtlosen Schmerzes, dasaß und Großvater Burguburu, den ersten Notar der Familie, anstarrte, als sei sie mit ihm in eine geheime Beratung vertieft, die das Begriffsvermögen eines Chauffeurs überstieg, erhob sich der Unglücksbote und schlich auf den Fußspitzen aus dem Zimmer.

Er tat dies mehr aus angeborenem Takt als mit Überzeugung. Wäre es nach ihm gegangen, so hätte an Stelle der armen Kleinen diese

Jahrmarktsschönheit – still, mit gefalteten Händen, ein Taschentuch auf dem Gesicht – in der Totenkammer des Spitals gelegen ... Was auch im einzelnen geschehn sein mochte, Louis blieb überzeugt, der Anfang und letzte Grund des Unheils sei bei dem finstern Weibsbild zu suchen, das nach seiner Ansicht gar nicht anders konnte, als den Tod um sich zu verbreiten.

Kaum war die Haustür hinter ihm ins Schloß gefallen, sprang die dicke Juliette mit der Behendigkeit eines Mädchens auf und eilte in den Keller. Sie machte Licht, holte hinter einem Stapel Konservenbüchsen einen Schlüssel hervor und öffnete den alten Kleiderschrank an der gegenüberliegenden Wand.

Ein in Zeitungspapier gewickeltes Paket unter dem Arm, verließ sie die Unterwelt, ohne dessen Beherrscher, dem hinter dem Schrank verborgenen Major, einen Gedanken gewidmet zu haben. Zwei Stockwerke höher schloß sie sich in ihr Schlafzimmer ein.

Inzwischen war Louis vor dem Haus *Rosmarin* auf die schwarze Limousine des Doktors gestoßen, neben der noch ein zweiter, ihm wohlbekannter Wagen hielt, und saß nun, eine Zigarette rauchend, auf der Schwelle des Gartentors. Er dachte an den Tag im Winter vor einem Jahr, da er, vor Sibylle kniend, zurückgeschaudert war beim Anblick des dünnen Blutstreifens, der sich eilig von ihrem Mundwinkel zum Kinn hinabgeschlängelt hatte, und an die tiefschwarzen, zu ihm emporgehobenen Augen, als sie sagte: »Es ist nichts ...« Merkwürdigerweise war ihm dies Gesicht viel gegenwärtiger als das zerquälte und geschändete Antlitz der Toten.

Von dem wußte er nur noch das Entsetzen, das es in allen hervorgerufen hatte, der gemarterten Züge selbst konnte er sich nicht entsinnen. Für ihn bedeckte jenes Taschentuch in der Totenkammer des Spitals ein Gesicht mit feinen, regelmäßigen Zügen und den herrlichsten Augen der Welt, und ein kleiner, roter Mund sprach in einer Art Verklärung: »Es ist nichts ...«

Als zwei Herren aus dem Haus traten, ging er ohne weiteres auf sie zu, reichte dem ehrenwerten Doktor Blanc wie dem Touloner Arzt die Hand und erkundigte sich nach dem Befinden Pauls.

Der Doktor Blanc antwortete nur mit einem ausdrucksvollen Knurrlaut, der zumindest Selbstzufriedenheit bekundete, wohingegen der Touloner Kollege sich zu ergiebiger Auskunft herabließ. Der junge Herr Tavin, erfuhr Louis, hatte das Schlüsselbein und zwei Rippen gebrochen, der Fuß war lediglich verstaucht, aber, betonte der Chirurg, ohne Louis' schnelles und tatkräftiges Handeln wäre der junge Mann die Nacht über liegengeblieben und hätte sich höchstwahrscheinlich eine Lungenentzündung zugezogen. Es wäre ihm nicht möglich gewesen, die steile Böschung bis zur Straße hinaufzuklettern, man hätte ihn auch nicht rufen hören.

»Und wie erklären Sie als Sachverständiger sich den Unfall?« fragte unvermittelt der Arzt.

»Schwer zu sagen«, meinte Louis. »Ich war dicht hinter ihnen, als sie abstürzten. Im Licht des Scheinwerfers sah ich deutlich, wie die Kleine an seinem Hals hing, während er die Arme in die Luft warf – und das kann man nun verschieden deuten. Wahrscheinlich ist einer von ihnen versehentlich auf den Gashebel getreten. Der Gang war noch nicht heraus, das steht fest. Ein so guter Fahrer! ... Sie wollten jedenfalls baden. Er machte es oft so im vorigen Jahr, daß er den Wagen an die Böschung stellte. Und dann muß ihm etwas dazwischengekommen sein ... Oder –« – »Oder?« wiederholte der Chirurg. Louis riß an seinem Schnurrbärtchen.

»Oder« – betonte er nachdrücklich, sagte dann aber schnell: »Sie hat ihn eine Sekunde zu früh geküßt, und er hat vergessen auszuschalten.«

»Ein so guter Fahrer?« beharrte der Arzt.

»Du lieber Gott, wenn einen die Liebste küßt!«

»Das ist auch ganz gleich«, erklärte zu beider Verwunderung Doktor Blanc ungewöhnlich heftig und schnitt mit zwei Sätzen das Gespräch ab. »Die Versicherung wird nicht bemüht«, erklärte er. »Wir wünschen keinen Prozeß.«

Seine größere Sorge, die sich um den Begriff ›Fahrlässige Tötung‹ drehte, verschwieg er.

Louis wurde vom Doktor nach Ranas mitgenommen und erhielt unterwegs eine strenge Ermahnung:

»Ich erinnere dich an den letzten Skandal, Louis! Bei dem hattest du die Hand im Spiel ... Ich hoffe, das wiederholt sich nicht! Du hast dich glänzend benommen, und ich werde dafür sorgen, daß es in die Zeitung kommt.« Er machte eine Pause, kaute kräftig und fuhr dann im Befehlston fort: »Als du sahst, wie sie abstürzten, hast du gleich zwei Wagen angehalten und die Insassen veranlaßt, mit dir zusammen das Auto zu heben, unter dem das arme Fräulein mit eingedrücktem

Brustkorb und Gesicht lag. Du hast sie ins Spital gefahren, während der andre Wagen den jungen Tavin, der im letzten Augenblick abgesprungen sein muß und dieser Entschlußkraft das Leben verdankt, auf seinen Wunsch und deine Anweisung zu seiner Mutter brachte. Du hast schließlich noch die Frau Notar in geziemender Form benachrichtigt und – fertig! Das ist gute Arbeit genug. Verstehst du? Alles, was darübergeht, ist von Übel. Du wünschst doch auch nicht, daß man dich mit Scheinwerfern beleuchtet, wenn du deine Liebste küßt, nicht wahr? Nun also. Und ein Ehrenmann, der unfreiwillig Zeuge davon wird, behält es für sich! Und wie und warum sie abgestürzt sind, mag der Himmel wissen, wir hier in Ranas-sur-mer, wir wissen es nicht.«

Damit setzte er Louis vor dem *Café de la Marine* ab, und als er, sich vorbeugend, im Büro des Notars Licht bemerkte, stieg er ebenfalls aus.

Er fand Burguburu, wie er mit krummem Rücken am Schreibtisch hockte und seine ausgestreckt vor ihm liegenden Hände sanft hin und her bewegte. Die beiden Männer umarmten sich, und der Notar sank in seinen Sessel zurück.

»Ich weiß schon«, sagte er, »man hat mich vom Spital angerufen ...« Ich traue mich nicht nach Hause, obwohl es«, er warf einen Blick auf die Stutzuhr, »längst Zeit ist zum Abendessen ... Ich habe angeordnet, die arme Kleine in die Villa *Maria* zu überführen ... Wir können doch das Begräbnis nicht vom Spital aus stattfinden lassen – nicht wahr, Doktor? ... Wie hat Frau Burguburu die Nachricht aufgenommen?«

»Mit sehr viel Haltung«, versicherte der Doktor.

»Ach, lieber Freund, ihre Haltung ... Sie machen sich keinen Begriff, wie es war, als die Kleine bei Frau Tavin wohnte. Gräßlich ... So wird es immer sein.« Ein klägliches Lächeln verzog seinen Mund, schüttelte leise den Sarazenenbart. »Sie war eine Spottdrossel. Sie wehrte sich nur, wie eben Singvögel sich gegen Katzen wehren. Sie fliegen einen Baum weiter und lachen das Raubtier aus ... Wer wird jetzt bei uns lachen – ohne daß sich einem die Gedärme zusammenziehn! Sie müssen wissen, lieber Freund, es gibt Lachen und Lachen, nicht alle Menschen lachen gleich ... Und unsre stillen Sonntagvormittage auf der Veranda! Eine Oase! ... Dort erholte ich mich – von einer Woche zur andern. Sie erzählte mir schließlich alles – nicht direkt, verstehn

Sie, Doktor? Andeutungsweise ... Der gute Major. Er war längst nicht mehr der schwarze Mann und Nebenbuhler, wir begriffen ihn, er war mein Freund geworden ... Manchmal ging Frau Tavin, diese wunderbare Frau, durch ihren Garten, dann erhoben wir uns und plauderten mit ihr, über den Zaun hinweg, die Kleine und ich ... Für einige Minuten oder eine halbe Stunde bildeten wir drei eine richtige Familie. Und die Kleine nannte uns auch die Sonntagvormittagsfamilie ...«

Nach einem Schweigen, die Hände Burguburus glitten immerfort über die Tischplatte, mit einem Ausdruck von Hilflosigkeit und Liebkosung, ergriff der Doktor zum zweitenmal das Wort und ging dem Kummer seines Freundes Marius beredsam und feinfühlig zu Leibe. Er beklagte den Verlust Sibylles, die der Notar, alle Welt sei sich darüber einig, wie die eigene Tochter geliebt und auch so gehalten habe. Ohne es womöglich zu ahnen, sei sie der Liebling von Ranas gewesen, alte Frauen und junge Mädchen seien übereingekommen, Gott müsse zu seiner Freude auch hinkende Engel um sich haben, weil Sibylles Anmut erst durch den Leibesschaden recht deutlich geworden sei, er habe ihrem zarten Wesen etwas Überirdisches hinzugefügt.

»Wahr, sehr wahr!« murmelte der Notar.

Der Doktor streifte das jugendliche Aussehn der Gattin, ihr zuchtvolles Temperament und ging dann entschlossen zum Dringlichsten über, zu Marius Burguburu selbst.

An die Spitze stellte er die Feststellung, die alle Welt anfänglich erschreckende Abmagerung des Freundes habe sich zuletzt als ein Vorzug erwiesen, Marius zähle heute zu den angenehmsten männlichen Erscheinungen des Ortes. Sein Körper, seine Glieder seien straff und sehnig, die Züge vergeistigt, das Auge blicke lebhaft, der kahle Schädel überrasche durch einen Ausdruck von Reife und Klugheit. Von den äußeren zu den inneren Eigenschaften übergehend, erinnerte er daran, wie Marius schon vor undenklichen Zeiten von niemand geringerem als einem Präsidenten der Französischen Republik der ›Feuerwerker der provenzalischen Heiterkeit‹ genannt worden sei, wie jene in den Schullesebüchern enthaltene Schnurre von der Verteidigung der Ollioulerr Schlucht eine Generation nach der andern ergötzt habe, indes von ihrem Verfasser zahllose andre Ergötzlichkeiten unter seinen Mitbürgern in Umlauf gesetzt worden seien, die zwar die Welt nicht kenne, für die aber seine Vaterstadt ihm um so mehr Dank wisse.

Zum erstenmal zeigte sich Burguburu unzugänglich für Schmeicheleien.

»Sie wollen damit sagen«, behauptete er, »ich bin der größte Aufschneider, den Ranas hervorgebracht hat ... Da haben Sie recht, mein Lieber! Zu meiner Entschuldigung muß ich hinzufügen, daß ich selbst dabei hereingefallen bin. Waren nicht Sie es, der Juliettes Freundin Madelon Plaisir sagte, meine beste Schnurre sei meine Ehe mit der Witwe Bosca?«

»Es ist unter meiner Würde«, erklärte Blanc, »auf eine solche Verleumdung einzugehen, um so mehr, als über die Glaubwürdigkeit der beiden in Betracht kommenden Damen in meiner Gemeinde nur eine Meinung besteht. Ihr Unglück, lieber Freund, trübt Ihr Urteilsvermögen.«

»Sicher nicht?« forschte Burguburu argwöhnisch. »Sie haben es nicht gesagt?« Statt zu antworten, begann der Doktor mit grimmiger Miene zu kauen. »Sie treiben Schindluder mit mir«, beteuerte Burguburu traurig. »Was soll das alles! Eine Lüge mehr oder weniger ... Hier sitze ich und traue mich nicht nach Hause. Ich traue mich nicht ohne die Kleine ... Glauben Sie mir doch, bitte!«

Der Doktor kaute schweigend, er war noch immer beleidigt. Mit einmal stand Burguburu auf und sagte:

»Fahren Sie mich zum Spital! Ich hole sie – wie sie ist. Dann geht es vielleicht – einen Tag oder zwei.«

Als der Notar, die Hand am Lichtschalter, die Tür öffnete, stand im dunklen Gang eine Frauengestalt.

»Juliette!« rief er und taumelte zurück. Er hatte das Licht gelöscht, ob vor Schrecken oder absichtlich, wußte er selbst nicht.

Der Doktor, der bereits mit einem Fuß im Gang stand, begab sich auf die Suche nach dem Schalter. Zuerst war nichts zu hören als das Tasten einer Hand, dann das Rauschen eines Kleides, und dem folgte ein Seufzer. Er stieg aus Burguburus tiefster Brust und verbreitete sich langsam im finstern Raum.

»Ich will sie nicht im Hause haben«, erklang plötzlich Juliettes Stimme. Die Stimme war leise, beschwörend, etwas heiser.

»Hörst du?« fragte sie – wie dem Doktor schien, diesmal aus ganz andrer Richtung.

»Was hast du«, schrie Burguburu plötzlich auf, »was hast du – für ein Kleid an! Du riechst ja nach Mottenpulver ... Ach, du lieber Gott!«

Gleich darauf vernahm der Doktor einen vorsichtig über den Kachelboden tastenden Schritt.

»Hörst du?« wiederholte Juliette lauter. »Ich will nicht! ... Wir lassen sie nach Fréjus überführen. Sie wird bei ihrem Vater begraben.«

»Es ist ein Kriegsfriedhof«, antwortete Burguburu, und der Doktor, der noch immer die Wand nach dem Schalter absuchte, vermutete ihn jetzt nach dem Klang der Stimme im Gang: »Du hast mir selbst erzählt, in Befolgung seines letzten, ausdrücklichen Willens sei er dort beigesetzt worden. Er wollte unter seinen Soldaten bleiben. Gönne ihm um Himmels willen seine Ruhe! Du hast ihn auch bisher nicht gestört. Laß ihn, den Guten! ... Auf dem Kriegerfriedhof kann niemand mehr beigesetzt werden, auch nicht seine Tochter – obwohl sie ein Kriegsopfer ist. Das Begräbnis muß von uns aus stattfinden. Es gehört sich so.«

»Sie wird bei ihrem Vater begraben« zischelte Juliettes gar nicht mehr sanfte Stimme. »Es ist seine Tochter, nicht die deine. Sie *wird*, sage ich dir – und wenn ich den Kriegsminister persönlich aufsuchen muß!«

Es erfolgte keine Antwort.

»Hörst du?« fragte sie mühsam mit verhaltenem Zorn.

»Warten Sie bitte bis wir Licht haben«, schlug der Doktor vor.

Sie fragte: »Marius, macht die Dunkelheit dich taub? Der Doktor scheint ganz gut zu hören.«

Endlich hatte Doktor Blanc den Schalter gefunden. Mit einem Schlag wurde es hell. Aber Burguburu war nicht mehr im Zimmer.

»Guten Abend, Herr Doktor«, sprach Juliette und blinzelte den in geringer Entfernung vor ihr Stehenden an. »Wie Sie sehen, ist mein Gatte ausgerückt. Wissen Sie vielleicht, wohin?«

Doktor Blanc betrachtete sie mehrmals von Kopf bis zu Füßen.

Sie trug ihre Witwentracht. Nur der Schleier fehlte.

Sie war frisch geschminkt. Sie roch nach Mottenpulver und abgestandenem Parfüm.

»Zu ihrer armen Tochter«, versetzte der Doktor und kehrte ihr den Rücken.

Juliette wartete, bis sie den Wagen des Doktors abfahren hörte. Dann eilte sie die Treppe hinunter ...

Im Wagen saß Burguburu, Doktor Blanc fuhr ihn zum Spital. Sie sprachen kein Wort, aber die Kiefer des Doktors gingen wie ein Mahlwerk.

»Sie haben Hunger, lieber Freund«, äußerte endlich Burguburu.

Der Doktor nickte mit dem Nachdruck ehrlicher Entrüstung.

»Ich auch«, tröstete ihn der Notar.

Juliette raste in ihrem Wagen kreuz und quer durch das Städtchen. In der Postgasse hielt sie an und kaufte einen langen Trauerschleier, den sie von der Ladnerin gleich rückwärts an der Haube festmachen ließ. Mit wehendem Schleier setzte sie ihre Fahrt durch die Straßen und Gäßchen fort und hinterließ Mitleid, Bestürzung, Lachen und Grausen, wo immer sie im Licht der Straßenlaternen und Schaufenster auftauchte. Wie ein schwarzes Gespenst fegte sie im Sturm durch Ranas. »Früher ritten sie auf dem Besenstiel«, meinte der Anstreicher in der Kirchgasse. »Heutzutage haben sie Autos.« Seine junge, sonst so lachlustige Frau aber sagte leise: »Still! Sie ist verrückt geworden vor Schmerz.«

Madelon Plaisir, bei der sie zuletzt einkehrte, kannte sie besser.

»Wie schrecklich, du Arme«, empfing Madelon die wirr und heißhungrig in ihre Wohnung eindringende Freundin. »Schon wieder der Tod! ... Aber nun hat ja ganz Ranas gesehn, daß du wieder die alte bist – die Witwe Bosca! Das tröstet dich vielleicht ein wenig, meine Liebe ... Nun hast du doch recht behalten, nicht wahr? Ja, die Witwe Bosca weiß alles! ... Sogar das Kleid hast du aufbewahrt! Erlaube, daß ich dir von meinem Maiglöckchenparfüm gebe, ich sehe, oder vielmehr ich rieche: du verstehst keinen Spaß mit den Motten ... Der gute Burguburu! Was sagt er denn? Wie hat er es aufgenommen, der Arme? Er hat so viel Herz! Sicher hält er sich irgendwo mit seinem Kummer versteckt ...«

»Du bist meine beste Freundin

»Deine einzige«, verbesserte Madelon.

»Ich merke es«, sprach Juliette sanft. »Und ich danke dir, Madelon, du trägst mit an meinem Leid. Wenn man bedenkt, es soll Menschen geben, die eine über das Grab ihrer einzigen Tochter gebeugte Mutter ins Gesicht hinein verspotten! ... Tugendhafte Frauen, die vor Schadenfreude aus ihrem Sonntagskleid platzen, wenn ihre beste Freundin ... Ich danke dir, Liebe, dein Mitgefühl ist um so rührender, als du selbst unfruchtbar bist und nicht aus Erfahrung weißt, was ein Kind für die Mutter bedeutet. Aber dein Herz verrät es dir, dein Herz. Gute Nacht, meine Liebe. Ich will jetzt zu ihr.«

Madelon hob die Augenbrauen bis unter die Haare und fragte gedehnt: »Jetzt erst?! ...«

Zum Abschied umarmten sie sich, und Madelon mußte alle ihre Seelenkräfte ins Werk setzen, um sich vom Opfer ihres Mitgefühls zu trennen. Sie gab Juliette das Geleit bis vor die Haustür, an den Fenstern erschienen die Köpfe der Nachbarn, und als Juliette sich endgültig losriß, brach die Freundin mitten auf der Gasse in Schluchzen aus.

In der Totenkammer allein gelassen, setzte sich Burguburu auf einen Stuhl und wandte lange nicht den Blick von der Kindergestalt, die, in ein Leichentuch eingehüllt wie eine Mumie, auf der eisernen Bettstatt ruhte.

Ein grobes Taschentuch bedeckte das Gesicht. Darauf tummelten sich die Fliegen.

Bei seinem Eintritt hatte die Tür laut geseufzt – er hatte den Ton noch im Ohr. Die Stille, die ihn umgab, wuchs mit jedem seiner einsamen Atemzüge und wurde ungeheuer. Jemand schien seine Atemzüge zu zählen, deshalb fiel ihm das Atmen so schwer. Schließlich rang er stoßweise nach Luft, und dann kamen die Tränen.

Hastig liefen sie die Backen hinunter und sammelten sich im kurzen Bart. Der Bart war schwarz gefärbt und erwies sich nun deutlich als Fremdkörper in dem fahlen, von langen Hautfalten durchfurchten Gesicht. Burguburu sah es, als blickte er in einen Spiegel, er schämte sich und tat das Gelübde, zukünftig wie in jeder anderen, so auch in dieser Hinsicht der Wahrheit zu dienen. Der armselige Rest des Liebenswerten, der da eingemummt auf dem Feldbett lag, fremd und unverständlich wie ein Schriftzeichen, dessen Bedeutung er nur zufällig kannte, bezeichnete das Ende einer Lüge – ihre Selbstvernichtung. Er fühlte es mit dumpfer Gewalt, ohne daß er imstande gewesen wäre, den Gedanken bis in sein Bewußtsein emporzuheben.

Der dunkle Drang nach Wahrhaftigkeit stärkte sein Selbstgefühl und machte ihn tapfer. Er stand auf. Er hob das Tuch von Sibylles Gesicht. Er biß die Zähne zusammen, und indes die zitternden Hände das Tuch ausgebreitet in der Luft festhielten, zwang er sich, in das gemarterte Antlitz hineinzusehen, so lange, bis er dennoch Zug um

Zug als jener Sibylle zugehörig erkannte, in deren Antlitz er oft, Erholung und Zuversicht schöpfend, geblickt hatte.

Erst als die Fliegen auf die wachsgelbe Schreckensmaske niederstiegen, gab er das Tuch feierlich seiner Bestimmung zurück.

Dann saß er wieder da und ließ die Tränen fließen, die mächtigen, erdroten Hände lagen flach auf seinen Knien und bewegten sich leise. Er nickte vor sich hin und sah blöde zu, wie seine Beine vor Schwäche zitterten.

Als er vor der Türe Schritte hörte, warf er sich ohne Besinnen zu Boden und kroch mit unglaublicher Flinkheit unter das Bett. Er lag auf dem Rücken, die Arme an die Flanken gepreßt, an dem der Tür abgewandten Bettende ragte sein Kopf hervor.

Er hörte, wie draußen gesprochen wurde. Nach einer Pause, er atmete noch stark, trat Juliette ein. Er roch sofort das Mottenpulver, der Maiglöckchenduft, der sich alsbald breitmachte, beunruhigte ihn. Er war ihm neu. Die Kleine schützt mich noch im Tode, dachte er voll Dankbarkeit, aber im gleichen Augenblick ließen sich die Fliegen auf ihn nieder. Geduldig bewegte er den Kopf hin und her, blies auch zuweilen in die Nüstern, um die draufgängerischen Tiere zu erschrecken. Es mußte recht vorsichtig geschehn, und daraus zogen die Tiere Nutzen. Juliette stand noch immer an der Tür. Sie schien zu lauschen. War sie erstaunt, daß hier Licht brannte? Suchte sie ihn? Hatte der Doktor, der rücksichtsvoll draußen geblieben war, ihn verraten? Er bemerkte, wie eine große Fliege wegflog und gleich darauf in Begleitung eines Schwarms von Artgenossen wiederkam. Sie hatten blaue Flügel und stürzten sich ohne weiteres auf Nase und Mund. Da er die Arme nicht bewegen konnte, setzte er sich mit Kopfschütteln und gedämpftem Nasenorgeln zur Wehr. Der Aufwand hatte lediglich zur Folge, daß die Fliegen ihre kriegerischen Maßnahmen verschärften und zum Angriff auf den verwundbarsten Teil des Platzes übergingen. Sie versuchten, sich allen Ernstes Eintritt in Burguburus Augen zu verschaffen, die wimperbewehrten Lider erwiesen sich als völlig unzureichender Schutz. Er schloß sie krampfhaft und rührte mit dem Kopf in der Luft. Darauf sammelten sich die Tiere unter den Nasenlöchern, und als Burguburu die entlasteten Augen aufschlug, erblickte er über sich das bemalte Haupt Juliettes, eingerahmt in die Witwenhaube, mit dem weißen Streifen über der Stirn. Ihre Züge waren verschwommen. Die Zähne blitzten.

»Hast du sie gesehn?«, fragte sie halblaut.

Er bejahte mit einer Bewegung des kreisenden Kopfes und entsandte aus den Mundwinkeln abwechselnd heftige Winde über die beiden Gesichtshälften zur Abschreckung der siegestrunkenen Bestien. »Wie sieht sie aus?« fragte Juliette.

Trotz der Qualen, die er litt, hielt er eine Weile still und sammelte seine Gedanken. Er stemmte sich mit dem Hinterkopf auf, um die lauernd auf ihn Niederblickende besser zu sehen, und antwortete: »So, wie dein Gewissen aussehen müßte, wenn du ein Gewissen hättest! So sieht sie aus! Genau so!«

Dann mußte er niesen. Es hallte von den weißgetünchten Wänden wider, und über seinen unwillkürlich angezogenen Knien erbebte das Bett. Juliette machte einen unhörbaren Sprung zurück und rief leise: »Sie bewegt sich!«

Gleich danach vernahm er das Seufzen der sich schließenden Tür. Und dann mußte er noch einmal niesen und ein drittes Mal.

Doktor Blanc, der ihn abholen wollte, beobachtete verwundert, wie der Notar unter dem Bett hervorkam.

»Sie hat mich geohrfeigt«, sagte Blanc trocken, als Burguburu neben ihm stand, und auf dessen fragenden Blick: »Ich wollte sie hindern einzutreten, solange Sie da seien. Es war verkehrt. Schließlich ist sie die Mutter!«

Marius legte dem Freund die Hand auf die Schulter:

»Vergessen Sie die Beleidigung! Sie leidet große Angst ... Ich möchte noch ein wenig hierbleiben ... Vielen Dank für Ihre Freundschaft. Ich finde mich allein nach Hause.«

Noch einmal unterlag Burguburu. Die Leiche Sibylles wurde unmittelbar vom Spital nach Fréjus überführt und dort beigesetzt, nicht auf dem Kriegerfriedhof (Juliette hatte sich schnell von der Unausführbarkeit ihres Planes überzeugt), aber nahebei in einem Gottesacker, der über die Stadt hinweg auf das Meer blickt.

Doktor Blanc hatte Ort und Stunde des Begräbnisses in die Zeitung einrücken lassen, und so versammelten sich fast alle Ranasser Autos vor dem Friedhofstor. Die keinen Wagen besaßen, benutzten einen Autobus, den Louis fuhr.

»Die Leute von Ranas waren von jeher Tagediebe«, äußerte Juliette beim Anblick des zahlreichen Trauergefolges. Burguburu antwortete mit einem bösartigen Knurren.

»Für mich hätte sich keine Katze hergefunden«, beharrte sie.

Statt ihrem Trostbedürfnis Rechnung zu tragen, wandte Marius angewidert den Kopf, und da erblickte er Frau Tavin, die sich ehrerbietig vor Juliette und ihm verneigte.

»Frau Tavin grüßt«, meldete er.

Juliette straffte das Kreuz, drehte den Hals hoch und erwiderte den Gruß mit einem Kopfnicken. Damit hatte sie die den Umständen angemessene Haltung gefunden, sie behielt sie bis zum Ende bei.

Als der Pfarrer von Fréjus (Burguburu übersah ihn geflissentlich) das Grab geweiht hatte und unter dem regelmäßigen Aufschlagen der Schollen auf den kleinen Sarg die Beileidsbezeigungen begannen, trat auch Pauline Tavin zu der hochmütig am Grabe aufgerichteten Mutter und richtete zum erstenmal in ihrem Leben das Wort an sie.

Juliette schien auf diesen Augenblick gewartet zu haben. Sie nahm die dargebotene Hand mit heftigem Druck in die ihre, beugte sich zu Paulines Ohr und sagte:

»*Sie* hat es getan! ... Sie wollte nicht allein zurückbleiben! ... Sie hat es mir gesagt!«

»Wirklich, gnädige Frau?« antwortete leise Pauline. »Sie haben sie nicht mißverstanden?«

»O nein, ich schwöre«, beteuerte mit schmerzlichem Lächeln Juliette. »Ich habe sie niemals mißverstanden.«

Ihre Stimme klang sanft und einschmeichelnd, zugleich bohrte sie die Fingernägel in die Hand, die sie festhielt, daß Pauline vor Schmerz zusammenzuckte.

»Nun ist sie ja doch allein zurückgeblieben«, erwiderte unfreiwillig heftig Pauline. Sie schöpfte Atem und setzte mit einem Ton der Klage wie für sich hinzu: »Die kleine Braut.«

»Ja«, flüsterte Juliette, »im Tod noch ist sie betrogen.«

Es standen schon mehrere Personen neben ihnen und warteten, daß sie bei der Beileidsbezeigung an die Reihe kämen.

Burguburu, der hart und abweisend an der Seite Juliettes hielt, ergriff kurz entschlossen Paulines Hand, zog sie an sich und umarmte die Frau, die er in Gedanken mit Betonung die ›Mutter‹ nannte.

»Dank«, sprach er. »Ich weiß, wie sehr ... Ich weiß auch, was *sie* an meiner Stelle sagen würde.« Er stotterte: »Dank und Verzeihung!«

Pauline neigte sich tief und küßte ihm die Hände.

Eiligen Schrittes ging sie hinweg.

Da der Notar selbst keine Anstalten dazu traf, reichte Doktor Blanc statt seiner Juliette den Arm und führte sie zu ihrem Wagen.

Burguburu blieb beim Grab, bis es zugeschaufelt war. Dann pflanzte er das weiße Holzkreuz darauf.

Es stand nur noch ein Wagen vor dem Friedhofstore.

»Du hast Manieren wie ein Bauer«, sagte Juliette freundlich von oben herab. Wortlos setzte er sich neben sie.

»Wenn du willst, können wir uns gleich trennen«, erklärte sie.

Er bat gleichgültig: »Fahr womöglich nicht zu schnell.«

Sie sauste die Anhöhe hinunter, und auf der Landstraße erhöhte sie die Geschwindigkeit. Die Straße war spiegelglatt, die Bäume zu beiden Seiten rannten in spitzen Winkeln auf sie zu. Sooft sie einen Wagen kreuzten, gab es einen Ruck, wie wenn sie ein plötzlich greifbar gewordenes Stück Luft entzweirissen.

Die schwarze Fahne ihres Schleiers flatterte hinter ihr – das Feldzeichen des rasenden Grabengels, dachte Burguburu.

»Wenn du nicht langsamer fährst«, sagte er, »kostet es deinen Schleier.« Sie duckte sich kichernd in die Schultern und fuhr schneller.

Da drehte er sich halb um, legte die eine Hand fest auf ihre Haube, mit der andern riß er ihr den Schleier ab und ließ ihn fliegen.

Eine Sekunde lang hob sie den Fuß vom Gashebel. Dann kehrte sie zur früheren Geschwindigkeit zurück.

»Danke«, sprach sie ruhig. »Es fährt sich besser so.«

Zum nächsten- und letztenmal auf dieser Fahrt nahm sie das Wort, als sie in der *Forêt du Dôme* Doktor Blancs Wagen und damit Frau Tavin überholte.

»Ich hätte große Lust, sie umzufahren«, sagte sie. »Zahn um Zahn … Doch das – besorgt die Vorsehung – allein.«

Und plötzlich verkündete sie und hielt das Haupt hoch in die brausende Luft: »Ich überlebe euch alle!«

Burguburus Gesicht neben ihr wurde zu Stein.

Ärger noch als die körperlichen Schmerzen plagte Paul die Vorstellung, er habe mit Sibylle die Vertreibung aus dem Paradies erlebt, und dieser sei durch seine Schuld eine noch grauenhaftere Strafe auf dem Fuße gefolgt.

Die Vorstellung hatte etwas Gespenstisches, das seine Schatten auch in die Zukunft vorauswarf. Sie hatte sich zum erstenmal eingestellt, als er hilflos, aber dankbar für Errettung aus so großer Not am Strande lag und vergeblich bemüht war, sich vom Boden zu erheben. »Sibylle«, rief er, erst nur wie um Hilfe, dann in ahnungsvoll dämmernder Angst um sie. Aber Sibylle antwortete nicht auf seine Rufe, die sich vom zaghaften Frageton allmählich bis zum Gebrüll steigerten. Dann kam Louis. Von ihm erfuhr er, daß Sibylle tot war, und während sie ihn wegtrugen, wünschte er sich aufrichtig, an ihrer Stelle zu sein. Sowie er sich aber in Gedanken vom Wagen erdrückt auf den Kieseln liegen sah, weigerte er sich, den Tod anzunehmen, den er sich soeben noch als gerechte Sühne zugesprochen hatte. Zur Rechtfertigung seines Widerrufs beschwor er den furchtbaren Augenblick herauf, da sie mit ihrem Mund und ihrer entblößten Brust über ihn hergefallen war dicht über dem Abgrund. Es entlastete ihn nur für kurze Zeit und endete damit, daß er sich gegen sich selbst empörte und in Scham und Reue verging. Die Wucht der Tatsache, daß Sibylle tot war und er lebte, konnte kein Spiel der Gedanken verringern.

Später, in seinem Bett, empfand er die körperlichen Schmerzen als den Ausdruck von Qualen, die wesentlicher waren als jene, und wunderte sich, daß die seelische Qual sich einer künstlichen Linderung ebenso zugänglich zeigte wie der körperliche Schmerz und zugleich mit ihm in Gefühllosigkeit hinabzusinken vermochte. Andrerseits wurde sie von ihm auch wieder emporgehoben. Durch die Gespenstigkeit seines Dämmerzustandes wandelte fern und einsam die Mutter. Bestürzt, dann wieder wehmütig verträumt, suchte er ihre seltsamen Wege zu erkennen. Sie, die sonst immer half, dachte kaum daran, ihm beizustehn. Wie die leibhaftige, durch einen verhängnisvollen Einbruch aufgestörte Einsamkeit ging sie umher, mit Augen, die durch alles hindurchblickten, als hätten Menschen und Dinge ihre Festigkeit verloren.

»Wer hätte es gedacht!« äußerte sie, als sie wieder einmal am Kopfende des Bettes auftauchte. »Unser harmloser, kleiner Wagen! ... Paul, wirst du je wieder Auto fahren?«

»Nein«, antwortete er. »Es ist eine Mordwaffe.«

Sie nickte bestimmt, offenbar hatte er ausgesprochen, was sie selbst dachte, und eilte weiter. Wohin? Nie war es im Haus *Rosmarin* so still gewesen und nie so unruhig.

Daran änderte sich auch nichts, als Marianne, von gemeinsamen Bekannten aus dem ›Lande der Freunde‹ benachrichtigt, im Haus

Rosmarin eintraf und sich erbot, Frau Pauline bei der Pflege ihres Sohnes behilflich zu sein.

»Selbstverständlich«, sagte Frau Pauline. »Nur bitte ich Sie, mich zu entschuldigen, ich kann Sie nicht einladen, bei uns zu wohnen.«

Sie sei bereits im Hotel abgestiegen, bemerkte Marianne.

»Und ich bitte Sie«, fuhr Pauline fort, »sich in diesen vier Wänden lediglich als Krankenschwester zu betrachten.«

»Selbstverständlich«, sagte Marianne.

Als sie aufblickte, erschrak sie. Pauline sprach zwar mit ihrer gewohnten, etwas singenden Altsimme, aber sie schien Marianne völlig zu übersehn. In ihren Zügen war ein Kommen und Gehn von Gedanken, die nicht das geringste mit ihrem Gespräch gemein haben konnten, dazu waren sie viel zu heftig. Pauline blieb noch eine ganze Weile vor Marianne stehn, ohne etwas zu sagen, und entfernte sich plötzlich wie auf Anruf. Ein Besuch des Chauffeurs Louis brachte Beruhigung und in der Folge eine entscheidende Wendung zum Guten.

Louis versicherte Paul, Sibylle habe im Tod feine, regelmäßige Züge und die herrlichsten Augen der Welt gehabt, nur wie erstarrt vor Schrecken, genau wie an dem Tag, als sie, auf dem weißen Stein sitzend und an Pauls Schulter gelehnt, in einer Art Verklärung gelächelt hatte: »Es ist nichts ...« Und diesmal war es Louis, der Paul die Hand auf die Schulter legte und beteuerte: »Du kannst nichts dafür, mein Junge. Ich habe es gesehn. Du bist völlig unschuldig.«

Etwas freilich blieb Louis unklar an der Geschichte, und im Gedanken an Marianne, die er im vorigen Jahr oft mit Paul zusammengesehn hatte, setzte er für alle Fälle hinzu:

»Hör mal, mein Junge! Man kann seinen Gefühlen befehlen, einverstanden, man kann. Aber was will man tun, wenn sie den Gehorsam verweigern? Man kann sie nicht standrechtlich erschießen wie beim Militär.«

»Man kann schon«, sagte Paul nachdenklich. »Warum nicht? Du bist ja der Herr ... Aber die Kugeln gehn durch sie hindurch wie durch Luft. Sie leben einfach weiter. Und was hast du erreicht? Gar nichts, als daß sie dir den Mordversuch nachtragen und bösartig und verschlagen werden und auf Rache sinnen. So ist es mit den Gefühlen.«

»So ist es«, bekräftigte Louis.

Er war stolz auf die Klugheit seines einstigen Vizechauffeurs und begab sich stracks in das *Café de la Marine*, um für ihn Zeugnis abzulegen vor dem Volk.

Paul blieb sinnend in seinem Bett zurück.

»Es ist nichts ...« Der Augenblick des Absturzes, der ganze letzte Tag im Wald und die Heimfahrt, alles rückte, je länger Paul den Einzelheiten nachging, in eine Ferne, wo Wirklichkeit und Täuschung kaum noch zu unterscheiden waren. Was er sich zur Schuld anrechnete, kindische Ungeduld, Großmannssucht, mangelnde Liebe, ein Herz, das sich teilen wollte und nicht konnte, kehrte dort in die Hände des Schöpfers zurück, der diese Eigenschaften in ihn legte, ohne ihm Zeit zu lassen, die fragwürdigen Geschenke durch Gebrauch und Erfahrung zu läutern oder aber zu verwerfen. Paul wollte nicht glauben, daß sie alle ohne Unterschied ihm zu eigen seien. Angeboren vielleicht, aber nicht angemessen, waren es vielfach Eigenschaften, deren Bestimmung sein sollte, den Eigenwillen in ihm zu wecken, um allmählich unter der Einwirkung nachströmender Säfte abzusterben und den natürlichen Bildungen seines Charakters Platz zu machen.

»Es ist nichts ...« Gewiß wäre er mit der Zeit geworden, wie Sibylle ihn haben wollte, wie er gerechterweise hätte werden müssen, um ihrer unteilbaren und anspruchsvollen Leidenschaft würdig zu sein ... Es war ihm nicht vergönnt gewesen, aus dem Zwielicht der Liebe herauszutreten in den lichten Tag – in eine Schlichtheit, Deutlichkeit und Helle, ähnlich jener, die sein Zusammensein mit Marianne umgab.

»Es ist nichts ...« Das Wort, verbunden mit der leibhaftigen Vorstellung jener, die es auf dem weißen Stein gesprochen, gewann eine große Kraft der Beschwörung. Paul sagte es sich vor, erst bewußt, später unbewußt und selbst noch während des langen, von Beruhigungsmitteln herbeigeführten Halbschlafes, aus dem es in das Wachsein überging. Das Zwielicht um ihn und Sibylle erhielt eine neue, tiefsinnige Bedeutung – manchmal, im Dämmerzustand, verschmolz er mit ihm, wie er vor langer Zeit mit Sibylle und dem dunkelgoldenen Abendlicht zwischen den Pinien und dem gleichfarbigen Waldboden verschmolzen war, und wenn er daraus erwachte, konnte er aus der Ferne auf die Dämmerwelt bücken, in der Paul und Sibylle weiterlebten, abgeschieden von der Welt, jedem Eingriff entrückt. Es war, wie es immer gewesen ... Was an Glück fehlte, hatte immer gefehlt, was damals schmerzte, schmerzte auch jetzt ... Aber niemand drängte, niemand verlangte nach mehr, immer nach mehr, und deshalb gab es auch weder Anspruch noch Verzicht, weder Vorwurf noch Reue. »Es ist nichts ...«

Am ersten Tag, den Paul außerhalb des Bettes verbrachte, lagen Marianne und er nebeneinander im Garten, vielmehr Paul lag im Gras, und Marianne saß daneben.

Sie hatte ihn, eingedenk ihres Versprechens, bisher nicht geküßt und wagte es auch jetzt noch nicht. Sie schaukelte mit dem Oberkörper auf und ab und fragte schließlich, über ihn gebeugt, ob er sie noch liebe. Er antwortete: »Liebe? ... Es ist nichts!«

»O doch!« meinte sie und küßte ihn kräftig auf den Mund.

»Ja, du – du bist!« sprach er lächelnd.

Er betrachtete ihre starken Schultern, von denen das Strahlenbüschel der Haare abstand, den feuchten, gewölbten Mund, den ihr Blut mit seiner Farbe und Wärme füllte bis an den Rand, das gebräunte Gesicht, worin das Leben wohnte, aufgeräumt und dem Lichte weit geöffnet. »Welch eine Gesundheit!« sagte er mit Bewunderung und Arglist zugleich.

Aber Marianne nickte fröhlich mit Kopf und Schultern.

»Ja, gesund wie ein Tier! Haarsträubend gesund! Zumal der Appetit – geradezu verächtlich! Ich spüre einen Heißhunger, zum Beispiel nach Austern ... Wenn dich meine Brutalität beleidigt, mußt du es sagen.«

Er behauptete zwischen Scherz und Ernst:

»Es fehlt dir an Zartgefühl, Marianne.«

»Recht hast du. Aber siehst du, dazu habe ich meiner Lebtage zu wenig Zeit gehabt.«

»Küß mich, Marianne!«

Sie küßte ihn, die Fäuste rechts und links auf den Boden gestemmt, in ihrer geraden saftigen Art, und fühlte, wie durch die aufgestemmten Arme die Kräfte der Erde in sie strömten. Sie warf den heißen Kopf zurück, riß ein Grasbüschel aus, rieb es zwischen ihren Händen und roch daran. »Ah!« machte sie. »Riecht gut ... Frühling!«

Weit fort im Dämmerlicht schwamm eine Insel mit einem verwunschenen Wald. Schatzgräber wohnten dort, die gruben nach Glück und verkauften es an liederliche Jungens ...

»Leider gehöre ich nicht zu ihren Kunden!« sagte Paul vor sich hin.

Marianne hob die schmale, gerade Nase aus den Händen und fragte, von wem er spreche.

»Von den Schatzgräbern«, sagte er.

»Was für Schatzgräber?«

»Wirst du nie erfahren! Ein Geheimnis ...« Aber auch für Geheimnisse hatte Marianne ihrer Lebtage zu wenig Zeit gehabt, sie zeigte keinerlei Neugier und lachte nur, weil eine Geschichte, die von Schatzgräbern handelte, unweigerlich komisch sein mußte.

Eine Woche später kehrte Marianne in ihr kleines, gelbes Haus oberhalb La Cadières zurück. Vor dem Herbst wollten sie und Paul sich nicht wiedersehn.

Die Jahreszeiten wechseln leise in der Nacht ...

Es wurde Sommer. Kurz vor Beginn der Ferien ging Paul nach Paris, um seine dortigen Angelegenheiten zu ordnen. Mit Rücksicht auf die vereinsamte Mutter hatte er sich entschlossen, das Wintersemester in Marseille zu verbringen.

Bei seiner Abreise, die Mutter und er gingen vor dem Pariser Wagen des Zuges auf und ab, fragte Paul:

»Du hast mir nie gesagt, ob Marianne dir gefällt. Also? Aufrichtig?«

Und da die Mutter zögerte, drang er in sie:

»Vorwärts, Mutter. Gesund wie ein Apfel?«

Sie blickte zu dem großen Jungen auf.

»Wie ein kalifornischer Apfel«, antwortete sie.

»Schön und saftlos, wie? ... Merkwürdig, früher bildete ich mir ein, du und sie, ihr hättet viel Ähnlichkeit, nur sei bei ihr alles kräftiger – und natürlich auch einfacher.«

»Wahrscheinlich tue ich ihr unrecht, Paul ... Ich sehe neben ihr immer die kleine Braut.«

Nach einem Schweigen erklärte er:

»Siehst du, Mutter, das ist es eben! Auch ich bin nur ein kalifornischer Apfel ... Aber wie schön, daß du wieder munter bist, Mutter! Ich glaube fast, du warst kränker als ich.«

Der Zug fuhr an, Pauline trabte einige Schritte nebenher, da rief sie:

»Soll ich einen neuen Wagen kaufen?«

Paul lehnte sich aus dem Fenster, schleuderte die Arme in die Luft und rief zurück: »Ja, Mutter. Ja. Bald!«

Das Gericht

Von Ranas-sur-mer nach der alten Römerstadt Fréjus sind es hundert Kilometer, hin und zurück also zweihundert.

Diese Strecke, ihre tägliche Pilgerfahrt, legte Juliette am Ende der ersten Woche in vier Stunden zurück. Auch ein geübter Fahrer wäre nicht viel schneller vorwärtsgekommen, und Juliette fuhr zu kurze Zeit, um sich der Gefahren bewußt zu werden. Den Friedhof betrat sie nur die ersten beiden Tage, von da an begnügte sie sich, die vier Mauern zu umfahren.

Und während sie die vier Mauern umfuhr, betete sie. Im Friedhof konnte sie nicht beten. Da war ein Grabhügel wie der andre, man versank zwischen Toten. Der Tod wurde zur gemeinen Angelegenheit, er gehörte allen. Mit dem Tod aber mußte man allein sein ... Sie sagte sich: Die Erde ist geschwollen von ihren Toten wie eine diebische Köchin, die unter ihren Kleidern Sachen für ihre Familie wegschafft. Der lange, von Marius abgerissene Schleier war durch einen kürzeren ersetzt worden, statt einer Fahne zeigte nur ein Wimpel den rasenden Grabengel an, aber man kannte ihn weit und breit, ihn und den blauen Wagen. Die Straße von Ranas nach Fréjus ist geteert und meist ordentlich instand. Sie weist in der Ebene lange Geraden, im Gebirge scharfe, gut gebaute Kurven auf, und wen es mit dem Tode zu buhlen begehrt, der mag da grimmig und in mancherlei Formen seiner Sinnenlust frönen.

Die Straße führt erst durch fruchtbares, für den Blick eintöniges Küstenland, um darauf eine Gebirgskette zu durchqueren, die bis zu rund siebenhundertundfünfzig Metern aufsteigt. Sie trägt die Namen der Mauren, die hier vor tausend Jahren ihre Schlupfwinkel hatten, den Baumbestand bilden hauptsächlich Pinien und Korkeichen. Aus dem aufgeschlitzten Stamm der Pinien rinnt das Harz in kleine Tongefäße, und der Aderlaß scheint ihnen gut zu bekommen. Hingegen befinden sich die Korkeichen in kläglicher Verfassung. Zu ihrem unordentlichen Wachstum tritt noch ein verwahrlostes Blattwerk, und so erinnern sie an schlampige Frauenspersonen, die das Korsett abgelegt haben – der Abdruck des Panzers ist noch deutlich auf ihrem Körper abgezeichnet, sie sind schlechtweg anstößig. In Wahrheit handelt es sich um schwere Wunden, die man den Bäumen beibringt.

Man schneidet einen breiten Gürtel aus ihrer Rinde und stellt daraus Korkwaren her.

Wenn du von einer Anhöhe über die reichgegliederte Bergkette siehst, könntest du meinen, du seiest im Schwarzwald und dort, wo die Sonne untergeht, fließe der Rhein.

Große Teile der Wälder sind durch die häufigen Brände zerstört. In den lichten Zwischenräumen und an den Südhängen gedeihen Edelkastanie, Orange, Zitrone, die Dattel, die an besonders geschützten Stellen die volle Reife erreicht, die Maulbeere, zahllose Blütensträucher und eine heißduftende Blumenwelt. Der Lavendel bedeckt ganze Hügel, im Unterholz wachsen seltene Pflanzen. Du hättest Monate zu tun, wolltest du die unzähligen, alle Sinne ansprechenden Schätze des Maurenwaldes erforschen.

Im Gebirge berührt die Straße keine namhafte Siedlung, vorher und nachher nur wenige, weit auseinanderliegende Ortschaften. Es dauerte nicht lange, und Juliette war auf der ganzen Strecke unter dem Namen bekannt, den sie am Abend ihres Umherirrens in den Gassen von Ranas erhielt. Dafür sorgten Louis' Kollegen, die Chauffeure der Autobuslinien. Wenn der Wimpel des ›rasenden Grabengels‹ in den Ortschaften auftauchte, setzte ein Begrüßungsgeschrei der Kinder ein, die Erwachsenen unterbrachen Arbeit oder Weg, um sekundenlang in das grelle, verzückt lächelnde Antlitz zu schauen. Es grüßten den schwarzen Wimpel die Gendarmen zu Pferd und zu Rad, die Straßenwärter und die Steinklopfer, die Chauffeure der Lieferwagen und Autobusse. Die Köche der zwei oder drei Waldhotels, die an der Straße hockten und Luft und Weltweite schöpften, standen stramm und legten die Hand an die hohe, weiße Mütze. Ihnen allen antwortete Juliette mit einem kurzen Nicken, der schwarze Wimpel flatterte in die Höhe, dann war der Spuk vorbei.

Die fruchtbaren Äcker versammelten sich eilig, sobald sie in ihrem Befehlswagen auf der Straße auftauchte, die Bastiden und Pächterhäuser rückten und begaben sich in Gehorsamstellung, der Wald erwachte, der große Wald voller Geheimnis, wo einsam zwischen Schatten ein Sonnenstrahl thronte gleich einem Engel, streng und silbergepanzert bei der mittäglichen Hinfahrt, rosig und schmachtend bei der Rückfahrt am Abend.

Daheim in Ranas bewohnte sie als fürstlicher Gast die Villa *Maria*, von ihrem Knecht Marius gemieden und gehaßt. Er schlief in Sibylles

Zimmer, den neuerdings von ihm gezähmten und verhätschelten Kater Marius zu seinen Füßen, und nachts hörte sie den Gatten stöhnen. Das war die Strafe dafür, daß er sich seit dem Tod des Mädchens weigerte, das Schlafzimmer mit ihr zu teilen. Als Vergeltung hielt sie den Salon verschlossen.

Die Ehegatten sprachen nicht miteinander. Was Juliette früher bis zur hitzigsten Angriffslust beunruhigte: Burguburus Art, zu gewissen Zeiten vor sich hinzubrüten, wahrscheinlich in Verfolgung eines geheimen, gegen sie gerichteten Planes, seine Höflichkeit, die so zerstreut war, daß sie nicht zwischen einem Stuhl und einem Menschen unterschied, eine Starrheit des Ausdrucks, womit er sie in Abstand hielt – darüber setzte sie sich jetzt in Gemütsruhe hinweg, belustigt und darauf gefaßt, eines Nachts mit Gewalt ehelich angefordert zu werden ... Er wird wie ein Gorilla hereinbrechen und mich packen, dachte sie.

In Erwartung des Unvermeidlichen erneuerte sie allabendlich die Vorkehrungen für die Rauf- und Liebesnacht und verstand es so einzurichten, daß sie Marius gelegentlich in später Stunde auf dem Gang oder im Badezimmer begegnete. Mit einem Hemd angetan, das bei aller Pracht der Ausstattung nur wie ein Hauch auf ihr lag, einem Hemd, wie er es nie an ihr gesehn, streifte sie den kalt Beiseitetretenden und hinterließ einen Duft, der im Verlauf der Nacht bis in sein Zimmer drang. Sein Nachthemd war zerknittert, er hatte unsaubere Füße, im ungefärbten Bart hingen Tabakkrümchen. Der Bart war nicht mehr aus hellen und dunklen Haaren gemischt wie zur Zeit, als er ihn noch nicht färben ließ, er war ganz weiß.

Als Marius einmal während Juliettes Abwesenheit einen Gang durch das Haus unternahm, um das wenige, was die Kleine besaß, einzusammeln und dem Anblick der ›Kindsmörderin‹ zu entziehen, fand er die Tür des Salons nicht abgeschlossen. Er trat ein und stieß unvermutet auf den Major.

»Paß auf, er kommt wieder«, hatte Frau Tavin anläßlich seines Verschwindens zu Sibylle gesagt, und die Kleine hatte es Burguburu in einer ihrer vertraulichen Sonntagsvormittagsstunden wiederholt. Und richtig, da war er! Er hing an seinem alten Platz an der Wand, der arme Mann. Und statt seiner war nun Großvater Burguburu verschwunden ... Natürlich würde sie schwören, der Major habe seine Rückkehr befohlen, aus unerträglichem Heimweh, wie sie von jeher behauptet hatte, daß er ihr alle ihre Handlungen vorschreibe. War vielleicht auch von ihm die Weisung gekommen, seine Tochter zu Tode zu quälen, sie langsam, auf unendlichen Umwegen, dahin zu bringen, daß sie sich den Tod wünschte und darüber beinahe zur Mörderin eines unschuldigen Jungen geworden wäre? Gewiß doch! Auch dies.

Burguburu lachte höhnisch und schüttelte die Fäuste in der Luft. »Einer von uns beiden muß weichen«, rief er, »sie oder ich!« Er versprach es dem Major, er nickte ihm tröstlich zu – der Blick, mit dem er ihn betrachtete, war beinahe zärtlich, jedenfalls der eines Bruders.

Im Hochgefühl, als Statthalter und Vorrichter des Schicksals zu handeln, nahm er mit der angesammelten Habe Sibylles auch das Bild des Majors mit. Während die Hinterlassenschaft der Kleinen im Kachelofen des gelben Zimmers brannte, holte er eine Hacke und eine Schaufel aus dem Keller und ging in den Garten. Dort grub er ein Loch und bestattete im Schweiße seines Angesichts den Major zur längst verdienten Ruhe ...

Zur gleichen Zeit, da Burguburu die Erde über dem Major feststampfte, machte Juliette in Fréjus eine Entdeckung. Sie betrat den Friedhof seit Monaten zum erstenmal, um nach der Fahrt in der sommerlichen Gluthitze den Meerwind zu genießen. An der Stelle, wo sie einen Grabhügel mit einem weißen Holzkreuz zurückgelassen hatte, erhob sich eine Tempelhalle. Sie war nach allen Seiten offen. Der Marmor blitzte im Sonnenlicht. Der Wind sang leise zwischen den Säulen. Geblendet trat sie näher und las im Giebelfeld eine Inschrift:

Tu, tu pèr quau ma labarido
Coume un mirau s'èro clarido. [1].

---

[1] Provenzalisch. Aus *Mirèio* von Frédéric Mistral. Wort für Wort übersetzt:
Du, du, durch die mein Schlamm
wie ein Spiegel geworden ist klar.
Zur Aussprache: der Vokal u wird im Provenzalischen wie im Französischen ü ausgesprochen, ausgenommen, wenn er, wie auch in den oben angeführten Zeilen, unmittelbar auf einen Vokal folgt. Dann spricht man ihn u wie im Deutschen

Sie verstand die Verse nicht und eilte, von einer Ahnung gepackt, über die drei Stufen und gleich bis in die Mitte der Halle.

Hier stand auf einer Marmorplatte, die sich durch keinerlei Zeichen, nicht einmal durch einen Zwischenraum von dem übrigen Bodenbelag abhob, etwas höher als in der Mitte der Name SIBYLLE, darunter RUHT ENDLICH IN FRIEDEN, und noch tiefer in kleiner Schrift: BEI IHREM VATER.

Und im letzten Drittel der Marmorplatte:

> La mort, aquèu mot que t'engano,
> Qu'es? uno nèblo que s'esvano
> Emè li clar de la campano,
> Un sounge que reviho à la fin de la niue! [2]

Die Buchstaben waren eingemeißelt, ohne alle Verzierung, wie auch die Worte im Giebel, aber das Korn des Steins bewirkte, daß sie schillernd aus der glatten Oberfläche hervorstachen.

Juliettes erster Gedanke war: es hat ein Vermögen gekostet, der zweite: ein Hohn auf mich, die größte Beleidigung, die ich erfahren, der dritte: darum verhielt er sich die ganze Zeit so ruhig! ... Seine Ruhe war ein geheimgehaltenes Verbrechen.

Er verhielt sich auch ruhig, als sie ihn, heimgekehrt, zur Rede stellte mit ihrer sanften, einschmeichelnden Stimme, die Augen auf die mächtigen, roten Hände gerichtet, die flach auf dem Schreibtisch lagen und sich leise bewegten. Sie saß ihm gegenüber im gelben Zimmer. Von den Wänden blickte ein großer und gütiger König einer wilden Zeit auf sie beide herab, die scheinbar gefaßt und ein wenig versonnen zum letzten Waffengang aufbrachen.

Burguburu erklärte ihr, er habe Sibylles Vermögen, die Entschädigung der Autobusgesellschaft, zur Errichtung der Gedächtnishalle und zur Abfindung der Besitzer der umliegenden Gräber verwendet – dem ›einzigen Aufwand‹, der je für sie gemacht worden sei, und er bat,

---

2   Ebenfalls aus dem Epos von Mistral. Wörtlich:
       Der Tod, dies Wort, das dich beängstigt,
         Was ist's? Ein Nebel, der vergeht
       Mit dem Ton der Turmglocke,
         Ein Traum und Erwachen am Ende der Nacht.

das Grabmal als die Aussteuer Sibylles zu betrachten und als solche gelten zu lassen.

»Es ist eine Aussteuer für die Ewigkeit«, führte er, anscheinend zur Entschuldigung, an und fügte hinzu: Nachdem das Werk (übrigens erst seit wenigen Tagen) vollendet sei, bitte er um die Erlaubnis, die Ehescheidung einzuleiten, es bestehe nunmehr keine wie immer geartete Gemeinsamkeit mehr zwischen ihnen.

Juliette entgegnete, die allein schickliche Aussteuer für die Ewigkeit sei ein gottgefälliger Tod, und wer ihn versäumt habe, dem sei mit allem Marmor der Welt nicht geholfen. Sie hieß das Grabmal eine hirnverbrannte Idee und einen Skandal, dessenthalben der Major auf dem benachbarten Kriegerfriedhof sich zweifellos im Grabe umgedreht habe, denn er – er habe verlangt, ohne jede Auszeichnung unter seinen Soldaten zu ruhn. Außerdem handle es sich um einen Diebstahl und die Ausplünderung einer schutzlosen Kriegswitwe, ein Verbrechen, das der Notar Burguburu, Mitglied einer Akademie und Inhaber hoher Orden, vor Gericht zu verantworten haben werde.

»Verzeihung«, unterbrach sie Burguburu. »Ob Diebstahl oder was sonst, darüber mögen, wenn du es wünschst, die Gerichte befinden. Aber darf ich fragen, wann du das Grab deines armen Mannes zum letztenmal besucht hast?«

Juliette wies die Frage als Unverschämtheit zurück, der Major sei nicht ›ihr Mann‹, sondern ihr erster Mann und bedürfe nicht seines Mitleids. Darauf eröffnete ihr Burguburu, er habe, und vielleicht könne dies zur Erleichterung ihres Gewissens beitragen, das Grab des Majors gepflegt und reichlich mit frischen Blumen bedacht vorgefunden. Ferner – der Notar erhob sich und erklärte: es gebe jemand, der, nicht zuletzt durch diese Sorge um das Andenken des Verstorbenen, ein Anrecht habe, in der Sache mitzusprechen, und mit Erlaubnis dieser Person habe er die Beisetzung des Ehrenmannes neben seiner unglücklichen Tochter veranlaßt.

»Ach! so ist das gemeint«, entfuhr es ihr in Erinnerung an die Grabschrift. »Sie liegt tatsächlich bei ihrem Vater? Und –«

Sie brach ab, und auch er schwieg, und als sie von neuem das Wort nahm, erkundigte sie sich nach dem Sinn der Verse im Giebelfeld. Ihre Stimme zischte, nun war es so weit, Burguburu hielt sich auf der Hut, im nächsten Augenblick würde ihre Erregung sich hemmungslos Luft machen, und obwohl selbst aufs äußerste erregt, rüstete er sich, ihrem Ausbruch mit Würde zu begegnen. Ohne die Miene zu verziehen, übersetzte er langsam und feierlich:

»Was Schlamm in mir und Unrat war,
Durch dich stieg's auf quellwasserklar.«

Sie lachte kurz und rauh.
»Hat wohl die anlockende Person nebenan gedichtet – wie?«
»Nein«, sagte er. »Ich.«
Nach einer Weile wurde er rot und verbesserte sich: »Ich habe die Verse ausgewählt.«
Rings um die karminroten Inselchen hatte sich Blässe angesammelt, daraus ragte die Nase spitz mit einem gelblichen Schimmer hervor (›wie bei den Toten‹, dachte Burguburu), und als sie zu lächeln versuchte, gruben sich zwei dicke Falten ein, von den Mundwinkeln zum Kinn.
»Seit wann schläfst du mit der da?« fragte sie. Kopf und Achsel zeigten hinter sich.
Burguburu schritt um den Tisch. Er befahl: »Steh auf!« Und als sie vor ihm stand mit Augen, darin Haß und Furcht durcheinanderschossen, versetzte er ihr rechts und links einen Schlag ins Gesicht. Es waren leichte Schläge, gewissermaßen nur Andeutungen einer Gewalttat.
»Das soll dich lehren, von anständigen Frauen zu sprechen, wie sich's gehört«, sagte er und schickte sich an, auf die andre Seite des Tisches zurückzukehren.
Da schrie sie: »Blöder Kastrat!«
Er drehte sich um und ging mit drohend erhobenen Händen auf sie zu. Sie spie ihm auf den Bart und sprang zur Seite. Im nächsten Augenblick lief sie wie ein Wiesel. Er stürzte hinter ihr her. Sie rannten die Treppe hinunter, durch die Zimmer des Erdgeschosses, und sie trug Sorge, überall Licht zu machen, als könnten sich mit der Helligkeit auch gleich einschüchternde Zeugen einstellen, und wieder die Treppe hinauf und wieder hinunter. Überall flogen ihm Stühle und kleine Tische zwischen die Beine. Im Keller glaubte er sie in der Falle zu haben, er ging von der Tür schnurstracks auf sie zu, aber da warf sie unter wilden Verwünschungen Konservenbüchsen nach ihm. Die eine traf ihn ins Auge, sie entkam. Im gelben Zimmer, wo sie mit einem größeren Vorsprung eintraf, sammelte sie rasch die Bildnisse

Heinrichs IV. und trieb sie ihm mit flachem Wurf an den Kopf. Zwei Rahmen hintereinander zerschellten an ihm. Die Glassplitter verletzten ihn am Ohr und an den Backen. Sie sah ihn bluten und stieß ein Triumphgeschrei aus. »Ich hab's erreicht, Alter – wie? Tut's weh? Huh, der Bart ist ganz rot. Was würde die anlockende Person dazu sagen! So müßte sie dich in ihrem Bett haben, mein Alter! Da hätte sie wenigstens was zum Lachen – wenn auch sonst nichts.«

Im ehelichen Schlafzimmer holte er sie ein, als sie im Begriff stand, dem Nachttisch seinen Revolver zu entnehmen, der dort liegengeblieben war. Diesmal hatte ihr die Zeit gefehlt, Licht zu machen, der Schalter war hinter der Tür. Vom Gang fiel etwas Helligkeit herein.

Er warf sie aufs Bett und schloß die mächtigen Hände um ihren Hals, Juliette feuerte. Der Schuß ging in den Kleiderschrank.

Nach einer Weile lag sie reglos unter ihm. Vorsichtig ließ er los, stand auf, machte Licht und stellte sich vor sie hin. In lauernder Haltung drückte er die halbgeöffneten Hände an sich, bereit, sofort wieder zuzugreifen. Die karminroten Inselchen hatten sich über das ganze Gesicht verbreitet und waren blau geworden. Die aufgerissenen Augen starrten zu dem mit hellblauer Seide bezogenen Bettspiegel empor. Burguburu räusperte sich wiederholt.

Dann fuhr er mit den Händen über sein Gesicht. Und jetzt erst, als er sie, betroffen von einem Gefühl feuchter Wärme, näher ansah, wurde ihm bewußt, daß er blutete. Er stöhnte auf.

Im Badezimmer wusch er sich, verklebte die messerscharfen Wunden mit blutstillender Watte. Darauf kehrte er ins Schlafzimmer zurück, um nachzusehn, ob sie sich nicht am Ende doch verstelle. Er ging in die Ecke zwischen Fenster und Kleiderschrank und beobachtete sie scharf. Er fand sie häßlich.

Als die dumpfe Luft, die ihn wie die Ausdünstung des unbeweglichen Körpers berührte, immer drückender wurde, ging er mit starken Schritten hinaus auf den Flur und telephonierte an die Gendarmerie in Ollioules – danach in einer Aufwallung zärtlicher Gefühle, an seinen Freund, den Doktor Blanc.

»Du armer Kerl!« rief der Doktor.

»Danke!« sagte Burguburu enttäuscht und hing ab. Von einem Freund hätte er andres erwartet …

Am Tag nach seiner Einlieferung in das Gefängnis erhielt Burguburu einen Strauß herbriechender Dahlien mit der Botschaft:

»Ich beklage die unglücklichste aller Frauen
und wünsche Ihnen Mut.«

Er setzte sich mit dem Blatt unter das Kerkerfenster und begann, Buchstabe um Buchstabe, in die Worte einzudringen wie in die Maschen eines Gitters, hinter dem eine unzerstörte Welt lag.

Im Herbst wurde Burguburu vor das Touloner Schwurgericht gestellt. Die Anklage lautete auf Totschlag.

Da er sich geweigert hatte, einen Rechtsanwalt mit seiner Verteidigung zu beauftragen, wurde ihm einer von Amts wegen zugeteilt. Es war ein Anfänger. Durch den Umstand, daß er die Bevölkerung nicht nur von Ranas, sondern auch von Toulon und dem ganzen *Département du Var* hinter sich wußte, nahm sein Eifer Formen an, die Burguburu durch ihre Roheit und Einfähigkeit erbitterten. Der junge Mann hatte es sich in den Kopf gesetzt, ›seinen‹ Angeklagten freizubekommen.

Er behauptete, Burguburu habe in Notwehr gehandelt! »Sie hat doch geschossen«, versicherte er hartnäckig. »Es hilft Ihnen nichts, zu leugnen. Wir haben die Kugel im Kleiderschrank gefunden. Sie können sich auf den Kopf stellen – Sie haben, Sie haben in Notwehr gehandelt.«

Traurig über so viel Unmoral bei einem jungen Mann und Rechtsbeflissenen, antwortete Marius:

»Aber so begreifen Sie doch! *Sie* hat in Notwehr gehandelt! Ich verfolgte sie, ich fiel über sie her, um sie zu töten. Ich – sie! Ich – sie!«

Bevor noch die öffentliche Verhandlung begann, waren der Notar und sein Anwalt erklärte Feinde, und vor Gericht kämpfte der Angeklagte Schulter an Schulter mit dem Staatsanwalt gegen seinen Verteidiger. Auf Mord, erklärte Burguburu, wolle er selbst nicht bestehn, ob er gleich nicht nur einmal, sondern hundertmal mit dem Gedanken umgegangen sei, die Frau zu töten. Aber um bewußte Überlegung habe es sich eben doch nicht gehandelt, also könne auch nicht die Rede von Mord sein. Er sage, wie es sei. Um so mehr aber müsse er verlangen, daß die Geschworenen die unzweifelhaften Merkmale des Totschlags nicht außer acht ließen.

Der große Schwurgerichtssaal war gefüllt mit Ranassern, die der Vorsitzende nur mit Mühe in Zaum hielt – am liebsten hätte das Publikum bereits in der ersten Stunde die Anklagebank gestürmt und den Notar auf den Schultern hinausgetragen. Vor dem Gerichtsgebäude hielten die Menschen in der Hitze vom Morgen bis zum Abend aus, Meldegänger, mit Beifall und Zurufen begrüßt, unterrichteten zusammenhängend über den Fortgang der Verhandlungen.

In der ersten Reihe der Zuschauer saß der Chor der Fischer unter seinem Anführer, dem Alten mit dem Haupt eines Kardinals. Sie bildeten den Stoßtrupp der Verteidigung und das Ärgernis des Angeklagten. Sie gehorchten dem Anwalt auf einen Augenwink, einen Tonfall, sie waren die Register der Publikumsorgel, und der Verteidiger handhabte sie mit so viel Unbedenklichkeit wie Geschick. Louis auf der Zeugenbank half mit der Mundharmonika seines Mienenspiels nach. Wenn Burguburu das Wort ergriff, geschah es fast nur, um die Ausschließung der gesetzesfeindlichen Bande zu verlangen, eine Maßnahme, die regelmäßig an der zurückhaltenden, aber unverkennbaren Parteinahme der Geschworenen scheiterte. Das große Ereignis des Prozesses war das Auftreten des bretonischen Fischers Emil Kerhostin.

Den Emil hatte in seinem bretonischen Fischerdorf die Schlagzeile der Zeitung *Ein Notar erwürgt seine Frau* wie ein persönlicher Anruf gepackt, und er hatte sich sofort als Zeuge gemeldet. Dabei bewegte ihn weniger der Gedanke an die Hauptgestalten der finsteren Tragödie als die fröhliche Aussicht, Toulon und das Torpedoboot E 124 wiederzusehn. Später erst begann sich sein Gewissen mit der Frage zu beschäftigen, wem in so gefährlicher Lage beizuspringen sei, dem Schatz einer Urlaubsnacht, dem er eine natürliche Dankbarkeit bewahrte, oder dem gefährlichen, aber Bewunderung einflößenden Gegenstand eines mißglückten Abenteuers.

Als Emil den Sitzungssaal betrat, hing die Gewissensfrage noch in der Schwebe. Nach der ersten Verhandlungspause, die ihn mit Louis und den Fischern zusammenbrachte, war sie zugunsten des Angeklagten entschieden. Man hörte ihn im Zeugenzimmer und Flur beteuern, er habe die weite Reise lediglich unternommen, um einem Ehrenmann gegen eine leichtfertige Frauensperson beizustehn, die es noch im Tode jucke, den ausgepumpten Mann vollends zu verderben.

Tief und nachhaltig errötend, trat er in den Zeugenstand, der ihn an eine Kommandobrücke erinnerte. Seine Befangenheit, sein treuherziges Aussehn und nicht zuletzt die soldatisch ehrfürchtige Haltung sicherten ihm das Wohlwollen des Gerichts und der Geschworenen, bevor er noch ein Wort gesagt hatte. Emil, im Gefühl, von seinem achtunggebietenden Platze aus Wichtiges zu vollbringen, gewann rasch sein Selbstvertrauen zurück. Er schilderte unter wiederholtem Erröten, aber so deutlich, daß die Öffentlichkeit vorübergehend ausgeschlossen werden mußte, wie die Witwe ihn, der irrtümlich in ihr Zimmer eingestiegen sei, ohne viel Umstände willkommen geheißen und für die Verwechslung mit der ahnungslos im Nebenzimmer schlafenden Emma, seiner jetzigen Frau, schadlos gehalten habe.

Als er nach Beendigung seiner Aussage wegtrat, erhob sich Burguburu. Er war totenblaß. Am ganzen Leibe zitternd, erforschte er mit rot unterlaufenen Augen abwechselnd die Saaldecke, wo sein verdunkelter christlicher Sinn den Sitz der Gerechtigkeit vermuten mochte, und den leeren Zeugenstand. Er schien lange zu brauchen, um sich zu vergewissern, daß Emil nicht mehr dort stand. Dann suchte er ihn, langsam und schwerfällig, auf den verschiedenen Bänken. Er fand ihn und hob die Faust gegen ihn. Es war schrecklich anzusehn, wie der Mann verzweifelt nach Worten rang, die seine Kehle nicht durchließ. Endlich schrie er:

»Schäme dich, Emil Kerhostin!«

Der Saal blieb atemlos. Man hörte diese Fistelstimme zum erstenmal. Von einem Weinkrampf geschüttelt, brach Burguburu zusammen. Die Sitzung wurde unterbrochen.

Draußen, vor dem Gerichtsgebäude, wurde Emil mit Händeklatschen empfangen. Die Kunde, durch seine Aussage habe die Anklage den Todesstoß erhalten, war ihm vorausgeeilt, gleichzeitig verbreitete sich aber auch die Befürchtung, daß durch den erschütternden Ausruf des Notars die Wirkung von Emils Erzählung auf die Geschworenen zunichte gemacht, ihr anfängliches Wohlwollen in das Gegenteil verkehrt werden könnte. Es wurde darüber hin und her gestritten, bis in der Gruppe, die sich auf der Freitreppe um Emil gebildet hatte, eine Stimme durchdrang, die erklärte, die Geschworenen seien insgesamt Ehemänner und würden sich über den Eigensinn des Angeklagten hinwegzusetzen wissen, dessen Ausruf »Schäme dich!« (die Stimme überschlug sich meckernd) allerdings den Gipfel der Uneigennützigkeit darstelle. Nachdem das Gelächter sich gelegt hatte, behauptete ein altes, völlig verwittertes Frauchen, hier gäbe es nichts zu lachen, für sie sei der arme Notar ein Held – worauf die einmütige Antwort erfolgte, gerade deshalb müsse er freikommen. Unter zuversichtlichem Gemurmel der Menge begab sich der bevorzugte Teil des Publikums in den Gerichtssaal zurück.

Das Schlußwort Burguburus war kürzer, aber auch eindrucksvoller als die Rede des Staatsanwaltes.

Gebieterisch und, im ersten Teil seiner Rede, mit großem juristischen Scharfsinn verlangte er, des Totschlags für schuldig befunden zu werden. Er habe Juliette durch das ganze Haus verfolgt, um sie zu erwürgen. (Dabei hob er die mächtigen, erdroten Tatzen und zeigte sie nach allen Seiten.) Sie habe erst geschossen, als er sie auf das Bett warf und die Hände um ihren Hals legte ... Die vom Staatsanwalt angeführten mildernden Umstände wies er einen um den andern zurück.

Juliette, schloß er, habe ihm einmal eine sehr simple und einleuchtende Erklärung ihres Wesens gegeben. Ihr erster Mann sei viel zu sehr verliebt gewesen und habe in ihr den Ausbund geradezu überirdischer Eigenschaften gesehn. Selbstverständlich habe die Enttäuschung nach so überspannten Erwartungen nicht auf sich warten lassen, und da sei, dem gleichen Gesetz einer maßlosen Einbildungskraft folgend, aus dem reinen Engel über Nacht ein vollkommener Teufel geworden. »Und siehst du«, hatte Juliette gesagt, Burguburu hob den Zeigefinger, »wir werden stets das, wofür man uns hält ... Solange ich für ihn das Muster einer guten und edlen Frau war, bemühte ich mich, es zu sein, und ich war es bis zu einem gewissen Grade auch – und wäre es vielleicht mit der Zeit durch und durch geworden. Es ging ja um mein Glück! Als ich aber durch eine Reihe von lächerlichen Zufällen in seinen Augen herabsank und er mich in der Folge für schlecht und unverbesserlich hielt, *wurde* ich schlecht, *wollte* ich mich nicht bessern ... Aus Stolz ... Aus Trotz ... Aus Rache. Zugleich mit mir sollte auch er gestraft sein.«

»Und ich, meine Herren Geschworenen, und ich«, rief Burguburu und krallte inbrünstig die Hände an die Brust, als wollte er sich das Herz herausreißen, »ich habe genau denselben Fehler begangen, nein, einen viel schlimmeren! Ich hielt meine arme Frau von vornherein für gefährlich und nichtswürdig, ich glaubte mich einzig durch die

Sinnenlust, und zwar in ihrer rohesten Form, an einen solchen Satan gebunden, und ich ließ es sie merken und nicht selten auch ausdrücklich wissen. So habe ich das unglückselige Werk meines Vorgängers weitergeführt – mit dem Erfolg, meine Herren Geschworenen, den Sie kennen. Statt auf diesem mörderischen Wege, sie zu erniedrigen und in der Erniedrigung zu erhalten, umzukehren und Vertrauen und Geduld und wirkliche Liebe zu beweisen, bin ich ihn verstockt bis zu Ende gegangen ... Ein Freispruch wäre ein Freibrief für den Henker, der in jedem Manne steckt, ein Aufruf an jeden ungeduldigen Liebhaber, kurzen Prozeß zu machen, wenn die Geliebte sich herausnimmt, auf eine Bosheit mit einer Bosheit zu erwidern. Ihr Freispruch, liebe Freunde, wäre eine Rechtfertigung tierischer Bosheit und außerdem eine Schmähung des Gesetzes! Wozu das Gesetz, wenn die Beredsamkeit eines streberischen Anwalts und die Parteinahme einer Menge, die heute *Hosianna* ruft und morgen *Ans Kreuz mit ihm*, genügen, um es wegzublasen wie einen Strohhalm! Ein Freispruch würde besagen: Das Gesetz gilt nicht, ein Totschlag ist kein Totschlag, er ist eine unverantwortliche Regung des Gemüts, ein Freispruch würde allem Volk verkünden: Es gibt keine Gesittung! Sei ein reißendes Tier, stiehl, foltere, brandschatze und morde, aber richte dich so ein, daß du nicht ruhigen Blutes dabei scheinst und einem Menschen ähnlich siehst, sondern benimm dich wie ein reißendes Tier, das der Blutgeruch benebelt, und dann, es klingt verrückt, aber es ist die Wahrheit, dann wirst du für schuldlos befunden und kannst von vorn anfangen – immer, wohlgemerkt, unter Befolgung der erwähnten Regeln aus dem Tierreich ... Ich aber muß und will büßen. Machen Sie mich nicht ganz unglücklich, indem Sie der Gasse gehorchen und mich freisprechen. *Tolle Hunde macht man unschädlich!* Was fällt Ihnen ein«, rief er in ausbrechendem Zorn, »was unterstehn Sie sich, Gesetze, die für Menschen gemacht sind, lediglich auf Tiere anzuwenden, und das Tier, das es wirklich nicht besser weiß, strenger zu behandeln als den vernunftbegabten, im Gesetz erzogenen und ausreichend gewarnten Menschen! Wagt es und jeder von euch, jeder einzelne, du, Milmorin, André, du, Doktor Veillon, François« (gewichtig, mit einer Pause nach jedem Namen, las er die Liste der Geschworenen von einem Blatt Papier) »wagt es, und jeder von euch, jeder einzelne, wird es an seinem *eigenen* Leben büßen!«

Danach setzte sich Burguburu und wischte mit den Ärmeln den Schweiß aus dem Gesicht. (Es wäre ihm ein leichtes gewesen, das Gericht noch viel tiefer in Juliettes Wesen hineinblicken zu lassen, in den ›Götzendienst des Todes‹, in ihren dunkeln Trieb, von dem er heute mehr wußte als selbst die armen Kranken und Gebrechlichen, die sie mit so viel Leidenschaft auf den Tod vorzubereiten pflegte. Er hätte sagen können, daß sie nur eins wahrhaft fürchtete und begehrte, aus ganzer Seele nur eines liebte: den Tod. Daß sie leben und die andern überleben wollte, um ihn nicht zu verlieren, um ihn bei sich zu behalten, ihn zu besitzen, ihn, ihren einzigen, furchtbaren Geliebten – den Tod. Von allen Geheimnissen, die ihn je hatten erschauern lassen, war es das einzige, das den Namen verdiente. Dies alles war Burguburu im Gefängnis aufgegangen. Er verschwieg es. Das Volk hätte kein Wort davon richtig verstanden. Juliettes Bild wäre in den Augen der Menge nur noch mehr verdunkelt worden. So, sagte er sich, verwahrten früher die Priester ein Geheimnis in ihrer Brust, als es unter Priestern noch Geheimnisse gab.)

Der Freispruch erfolgte einstimmig.

Als der Notar, vom ehrenwerten Doktor Blanc und einem Gendarmerieoffizier begleitet, den Saal verließ, wußte die Menge schon von der kurzen Ohnmacht, die ihn angesichts des tobenden Beifalls nach Verkündung des Urteils befallen hatte. Der weißhaarige Fischer und Chorführer legte die Hände trichterförmig an den Mund und rief von der obersten Stufe der Freitreppe:

»Er kommt gleich! Wir haben gesiegt! ... Ruhe jetzt! Ruhe! Man wird gebeten, sich still zu verhalten! Er will es so. Er ist halb tot.«

Beim Erscheinen des Notars auf der Freitreppe nahm Louis, der vor ihm herging, die Mütze ab, und sogleich entblößte sich die Menge. Burguburu schritt durch eine Gasse ehrfürchtig verstummter Menschen zum Wagen des Doktors.

Am Ende des Weges trat Madelon Plaisir auf ihn zu und wollte ihm Blumen überreichen.

»Im Namen der Frauen von Ranas!« rief sie laut.

Er stieß die Hand zurück und stieg in den Wagen, gefolgt vom Doktor und dem Gendarmerieoffizier. Die Blumen fielen auf die Erde und waren im Nu zertreten, ohne daß jemand es merkte. Der Wagen rollte davon, und Louis hielt sich für verpflichtet, den Umstehenden zu erklären: »Die Dame war die beste Freundin der – Frau Notar.«

Man sah sich nach Madelon um, sie war verschwunden.

Der Wagen fuhr zum Gefängnis. Nach Erledigung der Entlassungsförmlichkeiten verabschiedete sich der Offizier mit kräftigem Händedruck von Burguburu.

»Unsre Gesellschaft gräbt sich ihr eignes Grab«, vertraute Burguburu ihm an. »Nehmen Sie dies Wort als Vermächtnis eines schuldigen Freigesprochenen, eines vom eigenen Staat vorsätzlich mißhandelten Bürgers.«

Der Offizier antwortete: »Eine starke Gesellschaft kann sich großmütig zeigen, Herr Notar.«

Für solchen Unsinn hatte Burguburu nur ein verächtliches Achselzucken.

Vor Burguburus Haus am Hafen saß seine alte Haushälterin.

Neben ihr stand ein Eimer Wasser und darin ein Strauß kleinblütiger Staudenastern. Sie waren weiß, mit goldgelben Herzen. Die Alte hatte keinen Augenblick gezweifelt, daß ihr Herr freigesprochen würde, so wenig wie das ganze *Département du Var*. Als sie ihn jedoch aus dem Wagen des Doktors kriechen sah, ein Knochengerüst, verhärmt, mit schlohweißem Bart und der umständlichen Betulichkeit eines Greises, stieg ihr etwas in die Kehle, und sie begann leise zu wimmern. Mit der Schürze trocknete sie die Stiele der Astern und ging auf ihn zu. Sie hielt den Strauß vor sich wie einen Schild.

»Von Frau Tavin«, lispelte sie und erschrak nicht wenig über die Heftigkeit, mit der Burguburu ihr die Blumen aus der Hand riß.

In diesem Augenblick trat der Pfarrer aus der Kirche, und seine und Burguburus Blicke begegneten einander. Beide standen still und starrten sich über den Platz hinweg in die Augen.

Der Pfarrer legte die Hand an den Hut, drehte den Kopf weg und grüßte. Gleichzeitig zog auch Burguburu mit abgewandtem Gesicht den Hut. Die Frau des Anstreichers, die rechts aus der Kirchgasse kam, bezog den Gruß des Pfarrers auf sich und dankte. Der Gruß des Notars traf links den Zeitungsverkäufer. Verwundert sah der halbwüchsige Junge sich um, wem der Gruß gelte.

Dann setzten beide Herren mit gesenkten Augen ihren Weg fort. Wenige Schritte entfernt sprangen die Fischer aus dem Autobus. Sie stellten sich auf und marschierten im Gänsemarsch zum *Café de la Marine*. Die Mütze saß ihnen schief im Genick, die Zigarette saß ihnen angewachsen im Mundwinkel, die Hände wurzelten in den Hosentaschen, sie hatten gutmütige, verwitterte Gesichter. Ihr Summen schwebte über den stillen Kai:

»Wenn der Wind weht
Über *das* Meer ...«

Vor dem Café blieben sie mit zurückgeworfenen Köpfen stehn und beobachteten ein Luftgeschwader, dreimal drei Flugzeuge, keilförmig gestaffelt, denen je ein Flugzeug voranflog und folgte. Das Geschwader flog funkelnd und schimmernd in die Feuersbrunst des Sonnenuntergangs.

Die Fischer schlängelten sich durch die Tischreihen der Terrasse und nahmen Aufstellung vor der Theke.

Nachdem das Volk versammelt war, drehte der Chorführer sich um und fragte:

»Was meint ihr? Verurteilt wurde heute die Witwe. Sollen wir sie nicht von uns aus begnadigen?«

Das Volk schwieg unschlüssig. Die Augen sahen zu Boden. Allmählich aber, unter großen Vorsichtsmaßregeln, hoben sich die Blicke und tasteten die Runde ab, und dann riefen die Männer:

»Ja. Wollen wir. Lassen wir sie laufen. In Ewigkeit Amen. Mag der Himmel mit ihr fertig werden – oder die Hölle.«

»Auf ihr Andenken!« befahl der Chorführer.

Der dreimalige Handklatsch mit abschließendem Tusch klang gedämpft und ein wenig düster, wie es dem Anlaß entsprach.

Und jetzt? ... Was möchtest du noch erfahren?

Die Jahreszeiten wechseln leise in der Nacht, du siehst sie, du hörst sie nicht kommen ...

Ja, richtig! Die Villa *Maria* erwarb der ehrenwerte Doktor Blanc von den Erben Juliettes. Solange der Zeitungslärm um die Verstorbene anhielt, hatte man die Familie nicht zu Gesicht bekommen – jetzt war sie auf einmal da und nahm Geld.

Und Juliette? ... Man hatte sie, beinahe heimlich, in Ranas begraben, zu einer Zeit, da Burguburu sich noch als Statthalter und Vorrichter des Schicksals fühlte und dementsprechende Weisungen gab. Nach seiner Heimkehr wurde sie mit Einverständnis Pauline Tavins in aller Stille nach Fréjus überführt und in der Tempelhalle beigesetzt. An diesem Tag lasen Marius und Pauline Seite an Seite die Verse im Giebelfeld:

»Tu, tu pèr quau ma labarido
Coume un mirau s'èro clarido ...«

Marius gestand:
»Jetzt ist es wahr geworden ...«
»Es geht nicht schneller«, murmelte Pauline.
Sie nahm den Notar in ihren neuen Wagen auf. Er war beinahe ein Greis. Aber war sie nicht selbst schon alt genug? War sie etwa noch jung? ... Sie fuhren den gleichen Weg, den der rasende Grabengel oft zurückgelegt hatte. Sie fuhren ihn langsam und mit Bedacht und fühlten ihre Verwandtschaft mit den erntebereiten Feldern, ihre Verwandtschaft mit den müden Wolken, die nicht mehr von der Stelle wollten und sich lieber auflösten in der Bläue ... Aber als sie in den Maurenwald kamen, sahen sie auch, wie die Pinien auseinanderrückten, um die Milde und die verklärten Farben des Abendhimmels einzulassen bis auf den dunkeln Grund.

Eines Morgens wachst du auf und hast einen neuen Schatz.